KB236993

채문수 창작집

국경선

도서출판 계간문예

국경선

비밀 없는 도시

비밀 없는 도시

잠결에 사이렌 소리를 들었다. 그 소리는 온몸의 신경줄을 팽팽히 곤두세우게 했다.

L은 깊은 잠에서 깨어나 시계를 보았다. 아침 여섯 시. 아직도 밖은 어두컴컴했다. 사이렌 소리는 점점 가까이 들리더니 아파트 현관 입구쯤 와서야 멎었다. 잠시 후, 아래층에서 뭔가 부서지는 것 같은 소리가 들렸다. L은 자기 품에서 자고 있는 N을 조심스럽게 밀쳐내고 알몸인 채 거실로 나왔다. L은컴퓨터의 모니터를 들여다보았다. 아래층 여자가 침대에 혼자 잠들어 있고 거실에는 여러 사람들이 들어와 있었다. 경찰 정복과 사복 입은 여러 사내가 화면에 나타났다. 형사들로 짐작되었다. 그 중 한 사내가 큰방 문을 노크하고 들어가 침대에 누워 자고 있는 그녀를 깨웠다. 그러나 그녀는 꼼짝도 하지 않았다. 형사가 몸을 숙여 그녀의 숨소리를 들어 보고 맥박을 확인하는 것도 보였다. 그녀는 이미 주검으로 변해 있었다. 형사들은 시체 주변을 살피는 초동수사를 시작했다. 카메라를 들고 있는 형사는 플래시를 계속 터뜨리면서

그녀의 주검을 여러 각도에서 촬영했다. 사진촬영을 끝낸 그들은 주검을 자세히 살피기 시작했다. 그녀를 좌우로 굴리며 침대 시트에서도 뭔가 단서가 될 흔적을 찾고 있었다. 검증이 다 끝났는지 그들은 그녀의 시체를 들것에 실어 흰 보자기로 덮은 다음 밖으로 내보냈다. 잠시 후 앰뷸런스의 사이렌 소리가 새벽 공기를 흔들더니 점점 멀어져 갔다.

아직 아래층에 남아 있는 형사들은 온 집안을 샅샅이 뒤지기 시작했다. 그녀가 누워 있었던 안방 침대가 있는 곳에서부터 시작되었다. 키가 작은 형사가 허리를 구부리고 방바닥에서 일회용 장갑을 낀 손으로 증거물인지를 집어서 비닐봉지에 담았다. 또 대머리인 형사는 침대 옆 탁자에 놓여있는 유리컵에서 지문을 떠냈다. 방안에 있는 화장대에서도 지문 채취는 계속되었다. 또 다른 형사는 휴지통을 거꾸로 뒤엎어서 쏟아진 휴지를 한 장 한 장 펼쳐가며 무슨 흔적이 있는지 살피는 모양이었다. 휴지도 비닐봉지에 넣어서 채집함에 넣었다. 어떤 형사는 커다란 확대경을 들고 있기도 했다. 그들이 방바닥을 무릎걸음으로 기면서 수사하는 모습이 마치 여러 마리의 개가 사이 좋게 놀고 있는 것같이 보였다. 작업은 거실에서도 똑같이 이뤄지고 있었다. 화장실에도 사람이 있는 듯했으나 그 쪽은 모니터에 나타나지 않는 곳이라 알 수 없었다. 아마, 그곳도 샅샅이 뒤지고 있을 게 뻔했다.

L은 어젯밤 컴퓨터에 자동 녹화된 내용을 검색하기 시작했다.

초인종 소리가 나자, 409호 여자는 누구세요? 하고 물었다. 그녀가 문을 열기가 무섭게 건장한 두 사내가 들어섰다. 사내들은 검은 옷에 검은 장갑까지 끼고 있었다. 안녕하세요. 회장님이 무엇을 보냈어요? 그러자 키가 작은 사내가 여자를 윽박지르기 시작했다. 야, 이 개 쌍년아. 콜걸 주제에 우리 회장님이 집 사줘, 차 사줘, 살림 차려줘, 돈도 원 없이 줘, 뭐가 부족해서 이런 개 같은 짓을 했어? 말씨는 거칠어도 조용히 말하고 있었다. 여자는 어리 둥절해하는 표정이었다. 그게 무슨, 뭐가 말이에요? 그래도 시치 미를 떼고 지랄이야. 사내는 따귀라도 갈길 듯이 손을 들었다가 내렸다. 나, 다른 남자 안 만났어요. 내가 뭘 잘못했다고 이러세 요. 야, 이 개 쌍년아. 남자, 좋아하고 있네. 시치미 떼지 말아. 네 가 내숭떤다고 모를 줄 알아? 무슨 이야기를 하는 거예요? 여자 가 꽥 소리를 질렀다. 조용히 못해. 회장님하고 잠자던 모습이 온 인터넷에 떠돌고 있어. 그래도 몰라. 여자는 기가 막혀서 말문을 열지 못했다. 아니오. 나는 정말 전혀 모르는 일이에요. 여자는 두 손을 들어 강하게 좌우로 흔들었다. 그러면 네년이 아니면 누가 그걸 인터넷에 올렸겠어? 이 개 쌍년아. 여자는 겁에 질려 뒷걸음 질을 치면서 떨기 시작했다.

그때, 키 큰 사내가 고갯짓을 하자, 앙바틈한 사내가 잽싸게 여 자를 거실 바닥에 쓰러뜨려 두 팔을 뒤로 꺾어 잡고 무릎으로 등 을 눌렀다. 여자가 비명을 질렀다. 사람 살려요. 그러자 사내는 그 녀를 더 억세게 눌렀다. 키 큰 사내가 주머니에서 비닐봉지를 꺼 내더니 그녀의 얼굴에 재빠르게 뒤집어 씌웠다. 그녀는 숨이 막 혀 캑캑거리고 팔을 빼려고 몸부림쳤으나 키 작은 사내는 꼼짝 못 하게 여자를 더 찍어 눌렀다. 그녀는 잠시 몸부림을 치다가 축 늘 어지고 말았다. 늘어진 다음에도 그 자세로 한참을 더 있던 사내 들은 그녀를 침대에 아무렇게나 집어 던졌다. 그리고 반듯하게 누이고 이불을 목까지 올라오게 덮은 다음, 방문을 닫고 나가버 렸다. 그 후로는 계속 그 화면에 변동이 없었다.

L은 너무도 끔찍한 장면에 치를 떨었다. 떨리는 가슴을 억제하려고 애썼으나 마음대로 되지 않았다.

인터폰 울리는 소리가 났다. 에이, 누가 이른 아침부터 벨을 울리고 지랄이야. L은 짜증을 냈다. 현관문 앞으로 걸어가면서 누구세요? 하고 물었다. 그러자 잠깐 실례합니다, 하는 기분 나쁘게 잠긴 목소리가 철문 틈으로 새어 들어왔다. 인터폰 화면에는 일그러진 사내의 모습이 보였다. L은 대충 짐작했다. 아래층에 온 형사들 중 한 사람이라는 것을.

누구세요? 경찰인데요. 무슨 일이세요? 몇 가지 물어볼 말이 있어서요. 더 이상 버텨 보았자 이로울 게 없다는 생각이 들었다. L은 잠깐만요, 하는 소리를 철문 밖으로 던지고 급히 두 대의 컴퓨터를 다 꺼버렸다. 하나는 아래층을 모니터하고 있었고, 또 다른 컴퓨터에서는 검색을 하고 있었다. L은 알몸임에 스스로 놀라 방에 들어가 옷을 대충 걸치고 나왔다. 그리고 거실 바닥이 너무 어질러져 있음을 깨닫고 흩어진 잡동사니들을 발로 이리저리 밀쳐 놓고 큰 방문은 닫아버렸다.

문을 열자, 깡마른 중년의 사내가 문 앞에 버티고 서 있었다. 인계철선을 건드리지 않아도 자동적으로 신경질이 폭발해버릴 것 같은 인상이었다. L은 섬뜩해서 한발 물러섰다.

사내는 현관에 서서 L을 차갑게 쏘아보고 실내를 일별했다. 이어서 신분증을 슬쩍 꺼내 보이다 말고 도로 집어넣으면서 김형사야, 하고 짧게 말했다. 그의 목소리는 건조하고 버석거렸다. 김형사는 L의 동의도 구하지 않고 거실로 성큼 올라섰다. 그는 살쾡이 같은 눈으로 실내의 이 구석 저 구석을 돌아보면서 코를 킁킁거렸다. 이게 무슨 고약한 냄새야? 하고 짜증을 냈다. 그리고 우거지상이 되었다. 그는 곧 무덤덤해질 것이라고 L은 믿었다. L도 밖에서 집안에 들어오면 불쾌한 냄새가 싫었다. 청소도 게을리 하지, 음식냄새도 집안에 배어있지. 간혹 창문이라도 열어 놓고 통풍을 시켜야 하는데 그것도 귀찮아서 하지 않았다. 그냥 편한 게 좋았다. 음식은 필요할 때 주문했다. 이 부근 식당의 전화번호 와 인터넷 주소가 냉장고 위아래 문짝을 도배하고도 남았다. 먹 고 싶은 것을, 먹고 싶을 때, 시켜 먹으면 그만이었다. 집에서 직 접 해 먹는 것은 더운 물에 컵라면 정도였다. 밥이 먹고 싶으면 햇 반을 사다가 데워 먹으면 되었다. 냄새는 수조에 담긴 물처럼 집 안에 가득 괴어 있었다. 물 같으면 이미 숨이 막혀서 익사했을 것 이다. 물이 아니길 다행이었다. 후각은 냄새에 대한 건망증이 있 다고 언젠가 잡학 상식에서 읽었던 것 같다. 심한 냄새도 그 속에 5분만 있으면 잊어버리게 된다는 것이다. 얼마나 다행한 일인가. 만일 그렇지 않다면 미화원이 오뉴월에 쓰레기 집하장에서 점심 을 맛있게 먹을 수 있겠는가. 언젠가 그들이 막걸리를 곁들여 맛 있게 먹고 있는 것을 보며 L은 쓰레기에서 나는 역겨운 냄새를 떨쳐버리기 위해 그 앞을 뛰어서 지나간 적이 있었다.

김형사는 뭔가 한 건 올릴 것이 없나 하고 도둑고양이같이 이리 저리 살피는 눈치였다. 그 눈빛이 기분 나빴으나 참을 수밖에 없 었다. L은 그에게 앉기를 권했지만 앉지도 않고 질문부터 했다. 어이 무슨 일 있어? 형사는 날카로운 눈빛으로 L의 위아래를 훑 어보았다. 아니오. 아무 일도 없는데요. 그런데 왜 그런 얼굴이 야? 내 얼굴이 어땠는데요? 뭔가 놀란 표정 같은데. L은 짐짓 태 연한 척했다.

어른들 없어? 여행 가셨는데요. 누가 부모님을 찾으면 여행갔다는 말로 얼버무렸다. 혼자 산다면 우선 말이 많아졌다. 서른두 평 아파트에 왜 혼자 사느냐? 이유가 뭐냐? 마치 좋은 이야깃거리를 구근식물처럼 줄줄이 달고 있는 사람으로 착각하고 묻는 사람도 있었다. 그 줄기를 슬그머니 잡아당기면 계속 딸려 나오는 이야기로 귀를 즐겁게 하고 싶어하지만 L의 이야기는 그 선에서 끝이었다. 언제 여행 가셨는데. 한 일주일 됐는데요. 어디로. 미국으로요. 할 수 없구먼. 뭐가요? 형사는 그 말에 대답하지 않고 곧바로 질문을 했다.

자네 몇 살이야. 스물 셋인데요. 첫 마디부터 반말이었으나 참았다. L은 나이를 네 살쯤 올려서 말하는 버릇이 있었다. 그래야 무시당하지 않았다. 그러나 저러나 이 인간하고 맞장을 떠버릴까?

그런데 맞장 떠 봐야 이익 될 게 없어 보였다. 꼰대의 말처럼, 자본주의 사회를 살아가는 요령은 아주 간단하다. 이익이 없으면 안 하면 돼. 항상 그 말이 좌우명이었다. 학교에서 싸움을 하고 얻어터지고 오면 꼭 그렇게 말했다. 누가 싸움을 하기 전부터 지리라고 판단했겠는가. 이길 것 같으니까 맞붙었다가 이길 수도 질 수도 있는 게 싸움이 아닌가. 그런데 꼰대의 논리는 아주 간단하고 명쾌했다. 몇 대 맞고도 오늘 누구와 싸워서 이겼다고 하면 잘했다고 했으나, 지고 오면 이 멍충이, 바보, 빙신 쌔끼, 손해 날 짓을 뭐하러 해. 항상 손해 아니면 이익이라는 이분법으로 모든 일을 재단했다.

그런 꼰대는 사업이 파산 나 교도소에 가 있다. L의 어머니는 연년이 바뀌는 꼰대의 여자 편력에 질려서 집을 나간 지 오래였다.

어이 자네 이름이 뭐야? L이요. 주민등록증 좀 봐. 지금 어디 있는지 못 찾겠는데요. 이 사람이. 주민등록증이 없으면 학생증이라도 내놔. 글쎄, 그건…. 그건이 뭐야. L은 학교 다닐 때도 학생증을 가지고 다니지 않았다. 올 봄에 전문학교도 까마득한 스물다섯 번째의 보결로 겨우 턱걸이해서 입학하고 잠시 다녔다. 그것도 재수가 좋아서인지 삼십여 명이 더 좋은 학교로 옮겨가고 나머지 쓰레기만 남아서 노는 시간이 더 많은 학교였다. L에게는 아주 잘 어울리는 학교였다. 그러나 그 짓도 얼마 가지 않아 끝이 났다. 너무 재미가 없고 지겨웠다. 아마 좀 괜찮은 학교를 들어갔다면 학사경고를 몇 번 받고 도중에 잘리거나, 땡땡이칠 수밖에 없었을 것이다. 다닌 학교 이름을 대도 사람들이 잘 모른다는 데 L은 오히려 위안을 받았다. 그래서 그 학교 다녔다고 말하는 것은 정말이지 죽을 맛이었다. 그것같이 쪽 팔리는 일은 없었다. 그것은 아킬레스건이 여기니 찔러 주시오 하는 것이나 마찬가지였다. 그래서 요즘은 아주 천연스럽게 거짓말을 했다. 어느 학교 나왔느냐고 물으면 미국하고도 메인주의 주립 오거스타 대학을 나왔다고 둘러댔다. 그러면 사람들은 끽 소리도 하지 못했다. 그럴 때 L은 짜릿한 쾌감을 느꼈다. 재수 없으면 꼬치꼬치 묻는 수도 있었다. 자기도 그 곳으로 유학을 가고 싶다나. 그러면 거기에 또 거짓말 덧칠을 했다. 우리 고모가 사는 곳인데, 미국 동북부 대서양 연안의 도토리 만한 도시이고, 한국인 유학생은 눈 씻고 찾아봐도 만나기 어렵다고. 그러면 사람들은 더 이상 묻기를 포기했다. 한국 유학생이 없다는 것은 곧 언어의 소통을 잃어버린다는 것이었다. 그러면 그것은 곧 벙어리나 다름없다는 것을 그들은 잘 알고 있기 때문이었다. 같이 어울려 다니면서 떠들고 흰둥이에게 무시당하고, 깜둥이를 무시하고, 달러를 달라는 모든 사람에게 광고 전단지처럼 뿌릴 수가 없으니 가고 싶지도 않은 곳이었다.

지금 학생이 아닌데요. 뭐 학생이 아니라고, 스물 셋이라며. 졸업했어요. 그러면 운전 면허증은 있어. 예 있어요. 그러면 그거라도 줘봐. 그건 지금 여기 없는데요. 뭐야. 누구 놀리는 거야. 놀리기는요. 있다고 했지 않아. 그건 저…. 저가 뭐야? 아침부터 괜히 찾아와서 머리통 뚜껑 열리게 하고 있네. 그 말이 곧 입 밖으로 나올 뻔했다. 기분을 죽여도 보통 죽이는 게 아니었다. 아무 상관없는 자기를 왜 괴롭히는지. 폭발 직전의 성질을 꾹꾹 눌러 참았다. 이익이 없는 일임이 분명했다. 그건 저… 가 뭐야? 형사는 신경질을 부렸다. 지가 형사면 형사였지, 지 꼬봉으로 알고 성질을 부려. 나쁜 자식. 지가 형사라고 나잇살이나 훔쳤다고 반말지거리나 찍찍하고, 아침부터 재수 없게시리. 저 그게 지금 차에 있어요. 야, 임마 누구 약 올리는 거야. 가지고 올까요? 됐어, 주민등록번호 대봐. 불러 주자 받아 적었다. 너. 임마, 왜 나이를 속였어. 기어이 들통이 나고 말았다. 증말 이거 머리통 쥐나게 하네. 콱 받아 버려. 그래도 어쩔 수 없이 L은 참았다. 우리 꼰대가 호적 신고를 너무 늦게 해서요. 그래. 그는 그냥 넘어갔다.

집안 좀 살펴봐도 되지? 말은 그랬으나, 그것은 양해를 구하는 것이 아닌, 뒤져보겠다는 선고였다. 그는 이 방 저 방 그리고 화장실까지 둘러보았다.

저기 큰방에 자고 있는 것은 누구야? 여동생이야? L은 잠시 망설이다가 그렇다고 대답해 버렸다. N은 밖에서 무슨 일이 일어나는지 모르고 자고 있었다. N은 어젯밤 채팅으로 처음 만난 번

섹(번개섹스) 상대였다. 그녀는 하룻밤 보내기로 십만 원을 요구했다. 무슨 전자공학과를 다닌다고 했지만, L은 믿지 않았다. 이런 데서 만나는 애들을 믿는 것은 바보 아니면 천치라고 그는 생각했다.

어젯밤에 무슨 소리 듣지 못했어? 기분이 나쁘지만 고분고분 대답했다. 예. 아무 소리도 못 들었어요. 몇 시에나 잤는데? 아마 세 시쯤 잤을 겁니다. 그 동안 뭐했나? 만화 봤어요. 예술 사진 봤겠지. 그러면서 김형사는 느물댔다. 아니오. 그런 거 싫어해요. 아마 세 시도 더 되어서 잠이 들었는지도 모른다. N과 세 탕째 힘을 빼고 둘이 다 세상 모르고 잠에 떨어지고 말았다.

짜아식. 그는 여동생이 아니지 하는 눈빛이었다. 아래층 아가씨 잘 알아? 제가 어떻게 알아요. 같이 엘리베이터라도 탄 일 없어? 그래도 누가 누군지 몰라요. 야. 임마 젊은 놈이 미스코리아도 못 알아봤어? 어깨띠가 없었어요. 짜아식, 하면서 꿀밤 주는 시늉을 했다. L은 잽싸게 한 걸음 뒤로 물러섰다. 김형사는 싱겁게 웃었다.

미스코리아를 몰라볼 리가 있나. L은 첫눈에 필이 팍 꽂혔다. 단둘이만 엘리베이터를 탄 적이 있었다. 5층에서 타고 내려오는데 4층에서 엘리베이터 문이 열리자 쭉쭉빵빵, 눈부신 미모의 그녀가 탔다. 방가여. 저 5층에 사는데여. 그녀는 빤히 쳐다보면서 아무 대꾸도 하지 않았다. 기분이 영 말이 아니었다. 엘리베이터가 내려가는 시간은 너무 짧았다.

중간에 고장나 주기를 바라는 착각에 빠졌다. 그녀는 엘리베이터 문이 열리자 뒤도 돌아보지 않고 쌩하니 나가 버렸다. 그 후에도 간혹 마주치는 일이 있었지만 그녀는 눈길 한 번 주지 않았다.

아래층 여자가 어젯밤 살해됐어. 그래요! L은 짐짓 놀라는 시늉을 했다. 뭐 이상한 낌새 같은 것 없었어? 뭐가요? 평소에 그 여자가 이상한 행동을 했다던가, 그런 것 말이야? 그 여자가 정신이상자였나요? 아니고, 그 여자 주변에 무슨 일이 있었느냐 말이야? 제가 그런 것을 어떻게 알아요. 그래도 뭔가 그 여자에 관한 이야기가 있을 것 아냐? 글쎄요…? 혹시 도움이 될 만한 것이 있으면 나중에라도 연락을 줘. 그는 명함을 건네주었다. 본서 수사과에 있어. L은 명함을 들여다보는 척했다. 아침부터 미안해. 늦잠을 못 자게 해서. 그런데 컴퓨터는 두 대씩이나 뭐하는 거야? 아, 컴이 너무 늙어서 새로 샀어요. 한 대는 곧 버릴 거예요. 저장된 것만 이쪽으로 옮기면요. 그는 L의 순발력 있는 거짓말에 그냥 속아넘어가는 듯했다. 그리고 젊은 놈이 이게 뭐야. 문도 좀 열어 놓고 청소도 하고 해야지. L은 아무 말도 하지 않았다. 간다는데 맞대응할 필요가 없었다.

김형사는 나가다가 돌아섰다. 너 범인을 알고 알려주지 않으면 범인은닉죄에 해당한다는 사실을 잊지 말아. 기어이 한마디 공갈을 때리고 나갔다. L은 현관문을 쾅 소리가 나게 힘껏 닫아 버렸다. 아휴, 재수 꽝인 날이네. 아침부터 형사 새끼가 징징대고.

409호의 그녀가 이사 온 것은 작년 이맘때였다. 그녀는 이사 올 때 달랑 여행용 가방만 들고 들어왔다. 아래층 사람들이 이사 가고, 내부 수리를 하느라 일주일 가량 비워 두었다가 그녀가 이사 오는 것을 보았다. 그것은 우연이었다. 베란다 창 너머로 아파트 입구를 보고 있을 때, 택시에서 커다란 여행용 가방을 든 키가 큰 여자가 내려서 아파트 입구로 들어섰다. 슈퍼 모델 같은 그 여자에게 관심이 없을 리 없었다. 누군지 궁금했다. 복도로 나가 엘리베이터가 움직이는 것을 보았다. 엘리베이터는 4층에서 멎었다. 그리고 문을 따는 소리가 들리고 현관문이 열리고 닫혔다. 그 집에는 그 이튿날부터 짐이 들어오기 시작했다. 장롱하며 침대 등 가구가 제일 먼저 들어오고, 가전제품이 들어오고, 잡다한 살림살이들이 들어왔다. 신혼부부인 듯했다. 그리고 열흘쯤 지나서 엘리베이터가 4층에 서자 그 집에서 나오려다 만 꼰대를 보았다. 아직 닫히지 않은 엘리베이터 문틈으로 409호의 문이 열리다가 급히 닫히는 게 보였다. 그 사이로 대머리 꼰대의 모습 일부가 보였다. L은 관심이 일었다. 그가 누굴까. 그녀에 대해서, 대머리에 대해서 나름대로 도안을 해 보았다. 그렇고 그런 사이라는 것쯤이야 금방 짐작할 수 있었다.

그 대머리는 금요일이면 어김없이 나타났다. 그리고 토요일에서 일요일은 집을 비웠다. L의 궁금증은 터지기 직전의 풍선처럼 부풀어 올랐다.

그 토요일 오후, 409호 여자가 꼰대와 함께 차를 타고 떠났다. L은 그들 사이에 틈입하고 싶은 욕망을 억제하기가 힘들었다. 현관문 손잡이 밑에 붙어있는 스티커를 보고 열쇠수리공을 불렀다. 몇 호냐고 물었다. 509호라고 거짓말을 했다. 열쇠수리공이 들어올 때 경비아저씨가 몇 호 가느냐고 물어서 기록해 놓을 것이 틀림없기 때문이었다. L은 509호 앞에서 기다리고 있었다. 열쇠수리공은 금방 달려왔다.

아저씨. 아까 전화할 때 내가 509호라고 했었지요? 예. 이사 온 지가 얼마 안돼서요, 409호를 509호로 착각했어요. L은 그를 데리고 409호로 내려갔다. 열쇠 아저씨는 5분도 걸리지 않아 문을 열었다. L이 그에게 웃돈까지 얹어서 건네자 급히 엘리베이터를

타고 내려가 버렸다. L은 문을 열고 들어가서 우선 예비키를 찾
았다. 예비키는 쉽게 찾아지지 않았다. 안방을 다 뒤져도 나오지
않았다. 거실과 주방 서랍을 다 뒤졌으나 열쇠는 나오지 않았다.
그때 L은 귀중품이 아니라는 생각이 퍼뜩 떠올랐다. 키는 현관문
앞 신발장 서랍 속에 있었다. L은 키를 잠그고 나와 열쇠 깎는 곳
에서 열쇠를 카피했다. 그리고 훔쳤던 키는 도로 제자리에 가져
다 놓았다. 그날은 그것으로 끝났다. 비밀을 엿볼 수 있는 기회가
가까이 오고 있다고 생각만 해도 가슴이 뛰고 흥분되었다.

　누군가의 사생활을 은밀히 들여다보는 관음증. 그건 불안과 설
렘을 동반했다.

　일주일 동안 청계천과 용산전자상가를 돌면서 초소형 TV카메
라 등 필요한 장비를 구입했다. 그리고 토요일이 오기를 기다렸
다. 토요일이 되자 꼰대가 나타나서 그녀를 데리고 어김없이 여
행을 떠났다. L은 준비된 열쇠로 감쪽같이 문을 따고 들어갔다.
초소형 카메라를 침실에 설치하는 데 시간이 좀 걸렸다. 우선 마
음이 불안하고 초조했다. 그녀가 곧 문을 열고 들어올 것만 같았
다. 불안해서인지 손이 자꾸만 떨려서 일이 쉽사리 되지를 않았
다. 진정하려고 해도 가슴이 뛰고 불안하기는 마찬가지였다. 일
요일까지는 돌아올 리가 없지만 그래도 그 꼰대가 나타나서 목덜
미를 낚아챌 것만 같았다. 등산용 자일을 다시 가지고 내려올까
도 생각해 보았다. 유사시에는 줄을 타고 도망가는 것을 상상해
보았다. 빨리 끝내고 올라가기로 마음을 정했다. 청계천 기술자
의 조언대로 설치작업은 했지만 쉽게 되지 않았다. 작업을 끝내
고, 잘 숨겨졌는지 몇 번이고 점검해 보았다. 감쪽같이 은폐되어
있었다. 혹시 흔적이 나타나지 않는지 다시 한 번 철저히 살피고,

열쇠를 잠그고 나왔다.

L은 집에 올라와서 수신장치와 컴퓨터를 연결하는 작업을 했다. 작업은 어렵지 않았다. 완성되자 컴퓨터를 켜보았다. 부팅 되는 시간이 초조하게 기다려졌다. 조작을 하자 화면이 떴다. 그녀의 방안을 카메라가 선명하게 비춰 보였다. 그런데 문제가 발생하고 말았다. 침대를 잘 조망하도록 설치했으나 그보다 더 위 벽면이 보였다. L은 두 번을 내려갔다 와서야 겨우 위치를 정확히 맞출 수가 있었다.

일요일 저녁부터 그녀의 생활이 컴퓨터 안에 있었다. L은 혹시 어떤 놈이 나를 감시한다면, 생각만 해도 끔찍한 일이었다. 마치 공상과학 영화에서 보았던 것처럼 나를 감시하는 놈이 있다면 가만 놔두지 않을 생각이었다. 집안을 이리저리 살펴보았다. 하기야 어느 미친 놈이… 훔쳐볼 게 있어야지.

그날 밤부터 그녀의 속옷 차림도 그리고 누드도 볼 수가 있었다. 정말 눈부신 광경이었다. 외모만 아름다운 게 아니었다. 샤워를 하고 실내조명 아래 누워있는 그녀의 누드는 너무도 황홀했다. 곧 쫓아 내려가 덮치고 싶은 충동을 억제하기 힘들었다. 컴퓨터에서처럼 그녀의 은밀한 부분을 확대해볼 수 없는 게 너무 아쉬웠다. L은 화면을 보면서 지치도록 마스터베이션에 빠졌다.

그녀의 누드를 목요일까지 감상하고 금요일이 오기만을 기다렸다. 드디어 금요일 그 대머리 꼰대가 화면에 나타났다. 두 사람의 섹스장면이 모니터 화면을 장식했다. 그런데 포르노 영화에 비해 너무 재미가 없었다. 그들의 행위는 오래도록 계속되기는 했지만 지극히 단조로운 행위뿐이었다. 다행히 그들은 불을 켜고 그 짓을 했다. 한 대의 카메라로는 침실밖에 볼 수가 없어서 거실에서 일어나는 일도 궁금했다. L은 그 다음 주말 방안에 카메라를 한 대 더 설치했다. 그리고 거실에도 두 대를 설치했다.

그날은 그녀의 생일날인 듯했다. 늦게 들어온 그들은 거실 탁자 위 생일 케이크에 불을 붙이고 해피버스데이를 불렀다. 두 사람만의 진한 섹스파티가 벌어지고 있었다. 그날의 성 유희는 거실에서부터 시작되었다. 침대에서도 그날만은 각가지 동작으로 그들은 즐기고 있었다. L은 그날 찍힌 화면들을 돈과 바꿀 수 없을까 궁리해 봤다. 궁리 끝에 인터넷에 판매한다고 익명으로 올렸다. 반응은 즉각 왔다. 사이버 상에서 거래가 성립 되었다.며칠만에 기계를 설치한 본전을 뽑고도 상당한 돈이 남았다. 지금도 주문은 심심치 않게 들어오고 있고 그 후로도 상품이 될 만한 장면이 찍힌 게 있었다.

L은 이러고 있을 때가 아니라는 것을 새삼 깨달았다. 잘못하다가는 그물에 완전히 갇힐지도 모른다. 야, 빨리 일어나. 방안에서 곤히 자고 있는 N을 깨웠다. 그녀는 아직도 무슨 일이 어떻게 되어가는지를 몰랐다. 빨리 일어나. 형사가 왔어. 어, 형사? 나 잡으러. N은 후다닥 일어나더니 유리창부터 열어젖혔다. 잠이 덜 깬 그녀는 허둥댔다. 여기는 5층이야. 그리고 알몸으로 뛰어 내려 봐, 꼴 좋겠다. 빨리 옷이나 입어. 그녀는 돈 받고 이 짓 하는 것보다, 백화점 화장품코너에서 알바할 때 물건을 훔쳤다가 들켜서 도망 나온 일을 불안해하고 있었다. 훔치는 시간은 점심시간을 이용했다. 검색을 하지 않는 그 시간에 신체의 은밀한 곳에 숨겨나와 지하철 물품보관상자에 감추어 두었다가 퇴근할 때 가지고 가는 방법이었다. 상습적이기보다 알바로는 생활이 되지 않아서였다. 그러다가 결국 감시카메라에 찍혀서 들통이 나자 책가방도

챙기지 못하고 도망쳐 나왔다. 그 후 그녀는 늘 쫓기는 꿈만 꾼다고 했다. N이 어젯밤, 술을 마시면서 털어놓은 이야기였다.

L은 배낭에다 급히 디스켓들을 쓸어 담았다. 그리고 컴퓨터를 켜고 중요한 것들을 카피하기 시작했다. 속도가 왜 이리 느린지, 자꾸만 그 형사가 다시 들어와서 낚아채 갈 것만 같아 불안했다. 카피 작업은 한 시간도 더 걸렸다. 카피가 끝나자 그것들도 배낭에다 정신없이 쑤셔 담았다. 배낭은 제법 무거웠다. 그리고 컴퓨터에서 문제가 된 파일을 지우기 시작했다. 다 됐어. L은 N에게 소리를 질렀다. 아니. 아직 멀었어. 뭘 하는데? 세수라도 해야 돼. 안돼. 그럴 시간이 없어. 빨리빨리 그대로 나가. 나가다 잡히면 끝장이야. 파일을 지우는 데도 시간이 꽤나 걸렸다. 될 수 있는 대로 태연하게 해야 돼. 경찰이 물어 보면 출근한다고 해. N은 자기 배낭만 걸머졌지, 아무것도 손에 든 것은 없었다.

L은 배낭을 걸머지고 노트북을 들었다. 이것만 있으면 모든 것은 해결이었다. 돈도 정보도 전부 그 안에 있기 때문이었다. 빨리 나와. 다 됐어. 지금 나가. 그녀는 실제 L보다 두 살이 위인 스물하나였지만, L의 말에 속아서 두 살 아래인 것으로 믿었다. L과 N은 엘리베이터를 탔다. 위에서 타고 내려오는 사람은 없었다. 지하 주차장에서 내리자 정복을 입은 경찰이 길을 막고 검문을 했다. 우선 배낭을 보자고 했다. L은 배낭을 벗어서 경찰에게 아무렇지 않게 건넸다. 그는 지퍼를 열라고 명령을 했다. L은 언짢은 기색을 감추고 경찰을 한 번 쳐다보고 지퍼를 순순히 열었다. 경찰은 내용물을 대충 살펴보았다. 배낭 속에는 디스켓뿐이어서 실망하는 눈치였다. 다음은 노트북을 보겠다고 해서 그것마저 건네주었다.

두 분 주민등록증 좀 봅시다. 아니 안 가지고 내려왔는데요. 그러면 안 되는데. 나 바빠요. 이 사람이 왜 이래. 주민등록증도 안 가지고 다니면서. 새벽부터 김형사가 찾아와서 잠자는 사람, 잠도 못 자게 하고 온 집안을 쑥대밭을 만들어 놓고, 다 적어갔으니까, 그 사람한테 가서 물어보세요. 경찰은 민망한지 씩 웃으면서 노트북을 건네주었다.

L은 주차장 구석에 세워진 차를 향해 걸어가면서 지난 번 자동차 예비키를 한 개 훔치기를 잘 했다고 생각했다. 구석진 벽 쪽에 커버로 덮인 차가 있었다. 꼭 한 번 몰아보고 싶은 차였다. L은 이따금 내려와서 외형을 살펴보기도 했었다. 그런데 이런 기회가 이렇게 빨리 올 줄이야.

자동차 커버를 벗기자 빨간색 '코닉세그 씨씨'가 시신을 끌었다. 그 아름다운 선의 흐름, CF처럼 타는 듯한 정열에 불을 지피는 색상. L은 잠시 황홀감에 취했다. 차 주인인 회장이란 작자가 아까운지 잘 타지 않던 차였다. 대머리가 어쩌다 한 번씩 직접 운전을 하고 그녀를 싣고 나가는 것을 보았다. 아마 레저용으로 구입해서 숨겨놓은 차인 것 같았다. 언젠가 인터넷에서 그 제원을 살펴본 일이 있었다. 8기통에 배기량 4,700 씨씨. 최고속도가 시속 390 킬로. 최대 출력은 6,800 알피엠에 655 마력. 정지상태에서 시속 100 킬로에 도달하는 데 걸리는 시간은 3.5초. 시속 100 킬로에서 정지하는 데 필요한 제동거리는 불과 32 미터. 문을 추켜올렸다 닫는 갈매기 날개 모양의 문짝이 독특하고, 모든 공정이 수작업으로 이루어졌다고 했다. 스웨덴의 코닉세그 회사가 한 해에 15 대만 수작업으로 만드는 명품 중의 명품이라고 자랑하는 차였다.

키를 돌리자 갈매기처럼 날개를 올렸다. 빨리 타. N은 잽싸게 올라탔다. 시동을 걸자 부르릉하며 가볍게 시동이 걸렸다. 기어를 넣고 페달을 밟자 차는 미끄러지듯 나아갔다. 골목길을 빠져나와 금방 큰 도로로 접어들었다. 오빠 어디로 갈 거야? 드라이브나 하려고. 나 오후에 수업 있는데 학교 앞에 내려줘. 너 정말 학생이야. 오빠는 사기꾼만 만났어? 알았어.

L은 차의 가속페달을 깊이 밟았다. 차는 이제 남부순환도로로 접어들어서 예술의전당 앞을 지나가고 있었다. 평일인데도 차들이 많이 쏟아져 나와 막히기 시작했다. 오빠. 나 오늘까지 못 나가면 안 돼. 쌍권총 찬 나도 있어. 에프 나오면 보강 신청해. 등록금은 내가 대줄게. 정말이야. 그럼 정말이지. 오빠. 나 졸업 때까지 등록금 좀 대줘라. 졸업하고 취직해서 갚을게. 오빠가 시키는 대로 다 할게. 나 이 짓 좀 않고, 공부만 하게. 생각해 보고. 오빠만 사랑할게…. 오빠가 킹카지만 그것보다 천사표여서야. 그래도 L은 말이 없다. L의 차는 달리는 차 사이를 이리저리 비집고 수달처럼 날렵하게 빠져나갔다. 차는 인터체인지에서 어느새 경부고속도로로 접어들었다. 지나치는 차 속의 사람들은 흘끔거리고 쳐다보았다. 못 보던 차여서 좀 신기해하는 듯한 표정이었다.

N도 이제 포기했는지 아무 말이 없었다. 차는 영동고속도로로 방향을 바꾸었다. 평일이어서 그런지 영동고속도로는 차들이 좀 한가했다. L은 가속페달을 깊이 밟았다. 계기반의 속도계가 150을 훌쩍 넘어갔다. 그래도 더 깊이 밟았다. 차는 차들 사이를 이리저리 뚫고 빠르게 달렸다. 차들이 휙휙 나가 떨어졌다. 감시카메라의 플래시가 터졌다. 그래도 L은 개의치 않았다.

누군가 곧 뒤쫓아 오는 것 같아 불안했다. 지금쯤 어떻게 되어

가고 있을까. 혹시 경찰이 모든 것을 알고 추적하지나 않을까? L은 불안했다. 서울에서 출발해 두 시간 남짓 동해고속도로를 따라가다가 끝에 가서 대관령 길이 아닌, 새로 난 길을 따라 주문진 쪽으로 빠졌다. 인터체인지에서 어디로 갈까 망설이다가 속초 쪽으로 방향을 틀었다.

오빠 저기 해변 보여. 응 보여. 한번 가보자. 끝내주게 아름답다. 해변은 해변이지 아름답기는…. L은 차를 백사장 입구까지 몰고 갔다. 백사장 입구의 주차장에 차를 세웠다. 해변의 백사장은 모래가 유난히 곱다. 우리 맨발로 뛸까? N이 L에게 제안을 했다. 좋았어. N은 맨발로 백사장을 내달렸다. 고운 모래가 실크처럼 부드러웠다. L도 신발을 벗고 맨발로 뒤따라 뛰어갔다. N은 얼마 가지 않아 L에게 잡히고 말았다. N이 쓰러지고 L도 쓰러졌다. L은 N을 끌어안고 딥키스를 퍼부었다. 그리고 L의 손이 N의 아랫도리를 벗기기 시작했다. N은 완강히 거부했다. 오늘 섹스피는 따로 주겠어. N의 귓바퀴에 숨 가쁘게 뜨거운 김을 불어넣었다. 완강히 반항하던 N의 힘이 사르르 빠져나갔다. 바닷가에는 아무도 없었다. 하늘엔 갈매기만이 끼룩끼룩 하면서 두 사람 위를 맴돌았다.

한참의 시간이 흘러가자 포개졌던 두 사람은 떨어져서 백사장에 널브러졌다. N은 오늘따라 하늘이 퍽 푸르게 느껴졌다. L과 N은 일어나서 모래 먼지를 털고 나란히 앉았다. 파도가 모래톱을 물어뜯는 것을 바라보다가 멀리 수평선에서 커다란 배들이 지나가는 것을 발견했다. 두 사람은 배를 향해 손을 흔들었다. 배는 멀어서 아무 반응이 없었다.

오빠 언제 올라갈 거야? 언제 갈지 나도 모르겠어. 오빠가 모르면 누가 알아. 가고 싶을 때 가자. 돈은 있어? 돈은 얼마든지 있어. 어디에 있어? 컴퓨터를 가지고 왔지 않아. 돈은 어디서 났어? 사업해서 벌었지. 뭔데? 노하우야. 오빠아. 뭔데? 알려줘봐. 아주 유망한 벤처기업 아이템이야. N은 더 묻지 않았다. 돈 이야기가 나오자 N은 시무룩해졌다. 오빠야, 나 학비 좀 대주라. 알았어. L은 서슴없이 대답했다.

L과 N은 백사장을 따라 한없이 걸었다. 오빠, 나 배고파. 알았어. 우리 점심 먹자. 어디에서 저기 횟집에서. 2층에서 바다를 내려다보면서 왕자와 공주처럼 먹는 거야. 오빠, 난 거긴 싫어. 왜? 아까 우릴 봤으면 어떻게 해. 그럼, 환영 받겠지. 너무도 아름다웠다고. 두 사람은 백사장이 끝나는 지점까지 걸어서 횟집으로 들어갔다. 주인인 듯한 남자가 반갑게 어서 오시라는 말과 동시에 호들갑을 떨었다. N은 수족관에 관심이 많은 모양이었다. 오빠, 이 고기 이름이 뭐야. 그거 음, 물고기. 누가 물고긴지 몰라. 이름이 뭐냐 말이야. 그건 그 녀석에게 물어봐.

아, 그거 말입니까? 도치라고 하는 고깁니다. 주인이 거들고 나섰다. 생기기는 그렇게 못 생겼어도 맛은 기가 막힙니다. 잘해 드릴 테니까 한번 들어보세요.

두 사람은 2층으로 올라갔다. 창가에 자리를 잡자 저 멀리 수평선이 잘 내려다보였다. 오빠, 우리 점심 먹고 서울 올라가자. 왜? 나 내일 수업은 빠지면 안 돼. 더 있다 가자. 그러면 어떻게 해? 어떻게 하기는 그냥 나와 같이 있어. 같이 있으면 무엇해? 오빠는 학교 안 다녀? 그래. 점심이나 먹어. 시간은 이미 두 시가 넘어 있었다. L과 N은 도치를 애도하면서 그 회와 매운탕으로 점심을 먹었다. 밥값은 십 만원이 조금 못 되었다.

L은 카드를 꺼냈다. 주인아줌마는 카드를 단말기에 넣고 쓱 긁었다. 이 카드는 사용 중지되어 있는데요. 그럴 리가. 다른 카드를 내밀었다. 이것도 마찬가지인데요. 홈뱅킹으로 이체시킬 수 있습니까? 홈뱅킹이 무언데요? L은 당황했다. N, 카드 있어? 카드는 없어. 그러면 어떻게 한다. 어젯밤에 오빠한테 받은 돈 10만원 있어. 그러면 5만원만 빌려줘. 나중에 갚아줄게. L은 주머니 지갑을 꺼내 만 원짜리를 전부 꺼냈다. 다섯 장이 전부였다. 두 사람의 돈을 합해서 밥값을 지불했다.

L은 그 집을 나오면서 불안에 싸였다. 카드가 되지 않는 게 이상했다. 두 사람은 자연스럽게 백사장 쪽으로 발걸음을 옮겼다. 백사장에도 어둠이 서서히 내리고 검푸른 바다만이 허연 거품을 내보이며 모래톱을 끊임없이 어르고 있었다.

N, 너 소원이 뭐야? 응, 하늘에 별을 따는 거. 그러면 진즉 여군에를 가지 그랬어. 그러면 그건 이제 틀렸네. 다음은 뭐야? 학교 졸업하고 오빠처럼 돈을 많이 버는 거야. 얼마나. 일억. 일억이 생기면 뭘 할 건데. 응, 쇼핑을 원 없이 해보는 거야. 그래서 돈이 다 떨어지면. 그때는 한강에 풍덩 빠지는 거지. 그때는 여름이겠네. 겨울에도 괜찮아. 옷을 두껍게 입으니까 염려 삭제하기 해버려.

우리 이제 숙소를 찾아가자. 그들은 주차장에서 차를 빼, 언덕 위에 보이는 호텔로 들어섰다. L은 프런트에 대고 말했다. 우리는 신혼부부걸랑요, 전망이 제일 좋은 방으로 주세요. 프런트에서는 침대특실을 권했다. 숙박비가 자그마치 35만원이었다. N이 다가와서 너무 비싸서 싫다고 했다. 바다 쪽 침대방으로 정했다. 가격은 18만 5천원.

요금은 선불입니다. 카드결제도 가능합니다. L은 카드가 없다

고 말했다. 홈뱅킹으로 입금시키면 안 될까요. 가능합니다. L은
로비의 소파로 가서 노트북을 열고 입금 작업을 시작했다. 금방
입금이 완료되었다. 다시 프런트에 입금여부를 확인하라고 했다.
확인은 간단히 끝났다.

정중한 호텔보이의 안내를 따라 객실로 올라갔다. 동쪽으로 향
한 방은 창문 앞에 시야를 가릴 아무런 장애물도 보이지 않았다.
어둠이 짙어서 하늘의 별이 쏟아져 내릴 듯이 낮게 보였다. 검은
바다에는 오징어 배들이 대낮같이 집어등을 밝히고 여기저기 떠
있었다.

우리 오늘밤 신혼여행을 온 거야, 자축 파티를 하자고. L은 자
축 파티준비를 호텔에 부탁하고 홈뱅킹으로 또 입금을 시켰다. L
과 N이 샤워를 하고 나오기 전에 초인종이 울었다. L이 타월로
아랫도리만 가리고 나가서 문을 열자 파티 준비가 다 되었다고 했
다. 그들은 손 빠르게 준비해 주고 방을 나갔다. 샴페인을 터뜨리
고 건배를 했다. 두 사람은 알몸인 채였다. 오빠야, 우리 결혼해
버릴까. 그래 우리는 어젯밤에 이미 결혼했지 않아. 오늘은 신혼
여행을 오고 내일은 이혼을 하는 거야. 히히히. 알았지, 이혼. 이
혼은 싫어, 나는 이혼은 안 할래.

두 사람은 아침에 꼭 일출을 보자고 다짐했다. 누구든 일찍 일
어나는 사람이 깨워주기로 약속도 했다. 두 사람은 끌어안고 깊
은 키스를 했다. 그리고 침대 속으로 들어갔다. 어젯밤보다 더한
광란의 시간이 흘러갔다.

아침이 열리고 있었다. L은 일어나서 알몸인 채 창가에 서서 동
쪽 수평선을 바라보았다. N을 깨우지 않았다. 동쪽하늘이 희부
옇게 밝아오기 시작했다. 쳐다보고 있는 사이 순식간에 주황색으

26

로 물들어갔다. 그 빛깔의 영역이 조금씩 넓어졌다. 하늘이 점점 붉어지면서 태양은 황금색의 작은 점으로부터 시작되었다. 동전 같던 해는 어느덧 손바닥만큼 커졌다. 점점 커지던 태양은 방석만큼 커져 불타고 있었다. 태양은 이제 수평선을 벗어나려는 찰나였다. 그러나 수평선이 잡고 놓아주지 않을 듯, 마치 또 하나의 태양이 따라 솟아오르고 있었다. 태양이 좀더 올라오자 따라 오르던 또 하나의 태양은 뚝 떨어져 수평선 아래로 가라앉고 말았다. 이제 따스한 햇살이 온몸을 비추고 그 기운을 받고 서 있는 L은 아랫도리에 강한 힘이 솟아 옴을 느꼈다. L은 다시 침대 속으로 들어가서 알몸인 N을 끌어안았다. N도 싫지는 않은 듯 L을 끌어안았다. 한참 후에 두 사람은 각각 떨어져서 다시 깊은 잠에 빠졌다.

그들이 일어났을 땐 열두 시가 다 되어서였다. N, 너 아침 먹을래? 지금은 싫어. 가다가 먹어? 그래 먹고 싶을 때 말해.

두 사람은 호텔을 빠져나왔다.

오빠야, 우리 서울로 가자. 왜? 왠지 불안해. 학교 그만두고 이렇게 싸돌아다니면 안 된단 말이야. 안 돼, 나하고 같이 있어. 학교 졸업하고 돈 벌어야 된단 말이야. 야, 그 놈의 돈 내가 주면 될 것 아니야. 그들은 차를 탔다. 호텔을 나와 북쪽으로 향했다. 조금 올라가자 오른쪽에 아름다운 소나무 숲이 보였다. N이 갑자기 제안했다. 오빠, 우리 저기에서 다시 바다를 보고 가자. 오빠, 아침에 왜 나 안 깨웠어? 너무 곤하게 자기에. 피곤하기는 했어.

L은 차를 급히 우회전해서 백사장에 차를 세우고 내렸다. 두 사람은 다시 바닷가로 가까이 갔다. N은 백사장에 앉자고 했다. 오빠야, 배고프다. 우리 뭐 먹자. 뭐 먹을 건데. 오빠야, 우리 피자

먹자. 바닷가에 와서 무슨 피자야? 바닷가에 왔으니까 피자를 먹지. 그게 무슨 말이야, 바닷가에 왔으니까 색다른 것을 먹어 보자. 바닷가에서 피자 그리고 콜라 얼마나 멋있어. 그래 알았어, 네 말대로 그러면 피자를 주문하자, 그리고 스파게티도? 아냐, 스파게티는 관둬.

L은 차에서 노트북을 꺼내 와 켜고 인터넷 연결을 시도했다. 쉽게 연결되지 않았다. 다시 인터넷 아이콘을 클릭해 보았으나 마찬가지였다. 반복해도 계속 실패였다. L은 당황했다. 이러면 피자를 못 먹게 될지도 몰랐다.

오빠야, 왜 그래? 여기는 피자집이 없어? 아니, 노트북이 되지를 않아서. 그러면 피자 못 먹는 거야. 글쎄 주문을 못하니까 배달 올 수가 없잖아. 노트북의 방향을 바꾸어서 시도해 보아도 마찬가지였다. 우리 속초로 올라가자, 그러면 노트북이 될 거야. 어제 횟집처럼 근사한 데 가서 먹자, 그때까지만 참아. 오빠, 나는 바다를 바라다보면서 피자를 꼭 먹고 싶어. 알았어, 속초 시내 가까운 해변에 앉아 피자를 주문하자.

오빠야, 이리 줘봐. 왜. 컴퓨터 하나도 제대로 못해. N이 시도해 보아도 마찬가지였다. 응, 이거 안 되는 이유를 이제야 알겠어. 왜. 여기는 무선 랜 에리어 지역이 아니야. 그러면 오늘 점심은 어떻게 되는 거야. 오빠, 점심은 라면이나 먹어. 아직 오빠가 어젯밤에 준 돈이 5만원 남아있어.

L은 일어났다. 휴대전화 벨이 울었다. 너 L이지? 네, 그런데요. 너 지금 그 여자 차를 타고 있지. 당신 누군데? 나 말이야. 어제 아침에 너희 집을 방문했던 김형사야. 차는 아닌데요. 거짓말하지 마. 그 차, 차 값만 10억짜리야. 그 차 부서지면 너는 감옥이야. 정

말 그 차는 몰라요. 야 임마, 거짓말하지 마. 그 차에는 GPS 추적 장치가 붙어있어. 너 지금 속초 근방에 있다는 것 다 알고 있어. 거기 가만히 있어. 속초경찰서 기동대에서 나가니까. L은 전화를 끊어버렸다.

N, 빨리 차에 타. 오빠 무슨 전화야? 응. 아는 사람 전화. N이 차를 타자 백사장을 빠져나가기 시작했다. 백사장 입구에는 이미 경찰 순찰차 두 대가 V자 형으로 포진하고 기다리고 있었다.

전화벨이 또 울었다. L은 차를 세우고 전화를 받았다. L? L은 대답하지 않았다. 나 김형사야. 너 자수하지 않으면 미스코리아 살해범으로 누명을 쓰게 돼. 너를 위해 말해주는 건데 너의 모든 범행은 다 알고 있어. 그게 무슨 말이에요? 야 임마. 609호가 너의 모든 도청사실을 다 신고했어. 뭐라고요? L은 전화를 끊어 버렸다. 609호 어떤 씹새지! 아, 나 같은 놈이 또 있었다니. 어쩌면 그 녀석이 최첨단 템페스트 시스템으로 아파트 전체를 철저하게 감시하고 있었을지도 모른다고 생각되자 L은 몸서리가 쳐졌다.

L, 모든 걸 포기하고 자수하라. 도망갈 곳은 없다. 경찰차에서 경고방송이 들렸다. L은 차를 후진해서 백사장 쪽으로 내달렸다. 경찰 경고방송은 다시 반복되었다. 그러나 빠져나갈 퇴로는 없었다. 경찰차는 요란하게 사이렌 소리를 내면서 점점 간격을 좁혀 왔다.

2003.

정신과 의사는 없소

남쪽 산등성이 위에서 점으로 떠오른 검은 구름이 점점 그 세력을 확장하더니 차일처럼 삽시간에 온 도시를 덮어버렸다. 구름을 몰고 온 바람이 잘 벼린 칼날처럼 날카로운 쇳소리를 내며 지나갔다. 차들은 안개등을 켜고 경적을 울리면서 달렸다. 길 가는 사람들의 모자가 날아가고 여자들의 긴 치맛단이 깃발처럼 펄럭였다.

거리에 버려진 온갖 쓰레기와 휴지와 전단들이 날아올라 어디론가 정신없이 휩쓸려갔다. 바람이 숨을 고를 때마다 질주하는 차들의 유리창에 한 움큼씩의 모래가 우박처럼 흩뿌려졌다. 대로변 상가의 간판들이 덜컹덜컹 흔들리다가 떨어져 날아다니고, 가로수 나뭇가지가 뚝뚝 부러져 나갔다. 하늘에서는 퍼런 불칼이 지상으로 내리꽂혔다. 전봇대 위 변압기에서 불꽃이 솟구쳐 오르고 폭발음이 고막을 찔렀다. 도심의 모든 신호등이 맥없이 꺼져버렸다. 어디에 불이 났는지, 소방차의 날카로운 사이렌 소리가 멀어져 갔다.

대낮인데도 초저녁같이 어두웠다. 인명 구조차가 경적을 울리며 앞으로 나아가려 했으나 뒤엉킨 차들에 막혀 더는 움직이지 못했다. 구조차에서 내려진 환자를 보호자가 업고 병원을 향해 뛰었다. 환자의 깨진 머리에서 피가 흘러 내렸다. 길 건너에도 사람들이 쓰러져있는 게 보였다. 낙하물에 머리 부분을 얻어맞은 것 같았다. 겁에 질린 사람들은 우왕좌왕 어찌할 바를 몰랐다. 어떤 사람들은 비명을 지르면서 건물 안으로 뛰어들기도 했다.

자가발전 시설이 되어있는 건물은 다시 전등이 들어왔지만 그렇지 못한 건물들은 유령의 집처럼 음산하게 보였다. 이내 비가 한 방울씩 후둑후둑 듣는가 싶더니 금방 동이로 퍼붓듯이 쏟아졌다. 순식간에 도로는 물바다가 되어갔다. 미처 하수구로 빠져나가지 못한 물이 주택가 골목까지 차올랐다.

나는 고막을 후비는 헬기의 프로펠러 소리에 잠에서 깨어났다. 차 안의 운전석에 앉은 채로 잠들어 있었던 모양이다. 창 밖은 캄캄한 벽이었다. 누군가 어둠 속에서 다가와 차를 몰고 밖으로 나가라고 했다. 나는 엉겁결에 표시등을 따라 차를 몰고 밖으로 나왔다. 차는 밖에 놓여진 슬로프를 타고 부드럽게 내려올 수 있었다. 밖은 이미 밤이었다. 내 차는 시누크헬기 같은 비행물체에 실려 온 것이었다. 그러나 헬기에 실린 기억이 전혀 없었다. 다만 차를 몰고 고속도로에서 국도로 접어들었던 순간 비상등을 켠 차가 앞을 가로막았다. 검은 색 복장의 사나이가 다가와서 뭐라고 소리를 질렀다. 더 자세히 듣기 위해 운전석 옆 유리문을 내리자 그 사나이는 잽싸게 내 얼굴에 분무액을 분사했다. 스키브 에테르 같은 냄새가 코를 찔렀다. 나는 의식을 잃었다. 그뿐이었다. 이들이 누구인지, 여기가 어디인지, 알 길이 없었다.

나는 인터넷에서 광고를 보고 일자리를 구하기 위해 고용주와 면접을 하러 가는 길이었다. 나는 여자들의 사타구니나 들여다보는 의사였다. 그것마저도 주변에 대형종합병원이 들어서면서 환자는 하루가 다르게 줄어들었다. 찾는 사람이라야 오랜 단골들뿐이었다. 생명을 경외하고 법을 어길 수 없는 나는 현상유지와 폐업 사이에서 고민하고 있었다.

고민의 해결을 다른 사람들처럼 나도 인터넷 바다에서 그물질로 해결하고자 했다.

의사 모집. 산부인과 전문의. 음유시를 이해할 수 있어야 함. 대충 이런 자격요건이었다. 연봉과 근무환경은 좋은 조건이었다. 나는 선뜻 지원했고, 하루가 지난 후 이메일로 면접을 하자는 연락을 받았다. 면접을 하기 위해 차를 몰고 지피에스의 지시대로 고속도로를 거쳐 지방 국도로 들어섰다가 이들에게 납치된 셈이었다.

차를 몰고 나오자 광장에는 안내인이 서 있었다.

"곽선생님. 오시느라 수고하셨습니다. 어르신께서 기다리고 계십니다."

그는 정중했다. 영화에서나 보는 브이아이피에 대한 의전을 베풀었다. 나를 차에서 내리도록 했고, 따라 오시라는 말을 남기고 그는 앞장서서 휘적휘적 걸어갔다.

그를 따라 광장을 가로질러가며 휘둘러보아도 지나가는 사람들은 보이지 않았다. 그 큰 광장이 텅 비어 있었다. 그 광장의 동쪽, 불빛이 휘황한 건물로 그가 스며들 듯이 빨려 들어갔다. 나도 그를 따랐다. 특별한 장식이 없는 원형의 거대한 홀 안은 사람들로 꽉 차 있었다. 그런데 홀은 서서히 시계의 반대방향으로 돌고 있었다. 그냥 돌고만 있는 게 아니라 일층에서 삼층 높이까지 시나브로 올라갔다가 내려오기를 반복했다. 홀 밖으로는 삼층으로 된 환형의 건물이 이 원형의 건물을 에워싸고 있었다. 일층에서 삼층까지 각 층마다 대형의 투명한 유리로 된 원룸이 보였다. 그러나 그 원룸은 아직 불이 켜져 있지 않았다.

안내했던 의전담당인 듯한 사내는 나를 자리에 안내해 놓고는 잠시 기다리라는 말을 남기고 가버렸다. 나는 실내를 한바퀴 휘둘러 보았다. 중앙에 걸린 샹들리에가 은은한 빛을 발하고 있었다. 그 불빛은 카멜레온처럼 조금씩 빛의 조도와 색깔이 변했다. 처음 들어보는 음악이 은은하게 흐르고 있었다. 실내는 붉은 머리와 노랑머리 사람들로 꽉 차 있었으며, 그들은 파티를 즐기고 있는 듯이 보였다. 거의 남녀가 같이 짝을 지어 앉아 있었고 나처럼 혼자 들어온 사람은 보이지 않았다. 사람들은 나에게 잠깐 주었던 시선을 거두어갔다. 검은 머리인 나를 그들은 대수롭지 않게 보아 넘겼다. 신경을 거슬리게 하는 사람은 없었다. 나는 시선을 탁자의 모서리에 박고 분위기에 쉽게 익숙해지고자 했다. 홀 안은 마치 무슨 의식의 집전장 같았다. 가득 메운 사람들은 너무도 조용했다.

기다리기를 십여 분. 길게 자란 붉은 머리를 질끈 동여맨 건장한 사나이가 나타났다. 그는 자기를 토마스 리라고 소개했다. 그리고 올 때 불편했다면 이해해 달라는 정중한 사과의 말도 잊지 않았다. 그리고 현재 상황을 간략하게 설명하는 친절을 베풀었다. 조금 전에 공식적인 의식은 끝났고 지금은 파티 중이라고 했다. 나는 그게 무슨 의식인지 물으려다 나와 상관없는 일일 것 같아 그만두었다.

그는 우선 생명수라는 걸 주문했다. 내 앞에 놓인 메뉴표는 전부가 처음 들어보는 생소한 것들뿐이었다. 나는 메뉴표를 그의 앞으로 밀어 놓았다. 그는 일품이라고 하면서 에이코스 요리를 시켰다. 그는 반갑다는 말을 반복했다.

그러나 내 마음은 편치 않았다. 빨리 계약을 끝내고 오늘 밤 안으로 집에 돌아가야 했다. 내일 정시에 병원 문을 열어야 하고, 제왕절개를 해야 할 환자도 있었다. 가장 급한 것은, 포상기태로 고생하는 환자를 아침 일찍 수술하기로 예약이 되어 있었다. 그러니 내 마음이 여유로울 수만은 없었다. 불안의 무게는 좀처럼 줄지 않았다. 어떻게 하면 간단히 끝내고 본론으로 들어갈 수 있을까 하는 생각에만 골몰했다.

"곽선생. 뭘 그리 심각히 생각하고 있소."

나는 평소와 달리 침착을 잃고 있었고 그는 내 마음을 쉽게 간파했다.

"아니오. 잠시 다른 생각에 빠져 있었소. 미안하오."

"어떻게 하면 빨리 계약을 끝내고 돌아갈까 하는 생각이겠지요."

"꼭 그런 것만은 아니오."

나는 속마음을 들켜 버린 게 너무 민망해서 아니라고 부인했다.

"아니, 성함을 들으니 외국에서 오신 것 같은데요."

나는 적당한 화제가 없어서 엉뚱한 질문을 했다.

"아니오. 나는 이 한나 도시의 태생이오. 이 도시에서는 외국 이름을 써야만 사람대접을 받소."

나는 더 묻고 싶은 말이 있었으나 이내 그의 이야기가 이어져 버렸다.

"그러면 우리 정식 계약을 합시다."

그는 계약서를 꺼내서 내게 건넸다. 내용은 인터넷에서 제시한 조건 그대로였다. 단서 조항이 한 구절 있기는 했으나 제시 외의 조항은 합의하에 시행한다고 되어 있었다. 별 문제를 일으킬 사항은 아니었다. 이만하면 만족한 조건이었다. 나는 서슴없이 계약서에 사인을 했다. 병원은 내일 당장 폐업신고를 내버릴 생각이었다.

시간이 지나자 생명수가 먼저 나오고 연이어 장수에 도움이 된다는 에이코스 요리가 나왔다. 그리고 팔등신의 미녀가 옆에 서서 잔에 생명수를 가득 따랐다. 그녀의 옷차림은 쳐다보기가 민망할 정도였다. 속옷은 입지 않고 겉에 린넬 같은 천으로 만든 원피스를 걸치고 나왔는네 바로 볼 수가 없었다. 유방이 드러나도록 보름달 같은 둥그런 모양을, 배꼽 부분에 육각형과 하반신의 치모가 그대로 드러나 보이도록 역삼각형으로 도려내버린 디자인이었다. 그뿐만 아니었다. 엉덩이도 완전히 드러나 있었다. 내 표정이 이상했던지 토마스 리는 이 옷은 최신 유행하는 패션이라고 자랑했다.

"자, 건배를 합시다."

그와 나는 잔을 들어 부딪치면서 건배를 했다. 나는 한 모금 마신 후 소리를 지를 뻔했다. 생명수라는 게 그냥 독한 술이었다. 코스 요리 역시 그저 그랬다. 약간 맛이 다른 정도였다. 생명수가 몇 순배 돌아간 다음 그는 나에게 물었다.

"곽선생. 그 요리의 재료를 어디에서 가져오는지 아시오?"

"글쎄요. 곱창 같기도 하고….."

나는 확신이 서지 않아서 말끝을 흐렸다.

“그 요리의 재료는 앞으로 곽선생이 조달하게 될 것이오.”

나는 무슨 말인지 알아듣지를 못했다. 그는 불그레한 얼굴에 빙그레 미소를 짓고 있었다. 나는 한참 후에야 그게 무슨 말인지 깨달을 수 있었다. 생명수 때문에 머리 회전이 잘 안되는 듯 했다. 나는 그만 욱, 욕지기가 일었다. 그의 눈치를 보았으나 다행히 그는 아무것도 모르고 있는 것 같았다. 여전히 미소를 머금고만 있었다. 내가 화장실로 가기 위해 일어서자 그는 나에게 주의를 주었다. 만일 화장실에 가서 구토를 한다면 우리 주방장이 당신을 죽일지도 모른다고 위협했다. 그는 모르고 있던 것이 아니고 알고도 모른 척하고 있던 것이었다. 이 요리는 주방장이 심혈을 기울여 개발, 특허를 낸 장수요리이기 때문에, 이 요리의 인기도에 따라 주방장의 자리 보존이 달려 있다고 했다. 그래도 일어나서 화장실로 가는 나에게, 거기에도 티브이 카메라가 설치되어 있어서 주방장이 당신의 행동을 낱낱이 감시하고 있다는 말을 귓등으로 전했다. 나는 화장실 가는 걸 포기하고 자리에 앉은 채 억지로 참을 수밖에 없었다.

“앞으로 주방장은 선생의 도움을 받기 위해 찾아가게 될 것이오. 그때 잘 하면 선생은 한 몫 크게 쥐게 될지도 모르오.”

두 번째 요리는 랍스터찜이었다. 그는 마치 미식가처럼 먼저 맛을 보았다. 그리고 나에게도 먹기를 권했다. 지금까지 먹어 보지 못한 감칠맛이었다. 에이코스 중에는 뭐니 뭐니 해도 이 장수요리가 일품이라고 기염을 토하면서 당신 입에도 맞을 거라는 말을 덧붙였다. 그런데 그 속에는 여러 개의 금덩이가 들어있었다. 나는 깜짝 놀랐다.

“아니, 요리에 금덩이를 넣다니?”

"금이 체내의 독소를 제거하는 데 얼마나 좋은지 모르시오?"

그의 말은 장황하게 이어졌다. 금가루로 화장품도 만들고 음식에 향신료처럼 뿌리기도 한다는 말이었다. 또 금뿐만 아니라 금강석도 빻아서 가루로 쓰고 은도 주석도 납도 요리의 재료로 쓰고 있다고 기염을 토했다. 특히 납을 넣은 랍스터찜은 국제 특허를 낸 요리라고 했다.

"아니, 납을 요리에 쓰면 납중독이 되지 않소?"

"염려 마시오. 건강에 아주 좋소. 진미 중의 진미요. 먹어만 보시오. 그 맛이 기가 막히오."

"중독이 되면, 나중에는 손발이 뒤틀리고 다리도 꼬이는 것 아니오?"

"곽선생이 뭔가 잘 못 알고 있소. 그럴 염려는 소금도 없으니 그 점은 안심을 해도 좋소."

"내가 알기로는 납에 의한 크로르폴피린 혈중 함량이 육백마이크로그램 이상이면 입원해서 안정가료를 해야 하고 집중치료를 받아야 하는 것으로 알고 있는데, 아니란 말이오?"

나는 놀란 표정으로 신문 기사에나 실리는 알량한 지식을 과시했다.

"선생, 전혀 염려하지 마시오. 크리스털 컵을 보지 않았소. 그 컵은 유리에다 납을 넣어 천도 이상 가열하여 만든 것이오. 얼마나 투명하고 단단합니까. 당신이 살던 곳에서는 그랬는지 몰라도 이곳 한나시의 생체학자들은 납은 많이 먹을수록 좋다고 했소. 우선 뼈가 크리스털 유리처럼 단단해지고 잘 부서지지 않는다고 했소. 그리고 크리스털 유리를 염색할 수 없듯이 인간도 다른 색깔에 오염되지 않고 정말 순수해진다고도 했소."

그는 나에게 다시 한 번 건배를 청했다.

"선생, 제 청이 하나 있소. 이것은 계약 조건 외에 옵션에 해당하는 사항이오."

그는 곧바로 말하지 않았다. 한참 뜸을 들인 다음에 말을 꺼냈다.

"곽선생. 우리 서로 아내를 바꿉시다."

어이가 없었다. 이런 무례하고 황당한 요청이 있을 수 있단 말인가.

"나는 아내가 없소."

나는 화가 났지만 꾹 참고 그의 요구를 거짓말로 점잖게 거절했다.

"아내가 없다면 애인과 바꿉시다."

나는 애인도 없다고 말했다. 스와핑이 유행이라는 말은 들어보았으나, 그것은 성도착증에 걸린 사람들의 세계에나 있는 일이라고 나는 믿어 왔었다.

그는 또 새로운 제안을 해왔다.

"그러면 곽선생이 내 아내를 그냥 가지시오. 내 아내는 퍽 미인이오. 아마 곽선생도 내 아내를 만나보면 좋아하게 될 것이오."

그는 나에게 끈질기게 졸라댔다. 나는 아무런 대답을 하지 못했다. 이 어이없는 제안에 나는 어리둥절할 수밖에 없었다. 한편 무슨 음모를 꾸미고 있는 것이 아닌가 하는 의구심이 들었다. 토마스 리의 정신 상태가 약간 의심스럽게 느껴지기도 했다. 어쩌다가 이런 사이코와 마주하게 되었는지 앞일이 걱정이었다. 계약 자체도 유효한지 의심이 가지 않을 수 없었다.

토마스 리는 또 새로운 제안을 했다.

"이번 요구 조건은 꼭 들어주어야만 하오. 이번에도 거절하면 나는 당신의 안전을 보장할 수가 없소."

토마스 리는 좀 험악한 표정으로 나에게 협박을 가해왔다.

"뭡니까? 이건 계약 조건과 다르지 않소?"

"제 아내를 죽여주시오. 그러면 충분한 대가를 지불하겠소."

"그게 무슨 말이오?"

"제 아내를 감쪽같이 죽이고 선생이 여기를 떠나버리면 이 도시의 수사관들은 당신을 찾을 수 없을 것이오. 여기 한나시 치안청에는 당신의 지문과 인적자료가 없을 테니까 말이오."

"싫소. 사람을 죽일 수는 없소."

"나는 당신을 처음 보았을 때 사람을 많이 죽여 본 경험이 있는, 그러니까 살인 냄새를 맡았소."

"그건 터무니없는 소리요. 나는 단지 의사일 뿐이요."

"그럴 리가 없소. 당신은 산부인과 의사가 아니오. 나는 당신을 보는 순간 살기를 느꼈소. 본의든 아니든 당신은 수입을 올리기 위해 많은 생명을 죽이지 않았소?"

"아니오. 나는 다른 사람들처럼 절대로 어린 생명을 죽이지 않았소. 태아를 살리기 위해 최선을 다했을 뿐이요. 당신 말대로라면 우리 병원은 지금쯤 종합병원이 되었을 것이오."

나를 보고 많은 사람을 죽였다고 하는 것은 말도 안 되는 소리였다. 산모를 살리기 위한 불가피한 경우 외에는 태아를 죽이지 않았다고 명세를 해보이고 싶었다. 그것만은 내 자부심을 건드리는 민감한 일이었다. 나는 이런 인간과의 계약은 파기할 수도 있다는 생각 쪽으로 기울고 있었다.

"그러면 당신의 전생일지도 모르오."

"당신은 도대체 누구요?"

나는 생명수의 기운을 빌려 퉁명스럽게 물었다. 그는 내 질문에 대답하지 않았다.

그는 다시 처음 이야기를 반복했다. 당신은 이 도시에서 어떻게 살아갈 작정이냐고 물었다. 이 도시는 돈만 있으면 처녀 불알도 살 수 있는 곳이라고 했다. 만일 내 아내만 죽여준다면 보험금 전액을 주겠다고 하면서 다시 회유하기 시작했다. 그 돈만 가지면 이 도시의 미스 한나와 결혼할 수도 있다는 말을 덧붙였다.

그의 주문은 계속되었다. 그런데 꼭 사고사처럼 위장해 주어야만 하오. 당신은 주사 한 대면 감쪽같이 내 아내를 죽일 수도 있을 것 아니오. 만일 그게 어려우면 살인에 쓸 무기는 이미 준비가 되어 있소. 다른 무기를 구입하면서 옛 소련제 토카레프 티 삼삼 권총을 밀무역꾼한테 얻어 두었다는 것이다. 좀 구식이기는 해도 명중률은 정말 뛰어난 권총이라고 자랑하기도 했다.

"그러면 선생은 무기 중개상이오?"

나는 그의 말을 계속 듣고만 있다가 한마디 반문했다.

"곽선생, 왜 그리 성질이 급하시오. 차차 알게 된다고 하지 않았소."

"그런데 왜 아내를 죽이려 하시오."

"내 아내는 치유할 수 없는 정신병자요. 사업에 막대한 지장을 초래하고 있소. 그래서 사업상 어떤 어려움이 있더라도 제거해야만 하오."

그는 단호하게 말했다.

생명수는 이미 세 병째를 비우고 있었다. 장수요리는 처음 나온 것 말고도 다양한 종류가 계속 나왔다. 내가 방금 나온 요리를 집자 그는 한마디 했다.

"그 요리는 제일 좋은 것이오. 포름알데히드나 디코폴이 함유되어 있어서 많이 먹을수록 피부병도 안 걸리고 죽은 후 몇 십 년이 되어도 썩지 않고 항상 산 사람 같을 것이오. 여기 납신당에 가면 몇 십 년 된 시체들이 살아있는 것같이 보인다오. 우리 할아버지 할머니께 인사하러 가지 않겠소?"

그는 엉뚱한 제안을 했다.

"그건 맹독성 농약이지 않소. 그런데 그걸 먹으란 말이오?"

나는 반문하지 않을 수 없었다.

"선생이 몰라서 하는 말이오. 옛 의성들이 말했소. 비상도 잘만 쓰면 명약이라고. 적당히 섭취하면 몸 안의 기생충도 없어지고 건강에 몹시 좋은 약이오."

또 새로운 생명수 안주가 나오자 나에게 들어보라고 하면서 그가 먼저 먹었다. 잘 구운 너비아니였다.

"이걸 많이 먹을수록 종기도 나지 않소. 클로람페니콜이나 옥시테트라사이클린을 다량 함유하고 있어서 건강에 무척 좋은 요리요. 염려 말고 많이 드시오."

"생명수 맛이 참 좋소."

나는 사실 할 말을 잃어서 괜한 소리를 한번 해보았다.

그는 또 헛소리를 늘어놓기 시작했다.

"이 생명수에는 몸에 좋은 술포벤조산아미드라는 고밀도의 영양소가 들어 있소. 이것 또한 백 년 묵은 산삼보다 낫소. 이 도시에 오신 이상 뭐든 많이 먹으면 우리들처럼 아마 이 백 살까지는 거뜬히 살 것이오."

나는 그에게 한마디 하지 않을 수 없었다.

"그렇게 오래 살면 무엇 하겠소?"

"오래 살면 좋을 것 아니오. 돈만 가지고 있으면 이 도시에서는 무엇이라도 가질 수 있다고 하지 않았소. 그 왜 있지 않소. 딸년 같은 애와 섹스도 맘껏 즐길 수 있고, 본토로 가서 골프도 치고 흑 말, 백말도 다 타볼 수 있는 것 아니겠소."

나는 그의 나이를 짐작할 수가 없었다. 머리는 붉은 색이고 얼굴에는 거의 주름이 없었다.

"토마스 씨 죄송하지만 올해 연세가 어떻게 되었소?"

"몇 살로 보이시오? 나는 금년에 일흔 살이오. 이제 겨우 삼분의 일을 산 셈이오."

나는 내 눈을 의심하지 않을 수 없었다. 정말 이럴 수가 있는가. 일흔 살이라니. 믿어지지가 않았다.

너무 어이가 없어 나는 화제를 다른 곳으로 돌려버리고 말았다.

"아니, 본토라는 데가 어디요?"

"바다 건너 노랑머리 동네가 있소. 우리는 그 노랑머리 동네의 쉰네 번째 주에 해당하는 셈이오. 나도 어릴 때 본토에 가서 이십 년을 살다가 왔소. 거기에서 대학을 마친 다음에 이곳으로 오게 된 것이오. 그래서 우리말이 서툴 때가 있었소."

"왜 꼭 본토로만 가야 하는 거요?"

"물론 이 한나시에도 시립대학이 있소. 또 그 대학을 돋보이게 하기 위해 다른 많은 대학들을 세웠소. 그러나 이 도시에서는 시립대학 이외에는 대학으로 여기지도 않소. 박사학위도 시립대학이 아니면 사람들은 비웃고들 있소. 그런데 더 웃기는 것은 본토에 있는 시골구석, 그야말로 벼룩이 간만큼 조그마한 도시의 이름도 못 들어본 대학의 학위도 이 도시에서는 대단한 위력으로 우리의 의식을 지배하고 있소. 그래서 부모들은 자식을 낳으면 무조건 본토의 양성소로 보내 스무 살이 넘도록 있다가 데려오는 것이오.”

“그러면 그 많은 유학 비용은 어떻게 마련하지요?”

“그렇기 때문에 돈을 벌려고 혈안이 되어 있소.”

“그러면 이 도시 사람들은 돈을 벌기 위해 주로 무엇을 하는 거요?”

돈 벌기는 쉬운 일이라고 말했다. 돈을 벌기 위해 그 엄마가 남자를 호텔로 유혹해 주머니를 뒤지거나 비싼 대가를 받고 섹스 봉사를 한다고 했다. 남편들은 알고도 모른척한다고 했다. 또 외국에서 노예를 사다가 생산공장에서 거의 공짜로 부려먹는 사람도 있지만, 주로 남을 속여 돈을 번다고 했다. 하루만 남을 속이지 않아도 배가 아파서 못 견디는 사람이 수두룩하고, 야간 응급실은 그들로 만원이라고 했다. 사람이 아파서 죽는다고 해도 의사들은 눈 하나 깜빡하지 않을 뿐만 아니라, 병원에 환자가 들어올 때 금전투시기를 통과하게 되는데 돈을 얼마 소지하고 있는가에 따라 목숨을 살리고 죽이고 하는 게 이 곳 의사들이라고 했다. 내가 사는 도시의 의사들처럼 히포크라테스의 선서를 성실히 지키는 의사들과는 질이 달랐다.

골치 아픈 이야기들뿐이었다. 화제의 방향을 바꾸고 싶었다.

“지금 우리가 먹는 것들은 어디서 생산하고 있소?”

“그것은 걱정할 것 없소. 우리 한나시에서는 소비가 많은 밀가루 옥수수 쇠고기는 진즉 본토에 도급을 주었고 쌀도 그 나라의 질이 좋은 골드라이스로 점차 바꾸어가는 추세에 있소. 부식 종류는 바로 가까운 이웃의 광활한 영토를 가진 나라에서 우리의 식탁을 풍요롭게 하기 위해 공급을 맡은 지가 오래됐소. 우리는 콩나물 같은 것도 생산하지 않소. 비행기로 새벽에 실어와 아침 식탁에서 먹고 있소. 지금 먹고 있는 이 진미도 그 나라에서 맡아 공급해 주고 있는 것들 중의 하나요."

"……."

나는 할 말을 찾지 못하고 있었다. 그의 말은 계속되었다.

"그들은 우리 국민이 장수할 수 있도록 하기 위해 갖은 애를 다 쓰고 있소. 그래서 늘 새로운 것을 개발하고, 흰깨까지도 검은 오렌지 이호의 타르를 입혀 장래 돌연변이 즉 천재를 낳도록 애를 쓰고 있소. 그러니까 이곳 사람들은 이백 살까지 거뜬히 장수하는 것이오. 우리는 그런 일이차산업의 구질구질한 일이나 환경을 해치는 굴뚝산업보다는 머리를 쓰는 거요. 쾌적한 실내에 앉아서 천재적인 머리로 소프트웨어를 개발하고 아이티 산업만을 육성하는 것이오. 그래서 인터넷을 통한 새로운 공격적 마케팅으로 세계 여러 나라의 돈을 그물로 끌어올리는 거요. 얼마나 좋소. 그 만선의 기쁨을 곽선생은 아시오. 아마 모를 거요!"

"아니, 그러다가 전쟁이라도 나서 먹을거리를 실어 오지 못하면 어떻게 되는 거요."

"선생은 참 걱정도 팔자요. 그러면 자가용 비행기를 타고 본토로 다 날아가 버리면 끝나는 거요."

"자가용 비행기가 없는 사람은 어떻게 피난을 간단 말이오?"

"그래서 집집마다 말보다 큰 개를 키우고 있지 않소. 아마 곽선생도 들어서 알 것이오. 로트와일러, 달마시안, 그레이트페레니즈 등 수도 없이 많소. 유사시 이들은 개를 타고 도망을 가는 것이오. 그 개는 육지를 천리마보다 날쌔게, 바다를 수중익선이나 공기부양선보다 빠르게 달리는 것이오."

나는 피식 웃음이 나왔다. 아니 그까짓 개가 크면 얼마나 크기에 그 개를 타고 피난을 갈 수 있단 말인가. 참으로 어처구니가 없었다.

"선생. 그렇게 실소할 일이 아니오. 선생도 이제 곧 그 거대한 개와 맞닥뜨리게 될 것이오. 황소나 말보다 더 큰 개 말이오."

생명수는 계속 나오는 요리가 좋아서 그런지 쓰지 않고 달콤하기까지 했다. 나는 그의 말에 점점 매료되어갔다. 그를 만나게 된 게 행운이라는 생각을 떨쳐 버릴 수가 없었다. 당장 갈 곳이 없는 나로서는 그에게 한줄기 희망을 걸 수밖에 없었다.

"그런데 토마스 리 씨. 저…."

그는 내 말을 손사래를 쳐서 막았다. 나는 이쯤 해서 집으로 돌아가겠다고 부탁할 작정이었다.

"선생. 선생은 나를 토마스라 부르지 마시오. 교주라고 불러 주시오."

"무슨 종교 교주요."

"라이플 종교라고 들어보았소. 우리의 힘은 어떤 사람들은 청교도적 정신이라고 하지만 실은 불의를 보면 참지 못하는 총구에서 힘이 나오는 것이오. 그래서 우리는 라이플을 신봉하는 것이오. 여기서는 불의를 저지르고는 살아남지 못하는 곳이오. 나쁜 일을 한 사람은 누가 총을 쏘던지 죽게 마련이오. 우리 종교의 교세는 날로 번창하고 있소. 곧 이 한나시의 제일가는 종교가 될 것이오. 선생이 좀 늦게 도착해서 우리의 일차 의식에 참석하지 못해 안타깝소. 그 성대한 의식을 꼭 보이고 싶었는데. 이렇게 생명수를 마시고 있는 것도 지금 이차 의식이 진행 중인 것이오. 여기 많은 사람들이 다 우리 종교의 신도들이오. 그리고 이 건물이 바로 우리의 총본부요."

"아니 그러면 혹시 사이비 종교가 아니오. 나는 그런 종교에서 일할 생각이 없소."

"선생, 사이비 종교라니, 무얼 사이비 종교라고 하는 거요?"

그는 발끈해서 나에게 날카롭게 쏘아 붙였다. 그리고 즉각 반론을 제기했다. 사이비 종교라는 개념 자체가 잘못된 것이라고 말했다. 종교에 사이비란 없다는 말을 강조했다.

알량한 한나시청 직원들이 그렇게 일방적으로 매도하는 것이라고 했다. 그들은 시립대학을 나온 치들이고 엘리트 의식만 앞세운 답답한 친구들이라고 했다. 그래서 그들은 교주가 돈을 착복했다, 피 가름을 했다는 올가미를 씌워서 사이비라고 매도해 버리는 것이라고 했다. 하기야 어떤 종교든 우리가 사이비요 하는 종교를 나도 보지 못했다. 선생은 그 문제를 어떻게 생각하느냐고 그가 나에게 물었다. 자신은 그 많은 신도의 고달픈 이야기를 들어주고 아픈 데를 주물러 주고, 특히 엄지발가락과 엄지발가락 사이가 가려운 여신도가 있다면, 그 가려움증도 해결해주고, 그래 왔다는 것이다. 그런 중노동에 시달리면서 돈 몇 푼 챙겨서 스트레스를 해소하기 위해 본토에 코딱지만한 땅 십여 만 평 사서 집 몇 채 지어 놓았다고 했다. 그 땅 안에다가 십팔 홀쯤 되는 골프장을 만들어 놓고 이따금 건너가서 체중조절도 할 겸 부족한 기를 재충전하기 위해 필드를 한바퀴 돌고 와 또 중노동을 한다는 것이다. 그 가려움증을 해결해주는 것도 중노동 중의 중노동이지 않느냐고 나에게 동의를 구했다. 선생도 해보지 않았소, 그 일은 골수까지 쭉쭉 빠져나가는 중노동 중의 중노동이오. 노동에는 반드시 대가가 있어야만 하오. 그는 계속 떠들어댔다. 이런 종교야말로 참 종교라는 말로 마무리를 지었다.

"그런 게 다 사이비 기준이 아니오."

"천만에요. 그 사이비 기준은 간단하오. 얼마나 이 한나시청의 실권자에게 깜깜한 밤에 뒷문으로 한 보따리를 가져다주었느냐에 따라 그것은 하루아침, 아니 일 초 만에 사이비에서 훌륭한 종교로 바뀔 수가 있소. 그런데 꼭 평탄한 것만은 아니오. 간혹가다 매스컴에서 사이비라고 공격을 하는 수가 있소. 그러면 그런 매스컴은 하루쯤 점거하고 사장놈을 사옥 옥상으로 끌어내다가 피티 체조를 코피가 터지게 시켜도 누가 말리는 사람이 없소. 그리고 한 보따리 뇌물을 먹은 실권자는 눈만 껌벅거리면서 꿀 먹은 벙어리처럼 가만히 앉아있고 다른 사람들은 나 잘했다고 박수를 칠뿐이오. 이 도시에서 종교는 가장 인기 있는 사업체요. 도시청의 간섭이 전혀 없는 데다가 포교를 빙자해서 다른 사업을 해도 수입금에 세금 한 푼 없지, 돈은 우박처럼 쏟아져 들어오지, 세상에 이보다 더 좋은 사업이 어디 있단 말이오."

"그러면 그 많은 돈은 사회사업에 쓰겠구먼요."

"천만에요, 그 돈으로 성전을 넓히고, 넓히고 또 넓히지요."

"그래도 남으면 가난한 사람들 구휼에 쓸 것 아니오."

"아니오, 그래도 남으면 그들은 그 돈으로 이불을 만들어 덮는 것이오."

"아니 지폐로 이불을 만들다니요?"

"여기서는 지폐란 말은 없소, 돈을 만드는 종이는 목화가 원료인 솜으로 만들기 때문에 면폐라고 부르고 있소, 그래서 이 목화 종이로 이불을 만들어 덮으면 따뜻하기도 하지만 이 곳 한나시에서는 부를 나타내는 상징이며 척도요.”

“그러면 라이플 종교도 그렇게 하고 있소?”

“아니오, 우리 종교는 그런 종교를 경멸하오. 우리 라이플 종교
는 앞으로 그런 사이비 종교를 상대로 성전을 펼칠 계획이오. 그
러기 위해 이미 외국에서 무기를 사들여 무장이 끝났소.”

“아니, 그러면 종교 전쟁을 한단 말이오.”

“그렇소. 종교 전쟁이라기보다는 쓰레기 청소지요. 쓰레기 종
교를 없애기 위한 청소 말이오. 이것은 도시청이 나서서 할 수 없
는 일이오. 도시청이 나선다면 여론이 안 좋을 테니까 말이오. 종
교 탄압을 한다고 세계 종교계가 들고 일어나 난리법석일 거요.
그런 쓰레기종교는 점거해서 성전을 주택으로 개조해서 집 없는
사람들에게 무상으로 나누어줄 작정이요. 이런 일은 오직 우리같
이 참신한 종교가 나서서 이 땅의 청정 유지를 위해 꼭 해야 할 일
이오.”

그러나 나는 그 말을 듣는 순간 소름이 돋았다. 종교에 대해 더
묻고 싶지 않았다. 나는 그가 사이코라는 생각을 더욱 굳히게 되
었다.

시간은 이제 영시를 향해 가고 있었다. 아직도 사람들은 홀 안
에 가득 차서 나갈 생각을 하지 않았다. 남녀간에 서로 은밀한 곳
에 손을 넣고 앉아있는 사람들도 여러 곳에서 눈에 띄었다. 우리
좌석 옆에도 남자의 손이 움직일 때마다 옆자리에 앉은 여자의 신
음 소리가 내 자리까지 들려왔다. 음악 소리가 점점 드높아지자
이곳저곳에서 은밀한 교성이 들려왔다.

“선생은 시도 쓰는 것으로 알고 있는데, 당신의 유명한 시가 있
소?”

"유명하지는 않지만 혹시 '붉은 해골의 아픔' 이란 시를 들어본 일이 있소."

"아. 그 시라면 나도 아내가 읊조리는 것을 들어본 기억이 있소. 내 아내가 좋아하는 시요. 너무 아프게 세상을 살았기 때문에 해골까지 벌겋게 달아올라 식을 줄 몰랐다는 시가 아니오."

"네. 그런 내용이지요."

"참 반갑소. 여기는 그런 우수한 시를 쓰는 사람이 없소. 음유시인을 만들어주는 회사가 있소. 돈만 가져다주면 그 회사에서 시를 써서 지원자에게 녹음하도록 한 다음 응모까지 해 주고, 작가는 시상식에만 가면 되는 것이오. 그 사람들은 엽서 크기의 명함에 음유시인이라는 네 글자를 아기 주먹만 하게 붉은 글씨로 쓰고 자기 이름은 깨알같이 작게 찍어 가지고 다니면서 자랑을 하고 있소. 그래서 이 도시에는 음유시인 지망생들이 무지하게 많소. 선생도 음유시인 생산 회사를 차리시오. 그러면 돈을 벌게 될 것이오. 실제로 그런 회사들은 굉장한 호황을 누리고 있소. 음유시인이 되겠다는 사람은 얼마든지 있소. 특히 아름다운 미스들에게는 음유시인이 되는 것은 혼수감 제 일호요."

그는 음유시인에 대해 좋지 않게 생각하고 있는 것 같았다.

"그럴 생각은 전혀 없소. 그런 음유시인이 왜 필요한 거요?"

"그런 음유시인들은 이 세상을 풍요롭게 하기 위해 꼭 필요한 거요. 그리고 그들은 상류사회로 발돋움하기 위한 가장 무도회를 자주 갖는 것이오."

"……."

"그런 사람들은 각종 극장이나 공연장이 무료요. 그리고 자기 배우자가 아닌 같은 음유시인끼리 섹스 유희를 하는 것은 법으로도 허용하고 있소. 아, 정신병자인 내 아내도 이 도시에서는 알아주는 음유시인이오. 사사건건 사업 방해를 해서 막대한 지장을 초래하고는 있지만 말이오. 우리 여기서 끝내고 아내가 있는 집으로 갑시다. 같은 시인이니까 즐거운 시간이 될 것이오."

그때 갑자기 외곽의 환형 홀 이층에 불이 켜지기 시작했다. 무슨 일인가 의아해 했는데 궁금증은 곧 풀렸다. 남녀의 섹스 유희가 벌어지기 시작했다. 그 사람들은 우리 옆 테이블에 앉아 신음 소리를 내던 사람들이었다. 갑자기 실내 음악이 감미로운 음악으로 바뀌었다.

그 사람들을 보자 이 테이블 저 테이블에서도 자리를 차고 일어나는 사람들이 많아졌다. 곧이어 환형 홀에는 여러 사람들이 알몸인 채 뒤엉켜 섹스를 하기 시작했다. 감미로운 음악에 맞추어 요분질 소리와 감탕질 소리가 합창처럼 들려왔다.

이제 생명수 마시던 홀에는 토마스 리와 나밖에 없었다.

그는 테이블의 뒷면에 설치되어 있는 벨을 눌렀다. 나는 거기에 그런 벨이 설치되어 있는지를 전혀 알지 못했다. 그러자 잠시 후에 아주 늘씬한 아가씨가 속이 훤히 들여다보이는 투명한 가운만을 걸치고 나타났다. 그 아가씨는 온 몸에 피어싱을 하고 있었다. 그 여자가 움직일 때마다 '챙강챙강' 하는 경쾌한 소리가 났다. 그녀의 바기나에서 나는 소리는 더 크게 들렸다.

"선생, 이 여자를 따라 가시요. 우리 라이플 종교의 전교사요."

나는 볼륨의 곡선이 잘 드러나 보이는 그 여자를 보고 어리둥절했다. 대단한 미인인 그 여자는 내 손목을 잡아끌면서 환형 홀로 가자고 했다. 그러나 왠지 기가 질리고 불안했다. 나는 그 여자를 따라가지 않기 위해 완강히 거부했다.

"그러면 선생 잠깐만 기다리시오."

그는 여자를 데리고 환형 홀로 가버렸다. 홀에 나만 혼자 앉아 있게 되자 다시 집 생각이 떠올랐다. 새벽에라도 출발한다면 아침에는 도착할 수 있을 것이다. 그렇기만 하면 내일 예정된 일정은 큰 차질 없이 처리할 수 있을 것 같았다. 그런데 길을 알 수가 없었다. 다시 헬기를 내줄 것 같지는 않았다.

눈이 빠지게 나를 기다리고 있을 아내에게 셀룰러폰으로 콜을 해보았으나, 접속 불가였다. 콜 에리어가 아니라는 신호음만이 울릴 뿐이었다.

토마스 리는 쉽게 돌아오지 않았다. 나는 갑자기 불안을 느꼈다. 환형 홀에 있을 토마스 리를 찾아보았으나 알몸의 사람들 속에서 그를 찾기란 쉬운 일이 아니었다.

"선생, 무슨 생각을 그렇게 골똘히 생각하고 계시는 거요? 나의 아름다운 유희를 보았소."

한참 만에 그가 돌아 와서 깊은 상념에 잠겨 있던 나를 일깨웠다.

"잘 보았소."

나는 추잡한 난교를 보았지 토마스 리를 보지 못했다는 말을 하지 못했다.

"기분이 어땠소?"

"글쎄요."

한마디로 구역질이 난다고 하려다가 참았다.

그는 머릿속이 시원하다고 하면서 지금 그 여자가 삼백삼호 실에서 기다리고 있으니 환형 홀로 가보라고 했다. 나는 그 말에 대답하지 않았다.

"교주님, 남녀의 관계가 그래도 되는 것이오?"

"선생이 오해를 하고 있는 것이오. 이건 성스러운 종교 의식이오."

나는 무슨 이런 종교의식이 있는가해서 어이가 없었다.

"아니, 교주님이…."

"그거야 당연한 이야기가 아니오. 그 여자는 우리 전교사요. 그들의 임무요. 그뿐 아니라, 인간은 어차피 공유 결합을 할 수밖에 없소. 미남미녀일수록 공유 결합을 많이 해야만 하오. 반도체의 원리를 아시오. 플러스 마이너스 전자가 똑 같은 수가 아니고 어느 한 쪽이 부족할 때 항상 결합의 상대는 늘 변경되고 있소. 끊임없이 결합 상대를 바꿀 수밖에요."

이 도시에서는 그게 일상화되고 있는 것 같이 느껴졌다.

우리는 그 일을 까마득히 잊어버리고 또 생명수를 마시기 시작했다. 밤새도록 생명수는 계속 되었다.

"도대체 이 도시를 다스리는 실권자는 누구요?"

나는 혀 꼬부라진 소리로 물었다.

"이 도시의 실권자 말이오. 이 도시의 실권자는 바로 돈이요. 돈이 왕이고, 돈이 실권자이고, 돈이 권력이고, 그렇지요. 돈만 있으면 안 되는 것이 없소. 이 도시를 완전 내 것으로 만들 수도 있소."

"그러면 돈이 가장 많은 사람이 누구요?"

"그거야 당연히 황회장이요. 골든 킹이라고도 부르고 있소."

"그러면 그 사람이 이 도시의 왕이오?"

"그거야 당연한 이야기요. 많은 사업가들과 매스미디어 운영자들이 황회장에게 잘 보이기 위해 애완견처럼 꼬리를 흔들고 있소. 또 그 사람들 밑에도 다음 단계의 애완견이 있고, 또 그 아래, 또 그 아래 끝없이 애완견이 단계별로 딸려 있소. 이 한나시는 애완견의 도시라고 해도 과언이 아니오. 그래서 황회장이 깃발을 들고 흔들면 이 도시의 모든 애완견들이 꼬리를 흔들게 되고 그러면 도시 전체가 때 아닌 소소리바람이 일어나게 되지요."

나는 사실 해괴한 말에 머리가 점점 혼란스러워졌다. 결국 그 홀에서 계속 마신 생명수로 만취가 되었고 인사불성이 되어 쓰러졌다.

숨이 막힐 듯 답답했다. 방광이 터져버릴 것 같은 요의와 심한 갈증을 느끼고 물을 찾았다. 몽롱한 의식을 일깨우고 방안을 휘둘러보았다. 그러나 낯모르는 방이었다. 코에 익은 향기였다. 나는 향수를 수집하는 취미가 있어 어느 정도 냄새로 향수를 구분할 수가 있었다. 병원으로 나를 스토킹하는 그녀에게서 풍기던 그 향기가 코를 자극했다. 겔랑의 새로운 향수. 렝스땅 드 겔랑의 비주얼에는 X자의 가느다란 끈으로 연결된 등과 힙의 윗선이 드러난 백리스 드레스를 걸친 여성의 누드 광고가 아니어도 부드럽고 환상적인 분위기를 자아내는 향수였다. 그러나 나는 그 향수를 좋아하는 그녀가 찾아오면 왠지 소름이 돋았다. 단지 얼굴과 몸매가 잘 생긴 것만을 무기로 밀고 들어오는 그녀에게 나는 쉽게 식상했다. 시간이 가면서 그 향기를 맡으면 닭살이 돋았다.

나는 놀라서 머리맡을 더듬어 불을 켰다. 내 옆에는 알몸인 여자가 잠들어 있었다. 나의 침실로 착각했던 나는 깜짝 놀랐다. 누워있는 여자를 들여다보았지만 전혀 기억의 컴퓨터에 내장되어 있는 얼굴이 아니었다. 이윽고 그녀가 눈을 떴다. 그녀의 눈빛이 나의 알몸 위에 마구 뿌려졌다. 늘씬한 몸매에 이글거리는 눈. 그녀의 눈빛은 연체 동물의 두족류처럼 끈적하게 나를 휘감아 왔다. 그러나 그 향기에 의한 거부반응은 일어나지 않았다.

"선생님, 왜 벌써 일어나세요."

"아니 여기가 어디요?"

"선생님과 같이 생명수를 마셨던 사람이 제 남편이에요. 제 남편이 선생님을 모시고 왔어요."

"아니, 그러면 그 토마스 리라는 사람은 어디 갔습니까?"

"그 사람은 밤마다 외로운 신도들을 위로해주고 있지요. 저보고 선생님을 시인이라고 잘 좀 모시라고 했어요."

"그래도 그렇지 이럴 수는 없지 않소."

"염려 마세요. 선생님, 이 한나시의 율법이에요."

나는 뭐가 뭔지 알 수가 없었다. 취한 김에 그 여자와 관계를 했던 것도 같고 아닌 것도 같았다.

"선생님은 너무 취해 있었어요. 선생님도 나를 죽이러 왔지요? 선생님은 세 번째예요."

나는 가슴이 철렁 내려앉았다. 그 여자는 어제 토마스 리와 한 이야기를 알고 있는 듯했다.

"아니오. 나는 단지 일자리를 구하러 왔을 뿐이오."

그 말과 동시에 나는 벌떡 일어나서 속옷을 챙겨 입었다. 여자는 지금 밖에 나가 보았자 갈 곳이 없다는 말을 일러주었다. 나는 다시 소파에 새우처럼 드러누웠다. 여자는 빙그레 웃고 있었다. 여자와 나 사이에 경계를 두고자 했으나 헛일이었다. 나는 잠을 이기지 못하고 그 경계를 포기해버렸다.

내가 깊이 잠들었다가 깨어난 것은 하루가 다 지나가버린 밤이었다. 그녀는 나를 내려다보고 있었다. 그녀가 가까이 다가오자 어제와 다른 알지 못할 향기가 혹하고 코끝을 간질였다. 그 향기는 이상하게도 오관을 스멀거리게 만들었다. 그녀와의 밤은 시 낭송으로부터 시작되었다. 그녀는 나의 시를 거의 다 외우고 있었다. 나와 그녀는 시에 대한 이야기로 꽃을 피웠다. 그녀는 마치 누이같이 살가웠다. 그녀는 토마스 리의 말처럼 정신질환자가 아닌 지극히 정상적인 사고의 여자이고 매력적인 음유시인이었다. 그 여자에게서는 어젯밤 토마스 리와의 대화와 같은 부담스러움은 없었다. 나와 그녀는 시에 대한 이야기로 불안한 밤을 건너고 있었다. 그녀가 애송하는 나의 시를 들으면서 진한 생명수를 나누어 마셨다. 그 향기가 방안 가득 넘치게 차올랐다. 생명수가 온몸에 배었을 때 그녀는 내 잔과 자기의 잔에 알약을 떨어뜨렸다. 그것도 장난스럽게 높이 들어서 컵의 중앙을 겨냥해 던져 넣었다. 컵 안에 떨어진 알약의 파문은 공명이 되어 경쾌하게 울렸다.

"그게 무슨 약이오?"

"천국으로 안내하는 셰르파지요."

그녀는 빙그레 웃었다. 아무리 보아도 엘에스디가 틀림없었다. 내가 뭐냐고 다시 묻자, 그녀는 웃기만 하면서 이 한나시에서는 상비약으로 쓰이는 약이라고 했다. 그 생명수를 마시자, 뭔가 온몸을 스멀스멀 훑고 내려가는 이상한 기운을 느낄 수 있었다. 이내 정신이 몽롱해졌다. 그리고 방안의 사물이 어릿어릿하게 보이기 시작했다. 그때 그녀는 나에게 엷은 잉크색의 마름모로 된 알약을 먹였다. 시간이 조금씩 지나면서 내 앞에 마주앉아 있는 그녀가 천사처럼 아름답게 보이기 시작했다. 심장 박동이 빨라지는 듯하면서 온몸에서 열이 났다. 그녀는 다가오더니 내 몸을 발끝에서부터 문어가 기듯이 혀로 더듬어 나갔다. 나는 그만 낮은 신음소리를 뱉어냈다. 그녀의 혀끝은 안마사보다도 예민하게 잠재워진 신경줄을 하나하나 현악기처럼 튕겨나갔다. 그러자 온몸의 긴장이 풀리고 거미줄 같은 열선이 벌겋게 달아올랐다. 그녀와 나는 도저히 더 이상 참지 못하고 한 덩어리가 되었다. 그녀의 몸은 너무도 뜨거웠다. 일찍이 경험해보지 못한 이상한 기분이 이어졌다. 온몸이 뿌리째 그녀에게로 빨려 들어가는 것 같은 기분이었다. 마치 구름 속을 유영하는 것 같기도 했다. 그 황홀한 미로는 끝이 없었다. 그녀와 나는 긴 시간 동안 떨어질 줄 몰랐다. 그녀는 나를 끊임없는 무아지경으로 몰아갔다. 그녀는 나처럼 젊었다. 토마스 리는 그녀의 상대가 아니라는 생각이 들었다. 그들은 사십여 년의 생체 나이 차이가 있었다. 그런 차이는 이 도시에서는 아무런 문제가 되지 않는 듯했다. 우리들은 그 아름다운 유희가 끝나고 깊고 깊은 잠 속으로 빠져들었다. 잠이 깨면 그녀는 또 내게 잉크색 알약을 먹이고는 내 배 위로 올라가기를 반복했다.

　나는 그 후로도 몇 날 몇 밤을 신에게 저주받은 것처럼 그녀의 유희에 지쳐 꿈과 잠 속을 헤맬 수밖에 없었다.

　비는 여전히 폭포같이 쏟아지고 있었다. 우산을 펼쳤으나 거센 바람에 펼치기가 바쁘게 뒤집히고 말았다. 옷도 금방 젖어버렸다. 길거리의 오래된 가로수가 뿌리째 뽑혀서 우지끈 넘어졌다. 이 도시의 치안요원들이 곳곳에 비옷 차림으로 플래시를 들고 나타났다. 거리에는 적십자요원도 보이고 인명구조요원도 보였다. 인명구조요원들이 구명 들것에 부상자를 떠메고 어디로인지 급히 지나갔다. 차가 다닐 수 없어서 그런지 구급차의 사이렌 소리도 들리지 않고 빗소리만 거세게 들렸다. 맞은편 거리 끝에 있는 건물에 불이 났는지 검은 연기가 꾸역꾸역 솟아 올랐다. 사람들은 빗속에 모여서 웅성거릴 뿐 속수무책이었다.

태풍이었다. 너무도 강한 태풍이 휘몰아치고 있었다. 마치 하늘이 비의 무게를 이기지 못해 이 한나시로 전부 쏟아내고 있는 듯했다.

나는 어젯밤 그녀에게 이 도시를 탈출하자고 했다. 그러나 그녀는 고개를 가로저었다. 그녀는 내가 이 한나시를 탈출하는 길을 안내해 주겠다고만 했다. 나는 탈출할 수 있도록 도와달라고 서 있는 그녀 앞에 개처럼 무릎을 꿇고 사정을 했다. 자기네 성전에 가면 하늘로도 지하로도 탈출구가 있다고 나를 안심 시켰다. 나는 밖으로 나오기 위해 옷을 걸쳤다. 윗저고리가 묵직했다. 안주머니에는 뭔가 무게를 느끼게 하는 것이 들어 있었다. 소련제 토카레프 티 삼삼 권총이었다. 아마 그날 밤 나를 떠메고 왔을 때 토마스 리가 권총을 넣어 놓은 것 같았다.

우루루하는 벽돌담 무너지는 소리와 함께 땅이 물결처럼 흔들리는 강진이 왔다. 그녀는 달리기 시작했다. 나도 그녀를 따라서 뛰었다. 다시 또 미진이 왔다. 계속 달려갔다. 다시 또 큰 진동이 오고 내진 설계를 하지 않은 많은 건물들이 잘 쌓은 레고가 쓰러지듯 힘없이 쓰러졌다. 그때 우리는 강에 걸린 다리를 건너가고 있었다. 바로 내가 건너는 다리가 좌우로 심하게 흔들리더니 힘없이 쓰러져 물속으로 가뭇없이 사라져 버렸다. 다행히 하구에서 해일로 밀고 올라오는 해수 때문에 강물의 유속은 거의 정지 상태였다. 간신히 강둑으로 헤엄쳐 나올 수가 있었다. 그녀는 다리를 건너가 버렸는지 모습이 보이지 않았다. 나는 참담했다. 그녀를 불러 보았으나 그 소리는 빗소리에 묻혀 강물로 떠내려가 버리고 말았다. 탈출을 도와줄 그녀를 잃어버린 나는 이제 어디로 가야 할지 막막했다. 미진이 계속 도시를 위협했다. 언제 또 강진이 닥쳐올지 알 수 없는 일이었다.

나는 갑자기 생각이 정지되어버리고 머리가 터질 듯이 아팠다. 정신이 돌아버릴 것만 같았다. 아무래도 내 스스로 진단할 수 없는 이상이 느껴졌다. 미쳐버리기 전에 정신과의사를 만나 보아야만 할 것 같은 불안이 왔다. 가까운 곳에는 모든 건물이 쓰러져 버려서 정신병원이 보이지 않았다. 그때, 한 떼의 사람들이 내 앞을 스쳐 지나갔다. 나는 지나가는 사람들에게 물었다.

"여기 정신과병원이 어디에 있소?"

그러나 사람들은 거세게 쏟아져 내리는 빗소리 때문에 못 알아들었는지 나를 빤히 쳐다보곤 그대로 지나가 버렸다. 이번에는 다른 사람을 붙잡고 물어 보았다.

"나는 처음 들어보는 말이오."

그 사람은 무슨 말인지 알지를 못했다. 나는 지나가는 또 다른 사람에게 물어 보았다.

"여기 정신과의사는 어디 가야 만날 수 있소?"

그 사람도 마찬가지로 고개만 도리질하고 지나가 버렸다.

그때 누군가 지나가다가 내 옆에 와 멈춰 섰다. 그 사람은 토마스 리였다. 그는 무장한 사람들에게 에워싸여 있었다.

"곽선생. 여긴 그런 의사는 없소."

"왜, 없는 거요."

"아직도 그것을 깨닫지 못했단 말이오?"

그때야 나는 확연히 깨달을 수가 있었다. 나는 토마스 리에게 권총을 돌려주려 했으나 꺼낼 수가 없었다. 최신형 엠피 오에이

오와 에스지 오오이 기관단총으로 무장한 호위병들이 눈을 부릅뜨고 나를 노려보고 있었기 때문이었다.

"교주님, 어디로 가시는 거요?"

나는 겁에 질려서 깍듯이 예우를 갖추었다.

"쓰레기 청소를 하러 가는 길이오."

그는 뒤도 돌아보지 않고 호위병에 에워싸여 가버렸다.

비는 더욱 무섭게 쏟아졌다. 초토화된 도시의 모든 것을 쓸어없애버릴 듯이 바람이 더 거세게 불었다. 강 하구의 해일이 마침내 강물을 역류시키자 강둑이 무너졌는지 갑자기 물이 불어나기 시작했다. 어둠이 검고 두꺼운 장막처럼 내리 덮이고 있었다. 어디선가 확성기를 통해 선무방송하는 소리가 들렸다. 지금 세계 각 나라에서 적십자사를 통해 구호품을 신고 이곳으로 오고 있으니 생활필수품의 약탈을 중지하라는 방송이었다. 만일 약탈을 계속한다면 총살도 불사하겠다고 엄포를 놓는 방송이 계속 되었다.

주위를 돌아보았으나 아무도 보이지 않았다. 이 도시를 한시라도 빨리 빠져나가야 하는데 어둠 때문에 한 치 앞도 분간할 수 없었다.

1999.

오호츠크해의 돌

오호츠크해의 돌

이 여행의 정확한 목적을 나는 알지 못했다. 어머니는 왜 아바
시리를 가야 하는지를 밝히지 않았다. 단지 죽기 전에 한번 가보
고 싶다는 말만 할 뿐 전혀 속내를 드러내보이지 않았다. 어머니
는 칠십 중반인 데다가 해외여행은 처음이어서 우선 걱정이 앞섰
다. 몇 년 전부터 일본 홋카이도를 가보고 싶다고 노래를 부르다
시피 해서 한번 다녀오시자고는 했으나 아내와 나는 은근히 어머
니가 이번 여행을 포기했으면 하는 바람이었다. 어머니는 외모도
깨끗하고 허리도 굽지 않아 정정한 편이었다. 또한 총기도 다른
노인에 비해 좋은 편이었다. 그렇지만 평소 지병인 퇴행성관절염
을 앓고 있어서 건강이 좋은 편은 아니었다. 의사는 많이 걷는 것
은 무리라고 했다. 그런데도 어머니는 죽기 전에 꼭 홋카이도를
가보고 죽어야만 눈을 감겠다고 늘 입버릇처럼 되뇌었다. 그 이
유는 알 수가 없었다. 그런 이야기를 들을 때마다 지나가는 말로
이유를 물었으나 어머니는 못들은 척 대답하지 않았다. 나는 어
느 날 홋카이도 어디를 가고 싶으시냐고 다른 말끝에 에둘러 물어

보았다. 어머니는 어디서 들었는지 아바시리를 가보고 싶다고 했
다. 어릴 때 초등학교 문턱도 넘지 못하고 독학으로 글을 익혀 겨
우 신문 정도를 읽는 수준의 어머니였다. 더구나 정신대로 끌려
가지 않기 위해 외할아버지 등쌀에 못이겨 어린 나이에 우리 가문
으로 시집을 오고 말아서 세상물정에 어두우리라 믿었다. 그런데
언제 홋카이도 저 동북쪽 끝에 있는 아바시리라는 항구도시를 알
고 있었는지 나는 미처 짐작하지 못했다. 아바시리에 혹시 아는
분이라도 있으시냐고 물었을 때 아니라고만 대답했다. 무슨 이유
때문에 아바시리를 가고자 하는지 궁금증만 더해졌다. 그렇다고
평소 어머니가 대답하지 않는 것을 졸라서 물을 수도 없었다. 내
나름대로 궁리해 짜 맞추어보았으나 짐작 가는 바가 없었다. 왠
지 출발할 때부터 가슴이 답답했다.

우리 일행을 태운 비행기가 홋카이도의 치도세 공항에 도착한
시간은 오전 11시였다. 늦가을의 홋카이도 하늘은 한없이 맑았
다. 입국수속을 마치고 관광버스에 올랐을 때는 정오가 가까워오
고 있었다. 버스가 첫 목적지를 향해 고속도로를 달리자 먼 산들
이 품에 안길 듯이 다가왔다. 이국에 와 있다는 실감이 나지 않는
고만고만한 산과 들판이 마치 우리나라 어느 지방 같았다. 차창
밖으로 보이는 도로변은 휴지 한 조각 굴러다니는 것 없이 깨끗했
다. 건설부 등에서 잔뼈가 굵은 나는 부러울 수밖에 없었다. 어떻
게 관리하는지 언제 기회가 있으면 공무 출장으로 찾아와서 궁금
증을 해소하고 싶었다.

어머니는 여전히 졸고 있었다. 이곳의 특산물은 라벤더이며, 봄
철에 이것을 재배하여 여러 가지 제품을 만들어 판다는 현지 가이
드의 안내가 시작되었다. 라일락이 많아서 봄이면 그 향기가 진

동한다고도 했다. 또 포도 재배도 유명하다는 말을 덧붙였다. 버스가 갓길로 비껴서는가 했더니 휴게소로 접어들었다. 가이드는 이곳에서 점심을 먹게 된다고 알려주었다. 나는 해외출장 등으로 어느 정도 국제 음식에 적응하고 있었지만 어머니가 제대로 식사를 할 수 있을지가 의문이었다.

일행이 안내된 곳은 1층 상가를 지나 2층 식당이었다. 식당에는 이미 상이 차려져 있었고 우리 일행은 안에서부터 빈자리 없이 차곡차곡 채워 앉았다. 가이드는 웅성거리는 식당안의 분위기를 손뼉을 쳐 가라앉히고 오늘의 메뉴는 둔전요리라고 설명해 주었다. 홋카이도는 군인들과 죄수들에 의해 황무지를 개발한 곳이라고 했다. 그들이 야전에서 해 먹었던 요리를 지금은 식당에서 식단으로 개발해 관광객들을 상대로 내놓고 있었다. 모든 반찬이 한두 번 집어 먹으면 없어질 정도로 간요하기 짝이 없었다.

어머니는 우려했던 것보다 둔전요리의 어묵으로 끓이는 국물에 식사를 그런대로 했다. 어머니, 점심식사 어떠세요? 그냥 먹을 만하구나. 나는 어머니의 그 말에 안심이 되었다. 아내가 싸준 고추장과 남대문시장에서 사온 삐들삐들 말린 단무지를 꺼내지 않아도 되었다. 다행히 어머니가 이곳 요리에 특별한 거부반응을 보이지 않아 한시름 놓을 수 있었다.

사람들은 식사를 서둘러 끝내고 1층에 마련되어 있는 선물센터에서 쇼핑하기에 바빴다. 주로 기념품 형태의 인형들이 많았다. 나는 기념으로 인형을 사고 싶었으나 짐이 될까봐 출국할 때로 미뤄 두었다.

점심식사가 끝나고 다시 관광버스에 나누어 탄 일행을 향해 가이드는 곡운협곡을 향해 출발한다고 일러주었다. 버스가 출발하자 눈이 슬슬 감겨왔다. 점심 식사 후 식곤증이라기보다는 설친 새벽잠과 쌓인 피로 때문인 듯했다.

눈을 감자 머릿속에 떠오르는 것은 어머니의 아바시리 여행목적에 대한 궁금증이었다.

그런 생각에 깊이 빠지기에는 가이드의 설명이 좀 시끄러웠다. 지금 찾아가는 곳은 신생대에 형성되었으며 세계에 몇 안 되는 협곡이라고 자랑하기에 바빴다. 차는 얼마 가지 않아 양쪽에 깎아지른 단애 사이로 난 소로를 지나가기 시작했다. 차는 이따금 절경 앞에 멈춰섰고 가이드의 설명 뒤엔 사람들의 탄성이 터져 나왔다. 나는 눈을 감고 있을 수가 없었다. 가이드는 연방 차창 밖으로 보이는 기암괴석의 절경 속으로 빠져들게 했다. 계곡에는 에조마쓰와 도도마쓰라 불리는 소나무와 자작나무가 섞여 있어 아름다운 그림으로 보였다. 차는 협곡을 서서히 미끄러져 나아갔다. 비경에 취해 있는 사이 60리가 넘는 계곡을 어느덧 빠져나온 차는 두 줄기 폭포가 실타래처럼 풀어져 내리는 절벽 건너편에 우리들을 내려놓았다. 차 안에 앉아 있겠다는 어머니를 부축해 폭포를 조망하기 좋은 곳으로 갔다. 120미터 높이의 은헌폭포와 그 옆에 자리 잡은 100여 미터 높이의 유성폭포에서 쏟아져 내리는 물줄기가 장관을 이루고 있었다. 버스에서 내린 사람들은 탄성을 지르고 입을 다물지 못했다. 폭포의 주변에는 물보라로 비낀 햇살에 아련한 무지개가 떠올랐다.

나는 넋을 잃고 폭포를 바라보고 있었다. 그때였다. 왼쪽 볼이 따끔하게 아팠다. 나는 나도 모르게 왼쪽 볼로 손이 갔다. 누군가 나를 향해 뭐라고 했다. 무슨 말인가 자세히 알아듣지 못했지만 나를 향해 미안해하는 건 기모노 차림의 젊은 여자였다. 그녀의 뒤에는 다섯 살쯤으로 보이는 아이가 오른손에 장난감인 비비총을 들고 당당하게 서있었다. 녀석은 탄띠를 오른쪽 어깻죽지에서 왼쪽 허리께로 걸치고 있었다. 그 녀석이 장난을 치다가 오발로 내 얼굴에 실탄을 맞혀버린 범인이었다. 그래서 그 아이의 엄마가 나에게 사과를 하고 있는 듯했다. 나는 볼을 문지르며 멋쩍게 웃었다. 그리고 그 기모노 차림의 여자에게 괜찮다고 하면서 손사래를 쳤다.

그 아이를 보는 순간, 어릴 때는 왜 그리 전쟁놀이가 좋았던지, 어린시절의 아픈 기억 하나가 탄흔처럼 아려왔다.

동생과 나는 부모님에게 그렇게 혼난 적이 그때 말곤 없었다고 이따금 되새기며 웃곤 했다. 우리가 가지고 놀 수 있는 장난감이란 아무것도 없던 시절이었다. 오직 자치기나 '가이셍'이라 불리는 외다리로 서서 상대를 짓찧어 넘어뜨리기 놀이로 하루를 보내곤 했다. 아니면 주변에 널려 있는 포탄 껍데기나 M1 실탄 등이 노리개였다. 그런 걸 가지고 노는 우리들을 보면 동네 어른들은 몹시 나무라곤 했지만, 우리들은 은밀히 감춰두고 서로 특이한 것이 발견되면 물물교환을 했다. 기관총탄 1개에 M1 실탄 3개, 칼빈 실탄 5개, 뭐 이런 식이었다. 우리들은 실탄을 줍기 위해 격전이 벌어졌던 산야를 헤맸다. 그리고 그동안 보지 못했던 새로운 것을 습득했을 때의 즐거움이란 이루 말할 수 없었다. 그것은 곧 친구들에게 자랑으로 이어지기도 했다. 그러나 그 일도 오래 가지 못했다. 이웃동네 아이가 불발포탄을 주워 해체하기 위해 망치질을 하다가 폭발했기 때문이었다. 온 동네가 발칵 뒤집혔고 어른들은 나서서 자기 아이들을 닦달하기 시작했다. 아버지가 나에게 실탄을 감춰둔 게 없는지 물었을 때 나는 없다고 딱 잡아뗐다. 숨기고 싶어서라기보다는 그것이 밝혀져 아버지에게 꾸지람을 들을까 너무 두려웠기 때문이었다.

결국 동생은 아버지에게 실탄을 숨겨둔 비트를 가르쳐주고 말았다. 늘 아버지에게 지청꾸러기였던 동생은 아버지의 엄포 한마디에 승복해버렸다. 그 일로 동생은 아버지에게, 나는 어머니에게 거짓말을 한 대가까지 더해 종아리를 심하게 맞았다. 그때 나는 아버지에게 종아리를 맞지 않았음은 물론 다른 일로도 종아리를 맞지 않았다. 그래서 그런지 나는 아버지를 무척 좋아했다. 아버지는 내 편이었고 어머니는 동생 편이라고 나는 철석같이 믿어왔다. 아버지는 학용품을 사도 동생보다 좋은 것을 사다주었고 먹을 것을 가지고 와서도 나부터 먼저 주었다. 무엇보다 밖에서 들어오면서 아버지는 항상 내 이름을 살갑게 불렀으나 어머니는 동생 이름만을 불렀다. 아버지는 내가 잘못한 일이 있으면 말로 타일렀으나 어머니는 나를 매로 다스렸다. 나는 초등학교 시절 학교에서 해찰을 부리고 어둑해질 무렵 집에 들어왔다가 어머니에게 호되게 종아리를 맞은 적이 있었다. 나는 아무래도 친어머니를 찾아가야겠다고 다짐하고 집을 뛰쳐나왔다. 그대로 있으면 어머니에게 맞아 죽을지도 모른다는 공포감 때문이었다. 그러나 무서워서 동네를 못 벗어나고 으슥한 고샅 끝의 당산나무 아래 쭈그려 앉아 울고 있었다. 무서웠으나 어머니의 서슬에 곧바로 들어갈 수가 없었다. 들일을 마친 아버지가 나를 찾으려고 온 동네 고샅을 헤매다가 나를 발견했다. 아버지는 아무 말 없이 눈물을 닦아주고 등을 내 앞에 내밀면서 업히라고 했다. 그날 밤 아버지의 뜸직한 등에 업혀 오면서 밤하늘의 찬란한 별을 보았던 기억을 나는 두고두고 잊지 못한다.

출발하기 전부터 아버지까지 모시고 간다면 좋으련만 하는 마음이 아쉬움으로 남았다. 아버지는 일흔을 넘기지 못했다. 돌아가시고 나서는 죄스러운 마음이 뇌리에서 떠나지 않았다. 효도라면 나보다 동생이 한 수 위였다. 학교 다닐 때는 지지리 공부를 못한다고 아버지에게 꾸지람만 듣던 동생이 일찍 장삿길로 접어들어서 일년에 한 번씩이라도 부모님 모시고 국내여행을 시켜드리곤 했다. 늘 시간에 쫓기는 나로서는 그런 면에서 동생이 고맙기만 했다.

폭포에 정신이 팔려 있던 일행은 가이드의 재촉으로 서둘러 차에 올랐다. 해는 뉘엿이 기울고 있었다. 우리들이 도착한 곳은 고풍스러운 호텔이었다. 아직 저녁식사 시간까지는 여유가 있었고 가이드는 온천욕을 한 다음 저녁식사를 하도록 안내했다.

나는 그냥 방에 누워있다가 객실 욕조에서 간단히 씻고 말겠다는 어머니를 대중탕으로 가시도록 권유했다. 객실의 욕조가 발도 뻗을 수 없이 겨우 앉아서 목욕을 할 수 있는 크기이기도 했지만 아무래도 대중탕에 가서 푹 담그고 나면 피로도 쉽게 풀릴 것 같아서였다. 어머니는 잠시 망설이다가 재차 독촉하는 나를 따라 일어섰다. 그러나 새삼 걱정이 앞섰다. 누군가 어머니를 부축해야 하는데 하는 걱정이었다. 나는 어머니를 모시고 내려가 욕실 앞에서 잠시 기다리고 있었다. 혹시 어머니를 부축해줄 사람이 없을까해서였다. 기다리던 보람은 할아버지 두 분을 모시고 내려온 여자와의 조우였다. 내 나이보다 열 살쯤은 아래일 것 같은 보통 키의 여자였다. 한눈에도 같은 버스에 탔던 사람들이었다.

저—, 죄송하지만, 저의 어머니 연세가 많으셔서 좀 부축해 욕실에 들어가실 수 없을까요? 아, 그러세요. 저도 부탁 좀 드릴게

70

요. 우리 아버지가 거동이 불편하세요. 다행히 작은아버지가 건강하시지만 선생님께 우리집 두 어른들을 부탁드려도 되겠지요. 그녀는 두 어른을 부탁하고 웃었다. 나는 두 분께 인사를 했다. 그녀의 아버지는 내가 부축할 만큼 보행이 불편해 보이지는 않았다. 또 동생이란 분이 형님을 알아서 잘 부축했다. 그녀가 어머니의 손을 잡고 욕실로 들어가자 나도 두 어른의 뒤를 따라 남탕이라고 쓰인 검은 휘장을 들추고 욕실로 들어섰다.

나는 욕실 탈의실에서 옷을 벗다 말고 깜짝 놀랐다. 탈의실 안에 웬 여자가 구석구석을 기웃거리며 돌아다니고 있었다. 그러나 일본 사람들은 아랑곳하지 않았다. 목욕탕을 청소하는 여자인 듯했다. 남자들이 옷을 벗거나 말거나 아랑곳하지 않고 실내정리를 했다. 내가 놀라는 것을 보았는지 옆에서 옷을 벗던 동생 할아버지가 한마디 조언을 했다. 놀라지 마세요, 이곳은 다 그런답니다. 남자목욕탕을 청소하는 여자나 한국의 남자 화장실을 청소하는 여자를 보고 서양사람들은 놀라지 않습니까, 그건 오랜 풍속의 차이이지요. 이 사람들 보세요. 옷을 벗고 수건을 목에 두르고 어깨를 쫙 펴고 덜렁거리면서 당당히 걸어 들어가는 사람들은 틀림없는 '캉꼬꾸징' 입니다. 그런가하면 수건으로 남자의 그곳을 가리고 어깨를 움츠리고 조심조심 들어가는 사람은 반드시 '니혼징' 입니다. 그 말을 듣고 새삼 살펴보았더니 그런 것 같았다. 동생 할아버지는 일본에 대해 어느 정도 아시는 분 같았다.

나는 할아버지들의 뒤를 따라 욕실로 들어섰다. 온몸에 물을 끼얹고 대충 씻은 다음 탕 안에 한 발을 들여놓던 나는 발을 잽싸게 뺐다. 욕조의 물이 너무 뜨거웠기 때문이었다. 나는 욕조 턱에 걸터앉아 조심조심 발을 담그고 실내를 한바퀴 휘둘러보다가 기겁

하고 놀랐다. 욕실 안이 잘 내려다보이는 곳에 매점이 자리하고 있었고 그 안에 있는 판매원 여자가 열린 유리창으로 나의 사타구니를 빤히 내려다보고 있었다. 나는 놀라서 뜨거운 물 속으로 첨벙 들어가고 말았다. 그러나 뜨거움을 견디지 못하고 곧바로 나와서는 매점과 등을 돌리고 걸터앉았다. 그리고 욕실 안의 사람들에게 미안해서 기어들어가는 목소리로 '스미마생' 하고 겨우 한마디 했다. 조금 앉아 있자 탈의실에서 보았던 여자도 욕실 안을 수시로 드나들면서 손님들이 어질러 놓은 욕탕 안을 정리하고 청소도 했다.

나는 조금씩 몸을 낮추어 물속에 몸을 담그고 지그시 눈을 감았다. 몸이 공중으로 부양하는 것 같은 가벼운 명현현상이 왔다. 순간 내 머리를 재빠르게 스치고 지나가는 것이 있었다. 그래 맞아. 작은아버지 일이야. 어머니가 아바시리를 가고자 하는 목적이 그것이 아니고 무엇이겠는가. 일제시대 징용으로 끌려가서 홋카이도 형무소에서 죽었다는 작은아버지 일이리라. 그렇지 않고서야 아바시리를 가보겠다고 할 일이 없었다. 그런데 의문은 금방 꼬리를 물고 이어졌다. 결혼도 못 하고 징용으로 홋카이도 탄광으로 끌려가 탈출하다가 죄수가 되었다는, 그리고 소식이 끊겼다는 작은아버지를 어머니가 반세기가 지난 지금에야 홋카이도 형무소에서 찾고자 하는 것은 아닐 텐데. 그러면 무엇 때문일까. 또 궁금한 것은 어떻게 작은아버지가 징용을 갔을까였다. 그러나 그런 것들은 옛날에 잊어버린 일이었다.

나는 그때야 그녀로부터 부탁 받은 할아버지들 생각이 났다. 그 형제분도 욕조속에 깊이 들어앉아 목만 내놓고 있었다. 나는 다가가서 등이라도 밀어드리겠다고 말을 건넸으나 동생분이 나서서 우리 일은 걱정하지 말라고 했다. 나는 그 분들에게 그럼 편히 목욕하시라는 말을 남기고 냉탕으로 옮겨갔다. 나는 그때야 대형 유리창 밖으로 보이는 노천탕을 발견하고 냉탕에서 나와 그 쪽으로 나아갔다. 아직 어둠이 내리지는 않았지만 늦가을과 초겨울의 애매모호한 날씨는 퍽 차가웠다. 물 밖으로 내민 얼굴은 쌀쌀하게 추웠다. 이국에서 느끼는 노천탕은 이색적이어서 나의 궁금증을 자아내기에 충분했다. 사람들은 다섯 손가락으로 꼽을 정도였지만 한눈에 보아도 한국에서 온 일행이었다. 그때 누군가 저쪽 뚫린 통로를 넘어가면 남녀 혼탕이라고 일러주었다. 들어가 보고 싶은 마음이 앞섰지만 한편 망설여지기도 했다. 그러나 주위 사람들의 눈길보다도 궁금증이 내 등을 떠밀었다. 보기 드문 기이한 풍속을 체험해 보고 싶어서였다. 기대와 궁금증을 앞세워 눈을 딱 감고 헤엄쳐 들어갔다. 누군가 내 등 뒤에다 대고 거기 인어가 있으리라고는 기대하지 마시오, 하고 소릴 지르더니 곧이어 껄껄 소리나게 웃는 소리가 들렸다. 웃음소리는 계곡을 타고 메아리가 되어 돌아왔다. 남녀 혼탕은 정말 엉성하기 이를 데 없었다. 밖과 완전히 차단된 벽이 있는 것도 아니고 그냥 우리의 야산에 흔해 빠진 싸리나무 같은 울타리로 되어 있었다. 나는 입구에서 아무도 없음을 확인하고 과감히 가운데로 헤엄쳐 들어갔다. 그러나 그 순간 누군가 놀라서 후다닥 헤엄쳐 여탕 쪽으로 달아났다. 분명 조금 전에 할아버지들을 부탁했던 여자 같았다. 나는 그녀를 불러 세우려다가 쑥스러울 것 같아 그만두었다.

산골의 어둠은 유리컵에 담긴 물위에 떨어진 먹물이 번져 내리듯 서서히 검은색으로 변해갔다. 이름을 알 수 없는 산새들이 울지도 않고 집을 찾아 급히 날아가는 것도 보였다. 나는 서둘러 욕실을 나왔다. 어머니가 걱정되어서였다.

　어머니는 이미 밖에 나와 있었다.

　뷔페식의 저녁식사가 끝나고 객실로 올라오자 새벽부터의 피곤함 때문인지 어머니는 일찍 잠자리에 들었다. 그러나 나는 왠지 잠이 오지 않았다. 이럴 줄 알았으면 책이라도 한 권 가지고 오는 건데 하는 아쉬움이 일었다. 나는 무료해서 TV 채널을 돌려보았으나 말을 알아듣지 못해 곧 흥미를 잃었다. 그때야 서울 아내에게 안착 신호를 보내지 못했음을 깨닫고 로비에 내려가서 전화나 해야겠다고 일어섰다. 아내와의 전화는 어머니의 걱정에 염려 말라는 말로 간단히 끝이 났다. 돌아서는 내 눈앞에 반라의 미녀 사진이 곁들인 맥주 광고가 시원하게 눈을 자극해왔다. 그 광고를 보는 순간 목이 답답해지고 갈증이 났다. 시원한 맥주 한 컵이 간절해졌다. 나는 안내 표지를 따라 바(Bar)로 들어섰다.

　실내는 그리 넓지 않지만 아늑했다. 샤미센의 독특한 선율이 조용히 흐르고 있었다. 손님들이라고는 남자 셋이 한 테이블을 차지하고 있었고 그 안쪽 구석진 자리에 여자 한 사람이 등을 보이고 앉아 있었다. 종업원이 뭐라고 묻는데 알아들을 수 없어서 난처했다. 혼자냐고 묻는 것 같아서 오른손의 검지만 펼쳐 보였다. 자리에 앉자 주문을 하는데 답답하기는 마찬가지였다. 영어로 주문을 했으나 그 종업원의 영어가 나를 답답하게 만들었다. 그때였다. 구석진 곳에 등을 보이고 있던 여자가 성큼 다가왔다. 안녕하세요? 욕실 앞에서 어른들을 부탁했던 여자였다. 그녀는 뭘 들고 싶으시냐고 물었다. 시원한 맥주가 마시고 싶은데 말이 잘 통하지 않는다고 했더니 그녀는 일본어로 종업원과 통역을 해주었다. 통역만 해주고 돌아서는 그녀를 나는 불러 세웠다. 저 이쪽으로 와서 같이 자리하시면 안 될까요. 나는 정중히 그녀에게 합석하기를 청했다. 그녀는 알았다고 하고는 자기 자리로 가자고 하며 나를 앞세웠다. 수인사는 자연스럽게 이루어졌다. 그녀는 서울의 강남에 있는 중학교 미술교사라고 했다. 내가 그녀의 일본어 실력을 칭찬하자, 미술공부를 하기 위해 도쿄에 있는 대학에 유학했었단 말을 했다. 우리는 서로 술잔을 맞부딪쳤고, 이야기는 자연스럽게 여행 오게 된 과정으로 흘러갔다. 가족들이 모인 자리에서 홀로 계신 아버지를 관광시켜드리고 싶다고 했을 때 몸이 불편한 아버지를 도울 겸 작은아버지가 동행하는 것이 좋겠다고 해서 같이 모시고 오게 되었다고 했다. 그녀는 낯선 여자와 방 배정이 되었고 무료해서 그 분에게 맥주나 한잔 하자고 했으나 자기는 술을 못한다고 해 혼자 내려오게 되었다고 묻지 않는 말을 했다.

나는 술김에 그만 아까 남녀 혼탕에서 인어를 보았다는 이야기를 하고 말았다. 그녀는 어머나, 이를 어째, 하고 손으로 얼굴을 가리면서 깜짝 놀라는 시늉을 했을 뿐 별로 놀라는 기색이 아니었다. 실내조명이 어두워서 얼굴을 붉혔는지는 알 수 없었다. 선생님도 저처럼 호기심이 많으시군요. 전 학교에 가서 짓궂은 아이들의 질문에 대답해 주고 싶어서였습니다. 여자는 진심인지 변명인지 사족을 달았다.

밤이 깊어서야 우리는 내일 보자는 말로 헤어졌다. 그녀는 활달했고 구김이 없었다. 헤어질 때도 과감히 손을 내밀어 악수를 청했다. 그녀의 따스한 손길이 아쉬움으로 남았다.

자고 일어나자 날씨는 퍽 맑았다. 차가운 기운만이 초겨울이 가까이 다가왔음을 피부로 느끼게 했다.

우리 일행은 이른 시각부터 구닥다리 케이블카에 의지해 까마득한 높이의 대설산에 올랐다. 케이블카에서 내리자 전망대 주변엔 눈이 하얗게 쌓여 있었다. 가이드는 대설산 최고봉이 2,270미터라고 설명했다. 우리가 서 있는 이곳도 1,300미터 지점이라는 말을 잊지 않았다. 고산지대의 이름을 알 수 없는 나무들이 눈 속에 묻혀 있었다. 제법 큰 나무들도 군락을 이루고 있는 게 아래쪽 계곡으로 보였다. 전망대 주변에서는 여우 여러 마리가 우리들 사이를 강아지처럼 맴돌았다. 그 녀석들은 관광객들이 던져주는 먹이에 길들여져서 사람들의 손만 쳐다보았다. 여우. 나의 뇌리에는 괴기영화의 주인공이고 둔갑의 천재이고 복수의 화신인 여우, 그래서 여우는 항상 교활하고 무서운 존재였다. 그러나 여기서 만난 여우는 몸피가 좀 작고 마치 애완견처럼 귀여웠다. 내 머릿속에 각인되어 있는 여우의 이미지를 완전히 뒤엎어 주었다. 하도 귀여워서 안아보려 하자 여우는 잡히지 않고 잽싸게 도망가버렸다. 누군가 여우가 홋카이도를 대표하는 동물이라고 말했다. 나중에 안 일이지만 기념품상에는 여우를 본뜬 인형하며 아이들 등에 짊어지는 가방 등 여우이미지 상품이 많았다.

나는 어머니를 부축하고 산 속으로 난 눈길을 걸어보고 싶었지만 길이 미끄러워서 어머니를 모시고 가기가 꺼려졌다. 어머니가 먼저 눈치를 채고 여기 앉아 있을 테니 돌아보고 싶으면 그렇게 하라고 했다. 나는 어머니에게 전망대에 앉아 계시라 하고 눈 속으로 난 길의 초입으로 들어섰다.

선생님 —, 같이 가요. 누가 나를 부르는 소리에 돌아보았다. 어젯밤에 만났던 그녀였다. 나는 가던 길을 멈추고 그녀가 다가오기까지 기다렸다. 마치 오랜 친구라도 만난 듯 활짝 웃으며 나를 따라왔다. 나는 어젯밤 그녀와 헤어지고 나서야 생각났던 어머니의 부탁이 새삼 떠올랐다. 공중탕에서 그녀가 등을 밀어주어서 고맙다고 전하라는 말이었다. 그렇지 않아도 오늘 만나면 인사드리려고 했습니다. 어머니가 고맙다는 인사를 꼭 전하라고 해서. 뭘, 쑥스럽게 그런 인사를 하라고 하셨을까요. 어머니가 젊은사람이 아주 곰살궂고 등도 잘 밀어주었다고 칭찬을 많이 하셨습니다. 어젯밤 욕실 앞에서 보기보다 밝은 대낮이어서 그런지 눈가에 잔주름이 많아 나이 들어보였다. 눈이 쌓인 오솔길은 많은 사람들이 지나가면서 다져진 길이지만 겨우 두 사람이 걸을 수 있을 만큼 좁았다. 그녀는 내 곁에 바짝 붙어 걷다가 미끄러질 뻔하자 자기도 모르게 내 팔을 붙잡았다. 어색했던지 아예 팔짱을 자연스럽게 끼었다. 나는 뿌리치지 않았다. 아니 매정하게 뿌리칠 수가 없었다.

그녀는 좀 민망했던지 오늘 새벽에 있었던 일을 이야기해주었다. 이곳 온천은 남녀탕으로 나누어져 있는 것은 우리와 같았지만 매일 그 탕의 성별을 바꾸었다. 단지 검은 천에 남탕 여탕이라고 쓰인 휘장만 바꾸어 걸면 되는 일이었다. 밤중에 그게 바뀐지 모르고 한국 아주머니가 이른 새벽에 여탕인 줄 알고 남탕으로 들어갔는데, 탈의실에서 옷을 벗고 탕 안으로 들어가다가 남자들만 있는 것을 보고 기겁하여 넘어지고 말았다는 이야기였다. 그녀와 난 그런 저런 이야기를 나누면서 사람들이 돌아오는 반환점을 돌아서 전망대로 되돌아왔다. 전망대에서 그녀의 아버지 형제와 어머니가 다정스럽게 이야기꽃을 피우고 있었다. 우리는 마주보고 웃었다. 나는 그녀에게 대설산을 기념할 수 있는 간단한 기념품을 사주겠다고 했으나 막무가내로 사양했다. 우리 일행은 산을 내려와 아바시리로 향했다. 나는 드디어 아바시리에 간다고 했더니 어머니는 알았다고 고개만 끄덕거렸다.

우리가 아바시리에 도착한 것은 정오가 조금 넘어서였다. 버스가 멈춘 곳은 오호츠크해라는 간판이 바닷가에 커다랗게 써있어 멀리서도 아주 잘 보였다. 오호츠크해라는 간판을 보는 순간 무어라 표현할 수 없는 색다른 감회가 일었다. 우리가 너무 멀리 와 있다는 생각이 들었다.

가이드가 우리들을 안내한 곳은 바다가 훤히 내려다보이는 부두 옆의 식당이었다. 점심 메뉴는 주로 그 지방에서 많이 잡힌다는 대게와 털게 요리였다. 식사 후 약간의 시간이 있어서 어머니에게 바닷가나 구경 가시자고 했으나 버스에 남아있겠다고 했다. 나는 혼자 바닷가로 나가 잔잔한 파도가 밀려오는 백사장에 내려서서 수평선을 바라다보았다. 답답한 가슴이 좀 후련해지는 것 같았다. 바닷가에는 거무칙칙한 모래가 해안선을 따라 끝없이 깔려 있었다. 모래사장에는 화산지대에만 있는 검은 현무암들이 군데군데 널려있었다. 나는 한 움큼의 모래를 손에 쥐어 보았다. 모래는 아주 부드러웠다. 태평양이 아닌 오호츠크해라는 것. 어릴 때 지도책에서나 보아왔던 캄차카반도의 서쪽 바다 정도가 내가 아는 상식이었다. 시베리아의 아무르강에서 흘러내리는 밀물이 겨우내 꽁꽁 얼었다가 봄철이면 녹기 시작하고, 그 얼음덩이들은 유빙이 되어 홋카이도 근방으로 흘러내려 태평양으로 빠지는데 그게 장관이라는 정도였다.

가이드의 재촉을 받고서야 나는 버스에 올랐다. 시간은 오후 2시를 가리키고 있었으나 일본과 우리나라가 같은 표준시간을 쓰고 있고 표준선보다 훨씬 북동쪽에 위치한 아바시리는 서울에서 느끼는 오후 2시보다 해가 훨씬 서쪽으로 기울어져 있었다. 안내된 곳은 아바시리 전망대였다. 가이드는 아바시리는 인구 9만 명정도의 항구도시로 홋카이도 3대 수출항 중의 하나이며 빙어와시샤몽이라 불리는 연어가 유명하다고 했다. 지금은 에조마쓰의노란 색 단풍이 절정을 이룬다고 안내했다. 가로수도 초등학교미술시간에 사용했던 노란 색종이 같은 나뭇잎들이 아름답게 보였다. 단풍이라면 붉은 색인 것으로만 인식되어 있는 내 사고는단풍이 이렇게 은행잎보다도 더 순수한 노오란 색 물감으로 온 도시를 뒤덮은 것을 보는 것은 처음이었다. 가이드의 안내는 점심을 맛있게 드셨느냐는 이야기에 이어 유빙으로 이어졌다. 결빙이봄철이면 갈라져서 흘러 떠내려 오는 것이 장관이라고 하면서,자기 여행사의 유빙 관광상품을 권유했다. 여기 오신 분들도 그때 꼭 다시 오시라는 말도 잊지 않았다. 쇄빙선이 관광객을 싣고얼음 사이를 누비며 가게 되는 장관을 실감나게 설명했다. 그리고 이곳은 어제의 그 호텔보다 훨씬 좋은 현대식 호텔이라고 우리들의 기대를 잔뜩 부풀렸다.

　가이드의 설명은 계속되었다. 저쪽으로 내려다보이는 호수는칼데라호로서 둘레가 34킬로미터나 되며 수심은 160미터나 됩니다. 그리고… 그의 말은 끝없이 이어졌다. 마지막에는 아바시리에서 '북두성'이란 기차를 타면 해저터널을 통과해 아오모리를 거쳐 종착역인 우에노 역까지도 갈 수 있다고 했다. 일본의 젊은이들이 주말에 연인과 함께 '북두성'을 타기 위해 평소 저축을한단다. 그리고 우에노에서 연인과 같이 야간 침대열차를 타고홋카이도를 여행하는 게 꿈이라고도 했다. 보지 않아도 아름다운그림이 그려졌다. 그 열차 운임이 비행기 탑승료보다 더 비싸지

만 젊은 연인들은 아름다운 추억 만들기에 아까운 줄 모른다는 말
도 했다.

전망대를 중심으로 사진 찍기에 바빴던 우리들은 다시 차에 올
라 전망대 뒤쪽으로 멀리 보이는 아바시리 형무소로 향했다. 형
무소에서 우리를 반기는 것은 맞춤법이 엉망인 한글 안내서보다
도 가지고 있으면 행운이 온다는 니뽀뽀 인형이었다. 죄수들이
만들었다는 인형은, 단발머리 소녀 모양이었다. 썩 호감이 가는
것은 아니었다. 우리의 목각인형같이 정교하지도 못하고 투박하
기 그지없는 인형이었다. 그러나 하나의 인형을 만들면서 시간의
사각지대에서 한을 삭였을 수형자의 고통이 배어있는 것 같아 슬
픈 사연을 하나하나 간직한 그 인형들이 애처로워 보였다. 형무
소의 구조는 감시하기에 편리한 부채꼴 형식이었다. 서대문 형무
소와 너무 흡사했다. 중앙 통제실에서 전 형무소 안에 일어나는
일을 한눈에 감시할 수 있도록 만들어진 구조였다.

형무소를 대충 돌아보던 어머니는 관리사무소를 찾아가보자고
했다. 무엇하러 거길 가시려고 하느냐고 물어도 어머니는 대답
없이 앞장을 섰다. 관리사무소는 약간 높은 위치에 있었다. 직원
이 어머니에게 무슨 일로 오셨냐고 묻자, 어머니는 관리책임자를
만나고 싶다고 전했다. 책임자는 공무로 삿포로에 가있다고 하며
용건을 물었다. 아주 옛날 이곳에서 전사했다는 사람의 기록을
볼 수 있을까요? 나는 어머니의 그 말을 영어로 통역해 물었으나
못 알아듣는지 머뭇거렸다. 망설이던 그는 '쇼쇼 맛데 구다사이'
란 말을 남기고 다른 사무실로 가더니 금방 백발인 노인을 모시고
왔다. 그 노인은 무엇을 알고 싶으시냐고 한국말로 정중히 물었
다. 그 노인은 해방 전까지 반도에서 관리로 있었다고 했다. 어머

니는 1945년도에 이곳에서 실종된 와타모토 토쇼꾸(錦本東植)란 사람의 인적사항을 알고 싶어서 왔습니다, 라고 했다.

어머니는 아마 작은아버지를 찾고 있는 모양이었다. 나로서는 처음 들어본 이름이었다. 그 노인은 이곳에서 그가 징용으로 왔는지 죄수였는지를 물었다. 어머니는 조선인으로 징용에 끌려 왔다가 탈출하여 죄수가 되었다고 대답했다. 노인은 잠시 앉아 기다리라는 말을 남기고 방을 나갔다. 나는 어머니와 같이 그 노인네가 돌아오기를 기다리는 동안 실내를 무료하게 둘러보았다. 그러나 실내에 붙어 있는 게시물에 내가 아는 것은 별반 없었다.

기다리기를 30여분. 그 노인보다 현지 가이드가 먼저 찾아왔다. 관광이 다 끝나고 호텔로 가야 한다고 했다. 나는 그에게 이곳에서 일이 끝나면 호텔로 바로 찾아가겠노라고 양해를 구했다. 잠시 후 일행을 태운 관광버스가 시내를 향해 떠나가는 모습이 창 너머로 보였다.

그 후로도 30여분을 더 기다렸을 때에야 그 백발이 성성한 노인이 돌아왔다.

그런 사람의 인적사항이 있습니까? 어머니는 궁금한지 조급하게 물었다. 예. 그런 이름이 있었습니다. 결과가 어떻게 되었습니까? 그 사람은 이곳 탄광에서 일을 하다가 탈출한 전과자였습니다. 그 후 죄수들이 개발하는 구역에서 개발사업에 투입되었는데 1945년 7월에 다시 탈출했다가 추적대에 의해 사살되었습니다. 순간 핏기가 가시면서 어머니 얼굴이 하얗게 굳어졌다. 살아있기를 바랬는데. 어머니는 누구에겐지 알 수 없는 말을 중얼거렸다. 한 달. 그러니까 한 달 정도만 참고 있었으면 귀향할 수 있었을 텐데 정말 안타까운 일입니다. 노인은 묻지 않는 말을 했다. 이 땅

어딘가에 살아있으리라 믿었는데…. 다른 사람들은 이곳에 눌러 앉아 사는 사람들도 있다는데. 어머니의 목소리는 울먹이고 있었다. 그 후 처리는 어떻게 됐을까요? 기록에는 바로 이틀 후에 화장처리된 것으로 되어 있습니다. 그럼 묘가 여기 있겠군요. 당시 전황이 좋지 못하고 탈주한 데다가 조센징이라는 점도 있고 해서 어떤 묘역에도 묻히지 못하고 가까운 바닷가에 뿌려졌습니다.

어머니는 머리에 손을 대는가 했더니 옆으로 비스듬히 쓰러졌다. 나는 황급히 어머니를 부축해 안았다. 어머니, 어머니, 정신 차리세요. 어머니의 얼굴은 파리하게 핏기가 가셨다. 애야, 이제 괜찮다. 들릴락 말락 하는 소리를 겨우 내뱉고 몸을 추슬러 곧추세웠다. 노인은 급히 컵에 물을 담아 가져왔다. 어머니는 차가운 물을 한 컵 들이키고서야 정신을 가다듬었다. 노인도 걱정스러운 눈으로 내려다보았다. 불편하시면 이곳 차로 병원으로 모시겠습니다. 그는 같은 노인이어서 그런지 친절했다. 어머니는 가볍게 손사래를 쳤다. 할머니, 그 분과는 어떤 사이십니까? 예 저의 친척입니다. 어머니의 목소리는 모기 소리 그 이상이 아니었다. 나는 알 수 없는 불안과 궁금증에 사로잡혔다. 조금 아는 사람이 아니라 작은아버지 일이라 해도 평소 대단한 인내력을 가진 어머니가 졸도 직전까지 갈 리가 없었다.

와타모토 토쇼꾸. 난생 처음 들어보는 일본인 이름이었다. 그 사람과 어머니와는 무슨 관계일까? 어머니는 과묵했다. 어머니의 과거나 처녀시절의 이야기를 나는 들어본 적이 없었다. 우리집 가계 내력에 대해서도 자세히 듣지 못했다. 아버지의 친척들이 이북에 살아 있다는 이야기는 들어 보았으나 한 번도 만나 보지는 못했다. 우리집 가계는 제적등본이 있기보다는 이북5도청에 신고하여 만든 호적이 전부였다. 마치 무슨 미스터리 영화의 주인공 같은 착각에 빠지고 말았다. 그렇다고 지금 어머니에게 와타모토 토쇼꾸가 누구냐고 다그쳐 물을 수도 없었다.

사무실의 노인에게 고맙다는 인사를 남기고 어머니를 부축해 밖으로 나와 택시를 탔다. 고오소호텔로 가자고 기사에게 말했다. 그 말이 떨어지기가 무섭게 어머니는 여기에서 가장 가까운 바닷가로 가자고 했다. 차는 좌회전을 해 좁은 도로를 따라 달렸다. 어머니는 답답한 가슴을 다스리기 위해 바닷바람이라도 쐬고 싶은 모양이었다. 택시는 20분도 지나지 않아 점심식사를 했던 바로 그 부근 바닷가에 내려주었다. 오른쪽으로 부두가 보이고 오호츠크해라는 커다란 안내판과 우리네 장승 같은 목조상 한 쌍이 정답게 서 있는 곳이었다.

어머니는 택시에서 내리자 가는 모래가 깔린 바닷가를 따라 걷다가 그만 주저앉고 말았다. 갈매기 떼가 몰려와서 우리 머리 위를 맴돌았다. 끼룩끼룩 소리를 지르며 낮게 날다가 다시 솟구쳐 오르다를 반복했다.

어머니는 바다를 하염없이 바라보더니 울음을 터뜨렸다. 엉엉 소리 내어 울었다. 그 울음은 오랜 세월 깊고 깊은 음울한 수직갱 속에서 억눌리고 또 눌린 것 같은 신음소리 같았다. 그리고 주술에 걸린 사람처럼 넋두리가 시작되었다. 여보, 내가 왔소. 오십육 년만에 내가 왔소. 부디 나를 용서하시오. 당신 자식은 잘 자라서 큰집 작은집에 각각 대를 잇게는 되었다오. 편히 눈 감고 잠드시오. 그리고 얼마 전에 당신 곁으로 간 동생분도 나무라지 말고 용서해주시오. 어쩔 수 없는 일이었소. 시동생의 잘못도 아니고 모두 다 내가 죽일 년이었소. 이 죄 많은 년이 죽일 년이었소. 어머니, 왜 이러세요. 어머니의 넋두리에 섞여 나오는 여보나 시동생을 여기 아바시리에서 왜 찾는지 알 수 없었다. 또 여보라고 불러야할 아버지는 재작년에 돌아가셔서 용인공원묘지에 잠들어 계신데 왜 여기와 찾는지 연유를 알 수 없었다.

어머니, 와타모토 토쇼꾸가 도대체 누구신가요? 나는 어머니에게 기어이 묻고 말았다. 그러나 어머니는 그 말에는 대답 없이 꺼이꺼이 울기만 했다. 난 어머니가 어쩐 연유로 홋카이도까지 와서 목을 놓아 우는지 알 길이 없었다. 그만 우시라고 달랬으나 어머니의 울음은 쉽사리 끝이 나지 않았다. 나이도 많고 건강도 좋지 않은 어머니가 목이 잠기도록 울었다. 나는 손수건을 꺼내 어머니의 눈물을 닦아 드리고 일어나시라고 종용했으나 막무가내였다. 다시 독촉하는 나를 어머니는 자기 옆에 끌어 앉혔다.

애비야, 나를 용서해라. 이 어미를 용서해라. 아까 형무소에서 행방을 찾았던 와타모토 토쇼꾸는 너의 친아버지 창씨개명한 이름이란다. 나는 내 귀를 의심했다. 나의 친아버지는 박동식이었다. 와타모토 토쇼꾸는 처음 들어보는 이름이었다. 그리고 아버지는 재작년에 돌아가시지 않았는가. 그래서 어머니의 말을 알아들을 수 없었다. 애비야, 이 어미가 죽일 년이었다. 너한테는 못할 짓을 했다. 네가 친아버지라고 불렀던 아버지는 실은 작은아버지란다. 너의 친아버지인 박동식 씨는 여기에서 죽었다. 그리고 재작년에 돌아가신 너의 아버지는 실은 작은아버지인 박남식 씨란다. 어머니의 설명을 들어도 나는 뭐가 뭔지 알 수 없었다. 어머니의 이야기를 추슬러 맞춰보고야 겨우 윤곽을 가늠할 수 있었다.

아버지는 형제였다. 황해도 연백의 농촌이 고향이었다. 일제 말기에 형제가 도망 다니다가 형은 전쟁 막바지에 징용으로 끌려가 홋카이도 개발대에 배속되었다고 편지가 왔고 동생은 미얀마 전선으로 끌려갔다고 했다. 고향에서 세상물정 모르는 어머니는 동네 할머니들의 부축으로 나를 출산해서 산후조리를 하고 있는 사이 해방을 맞았다. 그러나 아버지는 돌아오지 않았다. 돌아올 리가 없었다. 그러나 미얀마 전선으로 끌려갔던 동생인 삼촌은 살아 돌아왔다. 아무리 기다려도 아버지는 행방이 묘연했다. 수소문을 해도 알 길이 없었다. 해방이 되는 과정에서 우편물이 제대로 올 리 없었다. 전사통지 역시 분실되었는지 알 길이 없는 상황이었다. 항간에 떠도는 소문은 해방이 되자 거기 눌러 앉아 일본 전쟁미망인과 새 장가가서 사는 사람도 있다고 했다.

가난해서 장가도 갈 수 없는 총각인 삼촌과 젖먹이가 딸린 청상과부인 어머니는 가정을 지키고 나를 키우면서 아버지를 기다렸다. 해방이 되고도 한참 후에 돌아온 사람도 있다는 소문은 있었으나 아버지는 끝내 나타나지 않았다.

그러는 사이 전쟁이 일어나 모두 남쪽으로 내려가기 시작했다. 어머니와 삼촌도 피난길에 올라 결국 남도 땅까지 밀려갔다. 그 난리통에 그래도 대를 이어야 한다고 삼촌은 나를 놓지 않고 손을 꼭 잡고 가거나 업고 다녔다. 피난길에서도 사람들은 어머니와 작은아버지를 부부로 알았다. 처음에는 아니라고 했지만 오히려 사람들이 이상한 눈으로 쳐다보았다. 자초지종을 설명하면 사람들이 수긍을 했으나 그때마다 설명하기도 귀찮아 나중에는 그렇다고 해버렸다. 피난처에서 아무것도 가진 게 없는 어머니와 삼촌은 부잣집 문간채에 겨우 방 한 칸을 얻어 살았고 삼촌은 머슴으로 어머니는 부엌데기로 연명을 했다.

한방에 살면서 두 사람은 나를 사이에 두고 피곤에 쓰러져 잤다. 그러나 시간은 마냥 젊은 두 사람을 그냥 놔두지만은 않았다. 어느 날 밤 연을 맺고 말았다.

삼촌은 그 후 아버지 이름을 쓰는 나의 아버지로 변신했고 멀쩡히 살아있는 자기 자신은 호적상 전사자가 되어버렸다.

어머니는 이야기가 다 끝나고도 일어설 줄을 몰랐다. 북쪽 나라 10월의 밤은 너무 찼다. 보름인지 수평선 위에서 달이 솟아오르기 시작했다. 어머니는 일어나더니 내 주먹보다 큰 돌을 가리키면서 들고 가자고 했다. 무슨 용도로 쓸 거냐고 해도 어머니는 아무 말이 없었다. 나는 어머니가 시키는 대로 돌을 들고 일어섰다. 어머니는 다시 울먹이면서 여보 잘 있으시오, 하는 말을 남기고 해변을 떠났다. 나는 어머니를 모시고 택시를 잡아타고 숙소로 향했다.

나는 오늘 일어난 어머니의 넋두리와 이야기의 얽히고 설킨 그물코 같은 가닥을 추스를 수가 없었다. 나는 마치 악몽을 꾸고 있는 것 같은 착각에 빠지고 말았다. 그 분이 내 아버지가 아닌 작은 아버지였다니. 갑자기 알게 된 일이라 어리둥절할 수밖에. 사고의 체계가 쉽사리 정립이 되지 않았다. 나는 낳아 준 아버지의 얼굴은 보지 못했으니 기억에도 없었다. 나를 키워준, 일테면 작은 아버지는 너무 자상한 나의 친아버지로만 믿고 자랐었다. 하나밖에 없는 남동생이 버릇없이 굴면 아버지는 가혹하리만치 나무랐다. 그러나 나에게는 언제나 자상하고 인자한 아버지였다. 나는 아버지가 형제 중 나를 편애한다고만 생각했지 내 아버지가 아니라고는 한 번도 생각해본 적이 없었다.

아버지가 돌아가신 후 관비해외유학의 기회가 있었다. 나름대로 계획을 짰다. 이번 기회에 어머니를 동생네 집에 기거하시게 하고 나는 한 3년 유학하고자 했다. 누구나 해외유학 기회가 오면 가족까지 나가서 견문을 넓히고 아이들의 어학 실습을 시키고자 하는 게 해외유학생들의 바람이었다. 나 역시 그런 기회를 최대한 활용하고 싶었다. 어릴 때부터의 어머니에 대한 언짢은 생각이 나로 하여 앙금을 가슴 깊은 곳에 침잠하게 하였다. 내 안에는 은연중 어머니와 멀리하고자 하는 마음이 아직도 도사리고 있음을 이 일로 새삼 확인하고 나도 놀랐다. 나는 퇴근시간을 택해 동생을 만나자고 했다. 나는 삼겹살집에서 소주를 마시면서 어머니를 모시라는 말을 동생에게 차마 하지 못하고 말을 이리저리 빙빙 돌렸다. 그 동안 형제간에 서먹했던 이야기부터 풀어놓았다. 그리고 일어설 무렵에 해외유학을 가야하므로 네가 어머니를 한 3년만 모시고 있으라고 넌지시 운을 뗐다. 동생은 의외로 담담했다. 동생은 걱정 말고 다녀오라고 했다. 어머니는 우리 집으로 오시라고 해도 오실 분이 아니므로 형이 떠난다해도 그 집에서 혼자도 잘 사실 테니까 염려 말라 했다.

나는 동생이 그렇게 나오리라고는 상상하지 못했다. 모실 수 없다고 완강히 버티면 갖은 이유를 대서 밀어붙일 생각이었다. 좀 치사하지만 어릴 때 엄마는 너만 예뻐해 주었다는 말까지도 비장의 무기로 준비하고 있었다. 그러나 동생은 엉뚱한 대답으로 나를 곤경에 빠뜨렸다. 나는 다시 동생이 두 손을 들게 하기 위해 유학비용이 적잖이 필요해 집을 팔아가야겠다는 말로 압박했다. 유학비용은 관비여서 그렇게 많은 돈이 필요한 것은 아니었다. 동생은 정 그렇다면 유학비용을 무이자로 빌려주겠다고 제안했다. 나는 마지못해 잘 알았다는 말로 얼버무리고 말았다. 나는 해외유학을 다른 사람에게 양보하고 다음 기회로 미룰 수밖에 달리 도리가 없었다.

나는 깊은 상념에 빠져 있다가 택시가 멈춰서야 현실로 돌아왔다. 숙소인 고오소호텔 앞이었다. 어머니를 부축해 로비로 들어섰다. 가이드가 기다리고 있다가 반색을 하고 맞았다. 우리가 하도 오지 않아서 형무소 관리사무소로 연락을 해보았다고 했다. 형무소 관리사무소에서는 진즉 떠나셨다는데 어디 갔다 왔느냐고 물었다. 나는 어머니가 아시는 분이 항구 쪽에 살아서 잠시 만나고 왔다고 둘러댔다. 그는 또 내 손에 거추장스럽게 들려진 돌에 대해서 관심이 많았다. 나는 수석으로 가치가 있게 보여 수집해 왔다고 했더니 공항 검색대를 통과할 때 조심하라고 한마디 일러주었다.

일행들의 저녁식사는 이미 끝난 뒤였다. 가이드는 우리를 식당으로 안내하겠다고 했으나 어머니가 저녁을 먹고 싶은 생각이 없다고 한사코 손사래를 쳤다. 나는 어머니를 모시고 프런트에서 열쇠를 받아 쥐고 객실로 올라갔다. 방에 들어오자, 어머니는 쓰러지듯이 침대에 누워 버렸다. 어머니의 겉옷을 벗겨 드리고 다시 저녁식사를 권유했으나 먹고 싶지 않다고 하면서 내게 내려가서 저녁을 먹고 오라는 말만 했다. 나는 프런트에 전화를 걸어서 죽을 주문했다. 죽이 도착하기까지는 반식경이나 걸렸다. 어머니는 더 누워있고 싶다고 일어나지 않았다. 오히려 나에게 더 늦기 전에 내려가서 저녁을 먹고 오라고 재촉을 했다.

나는 조금 누워 계시다가 일어나서 죽이라도 드시라는 말을 남기고 방을 나왔다. 로비로 내려가서 어젯밤에 들렀던 바의 문을 열고 들어갔다. 아직 초저녁이어서 그런지 아무도 없었다. 나는 산토리 한 병을 시켰고 물컵을 비우고 거기에 술을 부어 맹물처럼 벌컥벌컥 들이켰다. 식도로 불덩이가 지나가는 것 같은 뜨거움이 왔다.

오늘 일은 아무리 생각해 보아도 악몽을 꾼 것 같았다. 나는 다시 술을 따랐다. 그리고 다시 마시고 싶었으나 단숨에 마실 수가 없었다. 가슴께가 훗훗해지면서 나른한 피로가 엄습해왔다. 목이 터져라 소리라도 지르고 싶었다. 엉엉 울고도 싶었다. 아니 벽에 이마를 깨지도록 짓찧고 싶었다. 정말이지 어떻게 이런 일이 오십여 년이 넘도록 비밀에 부쳐졌는지 이해가 되지 않았다. 도대체 내가 어떻게 해야할지 갈피를 잡을 수 없었다. 나는 다시 컵을 들어서 단숨에 비워버렸다. 의식이 몽롱해지면서 실내가 빙빙 돌기 시작했다.

어머, 선생님 오늘은 웬일이세요. 초저녁부터 독한 술로…. 어젯밤 만났던 미술교사였다. 예, 그냥 일본에 왔으니까 일본 술을 먹어보고 싶어서요. 이리 앉아요. 같이 한잔 합시다. 그녀의 의사를 듣기도 전에 작은 잔을 들어 그녀에게 불쑥 건네고 술을 부었다. 나도 작은 잔에 그녀가 부어주는 술을 받아서 잔끼리 소리 나게 부딪치면서 건배를 외쳤다. 술을 한 모금 마시고 잔을 내려놓은 그녀는 빙그레 웃었다. 선생님, 참 센티멘털하게 보여요. 마치, 실연하신 것 같아요. 아, 그렇게 보여요. 나 오늘 그렇게 사랑하던 여인에게서 배신당했어요. 그 말끝에 나는 나도 모르게 실소를 했다. 실연을 당한 것보다 가슴은 더 아프고 쓰라려왔다. 선생님 오늘 왜 형무소에서 남아 있었어요? 나는 말할 수가 없었다. 어떻게 그 긴 세월 동안 사기 당한 이야기를 풀어놓을 수가 있겠는가. 그런 말 한다고 누가 믿어주기나 할까. 나는 그 말을 할 수가 없었다. 예. 그럴 일이 좀 있었어요. 나는 말을 하면서 혀가 마음대로 움직이지 않는다고 느꼈다. 그녀는 내 말이 어눌하게 들렸던지 더 이상 묻지 않았다.

시간이 얼마나 흘렀을까. 그녀가 말했다. 선생님 밖에 달이 무척 밝아요. 술도 깰 겸 호숫가로 나가서 거닐까요. 나는 그러자고 일어서다가 균형을 잡지 못하고 비틀하고 넘어질 뻔했다. 그녀는 안되겠다 싶었던지 프런트에서 사람을 불러와 나를 부축했다. 나는 울음도 웃음도 아닌 미친 사람처럼 으흐흐하며 히죽히죽 웃었다. 세상살이가 너무도 우스웠다. 불빛이 부옇게 흐려 보였다. 그녀는 나를 내 방까지 데려다주고 갔다. 나는 옷도 제대로 갈아입지 못하고 쓰러져 잠이 들었다.

아침에 누군가가 찾아와 문을 두드릴 때야 나는 잠에서 깨어났다. 문을 열어주자 가이드가 들어왔다. 모두 다 일어나서 떠날 준비를 하고 있는데 아무 연락이 없어서 전화를 했으나 받지 않아 하는 수 없이 올라왔다고 했다.

나는 그때야 반대편 침대의 어머니를 바라보았다. 어머니는 죽은 듯이 가만히 누워 있었다. 어머니. 나는 어머니를 불러 보았다. 어머니가 간신히 대답을 했다. 나는 놀라서 어머니 머리를 짚어보았다. 불덩이처럼 펄펄 끓고 있었다. 도저히 관광을 계속할 상황이 아니었다. 가이드에게 어머니 때문에 관광을 포기해야 될 것 같다고 일렀다. 가이드는 그러면 오늘 병원 치료를 하고 다음 호텔로 오라고 연락처를 적어주었다. 그리고 나를 프런트까지 가자고 해서 근무자에게 이 손님과 같이 온 이 분의 어머니를 병원에 모셔갈 수 있도록 편의를 제공해 달라고 부탁하고 버스에 올랐다. 버스의 문이 닫히고 떠나려 할 때 누군가 황급히 내렸다. 미술교사인 그녀였다. 선생님 괜찮으세요? 나는 어젯밤 일이 아물아물 잘 떠오르지 않았다. 나는 그녀에게 고맙다고 하면서 어젯밤 너무 큰 결례를 해서 미안하다고 했다. 그녀는 나의 인사치레 말에 선생님은 너무 센티한 분이세요, 하면서 빙그레 웃었다. 그리고 명함을 건네주면서 서울에서 꼭 한 번 뵙고 싶다는 말을 남기고 버스에 올랐다. 버스가 시야에서 멀어질 때까지 손을 흔들어 주었다. 나는 내 방으로 올라오면서 착잡한 마음을 억제할 길이 없었다.

방에 들어오자 어머니는 물을 한 컵 달라고 했다. 나는 어머니를 반나마 일으켜 벽에 기대게 하고 냉장고에서 물을 꺼내 건네드렸다. 물로 입을 축인 어머니는 나를 자기 옆에 앉으라고 했다. 그리고 입을 열었다. 애야, 이 부정한 어미를 용서해라. 그때는 그게 최상의 선택이라고 생각했다. 가문을 보존하기 위해서 너의 작은아버지도 그렇게 생각했고…. 나는 뭐라 답변할 말도 어머니를 위로할 말도 찾지 못했다.

한참 동안 말이 없던 어머니는 다시 입을 열었다. 애야, 내가 죽거들랑 작은아버지 무덤 오른쪽에 나를 묻고 내 오른쪽에 그 돌을 아버지 뼈라고 생각하고 묻어 다오. 그 돌 속에는 아버지의 뼛가루가 묻어있을 것 아니냐. 그리고 그 동안 너의 아버지가 일본군에 끌려갔던 날을 제삿날로 삼았으나, 이제 돌아가신 날이 확실히 밝혀졌으니 제 날짜에 제사를 모시도록 해라. 어머니는 그 말을 마치자 눈물을 훔쳤다.

마치 운명 직전에 있는 사람의 유언을 듣는 듯했다. 어머니도 참, 그런 이야기는 집에 가서도 할 수 있지 않아요. 난 어머니에게 가벼운 핀잔의 말을 했다. 늙은이란 살아도 산 것이 아니다. 생각났을 때 이야기해두려고 그런다. 나는 아무래도 관광을 포기하고 병원에서 응급조치를 받은 후 서울로 되돌아가야 할 것 같다는 생각을 했다. 구급차가 오지 않는지 프런트에서는 아무런 연락도 없었다.

2005.

국경선

국경선

아버지는 도착 즉시 연행되었다. 김포 국제공항 제 2 청사 입국
장 안에서였다.

〈1〉

비행기는 정시보다 십오 분 정도 늦게 도착했다.
전광판 비고난에 어라이브드 자막이 뜨고, 표지등이 점멸을 시
작한 지 한 시간여를 기다려도 아버지는 출구로 나오지 않았다.
시간이 지날수록 초조한 마음도 점점 더해갔다. 가슴 죄이는 불
안으로 또 삼십여 분. 그때, 두 사내가 한 노인을 부축해 일 번 출
구로 나오는 게 보였다. 분명 아버지였다. 그러나 사내들은 아버
지를 단순히 부축해주는 것 같아 보이지를 않았다. 불곰을 연상
케 하는 건장한 체격, 제복 같은 감색의 정장차림, 그리고 유리 파
편 같은 날카롭고 싸늘한 눈빛, 그들이 보통사람은 아니라는 느

낌이 섬광처럼 왔다.

나는 뒷골이 뻑뻑해지면서 바로 서 있을 수 없는 현기증을 느꼈다. 순간 나도 모르게 눈앞의 펜스를 붙잡았고 차가운 기운이 등골을 훑고 발끝까지 내려갔다. 갑자기 오한이 엄습해오면서 귀까지 멍해졌다. 음향이 정지되어버린 영상을 보듯 많은 사람들의 움직임만 부옇게 보였다. 나는 사람들 틈에 서서 숨도 크게 쉬지 못했다. 입안에 침이 마르고 혀가 말려들어가는 것 같은 심한 갈증이 왔다. 그리고 다리가 후들후들 떨렸다. 그들이 나마저도 찾아내어 연행할지 모른다는 불안에 휩싸였다. 뒤로 물러서려 하였으나 발이 떨어지지를 않았다. 나는 외면한 채 곁눈으로 아버지를 겨우 바라보았다. 아버지는 떠날 때보다 더 수척해 보였지만 표정만은 의외로 밝아, 보일 듯 말 듯 미소를 짓고 있었다. 지금까지 보지 못했던 너무도 평온하고 순진무구한 안색이었다. 나는 아버지의 주위가 광배에 싸인 것 같이 환하게 보이는 착시 현상을 느꼈다.

그들이 아버지의 양쪽 팔을 우악스럽게 끼고 있어서 마치 들려가는 형상이었다. 그런 속에서도 아버지는 좌우를 살펴보고 있었다. 나를 찾고 있는 게 분명했다. 그러나 어떻게 해볼 도리가 없었다. 아버지는 펜스 앞에 죽 서 있는 마중 나온 사람들을 일별하다가 나를 보았는지 희미한 미소를 지으며 고개를 돌렸다.

그들이 내 앞을 스쳐서 밖으로 나갈 때까지 나는 한 걸음도 움직이지 못했다. 누가 금방 내 덜미를 낚아챌 것만 같아서였다. 그들이 공항청사 밖으로 나간 후에야 겨우 사람들 틈을 헤치고 조심스럽게 나가보았다. 그들은 입구 견인구간에 대기하고 있던 검은 승용차 뒷좌석에 아버지를 억지스럽게 밀어 넣고 양옆으로 타기가 무섭게 바람을 일으키며 가버렸다.

　주변에 있던 사람들이 무슨 일인가 해서 쳐다보았지만, 그뿐이었다. 나는 어찌할 바를 몰라 멍하게 서 있었다. 무사하지 못하리라고 예상은 했지만 이렇게 빨리 다가올 줄은 미처 몰랐다. 그들이 하는 행동이나 외모로 보아 기관에서 나온 사람들이라는 짐작은 가지만 어느 기관인지는 알 길이 없었다. 정신을 수습하고 차번호라도 기억해두지 못한 것을 후회했다. 그러나 그게 부질없는 일이라는 생각이 곧 뇌리를 스쳤다. 그들이라면 번호판을 몇 장씩 가지고 다니면서 위장번호로 갈아붙일 게 뻔했다. 이런 상황 앞에 속수무책일 수밖에 없는 내가 실망스럽고 한심할 뿐이었다.

　나는 후들후들 떨리는 다리로 다시 청사 안으로 들어가 공중전화에 매달렸다. 아직도 귀에서는 고산지대를 오를 때처럼 윙하는 소리만 들렸다. 마치 시피유가 다운된 컴퓨터같이 어떻게 해야 된다는 응급조치 방안이 얼른 떠오르지 않았다. 급히 회사의 전화번호를 눌렀다. 사장은 다행히 자리에 있었다. 미처 내가 말하기도 전에 그가 먼저 어떻게 되었느냐고 물었다. 아침에 전화로 공항에 나가 아버지를 마중해야 한다고 했기 때문에 그는 아버지의 귀국을 이미 알고 있었다. 나는 조금 전에 일어난 일에 대해 앞뒤 순서 없이 중언부언 설명했다. 사장은 긴 말 하지 말고 빨리 회사로 들어오라는 말만을 남기고 전화를 급히 끊어 버렸다.

　불안은 아버지로부터 돌아온다는 전화가 왔을 때부터였다. 마치 이웃집에서 전화하듯이 차분하게 도착시간을 알려왔다. 짧고 일방적인 통화이긴 했지만 통화가 끊어진 후에도 나는 수화기를 한참 동안 들고 있었다. 무슨 꿈을 꾸는 것이 아닌가, 해서였다.

　아무리 미뤄 짐작해 봐도 알 수 없는 일이었다. 아버지가 돌아오다니. 어떻게 되돌아올 수 있단 말인가! 아버지가 자발적으로 되돌아오겠다고 했을까? 만일 그들이 인도주의적인 측면 운운하면서 되돌려 보냈다면, 어떤 목적이나 음모가 분명히 깔려 있을 것이 아닌가. 나는 그때부터 아버지의 목소리가 계속 들리는 것 같은 환청에 사로잡혔다.

온몸이 계속해서 떨렸다. 나도 모르게 좌우를 두리번거리며 살펴보았다. 쫓기듯이 주차장에서 차를 몰고 나와 좌회전 신호를 받고 올림픽대로로 들어서기 위해 차선을 바꾸었다. 공항을 벗어나자 오히려 불안한 마음이 더했다. 신호등에 걸려 차를 세웠다. 자꾸 눈앞에 보푸라기 같은 게 가리고 심장이 뛰었다. 근무처가 있는 시내까지 무사히 가질지 걱정이 앞섰다. 뒤에서 경적이 울렸다. 신호등은 이미 녹색으로 바뀌어 있었다. 나는 그제야 출발을 서둘렀다. 뒤에 있던 차가 스쳐 지나가면서 차창 밖으로 뭐라고 투덜댔다. 다시 차를 길가에 세우고 운전석에 기댄 채 한참 동안 눈을 감고 있었다.

〈2〉

하긴 출발부터가 순탄하지 못했다.

그날 공항청사 출국장은 단체관광객들로 발디딜 틈 없이 붐볐다. 관광가이드 앞에 무리지어 모여있는 거나 옷차림새가 초등학생들 소풍 가는 모습들이었다. 우리 일행도 마찬가지였다. 출국 목적이 중국 동북지방의 관광 명목이었으니까.

기내방송이 끝나자 비행기는 계류장에서 활주로를 향해 서서히 돌아섰다. 기창 밖으로는 암회색 빛 활주로가 일직선으로 다가왔다. 비행기는 방향을 바로잡자 달리기 시작했고 털털거리는 진동이 멎는가 하는 순간 그 육중한 몸체를 뒤틀면서 힘겹게 이륙했다. 비행기는 대지를 벗어나 서해상으로 빠지면서 고도를 높였다. 이내 항속음이 낮아지더니 수평을 유지하고 안전벨트의 경고등이 꺼졌다. 기내에는 심양이나 연길에서 왔다 가는 사람들보다도 우리처럼 관광을 목적으로 가는 사람들이 많아 보였다.

잔뜩 긴장하고 있다가 무사히 빠져나왔다는 안도감 때문인지 갑자기 온몸에 힘이 빠지고 얼굴이 화끈거렸다. 기내 공기마저 후텁지근하게 느껴졌다. 흰색 스키파카를 벗어 짐칸에 대충 개켜 밀어넣었다. 그리고 아버지의 안전벨트를 풀어드리면서 표정을 살펴보았다. 표정이 잔뜩 굳어 있었다. 아버지도 겉옷을 벗고 싶다고 해서 갈색 무스탕도 같이 집어넣었다. 떠나기 전 아버지에게 늘 입던 무스탕보다는 가벼운 오리털 파카라도 하나 사시는 게 어떠냐고 물었을 때 쓸데없는 낭비라고 말을 막아 버렸다. 우겨서라도 사드렸어야 했는데 하는 아쉬움이 일었다.

아버지는 출국심사 부스를 통과할 때의 긴장이 아직 풀리지 않은 듯했다. 비행기 여행이 처음이기도 했지만 원체 작두를 타는 오금 저림의 상황이었다.

박명식. 아버지의 여권에 찍힌 이름이었다. 아버지는 이름은 쉽게 기억했으나, 주민등록증 번호만큼은 쉽사리 외우질 못했다. 만일의 경우를 생각해서 여러 날 암기를 했지만 한참 후에 다시 물으면 틀리기 일쑤였다. 열세 자리의 아라비아 숫자가 아버지의 노쇠함을 조롱하는 듯했다.

항공사의 탑승수속을 마치고 출국장으로 다가갈수록 불안감도

높아졌다.

출국심사 부스 안에 있는 심사관은 아버지가 여권과 출국카드, 탑승권을 들이밀자 받아 쥐고 훑어보았다. 그리고 여권을 이리저리 뒤적였다. 다음 차례를 기다리는 황색선 위에 선 나는 조마조마한 나머지 숨이 차고 손에 땀이 났다. 제발 무사히 통과되기를 빌었다. 그러나 그냥 기다릴 수만은 없었다. 나는 발소리를 높여 심사 부스로 다가갔다.

심사관은 이쪽으로 고개를 돌렸다.

"다음 사람은 거기 기다리세요."

날카로운 목소리가 내 고막을 파고들었다. 나는 다가가다가 주춤하고 멈춰 섰다. 심사관은 아버지를 흘끔 한 번 쳐다보고 이내 여권에 출국 스탬프를 찍어 내밀었다. 나노 모르세 안도의 숨을 내쉬었다.

아버지는 어머니와 달리 평소에도 여행을 싫어하는 편이었다. 두 누이들이 살고 있는 미국은 물론이고 제주 관광도 마다했다. 그냥 돈을 아끼고자 한다기보다는 뭔가 다른 사연이 있는 것 같았지만 알 수 없는 노릇이었다. 언젠가 여쭈어보았을 때 나를 한번 흘끔 쳐다보고는 무슨 말인가 할 듯하다가 말았다. 미루어 짐작하기에 아마 육이오 때 공습에 대한 어떤 공포를 갖게 되지 않았을까, 아니면 고향에도 가지 못하면서 무슨 여행이냐는 마음이 있는 게 아닌가 하는 정도일 뿐이었다. 그러나 이번만은 적극적이었다.

나는 이번 여행을 위해 어머니를 속인 게 죄스러웠다. 아버지를 모시고 가기 전에 어머니와 의당 협의했어야 했지만 그러면 집안에 또 한 번 풍파가 일어날 것이 걱정되었다. 아내에게는 어머니와 함께 미국 누이네 집에 다녀오라고 먼저 떠나보냈다. 어머니는 매년 겨울방학 때면 연례행사처럼 미국에 갔다 오는데 하필 금년에는 경기가 나쁘다고 가지 않겠다는 걸 누이들까지 동원해서 보낸 터였다. 물론 어머니에게는 비밀로 하라고 아내에게 다짐을 두는 것도 잊지 않았다.

이번 여행에 오르기 전, 아버지는 여권을 입수하기 직전까지는 포기 상태였다. 고향 사람들의 친목 모임에서 장백진에 가면 가족들의 소식과 상봉도 가능하다는 이야기를 듣고도 아무런 말이 없었다. 아버지는 웬일인지 그런 모임에도 연락의 끈을 놓아버린 것은 아니었지만 잘 나가지 않는 편이었다. 그런 아버지를 충동하고 몰아세운 것은 김회장의 전화 한 통화였다. 나는 김회장을 만나 그들이 장백진에 갈 계획임을 알았다.

"아버지. 김회장 한 번 만나 보시지요."

"만나면 뭐하겠냐. 가지도 못할 걸."

심드렁한 한마디뿐이었다.

아버지는 심한 무력증에 빠져 있었다. 아버지의 여권신청은 번번이 무산되었다. 여덟 해 전 가을에 있었던 칠순노파 간첩사건에 아버지가 연루되었다는 혐의 때문이었다. 칠순노파가 몇 년 동안 간첩으로 암약하다가 강화도 근방의 조그마한 무인도에 숨어 야간에 이북으로 잠수정을 타 버린 사건이었다. 관련 기관에서는 계속 뒤를 추적했으나 체포 직전에 놓치고 말았다. 하지만 만났던 사람들은 다 소환대상이 되었다. 아버지도 그 중 한 사람이었다.

그 동안 그 노파를 통해 이것저것 고향 소식을 얻어들었던 게 현행법을 위반한 꼴이 되어 버렸다. 아버지가 얻어들은 소식이라고 해야 기껏 할아버지는 난리통에 돌아가시고 할머니가 아직 살아계시다는 것 그리고 처와 아들과 손자들이 잘 살고 있다는 정도였다. 나는 처음 그 사실을 알았을 때 어이가 없었다. 세상에 이럴 수가. 남도 아닌 마누라와 자식들에게 어떻게 몇 십 년 동안 이북에 가족이 있다는 사실을 깡그리 비밀로 할 수가 있었을까. 나는 도저히 아버지를 이해할 수 없었다.

아버지가 연행되어 가자 어머니는 길길이 뛰었다.

"영감탱이가 할 짓이 없어서 나중에는 간첩질까지 해? 에이, 날벼락을 맞아도 시원치 않을 영감탱이. 뭐가 부족해 간첩질이야, 간첩질이."

어머니는 평소 얽히고 맺힌 감정까지를 두름으로 엮어냈다. 이웃 사람들에게 부끄러울 정도로 고래고래 소리를 질러댔다. 그러나 그때는 아버지의 가족사를 정확히 알지 못해서 그 정도로 끝이 났었다.

아버지는 얼마 후 불구속 입건으로 풀려났다.

집으로 돌아오던 날 집안은 한바탕 또 난리가 나고 말았다. 배우지도 못하고 시장에서 잔뼈가 굵은 어머니는 화가 났을 때 앞뒤를 가리지 못하는 주책을 부렸다.

"저런 호랑이나 물어 갈 인간이 이북에 시퍼렇게 눈 뜨고 살아 있는 본마누라를 놔두고 남의 처녀를 꼬드겨서 신세를 망쳐. 이 웬수. 아이고, 내 팔자야."

아버지의 본가가 이북에 건재하다는 이야기를 며칠간의 옥바라지에서 얻어들은 어머니는 집안을 완전히 둘러엎을 듯 큰 소란을 피웠다.

"멀쩡한 사람을 첩으로 만들어. 아이고, 이 날벼락이나 맞을 인간아!”

어머니는 방바닥을 치고 울부짖었다. 계속 이어지는 넋두리에 아내가 어머니를 진정시키려 했지만 막무가내였다. 어머니는 제풀에 지쳐서 나중에는 입에 거품을 물고 입안에서만 중얼거렸다.

나는 어머니를 말리고 싶은 마음이 내키지 않았다. 그만큼 아버지에 대한 미운 감정이 도사리고 있어서였다. 아버지는 어머니가 고래고래 소리 지르는 동안에도 방에 들어앉아 아무 말이 없었다. 또 할 말도 없었을 것이다. 다른 사람 같으면 ‘여보 미안하이’ 하는 한마디라도 했겠지만, 아버지는 그럴 비위짱도 지니고 있지를 못했다.

그 동안 오갈 데 없는 노총각을 구제하다시피 해서 결혼했다고 자랑 삼아온 어머니에겐 와가의 대들보가 부러져 내려앉는 날벼락이었다.

내가 어릴 때 주변에서 들은 이야기로는 아버지가 아니라 어머니가 더 아버지에게 적극적이었다고 들었다. 물론 포목점 주인의 주선으로 결혼이 이루어지기는 했지만. 내가 지금 봐도 외모로 보나 무엇으로 보나 어머니는 아버지와 걸맞은 상대가 아니었다. 아버지가 피난지에서 외톨이로 떨어져 있으면서 의지할 곳도 마음의 위안을 얻을 곳도 없었을 것이다. 그렇다고 십여 년을 기다려도 고향으로 돌아갈 가능성도 없는 절망의 상황에서 무한정 독신으로 살 수만은 없었지 않았나 싶었다. 그때 아버지가 취할 수 있는 길은 결혼이었을 것이다. 그러나 아버지에게 있어서 결혼은 곧 자기 자신의 포기였을지도 모른다. 본처를 놔두고 새장가를 가면서 마음이 편치는 못했을 터였다.

평소 두 분 사이가 썩 좋은 것만은 아닌 데다 그 일이 있고 나서 어머니는 동대문 옷가게 가까운 창신동으로 아예 거처를 옮겨가 버리고 집에는 거의 들르지 않았다. 하긴 열두 살이나 많은 아버지와 나이차만큼 의견차도 컸다. 특히 막내 외삼촌 문제가 생겼을 때도 그랬지만 사소한 일로 두 분은 잘 다투었다. 그래도 어머니는 집을 나갈 생각까지는 하지 않았는데 그 일이 터지고 나선 그 동안 겨우 한 가닥 남은 무명올 같은 정마저 다 떨어져 버렸는지 별거를 행동으로 옮겼다. 기회가 있을 때마다 아내와 나는 집에 돌아오시도록 권유해 보았으나 어머니의 고집을 꺾을 수가 없었다.

다행히 아버지는 회합통신, 편의 제공, 불고지 등 국가보안법 서너 개 항에 저촉되었지만 너무 고령이고, 그 노파가 간첩인 줄 모르고 단순히 일본을 통해 알아본다고 해서 부탁했을 뿐이라는 진솔한 답변과 향우회에서 올린 진정서가 참작되어 기소유예에 처분을 받았다.

아버지는 아버지대로 가족을 대하기 민망했었는지 동네 노인정에 기거하면서 좀처럼 집에 들어오지 않았다.

그 후 아버지의 생활이 크게 달라지거나 제약을 받는 일은 거의 없었다. 잊어버릴만 하면 누군가가 아파트 앞 상가에 있는 '피앙 식당'에 와서 아버지의 동정을 묻고 갔다고 그 집 할머니가 전해 줄 정도였다.

나는 그 일로 심한 후유증에 시달릴 수밖에 없었다. 그렇게 오랜 세월 동안 속아온 생각을 하면 서글프고 분함마저 들었다. 아버지가 정신은 저 북쪽에 놔두고 몸만 가족이었다는 생각에 이르면 가증스럽기까지 했다. 새삼 무서운 분이라는 생각을 도저히 떨쳐버릴 수가 없었다.

나는 다니는 잡지사에 누를 끼칠지 모른다는 생각에서 사표를 냈다. 몇 년 전만 해도 자식놈이 학생운동을 하면 아비가 직장에서 쫓겨나는 살벌한 세상이었다. 아직도 그런 영향이 있을지 몰라서였다. 그러나 선배는 웃으면서 사표를 되돌려주었다.

"불이익 되는 일이 생기면 당해주지 뭐. 이거 아니면 밥 못 먹고 살겠어?"

오히려 선배는 이번 기회를 전화위복의 기회로 삼자고 했다. 다음호는 통일에 대비하는 특집으로, 남북간의 이산가족 1세대 문제를 크게 부각시켜보자는 이야기였다.

우선 집안 문제를 접어두고 특집 기획에 골몰하기 시작했다. 하지만 기사의 가닥이 잡힐 듯하면서도 좀처럼 잡히지 않았다. 게다가 이산가족 1세대의 저 끝에 아버지 문제가 매달려 있음은 어쩔 수 없는 부담으로 느껴졌다. 고향으로 돌아갈 길이 있다면 차라리 가버리시라는 말을 하고 싶은 심정이었다. 그 문제 하나도 해결할 수 없는 주제에 무슨 특집 기사를 다루는가 하는 회의가 나를 괴롭혔다.

몇 장 안 되는 원고를 써 놓고 더 이상 진전을 보지 못했다. 그때 더 급한 해외취재를 떠나야만 했기 때문이었다. 따라서 그 원고는 책상 속에 묻혀버리고 말았다. 그러나 나는 특집 기획으로 평소 느끼지 못했던 아버지의 내면세계로 접근하면서 그 고통의 씨앗이 내 안에도 이미 심겨져 발아하고 있음을 알았다.

해외취재에서 돌아오고 얼마 되지 않아 아내는 내 눈치를 살피다가 아버지를 모셔 오자는 말을 꺼냈다.

"여보 아버님 얼굴이 말이 아니세요. 아버님이 사시면 얼마나 사시겠어요. 어머님은 안성 친정에 형제들과 친구들도 많이 계시지만 아버님은 이곳에 아무도 안 계시지 않아요."

"……."

나는 아내의 말에 아무런 대꾸도 하지 못했다. 세세한 이야기는 하지 않아도 그 동안 아내는 노인정으로 간혹 음식도 날라다 드리고 빨래도 거르지 않고 해다 드렸던 모양이었다. 나도 모셔 오고 싶은 생각이 없는 것은 아니었지만 쉽게 마음이 돌아서지를 않았다.

내가 서른다섯이 되어서야 세살 아래의 아내를 중매로 만나서 결혼했다. 아내는 대 종가집 큰딸로 예의범절이 요즘 세대와는 좀 다른 편이었다. 처가에는 장모님도 돌아가시고 처남 처제들마저 다 도시로 떠나가 버려 장인 혼자 허물어져 가는 고가를 쓸쓸히 지키고 있었다. 친징 부모를 생각해서 그런지 어머니에게도 친정어머니에게 하듯이 잘 대했지만 아버지에게도 노인정 사람들이 친딸이냐고 물을 만큼 살갑게 잘했다. 아버지는 그런 며느리를 대견해 하는 눈치였다. 말은 안 해도 나 역시 그런 아내를 무척 고맙게 생각하고 있었다. 시간이란 참 묘한 치료약이었다. 아내의 말처럼 어머니보다는 아버지가 측은하다는 생각이 자꾸만 더해져 갔다. 아버지를 모셔오는 데는 그렇게 오랜 시간이 필요치 않았다.

공동선언 이후 이산가족 상봉이 이루어진다고 할 때는 가만히 있을 수가 없었다. 아버지 마음을 조금이나마 풀어드리고 위로하고 싶었다. 방북신청을 하기 위해 담당자에게 문의하였으나 아버지 같은 경우 전과 때문에 부적격자라고 했다. 이쪽의 딱한 사정은 당무자의 실무 밖의 일이었다. 하기야 그 사람도 제한된 범위

안에서만이 자기 재량을 발휘할 수 있을 터였다. 포기할 수밖에 다른 길이 없었다.

여권신청을 해보았으나 여전히 감감무소식이었다. 마치 견고한 성채에 갇힌 자가 탈출을 시도하는 거나 다름없이 부질없는 짓이었다. 알음알음으로 부탁도 해보고 이리저리 알아도 봤으나, 원체 물의를 일으킨 사건에 연루되어서 그런지 달리 방법이 없었다.

결국 에스상가에 가보라는 선배의 말에서 돌파구를 찾아야만 했다. 그러나 과연 불법적인 방법까지 동원해서 여권을 발급 받아야 하는지 심한 회의에 빠지게 되었다. 며칠을 두고 망설였으나, 달리 방법이 없었다. 또 아버지가 살면 얼마나 사시겠느냐 하는 생각에 이르면 시간이 너무 촉박했다. 가령 한 십 년 후면 모든 문제가 해결될지도 모르는 일이었으나 아버지가 그때까지 과연 살아계실지 아무도 장담할 수 없었다. 그렇다고 실정법을 어겨가면서까지 그래야만 되는지 심한 갈등 속에서 여러 날 잠을 이룰 수가 없었다.

아버지도 그 눈치를 챘는지 만류했다.

"그 일 그만두거라. 이제야 만나본들 무엇하겠냐."

아버지의 말은 그랬으나 나에게는 자조 섞인 말로 들렸다. 분명 아버지의 본심은 딴 곳에 있다고 나는 믿었다. 또 그 일로 나에게까지 누를 끼칠까 걱정하는 것 같았다. 만류에도 불구하고 아버지의 소원을 풀어드리는 쪽으로 내 마음은 기울고 말았다.

나는 전화속의 사람이 알려준 대로 대충 짐작해 에스상가를 찾아가 보았다. 삐끼꾼 소년을 구슬러 안내 받은 사무실은 그 일대가 한눈에 내려다보이는 동편에 위치하고 있었다. 사장은 깔끔한 인상이어서 나의 선입관을 무색하게 했다. 어디로 보나 의젓한 사업가로 보였다.

"선생님, 뭐 찡이 필요하시다고 했습니까?"

그는 예우를 갖추어서 점잖게 물었다.

"예. 그렇습니다만."

사장은 노인네들 주민등록증을 구하기가 쉽지 않음을 강조했다. 노인들은 주민등록증을 잘 가지고 다니지도 않을 뿐 아니라, 아침저녁 러시아워에도 차를 탈 일이 별로 없기 때문에 소매치기들이 구해오기 어렵다고 난색을 보였다. 그러면서 예상했던 것보다 많은 돈을 요구했다. 나는 사장 말이 불쾌하게 들렸고, 그 말에 어깃장을 놓고 싶었다. 그러면 어떻게 구해 오느냐고 묻자 노인들이 많이 모이는 공원에 가서 힘들게 사 온다고 했다. 사장은 묻지 않는 말까지 덧붙였다. 노인들에게 용돈이나 하시라고 대가를 후하게 쳐주고 있고, 또 그들은 재발급 받으면 된다는 이야기였다.

"혹시 다른 것은 필요하시지 않고요?"

도대체 무엇을 말하고 있는가? 나는 아! 하고 소리를 지를 뻔했다. 사장이 말하는 '다른 것'이란 여권을 말하고 있었다. 주민등록증을 구해 어디에 쓸 것인가를 훤히 꿰뚫고 있는 듯했다.

"아예 맡기시는 편이 훨씬 경제적일 겁니다. 일은 잘 해드리겠습니다."

쉽게 대답을 하지 않자 그는 한마디 더 덧붙였다.

"잘 생각해서 하세요. 돈도 돈이지만, 잘못하다가는 위험하기도 하고…."

그의 말은 내가 선택할 다른 여지가 없음을 알려주고 있었다.

그렇다고 강요하는 투도 아니었다. 원하는 액수의 돈을 주고 일만은 확실하게 해 달라고 부탁할 수밖에 달리 방법이 없었다. 아버지의 사진만 보내주기로 했다. 그렇게 해서 어렵사리 여권을 구할 수가 있었다.

그러나 상봉 기회는 쉽게 오지 않았다. 잘돼가는 듯하다가도 그런 저런 일들이 얽히고 설켜서 취소되고는 했다.

수개월이 지난 이번에야 겨우 김포공항을 통해 빠져나올 수가 있었다.

직항노선인 비행기는 두어 시간 비행 끝에 심양 공항에 도착했다. 공항은 눈 속에 잠겨 있었다. 일행은 다시 연길행 국내선 북방항공으로 갈아타기 위해 공항 청사에서 한 시간 남짓 기다려야 했다.

"애야. 그나저나 헛걸음이나 하지 않겠냐?"

출발할 때부터 벌써 서너 차례 한 물음이었다.

나는 아무런 대답도 하지 않았다. 김회장과 혜산진댁이라는 여자를 통해 은밀히 추진되는 일이지만 걱정이 되지 않는 것은 아니었다. 조선족이라는, 한핏줄이라는, 언어가 통한다는 그 막연한 연대감 때문에 서로를 믿는다. 그런 사이, 속이는 사기 행각이 양쪽 땅에서 벌어져 가슴을 멍들게 했다. 이쪽에 오면 한국놈이 사기꾼이라고 또 한국에서는 조선족이 사기꾼이라고 서로를 불신하고 매도하는 일이 양쪽 매스컴에 오르내렸다. 그렇다고 어떤 정부 기구나 단체가 나서서 양쪽을 조율해주지도 않았다.

연길행 북방항공은 정시보다 한 시간 늦게 이륙했다. 비행기 밖은 흐린 날씨 때문에 우중충하게 보였다. 고도가 차츰 높아져 구름층을 벗어나자 활어의 비늘처럼 눈부신 햇살이 기내로 쏟아져 들어왔다. 비행기는 햇솜을 펼쳐 널어놓은 듯한 끝없는 구름의 평원을 날아갔다. 아침 선잠을 깨서 그런지 가물가물 졸음이 왔다. 깜박 졸다가 깨어났을 때, 비행기는 벌써 고도를 서서히 낮추고 있었다. 창 밖으로 연길 시가지가 아련히 내려다보이는가 싶더니 곧이어 비행기의 무거운 동체가 둔탁한 소리를 내면서 연길공항에 착륙했다. 걸린 시간은 한 시간 남짓. 공항 대합실을 지나면서 눈길을 끈 것은 시베리아풍의 방한모자를 쓴 할아버지가 돋보기를 쓰고 한글로 된 연길일보를 읽고 있는 모습이었다. 나는 자력에 끌리듯 눈길이 얼른 떨어지지 않았다.

연길은 심양보다 훨씬 춥게 느껴졌다. 귓불이 찡하게 아플 만큼 따갑고 안면이 금세 얼얼했다. 거리도 건물도 눈 속에 잠겨 얼어 있었다.

연길에서 장백진까지 가는 데는 차편이 마땅치 않아 일행은 미니버스를 대절하기로 했다. 버스기사는 차를 하루 대절로 하라는 것이었다. 우리는 가기만 하면 된다고 했으나 막무가내였다.

그는 우리가 하는 말이 답답하게 느껴졌던지 짜증스럽게 한마디 했다.

"인웨이 니스이 항구어런.(네가 한국인이기 때문에.)"

그는 이 말을 하고는 무안했던지 누런 이를 드러내놓고 멋쩍게 웃었다. 어이가 없었지만 할 수 없는 일이었다. 역시 듣던 대로 횡포가 심했다.

연길 시내를 빠져나온 버스는 구릉지를 한참 달리더니 산길을 굽이돌아들었다. 산간도로여서 그런지 생각보다 많은 눈이 쌓여 있었다. 원시림 같은 숲은 눈 속에 고요히 잠겨서 신비스럽기까지 했다. 버스는 체인을 감았어도 반은 달리고 반은 미끄러졌다.

아슬아슬하고 조마조마한 마음은 손에 땀이 배이게 했다. 그러나 기사의 표정은 너무도 태연했다. 우리가 탄 차만이 눈 속의 첩첩 산중을 달리고 있을 뿐, 다른 차는 보이지도 않았다.

자작나무, 전나무, 낙엽송 같은 나목들이 밀집해 있는 숲 사이로 뚫린 좁고 하얀 도로를 달려가는 것이 마치 별천지의 세계로 진입하는 듯한 착각에 빠져들게 했다. 산모퉁이를 지나가자 숲 속에서 한 떼의 까마귀가 놀라 하늘 높이 날아올랐다. 또 이따금 이름 모를 산새들이 후두둑 날아 다른 가지로 옮겨 앉기도 했다. 하늘 닿게 자란 전나무에는 눈이 하얗게 덮여서 장관이었다. 도로변의 히말라야시더 가지들이 쌓인 눈의 무게를 이기지 못해 땅에 닿을 듯이 축 처져있었다. 차가 지나가자, 그 진동에 가지 위 눈들이 무더기로 떨어져 내렸다. 그리고 이내 눈가루가 하늘로 하얗게 피어올랐다.

아버지는 아무 말이 없었다. 말이 없기는 다른 사람들도 마찬가지였다. 의자 등받이에 깊숙이 기대 앉아 눈을 감고 뭔가 골똘히 생각에 빠져있던 아버지가 문득 물었다.

"아직 멀었냐?"

"네. 아버지."

똑 같은 물음이 두어 차례 더 반복된 후에야 차는 장백진에 도착했다.

장백진은 혜산진과 다리 하나로 연결되는 우리나라로 치자면 소읍지 같은 중국 국경도시였다. 인구는 이만 명 정도로 조선족도 상당수 살고 있었다.

"애야. 나올 것 같냐?"

아버지는 버스에서 내리면서 기어이 그 말을 또 꺼냈다. 아버지의 초조한 마음을 모르는 것은 아니었으나 나는 그 말에 대답하지 않았다.

장백반점 정면에 '한국손님을 환영합니다' 라고 마름모로 된 붉은 색종이에 한 글자씩 써서 일정한 간격으로 붙여 놓은 게 눈에 들어왔다. 환영한다는 말에 묘한 감회가 일었다.

"어서 오시라요. 만주 땅은 남조선보다 몹시 춥디요?"

주인인 노인네가 우리 일행을 반갑게 맞아주었다.

일행을 안내해 간 김회장과 여관 주인은 막역한 사이인 듯 스스럼이 없었다. 김회장이 여러 번 오가는 사이 친해진 모양이었다. 이번에도 같이 온 일행 중에는 초행이 아닌 사람들이 많았다. 김회장은 이 집이 특히 한국에서 온 사람들에게 항상 친절하고 장삿속을 떠나서 잘해준다는 말을 잊지 않았다.

이번 여행의 동기가 된 것은 김회장의 노력 덕분이었다. 몇 번의 시도 끝에 이루어진 이번 일도 그랬지만 혜산진 가족에게 도움이 될 약간의 돈을 보낸 것도 다 김회장의 주선에 의해서였다. 받았다는 답서도 마찬가지였다. 김회장 라인을 믿지 못한다면 그 편지의 진위마저도 알 수 없는 일이기는 했다. 아무튼 믿어볼 수밖에 다른 길이 없었다.

여관방은 여름이면 벌레라도 기어다닐 것 같이 너저분하고 더러웠다. 방안에 잔뜩 찌들어 있는 퀴퀴한 냄새, 얼룩지고 퇴색한 도배지, 한쪽에 개켜진 세탁한 지 꽤 오래된 것 같은 침구류, 하루나 이틀을 묵기에도 언짢은 방이었다. 아버지와 나는 여장이랄 것도 없는 짐이지만 그래도 가방을 대충 풀어놓았다.

〈3〉

　밖은 배꽃 낱잎 같은 눈이 난분분 날리고 있었다. 김회장이 오늘은 그냥 숙소에서 쉬자고 했다. 강변에 나가보았자 눈보라 때문에 강 건너가 잘 보이지 않을 거라는 거였다. 우리는 어쩔 수 없이 숙소에서 쉬기로 했다. 아버지는 긴 여정으로 피곤해 보였다. 편히 누워 쉬시라는 말씀을 드리고 나는 취재수첩과 카메라를 들고 아래층으로 내려가 강변을 안내해 줄 사람을 찾았다. 사십 초반으로 보이는 얼굴이 가무잡잡하고 앙바틈한 체격의 사나이가 안내인으로 나섰다. 안내인이라고 따로 있는 줄 알았는데 알고 보니 여관 주인의 아들이었다.

　"지금 가봐도 예, 아무 것도 보이디 않을 겁네다."

　"그래도 압록강 바람이라도 좀 쏘이고 싶어서요."

　"그러시다면 나가시디요."

　그는 마지못해 일어섰다. 나는 그를 따라나섰다. 이번 여행을 떠나올 때 선배는 부탁했었다.

　'특집 꾸미기로 한 것 말이야, 이번 여행 갔다와서 꼭 한번 만들어 보자고. 이산가족 1세대가 이제 얼마 남지 않았다는데, 이러고만 있을 수는 없지 않아.'

　아직도 그 생각을 떨쳐버리지 못하는 선배는 이산가족도 아니었다. 당사자인 아버지를 두고 있는 나는 지금까지 그들을 위해 무엇을 했는가? 자책하지 않을 수 없었다. 나는 책상 속에 잠자고 있을 쓰다 만 원고 생각이 떠올라서 얼굴이 화끈거렸다. 그러나 특집은 나의 뇌리 한 끄트머리를 차지하고 있으면서 언젠가 터뜨

112

릴 기회가 오기만을 고대하고 있던 화두이기는 했다.

파카에 달린 모자를 깊이 눌러 썼어도 목덜미로는 차가운 바람이 파고들었다. 간혹 눈송이가 떨어져 내리다가 목 언저리로 날아들어서 차가움을 더해주었다.

눈발 속에 왼쪽으로 희미하게 장백대교(惠長橋)가 보였다. 화물을 가득 실은 차들이 대교를 건너서 북한으로 들어갔고, 또 뭔가를 싣고 나오는 차도 있었다. 조·만(朝滿) 사람들이 주로 이용하는 '조선내외자동차' 라고 쓰여진 버스가 대교를 넘어 장백진으로 오는 것도 보였다. 장백진에는 국경을 넘나드는 보따리 장사꾼들이 많다고 안내인은 전해주었다.

강가로 가는 길에는 사람 키보다 훨씬 높은 안내간판이 눈길을 끌었다. 흰색 페인트가 군데군데 벗겨져 나간 게시판은 마치 피얼룩 같은 녹이 슬어 있었다. 연길에서 오는 길에 보았던 안내판과 같은 내용이었다. 간판 상단에는 '비법월경인원은 부조하고 남겨두거나 배치하지 못한다(不准資助容留安置非法越境人員)' 라고 굵은 글씨로, 하단에는 중국 정부의 '길림성변방위원회판공실립(吉林省辺防委員會辦公室立)' 이라고 작은 글씨로 쓰여 있었다. 모두 한글 한자 병용의 붉은 글씨였다. 지금은 낡고 퇴색했지만 처음 세웠을 때는 보는 사람으로 하여금 섬뜩케하기에 충분했지 싶었다.

탈북자를 숨겨주거나 보호하지 못한다는 경고판이었다.

"국경 어디에나 서 있습네다. 내 핏줄이 배고파서 찾아오는데 어찌 고발하겠습네까."

쳐다보고 있는 나는 뭐라 말할 수 없는 착잡한 기분이었다. 다른 민족이 아닌 우리 민족 탈북자 보호를 하지 말라는 말이었다.

중국 정부로서는 당연한 정책인지도 모른다. 그들이 눈 속에서 배고파 굶주리면서 쫓겨다니는 게 떠올랐다. 어쩔 수 없는 한핏 줄이어서인지 사진을 찍고 메모를 하면서도 처연한 마음은 수그 러들지 않았다. 이번에야말로 특집을 완벽하게 꾸며볼 심산이었 다. 만일 아버지가 이북 식구들을 만난다면 그 장면을 클로즈업 시켜서 잡지의 표지를 장식할 생각이었다.

강변에 이르자 바람결은 더욱 찼다. 강안에는 바람이 더 세차게 불어서 얼어붙은 강 위에 쌓인 눈들이 어지럽게 쓸려가고 있었 다. 강 건너편은 눈보라 때문에 마치 몽환적인 스크린을 보는 듯 희미한 윤곽뿐이었다.

국경선을 마주하고 서자 새삼 가슴이 뭉클하게 치밀어 왔다. 소 리치면 맞대답할 거리에 있는 북녘 땅. 이런 국경도 있구나, 하는 걸 새삼 느꼈다. 실개천을 사이에 두고 위아래 마을이 옹기종기 모여 있는 시골과 다름없었다. 농한기 때면 사람들이 왔다갔다 하면서 술내기 화투놀이나 하자고 부를 것 같은 지극히 한갓진 강 변 풍경이었다.

영화에서나 봄직한 날카로운 눈빛의 경비병들이 중무장한 초 계정에서 경적을 울리며 순시하는 그런 국경을 연상했던 나는 너 무도 동떨어진 풍경에 허탈했다. 초등학교 때부터 지금까지 각인 되어져 상상하고 두려워했던 그런 국경과는 너무도 달랐다.

압록강의 상류인 이곳은 마을 앞을 흘러가는 작은 하천에 불과 했다. 백두산에서 시작해서 가림천 오시천을 합하여 내려왔지만 혜산진을 넘어서야만 사람들은 강이라 부른다고 안내인은 설명 해주었다. 옛날에는 작은 배가 여기까지 거슬러 올라왔다는데 눈 앞에 펼쳐진 강은 홍수나 지면 몰라도 그런 이야기는 전설같이 느

114

꺼졌다.

나는 우리나라에 국경선이 있다는 말을 들어보지 못했다. 귀가 닳도록 들어본 삼팔선이나 휴전선, 비무장지대 그리고 군사분계선이라는 말뿐이었다. 분명히 국경선은 존재할 텐데 누구도 그 말은 하지 않았다. 그래서 나는 국경선이라는 단어를 모르고 자랐다.

판문점에서 판문각 쪽을 바라보면 중립국감시위원회 양쪽 임시막사 옆에 두 명의 유엔군이 서 있었다. 그들 몇 걸음 앞, 막사 중간쯤에 높이 10센티, 너비 30센티의 경계석이 남과 북을 갈라놓았다. 높이 10센티. 그 경계석은 우리에게 백두산보다도 더 높은 국경선으로 존재하고 있었다. 우리는 그 10센티를 넘기 위해 오십 년을 기다렸지만 아직 넘지 못하고 있다. 그 경계석을 바라보고 있자면 뭔가가 가슴을 무겁게 내리누르고 그 충격은 눈물이 되었다.

경계선을 바라보고 있던 어떤 외국인 관광객은 안내원의 설명을 듣고 혼자 중얼거렸다.

"Is that a border line?"(저게 국경선이야?)

아무도 대답해 주는 사람이 없자 한마디 더했다.

"It's a really funny contury!"(정말 웃기는 나라군!)

그러나 나는 그의 말에 웃음이 나오지 않았다.

또 군 복무 중 바라보았던 휴전선. 그 끝없이 이어진 철책선의 파도, 그건 분명 국경선이었다. 세계 어느 나라의 국경선보다 살벌하고 무섭다는 느낌마저 들었다. 차라리 공포감를 느꼈다고 해야 옳을 것이다. 와이자형 철책과 마주치는 순간 나는 전신에 소름이 돋았다. 약간의 간격을 두고 이중으로 철책을 세우고 촘촘

한 철망이 쳐져 있고 각각의 와이자형 철책 위에 다시 회전형 철
조망이 올려져 있었다. 그리고 일정한 간격으로 초소가 있었고
그 내부에는 다시 교통호를 파고, 모래주머니를 쌓고, 무한의 소
모전은 남북이 계속 중이었다. 그 곳에는 대인, 대전차 지뢰와 부
비트랩이 강변의 조약돌처럼 널려있을 터였다.

　나는 엉뚱하게도 군사분계선에 묻힌 그 많은 폭약들이 동시에
터져버린다면, 남북이 갈라져서 남쪽 땅은 유빙이 되어 태평양으
로 떠내려가버리는 게 아닌가하는 터무니없는 생각에 사로잡힌
적도 있었다. 아무튼 군사분계선은 어떤 전쟁영화 장면보다도 살
기에 찬 경계 구조물이었다. 나는 이 살벌한 철조망을 경계로 적
과 마주서 있다는, 적의 저격권 안에 들어와 있다는 현실 앞에 잔
뜩 긴장했었다.

　귀에 옹이가 박히도록 들어온 적, 바로 적의 땅이 눈앞에 펼쳐
져 있었다. 여전히 충혈된 눈을 치켜 뜨고 상대를 적대시하는 땅.
이런 적과의 경계선. 이걸 국경선이라고 나에게 말해주는 사람은
아무도 없었다.

　남북이 동시에 유엔 가입을 한 후에도 여전히 휴전선이거나 군
사분계선이라고만 불릴 뿐이었다.

　그 일촉즉발의 살벌하기 그지없는 휴전선 같은 그런 국경 경비
를 상상했던 나에게는 전혀 예상 밖이었다. 다른 민족(中國)과 대
치하고 있는데도 시골 동네 경계 같은 국경선이라니. 휴전선 남
쪽에서 건너편을 바라다보는 것과 만주 땅에서 압록강 건너를 바
라다보는 게 같은 땅이지만 바라보는 위치에 따라 이렇게 다를 수
가 있을까!

　국경선은 너무도 조용했다. 눈발이 점점 굵어지면서 국경경비

116

대 초소를 하얗게 도배해 놓고 있었다. 간혹 밖에 나와서 서성거리는 경비병들마저도 흰눈으로 뒤덮인 동화 나라의 병정으로 착각하게 만들었다. 강바닥으로 내려가자 얼음 위로 눈이 많이 쌓여서 발이 푹푹 빠졌다. 거센 바람에 눈이 몰려 쌓인 곳은 허리까지 빠질 지경이었다.

내 땅이면서 갈 수 없는 땅. 한달음에 갈 수 있지만 못 가는 땅. 의외로 어떤 감회도 일어나지 않고 너무도 담담했다. 나 스스로 생각해 봐도 내가 의아하게 느껴졌다. 내 고향이 아니기 때문이어서 그런 것일까. 나는 강 건너를 오래도록 넋을 놓고 멀거니 바라보았다. 그런 나를 안내인은 말없이 지켜보고 있었다.

나는 취재수첩에 메모할 만한 그 무엇도 찾지 못했다. 다만 눈보라 속에 잠들이 있는 강 건너편의 희미한 풍경을 몇 컷 씩었을 뿐이었다.

"선생. 날이 곧 어두워질 겁네다. 이제 그만 들어가 보시디요."

안내인이 그만 돌아가기를 채근했다.

"조금만 더 있다가 들어가지요."

그는 더 이상 말이 없었다. 눈보라를 휘몰고 가는 바람 소리만 점점 드세졌다.

"선생. 이제 그만 들어 가시디요. 일행들도 기다리시지 않습네까!"

"……."

그러나 나는 선돌이 되어 있었다. 저 건너편에는 가난하지만 오붓한 한 가족이 있을 것이다. 행방불명된 지아비를 오십여 년이나 기다리다가 눈가가 짓물러진 백발의 여인과 얼굴도 모르는 아버지가 있다는 사실만 인정하면서 살아온 박복한 남자. 할아버지를 한 번도 불러보지 못한 그만그만한 애들도 함께. 무어라 말로 형언할 수 없는 이상한 감정의 물굽이가 나를 착잡한 계곡 속으로 밀어넣었다.

"날씨가 점점 추워집네다. 서둘러 돌아가시디요."

더 이상 고집을 피울 수가 없었다. 앞장서는 안내인의 뒤를 따라 발걸음을 옮겼다. 왠지 가슴 저 밑바닥부터 아릿하게 아파오기 시작했다.

"선생, 우리 아버지 같은 분이 중국에서 합법적으로 북조선을 갈 수 있는 방법이 없을까요?"

갑자기 아버지가 돌아가시기 전에 한 번쯤 고향에를 다녀오게 할 수 없을까 하는 생각이 간절해져서 물었다. 그러면서도 만일 아버지가 돌아오지 않는다면 어떻게 하나 하는 일말의 불안이 없는 것은 아니었다. 안내인은 대답이 없었다. 그와 나는 말없이 숙소를 향해 눈길을 걷기만 했다.

"선생, 그런 방법이 전혀 없는 겁니까?"

다시 다그쳐 물었다.

"한 가지 방법이 있기는 한데. 시간과 돈이 마이 들디요!"

"돈은 얼마나 들고, 시간은 어느 정도 걸리는 겁니까?"

그는 한참 동안 말없이 걷기만 하더니 다시 입을 열었다.

"약 삼만 위안을 들여 호구(戶口·호적)를 새로 만드는 겁네다."

그렇다면 오백만 원 정도, 그 정도라면 해볼만한 일이 아닌가. 어차피 한 걸음 내디딘 일이고.

"돈만 있으면 할 수 있는 일입니까?"

"아닙네다. 어디 깊은 산골 촌 동네의 촌장과 치보주임을 통해

118

호구관리인에게 쏭리(뇌물주다)해서 호구를 만들고, 다시 승인을 받아 대도시로 옮기고 하는데도 시간이 꾀나 걸립네다. 그리고 굉장히 위험한 일입네다. 간혹 북조선 사람들이 친척의 도움을 받아 사용하는 수법이디요. 극히 드문 일이고 소문만 들었지 주변에서 보지 못했습네다."

"위험하다는 말이군요."

"그도 그렇지만 가장 중요한 건 당사자가 여기 동포들 정도의 중국말을 할 수 있어야 합네다. 그렇지 않으면 모든 게 다 들통이 나고 친척까지 처벌 받습네다."

나는 그렇게 말하는 안내인을 절망적인 심정으로 돌아다보았다.

숙소에 돌아오자 아버지는 일어나 있었다.

"어디 갔다 오는고?"

나는 순간 어떻게 대답을 해야하나 하고 망설였다. 아버지가 정말 묻고 싶은 말은 내일쯤 일이 어떻게 되겠느냐는 물음일 것이다. 그러나 그 말을 여러 번 물어서 차마 또 꺼내지 못하고 에둘러 말하는 것 같았다. 나는 아직 자세히 못 알아봤다고 하려다가 엉뚱한 말을 했다.

"강변에 가서 눈 구경 좀 하고 왔어요."

"그래 뭐 볼거리는 있고?"

"그냥 눈뿐이었어요."

저녁이 되자 일행들과 숙소 식당에 모여 앉아서 그런 저런 이야기들로 시간을 보냈다. 하지만 얼굴에는 한결같이 불안한 그늘들이 드리워져 있었다. 보따리장수인 혜산진댁이 혜산진에서 가지고 올 소식에 모두 긴장하고 있었다. 또 간절히 바라는 것은 내일 날씨가 쾌청까지는 아니더라도 눈이나 오지 말았으면 하는 거였다. 아버지는 피곤하다는 말을 남기고 일행과 헤어져 일어섰다.

"애야. 너는 더 이야기하다가 올라오너라."

그러나 나는 일어나서 층계를 따라 올라가는 아버지를 부축하고 이층에 배정된 방으로 들어갔다. 늦은 시간에도 창 밖 가등 불빛에 눈이 하염없이 내리는 게 보였다. 바람결이 더 거세지는지 눈송이는 유리창에 무수히 예각을 긋고 있었다.

"웬 눈이 이렇게 많이 오는지 모르겠구나."

아버지는 무슨 말이라도 해서 초조한 마음을 진정시켜보려는 것 같았다. 그러나 그 말을 끝으로 아버지는 잠자리에 들었다. 잠시 후 잠이 들었는지 가르랑가르랑하는 아버지의 숨소리가 들렸다. 말은 하지 않아도 무척 피곤한 모양이었다. 나 역시 피곤하기는 마찬가지여서 이내 잠자리에 들었다.

전화벨 소리는 아주 먼 곳에서부터 들려왔다. 그 소리가 점점 커지더니 잠에 취해 있는 내 의식의 한 가닥을 세차게 잡아당겼다. 나는 잠에서 깨어나려고 애썼지만 쉽사리 잠을 떨쳐버릴 수가 없었다. 뭔가 알 수 없는 불분명한 형체에게 쫓기고 있었다. 이건 꿈이지, 꿈이지 하면서도 깨어나지 못했다. 가까스로 겨우 수화기를 집어 들었다. 아래층으로 내려오라는 김회장의 전화였다. 나는 잠에서 깨어나고도 꿈과의 사이에서 한참을 헤매고 있었다. 잠을 설친 데다 감기 기운까지 있는지 몸도 찌뿌드드하고 머리가 지끈거리면서 아팠다. 천장이 일렁이고 벽도 움직이는 것 같았다. 마치 회전목마를 탄 듯한 어지러움이었다. 아버지는 벌써 아래층으로 내려갔는지 보이지 않았다.

가만히 천장을 보고 똑바로 누웠는데, 오늘 일이 어떻게 될지 걱정이 앞섰다. 더구나 꿈마저 하도 뒤숭숭해서 더 불안해지기 시작했다. 오늘이야말로 확실한 연락이 오기로 한 날이었다. 어제 늦게 혜산진댁이 돌아왔을지도 모른다. 돌아왔다면 오늘은 뭔가 이야기가 있을 것 같았다.

창을 열자 날씨는 무척 맑았지만 쌀쌀하기는 어제보다 한결 더했다. 아래층으로 내려가자 아버지도 자리하고 있었다.

혜산진댁은 서울에서 온 우리들의 주문을 미리 받아 가지고 혜산진에 들어갔다가 어제 늦게 돌아와 있었다. 처음 본 그녀는 왜소한 체구에 얼굴은 알금솜솜했지만 어머니 또래의 착하게 보이는 여인네였다. 안내인의 말에 의하면 그녀는 국경을 넘나들면서 장사하는 가장 믿을 수 있는 조선족 보따리장수 중의 한 사람이라고 했다.

아침식사가 끝난 후 그녀는 국경을 넘어갔다 온 소식을 전하기에 앞서 그쪽도 탈북자가 많아져 경계도 심하고 점점 이 짓도 못해먹겠다는 푸념부터 늘어놓았다. 그리고 나서 편지와 돈을 약속대로 전해주었음을 알렸고, 또 오늘이나 내일 장소를 정해 만날 수 있을 것 같다고 곰살궂게 말했다.

그러나 정작 김회장을 통해서 부탁한 아버지 일에 대해서는 한마디 말도 없었다. 아버지는 나를 건너다보았다. 나는 혜산진댁의 옷소매를 잡아 끌었다. 내가 앞장을 서자 아주머니도 살며시 일어나서 방밖으로 나왔다.

"서울에서 온 장한성입니다. 그 동안 여러 가지로 고마웠습니다."

나는 처음 보는 혜산진댁에게 정중하게 인사를 했다.

"네. 이야기 들어서 잘 알고 있습네다."

혜산진 아주머니는 내 두 손을 맞잡아 쥐었다. 그리고 내 귀에다 대고 조용히 이야기했다.

"아마 오늘밤 자정쯤 사람이 올 것 같습네다."

그쪽에서 오는 것은 목숨을 건 일이기 때문에 꼭 온다는 보장은 없다는 말도 잊지 않았다. 돈과 편지는 진작 전해주었고, 이번 찾아가서 확실히 이야기하고 왔다는 말을 덧붙였다. 갑자기 가슴이 뛰기 시작했다. 나는 다시 방안에 들어서면서 나를 쳐다보는 아버지를 향해 고갯짓을 했다. 아버지도 알았다는 표정이었다.

〈4〉

일행은 해가 중천에 오른 뒤 강변으로 나갔다. 하늘은 엷은 구름 한 점 없이 투명하게 맑았다. 강변은 은백색의 눈부신 빛뿐이었다. 한참 동안 눈을 제대로 뜰 수가 없었다. 우리 일행은 안내인을 따라 낮은 언덕인 곰바위산에 올라섰다. 강 건너가 한눈에 훤히 내려다보였다. 눈 앞에 확연히 다가오는 것은 강 건너 둔덕에 '당이 결심하면 우리는 한다' 는 한 자씩 써 놓은 대형 선전간판이었다.

안내인은 혜산진의 구시가지와 신시가지를 일일이 가리키며 설명해주었다. 신시가지는 그래도 아파트 같은 현대식 건물들이 드문드문 보였다. 시가지에서 가장 높게 보이는 건물은 선전탑이라고 했다.

구시가지의 바라크 촌 같은 집들. 집들마다 굴뚝이 몇 개씩 서 있었다. 한 집에서도 방마다 굴뚝이 따로 있는 듯했다. 그 굴뚝 너머로 보이는 상징탑 옆 건물이 당 사무소라고 했다. 혜산진 주변의 밋밋한 산들은 완전히 민둥산이었다. 옛날에 호랑이가 살 만큼 울창했다던 숲은 흔적도 없이 사라지고 전설만 남아있을 뿐이었다. 안내인의 말은 지금 눈이 쌓여서 그렇지 식량증산을 위해 완전히 개간한 화전답이라고 했다. 더 자세히 다가가 보고자 쌍안경으로 건너다보는 사람도 있었다. 아버지 연배의 칠순이 넘은 대다수의 할아버지 할머니들은 이미 눈시울을 적시고 있었다.

강변엔 국경초소 경비병들만이 한가롭게 근무하고 있는 모습이 보였다.

"얘야. 저쪽이 아버지가 살던 곳이었다. 구시가지는 옛날 그대로구나."

아버지는 구시가지 쪽을 가리켰다. 구시가지의 한 굴뚝에서는 회백색의 연기가 조금씩 새어나오면서 옆으로 퍼져나갔다.

"그리고 이 강가에서 여름이면 천렵도 하고 밤이면 멱도 감고 했었단다."

아버지의 어조는 의외로 차분했다.

일행인 한 할머니가 두 손으로 나팔처럼 만들어서 강 건너 남쪽에 대고 외쳤다.

"아마이 —."

"아마이, 보고싶어 왔습네다."

진한 슬픔은 파문이 되어 공허하게 울려 퍼졌다. 할머니는 마침내 흐느끼고 말았다.

저쪽으로 내려다보이는 강 가운데는 아낙네들의 빨래터인지 얼음이 깨져 뻥 뚫려 있었다. 누군가 이미 이른 아침에 빨래터를 다녀갔는지 발자국만이 일직선으로 나 있었다. 또 남쪽에서도 사람 다녀간 흔적이 있었다.

안내인은 설명이 끝나자, 곰바위산에서 내려가 강가의 평평한 곳을 골라 눈삽을 가지고 눈을 치웠다. 눈을 대충 치운 자리에 큰 돗자리를 펼쳤다. 이따금 찾아오는 남한 사람들의 차례를 돕고자 하는 여관 주인의 배려였다.

돗자리 위에는 소담하지는 않아도 그런대로 제물이 차려지자 일행은 차례로 압록강 건너를 향해 절을 했다. 아버지도 내가 옆에서 부축하려 했으나, 괜찮다고 하면서 천천히 절을 했다. 아버지는 절이 끝났는데도 일어날 줄을 몰랐다. 그러나 다음 사람을 위해 자리를 비켜서더니 하늘을 향해 얼굴을 들고 한참을 서 있었다. 하늘은 언제 눈이 왔느냐 싶게 맑고 푸르렀다. 그런데도 강추위는 바늘로 얼굴을 콕콕 찌르는 것같이 아팠다. 여러 사람들의 얼굴에 경직이 오는지 푸름푸름해졌다. 더구나 울어서 눈물이 번진 뺨은 퍼렇게 얼어 있었다. 아버지는 새삼 눈물이 솟는 모양이었다.

하루를 운다고 시원할까. 그러면 맺힌 응어리가 풀릴까. 좀처럼 풀리지 않을, 아니 풀지 못할 한의 응어리였다.

남쪽 땅 혜산진을 향한 차례는 간단히 끝이 났다. 강 건너를 바라보는 할머니들은 하염없이 눈물을 흘렸고 넋두리로 이어졌다.

"내래 일사후퇴 때 내려가서 비벼댈 언덕이라고는 하나 없었디만 악착같이 살았드랬어. 내 울기도 마이 울었고 사람 정이 그리워서 참을 수가 없었던 게야. 사람 그리운 거는 약도 없어야…."

잠깐 서울나들이를 왔다가 돌아가지 못한 사람, 잠시 함주군이나 함흥에 갔다가 흥남철수로 고향에 돌아가지 못한 사람, 아버지처럼 서울 왕복 장사를 하다가 길이 막혀 오십 년을 돌아가지 못한 사람, 돌아갈 수 없다는 공통점 말고는 그 사연은 구구하고 절절했다.

아무리 불러봐도 강 건너 혜산진은 영원히 깨어나지 못할 동면에 빠진 도시같이 눈 속에 고요히 잠겨 대답이 없었다.

이번에는 이쪽에서 몇몇 아주머니들이 빨랫감을 들고 강안의 얼음구덩이가 있는 빨래터로 가는 게 보였다. 그 속에 서울에서 온 두 할머니도 같이 묻어갔다. 그들은 일직선으로 난 발자국을 따라 발이 푹푹 빠지는 눈길을 헤집고 길을 내면서 가고 있었다. 건너편에는 경비병들이 보였다. 그들은 일정한 거리를 왔다갔다 하기를 거듭했다. 그러나 기관단총을 옆구리에 꼬나 쥔 긴장된 모습은 아니었다. 그들은 기관단총이 아닌 장총을 장식품처럼 어깨에 메고 있을 뿐이었다.

시간이 지나자 경비병들은 우리 쪽에 대해 흥미를 잃었는지 초소로 들어가 버렸다. 이런 일에 그들은 식상해 있는 것 같았다. 때마침 남쪽 강 언덕 너머에서 빨래 함지박을 머리에 인 사람, 옆구리에 낀 사람들이 눈길을 헤치며 빨래터를 향해 걸어오는 게 훤히 보였다. 다시 경비병들이 밖으로 나와 그들을 경계하고 있었다. 그러나 그들은 조사하지도 제재하지도 않았다. 그냥 멀거니 쳐다보다가 다시 경비초소 안으로 사라져버렸다. 안내인의 말은 늘 있는 일이고, 아낙네들이 빨래터에서 만나 소식도 나누고 작은 물건도 교환하면서 이웃 동네같이 정답게 지낸다고 했다. 그들에겐 국경이란 개념 자체가 없는 것 같았다.

내가 어릴 때 보았던 시골 외가 마을과 너무 흡사한 광경이 벌어지고 있었다. 겨울 가뭄이라도 들라치면 위아래 마을 아낙네들이 한겨울에도 햇볕 따스한 날을 골라 개울가에 모여 빨래를 했다. 누군가 장정을 앞세워 가래로 눈을 치우고 길을 낸 다음 두꺼운 얼음장을 큰항아리의 아가리만큼 깨 놓으면 동네 아낙들이 겨울 빨래를 하느라고 빙 둘러앉아 있는 모습은 한 폭의 풍속화를 연상케 했었다.

아버지는 자꾸 강 안쪽으로 걸어 들어가려고 했다. 한 발이라도 더 남쪽으로 가보고 싶은 마음일 것이다.

"아버지. 거기는 안돼요. 잘못하시면 미끄러져요."

"괜찮다."

"위험해요. 그만 들어가세요."

그때야 아버지는 들어가기를 멈췄다. 그리고는 그 자리에 서서 남쪽 산하만 하염없이 바라보았다.

고향, 그건 마치 비가 오려고 날씨가 흐려지면 슬금슬금 아려와서 전쟁의 악몽을 되살려주는 육화되어버린 탄흔 같은 것인지도 모른다. 오십 년을 뛰어넘는 그 아득하고 먼 길이 아슴하게나마 보일까. 슬픔과 눈물 자국으로 한 발 한 발 얼룩진 길고 긴 길이 하나하나 펼쳐져 보일까. 나는 아버지가 혼자 서 계실 동안 옆으로 다가가지 않았다. 깊은 상념에 잠겨있는 아버지의 세계에 틈입해서 망향의 맥을 끊고 싶지 않아서였다.

아버지는 난민이었다. 오십여 년 동안을 돌아가지 못하는 난민. 망향의 한과 슬픔 속에서 영혼과 육신이 조금씩 소멸되어가는 난민. 그 난민은 지금 강 건너 고향을 바라보고도 경계선 너머로는 한 걸음도 옮길 수가 없었다.

아버지가 지금까지 혜산진에 살았다면 백발이 성성한 화타 같은 한의사가 되었을지, 혁명의 와류에서 당의 간부가 되어 한 시대를 풍미하다가 퇴역한 원로가 되었을지, 잘 됐으면 평양의 고

급간부가 됐을지도 모른다는 망념이 떠올랐다.

반세기 동안 신혼의 꿈이 채 가시지도 않은 어린 아내와 재롱을 부리기 시작하는 아들을 고향에 놔둔 채 혼자 난민이 되었을 때의 아버지 심정을 누가 알 수 있을까. 부산 거리에서는 깡통을 들고 끼니를 구걸해야 했고, 수복 후 서울에 와서는 꿀꿀이죽이 아버지의 유일한 연명 수단이었다. 그 후에는 동대문시장에서 아이스케이크 통을 메고 시장 골목을 목이 터져라 외쳐대야만 했었다. 얼굴은 알아볼 수 없게 땀과 먼지에 절어 꾀죄죄해지고, 염색한 '스몰' 군복이 코를 바른 것처럼 번들거리고 해어질 때까지 단벌로 살았다는 이야기를 한 적이 있었다. 다행히 동대문시장 포목점 주인의 눈에 띄어 점원으로 한숨 돌리게 되었고, 주인의 권유로 늦게나마 같은 점원 아가씨와 결혼을 했지만 항상 마음은 북쪽에 머물러 있는 심정을 누가 이해할 수나 있었을까.

"아버지, 이제 숙소로 들어가시지요. 날씨도 춥고."

한참 만에 나는 아버지의 침묵을 깼다.

"그래. 알았다. 조금만 더 있다 들어가마."

나는 다시 재촉할 수가 없었다.

하늘 저쪽으로부터 흰 구름장들이 휘적휘적 밀려오고 있었다. 한바탕 눈이라도 쏟아 붓고 지나갈 모양이었다.

안내인이 내 옆으로 왔다.

"선생. 그냥 맹숭하게 있디 말고 여기 화주로 음복 하시디요."

차례 때의 제주(祭酒)가 그대로 남아 있었다. 그들은 술을 백주라고도 하고 화주라 부르기도 했다.

어느새 밀려온 구름장들이 싸락눈을 조금씩 흩뿌리기 시작했다. 나는 안내인과 마주서서 독주를 들이켰다. 식도를 타고 내리는 독주는 불을 쏟아붓는 것 같았다. 그 열기는 가슴께로 찌르르 번져 내려가면서 온몸으로 서서히 퍼져갔다. 가슴께가 훗훗해져 왔다. 얼었던 몸이 조금 풀리는 듯한 기분이었다.

눈은 다시 함박눈으로 바뀌었다. 흰나비 떼가 되어 온 하늘을 뒤덮어갔다. 바람이 불지 않아도 얼굴 앞에서 맴돌아 떨어져 내리기도 했다. 술이 들어가서일까, 가슴 밑바닥을 무두질하던 슬픔 한 가닥이 울컥 솟구쳐 올라왔다. 눈물이 핑그르 돌았다. 눈앞이 얇은 부직포로 가리운 것처럼 부옇게 보였다.

눈이 쏟아지는 강변에 사람들이 아직 남아있는데도 들어가시자는 내 말에 아버지는 마지못해 숙소를 향해 무거운 발걸음을 옮겨 놓았다. 나는 오늘 있었던 일들을 한 컷 한 컷 사진기에 담고 메모를 잊지 않았다.

"아버지, 많이 피곤하시지요."

"좀 현기증이 나지만 괜찮다."

누워 계시라는 말을 남기고 문을 닫고 아래층으로 내려왔다. 나는 술을 한 잔 해서 그런지 아침보다는 컨디션이 좋았다.

같이 나갔던 할머니 중에 몇 분은 꺼이꺼이 울면서 들어왔다.

"아이구 이렇게 기가 막힌 일이 세상천지 어디에 있겠어!"

할머니는 넋두리를 늘어놓았다. 누군가가 위로의 말을 건넸지만 목을 놓아 울고 말았다. 뒤이어 빨래터에 갔던 할머니들이 또 돌아왔다.

"아이구, 동생을 오십 년 만에 만나서 이야기도 제대로 하지 못하고 이렇게 돌아서다니!"

그래도 혜산진댁의 주선으로 빨래터에서 혜산진에 사는 여동생을 만나보고 선물 보따리도 전해주고 온 모양이었다.

"이게 꿈인지 생시인지 모르겠구먼. 원, 세상천지에 이런 일이
다 있을까."

그 할머니도 마침내 목 놓아 울었다. 그래 할머니 말처럼 꿈도
같고 생시도 같겠지. 오십 년 만에 만난 동생 얼굴 위에 어릴 때
보았던 모습을 오버랩 시키고, 동생임을 확인한 연후에는 오히려
눈물이 앞을 가려서 안부마저도 제대로 전하지 못하고 말았을 것
이다.

나는 현관문을 열고 나왔다. 아직도 눈발이 조금씩 떨어지고 있
었다.

"선생, 날이 춥습네다. 집안으로 들어가시디요."

그제야 안내인이 뒷수습을 해서 돗자리를 들고 돌아왔다.

안내인은 이럴 때는 독한 술을 한잔 하면 기분도 풀리고 추위도
가실 거라고 하면서 한사코 또 술을 권했다. 노인들 틈에서 자신
과 비슷한 연배라서 그런지, 아니면 동생처럼 느껴져서 그런지
나에게 각별히 친절했다

북국의 하루해는 너무도 짧았다. 화선지에 수묵화를 그리듯이
초벌 색칠 같은 엷은 어둠이 내려앉기 시작했다. 내리던 눈은 어
느새 그치고 바람도 잠잠해져갔다. 밖은 덧칠을 하듯 어둠이 점
점 짙어가고 있었다.

나는 자꾸만 시계가 들여다보여졌다. 초조를 억제할 겸 나는 아
버지에게 갖고 온 팩소주를 권해드렸다. 아버지는 사양하지 않았
다. 항상 무심한지 냉정한지 알 수 없는 아버지. 술에 절어 있는
아버지. 약아빠지지 못해 손해만 보는 아버지. 그래서 성질 급한
어머니의 속을 끓이게 하는 아버지. 그러면 아버지의 정체는 도
대체 뭘까? 나는 늘 궁금했었다. 속 시원한 말을 한 번도 들어보

지 못했기 때문이었다.

"너 이느므 자슥 네깐 놈덜이래 그래 떠든다고 이 대한민국이래 공화국이 될썽 싶으네?"

내가 경찰서에 연행되었을 때 면회를 온 아버지가 내뱉은 첫 마디였다. 아버지는 화가 나고 급할 때는 사투리가 그대로 튀어나왔다. 따귀라도 곧 올려붙일 것 같은 험악함이었다. 나는 너무도 강경한 아버지 앞에 몸을 웅크리고 있었다. 그때 군부독재 물러가라고 데모하지 않은 대학생이 어디 있었겠는가! 아버지는 그것을 이해하지 못했다. 아니, 알면서도 부러 모르는 척 딴전을 부렸는지도 모른다.

"니 을매이나 고생이 마이되노. 염려 말그래이. 니 곧 나오게 될 꺼구마!"

같이 연행된 동창 녀석 부모는 면회 와서 눈물을 흘리며 하는 말이 자식에 대한 위로뿐이었다. 아버지와 자식간 보이지 않는 그 끈끈한 정. 친구 아버지들은 자식을 쳐다보는 눈빛마저도 부드럽기 그지없었다. 그러나 아버지의 눈빛은 언제나 싸늘했다. 어릴 때 나는 그 눈빛만 쳐다보아도 주눅이 들었다. 게다가 조그마한 잘못에도 아버지는 회초리를 들고 나왔다. 어떤 때는 종아리에 피멍이 들도록 맞아서 제대로 걸을 수 없었던 적도 있었다. 그 공포로부터 벗어날 수 있는 나만의 영역이 있었으면 하는 게 내 어릴 때의 유일한 꿈이었다. 하기야 딸만 내리 둘을 낳고 늦둥이로 얻은 아들이 나였다. 그런데도 아버지의 표정에는 전혀 귀여워하는 기색을 찾아볼 수가 없었다. 오직 아들을 서북청년의 그 강인하고 호방한 기질로 키우고 싶은 욕심이었을 것이다. 또 언제 아버지가 겪었던 것보다 더 험악한 세상이 닥칠지 몰라 그

세파를 헤쳐나가게 하기 위해서였을까. 그렇지 않으면 아버지는 기회가 주어지면 떠나고, 어머니 밑에서 자랄 나에게 일찍 자생력을 길러주려고 그랬을까. 의문만 증폭되었지 그때는 해답을 얻지 못했다.

그런 아버지였는데 누구에게 부탁을 했는지, 무슨 마술 같은 일이 일어났는지, 나는 연행으로부터 의외로 쉽게 풀려날 수가 있었다. 언젠가 막내외삼촌이 폭행사건으로 수감되었을 때, 어머니가 집권당의 국회의원 이름을 들먹이면서 부탁 좀 해보라고 하자 아버지는 버럭 화를 냈었다. 어머니도 지지 않고 당신 향우회원이라면서 고향 좋다는 게 다 뭐냐고, 한마디면 될 일을 가지고 그런다고 다툰 적이 있었다. 미루어 짐작하기에 아버지는 아마 그 사람에게 부탁한 듯싶었다.

풀려나자 입영영장도 내 발뒤꿈치를 물고 뒤따라 왔다. 나는 곧바로 입대해서 신병훈련을 마치고 전방부대로 배속되었다. 부대에선 기합으로 날이 새고 해가 졌다. 그래도 국방부 시계는 돌아간다고 했듯이 제대특명의 날은 왔고 다음 학기에 복학을 했다. 그러나 나는 졸업할 때까지 일자리를 구하지 못하고 있었다. 교수의 추천을 받지 못하기도 했지만, 그때 클래스메이트와 열애에 빠져 구직을 등한히했던 것도 한 원인이었다. 아무려면 취직자리 하나 없을까 하는 자만에 빠졌지만 나중에는 쳐다보지도 않았던 자리까지도 아쉬웠다. 나는 그 돌파구를 공무원 시험에 걸었다. 1, 2차 시험에 합격했으나 면접과 신원조회에서 번번이 쓴잔을 마셨다. 그때마다 학생운동의 전력은 지울 수 없는 문신이었다.

그때부터 하는 수 없이 이력서를 가지고 발이 닳도록 기업체 사원 모집에 응시했으나 그것마저도 쉬운 일이 아니었다. 나는 날

마다 이 신문 저 신문의 구인난을 샅샅이 뒤지는 신세로 전락하고
말았다. 그 무렵 동문회에 갔다가 우연히 잡지사를 하는 선배를
만나 지금의 일자리를 얻게 되어 한숨을 돌릴 수 있었다. 사장인
선배는 모 기관에 근무하다가 적성에 맞지 않는다고 사표를 내
고, 사업하는 아버지의 도움으로 경영이 어려운 잡지사를 인수해
'한의 길'이라고 하는 격월간지를 내고 있었다. 이제는 적자를 면
할 정도의 고정 독자를 확보한 의식 있는 잡지로 인정받고 있었
다. 특히 잡지의 제목에서 말해주듯이 남북의 긴장된 상황을 해
소하고 큰 길, 한 길로 가야 한다는 게 잡지의 지표이기도 했다.
월급은 많지 않았지만 동료들과 하는 일은 맘에 들었다.
　"아버지 한잔 더 하시지요."
　"그만 할란다."
　평소 하고 싶은 말이 천해부의 수초처럼 자라고 있다고 믿었으
나 막상 아버지 앞에만 앉으면 어디로인지 사라지고 잘 떠오르지
않았다. 그러나 한마디 꼭 묻고 싶은 말이 언뜻 떠올랐다. 몇 번
망설이다가 기어이 그 말을 묻고야 말았다.
　"아버지 만일 통일이 된다면 어디에서 사시겠어요?"
　"그건 아직 생각해보지도 않았다. 그리고 내 생전에 통일이 되
기나 하겠냐!"
　"그런다면 모두 서울에 모여서 사는 거예요."
　나는 아버지의 깊은 속을 열어볼 수는 없었다. 여러 식구들을
고생시킨 것은 아버지만의 죄가 아니다. 그건 역사의 몫일 뿐이
었다. 모든 식구가 한가족처럼 살아야 한다는 생각에는 변함이
없었다. 역사의 마지막 장에서나마 아버지를 자유롭게 하고 싶어
서였다.

같이 산다면 어떻게 될까. 그리고 그 분은 어떤 분이었을까. 아버지의 첫 부인을 만나게 된다면 뭐라고 불러야 할까. 큰어머니. 그러면 어머니는 어떻게 되는 것인가? 길길이 뛸 것이다. 세상을 잘못 만나서 졸지에 어머니는 시앗이 되고 나는 서자가 된다. 첩의 자식. 아직도 잠수되어 있는 뿌리 깊은 모멸이기는 했다.

"글쎄."

아버지는 한참만에야 무겁게 입을 열었다.

"너희 어머니 성깔머리에 그게 가당키나 하겠냐. 그리고 남북이 합쳐진다는 게 그동안 하도 많이 속아와서 이제는 믿기지를 않는구나. 처음에는 곧 삼팔선이 무너지고 자유 왕래가 된다고 하다가 이렇게 오십여 년이 흘러갔지 않았냐. 그것뿐이냐. 7·4공동성명이다 뭐다 곧 편지라도 주고받을 수 있다고 했다가 또 가족들의 상봉만이라도 가능할 듯하다가…, 결국에 가서는 이산가족들의 가슴에 대못질만 한 꼴이 아니냐."

아버지는 잠시 숨을 고르고 다시 말을 이었다.

"처음에는 편지 정도라도 주고받고, 면회소라도 생겨서 가족이라도 만나보고, 다음은 친족 방문이라도 자유롭게 하고, 이 정도 되는 것만 보고 죽어도 나는 여한이 없겠다. 그런데 선거 때만 되면 갖은 선심을 다 쓰는 척하고, 선거가 끝나면 내몰라라 해버리고. 이번에는 달라질까, 이번에는 좀 뭔가 좋은 일이 있지 않을까 하다가 오십 년이 속절없이 흘러갔다. 행여나 해서 기다리고 있었던 아비 같은 사람들이 한심하기 짝이 없지만 말이다!"

"그래도 이번 정부는 뭔가 다를 것 같지 않아요?"

"그건 좀더 두고 보아야 할 것 같다. 우리 마음대로 통일이 되는 것도 아니고. 이 정부에서도 남북이 서로 만나나 했더니, 무산되

어 버리고. 이산가족 상봉이라도 계속 되어야 할 텐데… 또 정권
이 바뀌면 언제 어떻게 될지 아무도 예측할 수 없는 일이 아니냐.
위정자들이야 자기 재임기간에 정상회담을 했다는 기록을 역사
에 남기고 싶어 안달하겠지, 정말 나 같은 사람을 생각해서 그렇
겠냐? 배고픔은 참을 수 있었지만 보고 싶은 마음은 참고 달랜다
고만 되는 일이 아니었다. 미쳐버릴 것 같은 그 심정을 누가 알기
나 하겠냐?"

아버지는 평소에 하지 않던 속마음을 조금 열어 보였다. 눈가로
물기가 비쳐 보이는 것으로 봐서 그 생각만 하면 어쩔 수 없는 모
양이었다.

피붙이를 기다리는 시간은 너무도 더디게 흘러갔다. 나와 아버
지는 누워있었지만 조바심으로 잠이 오지 않았다. 시계가 자정을
가리킬 때까지 기다렸으나 아무도 나타나지 않았다. 조금만 더,
조금만 더, 하고 기다리는 동안 새벽 한 시가 되었다. 아버지는 시
계를 한번 쳐다보고는 아무 말이 없었다. 나는 하도 답답해서 아
래층으로 내려가보았다. 안내인도 답답하기는 마찬가지였다. 좀
더 기다려보자는 말만 되풀이했다. 새벽 2시가 가까워지자 거의
포기한 채 나도 잠을 청했다. 그러나 잠이 올 리 없었다. 방안에는
아버지의 한숨 소리만이 가득했다.

이 먼 길을 왔다가 그냥 돌아가다니. 아버지에게 위로의 말을
드려야 한다는 생각이 앞섰으나 적당한 말이 떠오르지 않았다.

절망에 가까운 아버지의 무거운 한숨이 또다시 방안에 가득할
때였다. 조심스레 문을 두드리는 소리가 들려왔다. 처음에 나는
옆방에서 나는 소리로 착각했다. 너무 약하게 들렸기 때문이었
다. 문 두드리는 소리는 좀 더 크게 뚜렷이 들렸다. 나는 깜짝 놀

라서 반사적으로 일어났다.

"누구세요?"

물음과 동시에 방안의 불을 켰다.

"선생, 손님이 왔습네다."

아버지도 그 소리에 벌떡 일어났다. 방문을 열자 안내인 뒤로 복도의 희미한 불빛을 등지고 서 있는 사람이 보였다.

"들어오시지요."

안내인을 따라 방안으로 들어온 사람은 흰옷으로 감싼 모습이어서 그런지 얼굴이 유난히 검게 보였다. 오십대 후반쯤으로 보이는 깡마른 체구의 사나이는 첫눈에도 기름기라고는 없어 보이는, 가풀막진 산비탈에 서 있는 죽은 나무등걸 같은 모습이었다. 하관의 양쪽 볼이 움푹 파인 게 미라를 연상케 했다. 그러나 불빛에 자세히 본 그는 깡마르기는 했어도 아버지와 너무 닮아 있었다. 함께 밖에라도 나가면 틀림없이 아버지에게 동생이냐고 물을 것만 같았다.

그는 아버지를 뚫어지게 쳐다볼 뿐 말이 없었다. 아버지 또한 서서 멀거니 바라보고 있었다. 방안에는 무거운 정적이 감돌았다. 모든 게 정지된 상태였다. 나도 무슨 말을 어떻게 꺼내야 할지 아무런 생각이 떠오르지 않았다.

기다리다 못한 안내인이 침묵을 깼다.

"인사 드리시디요."

그러나 그는 그 말을 못 알아들었는지 그대로 서 있었다. 안내인은 사나이의 등을 가볍게 두드리면서 다시 한 번 말했다. 그때야 그는 퍼뜩 정신이 드는지 아버지 앞에 무릎을 꿇었다.

"아버님, 절 받으시라요."

그 말에 아버지는 엉거주춤 주저앉았다. 목소리만은 아버지를 닮지 않았다. 아버지의 안면이 심하게 경직되고 한쪽 볼이 푸들푸들 떨리고 있었다. 그리고 팔다리도 마치 진전마비 환자같이 떨었다.

"으음. 그러면 네가 바로 성길이란 말이냐? 성—길—이—!"

아버지는 묻고 있는 게 아니라 사뭇 신음하고 있었다.

그는 깡마른 몸을 천천히 굽혀 정중하게 큰절을 했다. 그리고 아버지 무릎 앞에 엎드렸다. 아버지는 더 이상 아무런 말도, 몸짓도 하지 못했다. 겨우 손을 내밀어 그의 머리를 쓰다듬었다. 물기라고는 없어 보이던 그가 흐느끼기 시작했다. 그때야 아버지의 눈에도 이슬이 맺혔다. 눈물은 볼을 타고 조금씩 흘러내렸다.

아버지는 팔을 내밀어 그를 끌어안았다.

한참 후 아버지는 끌어안았던 그를 풀고 눈물을 훔치면서 말했다.

"애야, 형이다. 인사해라."

나는 그때 형이란 사람이 마치 아버지에게 오십여 년 동안 고통을 안겨준 장본인이라도 되는 양 어떤 적대감 같은 것이 앞섰다. 어릴 때 다른 친구들이 자기 형을 부를라 치면 그렇게 부러울 수가 없었다. 그런데 막상 형이라는 사람이 나타나자 전혀 실감이 나지 않았다. 형이라면 어떤 끈끈한 점액질 같은, 그렇지 않으면 끊을 수 없는 동질감이 있어야 할 텐데 지금 내 앞에 서 있는 형에게서는 전혀 그런 느낌이 없었다. 마치 이방인을 대하는 듯한 생경함 뿐이었다. 그래도 위안이라면 아버지와 꼭 닮았다는 점이었다. 나는 뭔가에 마취된 듯 형을 멍청히 바라만 보고 서 있었다. 그런데 엉뚱하게도 그가 작은아버지 같이 느껴졌다. 아무리 생각해 봐도 형이라는 생각이 들지 않았다.

"뭐하고 있냐? 형과 인사하지 않고."

형이라는 단어의 생소함에서 나는 내 위상이 흔들리고 있다고 느꼈다. 이런 경우 어떻게 대처해야 하는지, 나는 준비가 되어있지 않았다.

"동생. 우리 같이 절 하자우."

멍청히 서 있는 나에게 형이 먼저 말문을 텄다. 나는 황급히 무릎을 꿇고 형과 동시에 마주보고 큰절을 올렸다.

"형님, 오시느라 고생했습니다."

나도 모르게 형님이란 말이 흘러 나왔다. 처음 불러보는 형님이었다. 마주본 형님의 눈빛은 불안해 보였다. 아버지는 아직도 눈물을 훔치고 있었다. 머리끝으로부터 뭔가 형용할 수 없는 이상한 기류 같은 게 천천히 전신을 훑고 지나갔다. 나도 모르게 눈물이 핑 돌았다. 아니 내가 왜 이러는가. 이복형을 만났는데 나도 모를 일이었다.

아버지는 울먹이면서 물었다.

"성길아, 할머니는 어떻게 되셨느냐."

"할머니는 지금 노환으로 위급하십네다. 련유암으로 겨우 연명하시고 오늘 돌아가실지, 내일 돌아가실지 모릅네다. 그리고 어떻게나 말랐는지 바라볼 수가 없습네다. 아마 이 달을 넘기시기 어려우실 것 같습네다."

형의 대답은 할머니가 지금 노환으로 숨이 곧 넘어갈 지경에 이르러 한시도 자리를 뜰 수 없는 처지에서 아버지가 오신다는 전갈을 받았다고 했다.

"어머님 춘추가 금년에 아흔 둘이 되셨구나! 장수하셨다. 이 어려운 세상에."

아버지는 혼잣말처럼 중얼거리더니 고개를 젖혀 천장을 쳐다보았다. 할머니가 지금까지 살아 계시다니, 아버지 말씀처럼 참으로 오래도 사셨다는 생각이 들었다.

"할머니는 아버지가 살아 계시다는 소식을 들으시고 많이 우셨습네다. 그리고 지금도 아버지를 꼭 만나 보아야만 눈을 감으실 수 있겠다고 하십네다. 너무도 안타깝습네다."

아버지는 다시 울먹였다. 그리고 잠시 후, 나를 흘끔 쳐다본 아버지가 혜산진 어머니 안부를 물었다.

"네 어머니는 건강하시냐?"

"녜, 건강하십네다. 할머니 병수발 하시느라 좀 수척해지시기는 했어도 원체 타고난 건강이 좋으신 분이라 괜찮습네다."

"너는 애들 남매를 두었다면서?"

"네, 아버님, 말씀대롭네다. 애들이 어버이 수령님의 교시대로 공부를 잘해서 좋은 일자리에 있고 아주 어른 쌉네다."

형은 그때 안주머니에서 뭔가를 꺼냈다. 크기가 다른 두 장의 사진이었다. 아주 오래되어서 퇴색하고 갈라진 흑백사진은 젊은 부부가 어린애를 안고 찍은 형의 돌 때 사진이었다. 나머지 한 장은 할머니와 혜산진 어머니 그리고 형과 애들 남매가 단란하게 찍은 가족사진이었다. 아버지는 그 사진을 보자 오열하기 시작했다. 형도 눈물을 흘렸다. 나는 울지 않으려고 했지만 나도 모르게 터져 나오는 눈물샘을 어찌할 수가 없었다.

"성길아. 할아버지는 그때 어떻게 돌아가셨느냐?"

아버지는 울음을 그치고 잠긴 목소리로 물었다.

"할아버지는 그때 신의주엘 갔다가 미제놈들의 쌕쎄기 폭격에 맞아 돌아가셨습네다.”

“그러면 시신이나마 수습했느냐?”

“그 난리 속에 할머니가 수습해서 가매장했다가 삼년 후에 고향으로 유골을 옮겨와 매장했습네다.”

아버지는 몸을 벽에 기대고 눈을 지그시 감았다.

“내가 죄인이구나.”

아버지는 한참만에 다시 되물었다.

“나는 어떻게 되었느냐?”

나는 처음에 그게 무슨 말인지 알지 못했다.

“아버지도 그때 할아버지와 같이 폭사한 것으로 되어있습네다. 그래서 할아버지 무덤 옆에 묻혀있습네다.”

“으음 그랬었구나!”

아버지는 신음을 토해냈다.

“만일 자진월남했다고 찍히면 반동이래 가족이 되어 말 못할 곤욕을 치렀다고 합네다. 그래서 어떤 가족들은 남조선 괴뢰군 놈들에게 납치되었다고 둘러댔다 합네다.”

형은 그동안의 소식을 전했다. 아버지가 남쪽에 살아 계시다는 소식을 이미 몇 년 전에 들어 알고 있었고, 김회장을 통해서 아버지가 북쪽 가족에게 전해 달라고 부탁했던 돈도 혜산진댁을 통해 잘 받았다고 했다. 그리고 형은 혜산진 역에서 철로 보수하는 일을 하고 있다고 했다.

날이 새도록 이야기해도 오십여 년의 그 많은 이야기를 다 풀어낼 수 있을 것 같지 않았다. 어떻게 그 긴 세월을 축약할 수 있단 말인가. 시간은 빨리 지나갔다. 형은 더는 머무를 수가 없었다. 형은 아버지의 덧나고 쓰라린 깊은 상처를 치유하기보다는 오히려 염장을 질러버린 꼴이 되었다. 안내인은 형이 빨리 돌아가 줄 것을 독촉했다. 그러나 쉽게 일어서지 못했다. 형은 일어섰다가는 또 주저앉았다. 안내인도 안타까운 표정이었다. 그러나 안내인의 독촉을 다시 받은 형은 어쩔 수 없이 일어섰다.

형에게 다른 것은 거추장스러워서 줄 수가 없었고 준비해온 돈을 건네주었다. 돌아가는 길을 걱정하는 아버지와 나에게 만일의 경우를 생각한다며 형은 몇 위안인지 따로 챙겼다. 그러면서 경비병을 매수할 필요가 있을지 모른다는 말을 덧붙였다.

아버지는 형을 배웅하기 위해 마당으로 나갔다. 형은 방안에서도 작별의 인사를 했지만 마당의 눈밭에서 다시 큰절을 했다.

"아버님, 너무 렴녀 마시라요. 날파람스럽게 건너갈 수 있습네다. 어떤 일이 있어도 장수하셔야 합네다. 꼭 다시 만나서 같이 살으셔야 합네다."

같이 살아야 된다고? 나는 나도 모르게 반문하려다가 아차 하고 그만두었다.

형은 나에게도 한마디 잊지 않았다.

"동생. 동생도 잘 있으라우. 통일되면 우리 형제 다시 꼭 만나자우."

형은 아버지 앞을 쉽게 떠나지 못했다. 안내인이 여러 번 독촉해서야 눈물을 거두지 못하고 발길을 돌렸다. 몇 번인가 아버지가 서 계시는 쪽을 돌아다보았다. 강변은 그믐께인데다 날씨마저 좋지 않아서 깜깜한 어둠만이 도사리고 있었다. 나와 안내인은 강변까지 나가서 형을 배웅했다.

형은 경비초소와 동떨어진 동쪽의 눈구렁 사이로 멀어져 갔다. 흰옷을 입어서 그런지 얼마 가지 않아 어둠의 눈 속으로 빨려들어가 버렸다. 형이 보이지 않아도 쉽게 돌아설 수가 없었다. 안내인과 함께 한참 동안을 눈 속에 서 있었다. 사위는 너무 고요했다. 그때까지도 강 건너 경비초소에서는 아무런 이상 징후가 없었다. 얼마나 시간이 흘렀을까.

"선생, 이제 충분히 건너갔을 시간입네다. 들어가시디요."

안내인을 따라 들어오면서도 나는 자꾸만 뒤가 돌아다보아졌다.

형을 배웅하고 방으로 돌아왔을 때 아버지는 멍하게 앉아 천장만 바라보고 있었다.

"아무 일 없이 잘 건너갔느냐?"

"예. 별일 없었습니다."

아버지와 나는 잠자리에 들었다. 잠을 청했으나 잠이 올 리 없었다. 아버지도 뒤척이기는 마찬가지였다.

나는 아버지와 형과의 만남에서 한 장의 사진도 찍지 못했음을 이제야 깨달았다. 어쩔 수 없는 일이었다. 나는 이 생각 저 생각 때문에 수잠에 시달리다가 어느 결에 깜박 잠이 들었다.

누군가가 나를 심하게 흔들어 깨웠다. 깜짝 놀라서 눈을 떴다. 숙소의 안내인이었다.

"선생, 큰일났습네다."

"무슨 일이에요?"

"아바이가 강변 쪽으로 갔습네다. 아무래도 뒤쫓아 가봐야 할 것 같습네다."

반사적으로 아버지가 누워 있던 자리를 보았다. 자리는 텅 비어 있었다.

안내인의 말은 아버지가 조심스레 계단을 내려와서 현관문을 소리 안 나게 열고 나가기에 좀 괴이쩍어서 내다봤더니 강변 쪽으로 급히 가더라는 것이었다.

나는 고압전류에 감전된 듯 놀랐다. 혹시나 하는 불길한 생각이 앞서서였다. 벌떡 일어나서 겉옷을 찾았으나 내가 입고 온 하얀 스키파카는 보이지 않고 아버지의 갈색 무스탕만 걸려 있었다. 아버지의 무스탕을 걸치면서 급히 안내인과 같이 밖으로 뛰쳐나갔다. 그리고 강변 쪽으로 정신없이 내달려갔다. 강변에 도착하자 강을 반나마 건너가는 어둠 속의 움직이는 모습이 보였다.

"아버지!"

나도 모르게 목청껏 아버지를 부르고 말았다. 그 소리는 얼음이 갈라지듯 쨍하는 울림이 되어 강안에 퍼졌다. 어두운 그림자는 멈춰서는 것 같았다. 그러나 그것도 잠시, 다시 남쪽으로 움직여 가고 있었다.

평생 동안 아버지의 가슴에 한이 되어 건너지 못했던 강. 이제 그 강을 건너려는 순간이었다. 남쪽에서 사는 동안 아버지의 가슴 한가운데 흐르고 있던 그 깊고 시퍼런 강은 결코 하나만은 아니었을 것이다. 아버지와 나와의 사이에 흐르는 실개천 같은 강, 아버지와 어머니, 아버지와 현실 사이에 흐르는 폭 넓고 깊은 강, 이북내기라고 너도나도 싫어하는 무한의 폭을 가진 강, 끝없는 고달픈 삶의 깊고 푸른 치욕의 강, 고난의 강을 건너고 건너 살아오면서 지쳐 쓰러지기 직전의 아버지. 아버지는 그 모든 강으로부터 떠나가고 있었다.

나는 아버지를 향해 나도 모르게 달려 나갔다. 그러나 안내인의 발에 걸려서 눈밭에 맥없이 나동그라지고 말았다.

"선생, 진정하시라요. 큰일 납네다."

나는 벌떡 일어나 아버지를 소리쳐 불렀다. 남쪽 경비초소의 불이 밝혀지고, 경비병들이 밖으로 뛰어 나오면서 서치라이트 불빛이 강 안쪽을 비추기 시작했다. 그러나 아버지는 돌아서지 않았다. 밝은 불빛 속으로 아버지는 계속 걸어갔다.

"아버지! 안돼요오! 돌아오세요!"

목이 터져라 소리를 질렀다. 계속 남쪽으로 걸어가던 아버지가 그때 멈춰 서는 듯하다가 돌아섰다. 그리고는 다시 북쪽으로 몇 발짝 옮겨서 돌아오기 시작했다.

아버지는 손에 뭔가 들고 허공에서 휘저었다. 그러나 무슨 뜻인지 알 수는 없었다. 나는 온몸이 굳어지면서 긴장되었다. 심장이 터져나갈 것 같이 뛰었다. 그때 남쪽의 경비병들이 강턱으로 우루루 몰려나왔다. 나는 다시 아버지 쪽으로 달려가려 했으나 안내인이 나를 꼭 붙들고 놓아주지를 않았다.

"반동이다."

"도망자다."

경비병들이 자기네끼리 큰 소리로 떠들어댔다.

"탕—."

귀를 찢는 날카로운 총성이 강안에 울려 퍼졌다. 예리한 작살이 내 심장을 꿰뚫고 지나가는 것 같은 아픔이 왔다.

"탕탕탕…."

이어서 총성이 계속 허공을 가르면서 울려 퍼졌다. 아버지가 눈밭에 펄썩 쓰러지는 게 보였다.

경비병들이 우루루 강안으로 쫓아 내려왔다. 경비병들은 자기네끼리 뭐라 소리 지르더니, 아버지를 떠메고 경비초소 쪽으로 향했다. 나는 다시 그쪽을 향해 뛰어가려고 했다. 그러나 헛일이었다.

"선생, 큰일 납네다. 참으셔야 합네다."

안내인은 있는 힘을 다해 나를 붙잡았다. 나는 목이 콱 막혀서 숨도 제대로 쉴 수가 없었다. 찰나에 일어난 일이라 아버지가 어떻게 되었는지조차 확인할 길이 없었다. 나는 정신이 혼미해져 눈밭에 털썩 주저앉고 말았다. 잠시 후 찬 기운이 느껴지면서 정신을 수습했으나 속수무책이었다. 나는 헤어날 길 없는 암담한 수렁 속으로 빠져들고 있음을 느꼈다.

남쪽 경비초소는 겉으로는 언제 그런 일이 있었느냐는 듯 조용해졌다. 시간이 지나자 경비초소 앞에 섰던 경비병들이 아버지로 짐작되는 사람을 떠메고 나와 차에 싣고 떠나는 게 보였다. 차가 사라져버리자 강변은 아무 일도 없었던 듯이 고요해졌다. 나는 그 자리를 떠날 수가 없었다. 갑자기 일어난 엄청난 일이 내 머릿속을 마구 헝클어 놓고 있었다. 안내인조차 아무 말 없이 내 옆에 바짝 붙어있을 뿐이었다.

멀리 동쪽 하늘이 희읍스름하게 밝아오기 시작했다. 나는 온몸의 기운이 완전히 빠져나가는 무기력 상태에 빠지고 말았다. 어둠이 걷힌 연후에야 흠씬 두들겨맞은 사람처럼 후줄근한 모습으로 숙소로 돌아왔다. 안내인도 지치기는 마찬가지였다.

내가 해야 할 일은 아무것도 없었다.

일행들은 아버지 일을 걱정만 하다가 다음날 서울을 향해 떠났다. 그들이 떠난 후에도 나는 장백진에 그대로 머물러 있었다. 혹시나 무슨 소식을 얻어들을 수 있을까 해서였다. 혜산진댁 편에 연락을 취해보려 했으나 헛일이었다. 너무 위험해서 혜산진 형님 집에도, 그 쪽 경비병들에게도 연락해볼 길이 없다고 했다. 십여 일을 기다려도 아무런 소식을 접할 수가 없었다. 그런 상황에서 무작정 기다리고 있을 수만도 없었다.

아버지 문제를 우리측 대사관에 신고해야 하는지 갈등 끝에 신고를 하지 않은 채 내 여권만 재발급 받아 서울행 비행기를 탔다. 나는 비행기에 올라 스튜어디스에게 독한 술을 주문해 병째 마시기 시작했다. 서울이 가까워질수록 비행기에서 뛰어내리고 싶은 강한 충동을 억제하기 어려웠다.

〈5〉

가까스로 잡지사에 돌아온 나는 밤늦게까지 선배의 도움을 받아 이곳저곳에 전화를 걸어 수소문해 보았으나 아버지가 연행된 곳을 알아낼 수가 없었다. 알아봐서 연락해주겠다는 게 고작이었다. 선배는 당분간 집에 들어가지 말고 잡지사 근방 여관에서 기거하는 게 좋겠다며 퇴근하는 길에 숙소를 정해주었다. 나는 뭐 별일이야 있겠어, 하는 말로 대꾸하기는 했어도 속마음은 그것이 아니었다. 불안하기 그지없었다.

"자 나가지. 쏘주나 한잔 하게."

나는 선배를 따라나섰다. 골목길로 접어들면서도 자꾸만 뒤가 돌아다보였다. 누가 곧 미행해 오는 것이 아닌지 해서였다. 우리가 늘 가는 골목, 으슥한 곳에 자리한 작은 식당이었다. 저녁 식사도 같이 해결할 요량이었다. 오늘은 그 집 홀이 아닌 뒤켠 안방에 우리만 은둔하듯이 자리했다. 우선 술부터 달라고 해서 마시기 시작했다.

"형. 도대체 아버지가 어디를 통해 어떻게 돌아오게 되었을
까?"

나는 그게 그렇게 궁금해서 선배에게 물었다.

"확실히는 알 수 없지만 한마디로 이용가치가 없었다고 봐야
지. 어디를 거쳐서 왔느냐, 그건 알 수 없지만 짐작하기에는 바로
그 자리로 추방해버렸거나, 중국에 있는 북측 대사관을 통해 제
삼국으로, 다시 우리 대사관으로 그런 경로를 택했을 가능성이
높지."

그도 짐작만 할 뿐 불확실하기는 마찬가지였다. 나 역시 아버지
와 단 한마디라도 해보았어야지 전혀 알 수 없는 일이었다.

"그러면 중국에서부터 연행했을까."

"그럴 수도 있지만 그것보다는 공항에서 대기하고 있다가 연행
했을 가능성이 높지. 우리 대사관이나, 핫라인을 통해 연락이 왔
을 수도 있지. 저쪽에서 공연한 납치 시비에 휘말리고 싶지 않았
을지도 모르지."

나는 소주를 계속 목 안으로 털어넣었다. 술이 몇 잔 들어가자
뛰던 가슴이 좀 진정되었다. 이제야 좀 몽롱해지면서 불안이 잿
불처럼 사그라드는 것 같았다.

"그 이야기는 그만 하고. 아버지 일은 내가 아는 사람들을 통해
서 알아볼 테니까, 당분간 출근하지 말고 여관에 숨어 있으면서
특집기사나 만들어 봐."

선배는 여관에 은신하고 있으란 말을 다시 강조했다.

"형. 솔직히 말해서 지금은 아무것도 손에 잡히지 않을 것 같아.
당분간 내가 쉴 수 있도록 며칠만이라도 여유를 줘."

나는 그 동안 쌓였던 피로가 일시에 밀려왔다. 그대로 쓰러져

한숨 자고 싶었다.

"이런 추세라면 아마 통일이 상당히 앞당겨지지 않겠어?"

"통일. 그깐 게 그렇게 중요한 거야."

나는 요즈음 그 말만 들어도 온 신경줄을 바늘로 찌르는 것 같은 긴장이 왔다.

"그야 당연하지. 이 사람, 자네는 그렇지 않아. 자네야말로 통일을 기다려야 할 사람이 아니야."

"아니야. 형은 나를 잘못 봤어. 내 웅숭깊은 속에서는 이무기가 살듯이 통일이 안됐으면 하는 마음이야. 독일을 봐. 아직 확실한 통일이 아니지 않아."

"그건 또 무슨 소리야. 독일이 통일이 되지 않았다니?"

선배는 나의 엉뚱한 말에 놀란 표정을 지었다.

"독일은 통일이 아니야. 그건 서독의 마르크화란 탱크로 점령해버린 거지. 적화통일이 아닌 청화 통일이지. 동독 사람들의 지금의 처지를 봐. 서독 정부가 통일 직후에 안겨주었던 일인당 일백 마르크, 그게 기억의 전부야. 그들이 어떻게 되었어. 결국 동독 국민들은 자기들은 이등 국민, 식민지 국민이라는 자괴감뿐이야. 살던 집마저도 서독에 있는 옛날 땅 주인들이 나타나서 내어놓으라 하고, 일하던 공장은 문을 닫았고, 그러니 어떻게 하겠어. 서독에 가서 유리걸식을 하지 않으면 험한 일에나 종사해야 하는 게 그들의 현실이야. 우리가 그 사람들의 비참한 심정을 짐작할 수나 있겠어. 그뿐만이 아니지. 서독 사람들은 그러면 행복해? 천만에, 물밀듯이 밀려오는 실업자. 길거리를 배회하는 동독 사람들. 과중한 통일 부담금. 급속한 생활환경의 침해와 변화. 그들도 통일이 된 것을 후회해."

형은 아무 말 없이 묵묵히 듣고 있다가 한마디 툭 던졌다.

"그렇지만 분단이 계속되면 지금같이 긴장과 불안 속에서 살아야만 할 것 아니야."

"그건 아니지. 아주 영원히 통일이 되지 말았으면 하는 것은 아니라구. 남북이 경제나 정치가 대등한 수준일 때까지 기다려야 한다는 생각이야. 내 개인적으로는 내일이라도 통일이 되어서 온 가족이 같이 살고 싶지만 말이야."

점점 취해 가는 술 탓만은 아니었다. 평소 하고 싶은 말이었다. 그러나 이 사회의 논리가 통일이라는 큰 주제에 파묻혀 작은 소리는 들을 줄 모르는 폐쇄된 사회 같다는 원망을 해 본 적이 있었다. 언젠가 친구들과 술자리에서 비슷한 이야기를 꺼낸 일이 있었다. 그러나 어느 누구도 그런 이야기를 관심 있게 들어주는 사람은 없었다. 그들은 나의 속마음을 이해하지 못하고 그런 논리를 주장하는 나를 이상한 눈으로 바라볼 뿐이었다.

"그 이야기는 이제 그만하기로 해. 자네 같은 생각이 아니고 우리 사회 일각에도 통일을 부정하는 사람들이 반격의 기회를 노리고 있다구. 아무튼 처음 기획대로 우리가 특집을 만드는 거야. 그 일이 경의선 철도 복원의 침목 한 개만큼의 가치가 없다고 해도 우리는 만들어야 해. 그 일이 통일에 좁쌀알만큼이라도 기여한다면 말이야."

어느새 시간이 많이 흘러갔다. 선배는 그쯤해서 술자리를 털고 일어섰다. 그리고 헤어질 때 조심하라는 말을 잊지 않았다.

나는 갑자기 허전해졌다. 허허벌판에 혼자만 남은 것 같은 그런 기분이었다. 밖에 나오자 술을 많이 마셔서 그런지 온몸이 떨렸다. 서둘러 여관으로 돌아왔다. 그러나 여관 역시 낯설었다. 내 집

놔두고 이게 무슨 꼴인가. 언제까지 이러고 있어야 할 것인가. 그래도 얼마 동안 여관 생활을 하려면 세면도구와 갈아입을 속옷이 필요했다. 어떻게 할까 망설이다가 위험하기는 해도 잠깐 집에 가서 챙겨오기로 했다. 나는 밤거리로 나왔다. 찬바람을 쏘이자 답답한 가슴이 좀 트였다. 늦은 시간인데도 거리에는 차들이 밀리고 있었다.

한참만에야 택시를 잡아탔다. 차 문의 유리창을 약간 내렸다. 등을 의자에 기대자 눈이 내리 감겼다. 완전히 힘이 빠진 무기력 상태였다.

아버지의 생사와 행방도 모른 채 혼자 귀국해서는 아파트 외창은 놔두고 베란다 쪽으로 난 내부 유리창을 아예 활짝 열어놓고 살았다. 그리고 베란다 가까운 쪽으로 의자를 옮겨 놓고 강 건너를 몇 시간이고 바라보면서 소주를 마시는 게 생활의 일부가 되었다.

한강을 바라보고 있으면 밤에는 올림픽대로로 달리는 자동차 행렬이 마치 거대한 불뱀이 떼지어 붉은 눈을 부릅뜨고 대이동하는 것같이 보였다. 물빛에 반사되는 그 아름다운 정경을 강이 얼어붙어있어 볼 수 없는 게 아쉬웠다. 강물이라도 내려다보고 있으면 마음이 좀 차분해지련만. 어디서 쇄빙선이라도 나타나서 한강의 두꺼운 얼음장을 깨부수고 오두산 앞의 두물머리를 지나 임진강의 초평도까지 물길이나마 쭉 트여 놓는다면 답답한 가슴이 좀 열릴 것인지 답답하기 그지없었다.

아버지가 한 몇 년만 더 참을 수 있었으면 하는 아쉬움이 나를 이토록 안타깝게 할 줄이야. 세상은 하루가 다르게 변하고 남북 문제도 빠르게 해빙무드가 조성되고 있는데, 이런 불상사가 생기다니. 아버지가 그만두라고 할 때 그만두었더라면 하는 아쉬움이 내 가슴을 무겁게 내리 눌렀다. 더구나 가짜여권까지 만들어서 아버지를 모시고 갔던 저변에는 특집 기사를 꾸미기 위한 저의가 잠재되어 있었음을 자성하지 않을 수 없었다.

어떤 면에서는 아버지가 만일 살아 계시다면 혜산진 가족을 위해서는 잘 되었다는 생각이 들기도 했었다. 얼마 남지 않은 아버지의 생애에서 마지막 소원인 한 맺힌 가족상봉이 이루어졌으면 하는 마음 간절할 뿐이었다. 그러나 그 생각은 잠시였다. 왜 그때 아버지를 모시고 갈 생각을 했는지 후회스럽기 그지없었다. 그 일만 생각하면 맥박이 빨라지고 호흡이 가빠지면서 손발이 수전증 걸린 사람같이 되었다. 공황불안증 같은 가슴떨림이 이어졌다. 그러면 베란다에서 바깥 창을 열고 찬바람이라도 쏘여야 뛰던 가슴이 어느 정도 진정 되었다. 어디에서인가 나를 파멸시킬 어둡고 칙칙한 음모가 자행되고 있는 것 같은 불안이 스멀스멀 안개처럼 피어오르는 걸 누를 길이 없었다. 낙석주의라는 팻말이 써 붙여진 절벽 아래를 지나가는 것 같은 불안이 계속되었다. 더구나 밤중에 울리는 전화벨은 나를 공포에 휩싸이게 했다. 며칠 전 미국에서 걸려온 아내의 전화 때문에 몹시 놀란 적도 있었다. 다음 일요일 어머니를 모시고 귀국한다는 전화였다. 그리고 누이들의 설득으로 어머니가 집으로 들어올 것 같다는 말도 덧붙였다. 어머니가 귀국하면 무어라 말해야 할지 난감하기 그지없는 일이었다. 머릿속이 점점 복잡하게 엉클어지고 뒤숭숭해졌다.

그 동안 아버지에게 효도하지 못했던 일을 후회하고 늦게나마 보은하는 의미로 계획한 일이 이런 엉뚱한 결과를 초래하게 될 줄이야 나는 꿈에도 생각하지 못했다.

손님 다 왔습니다, 하는 말을 듣고서야 나는 제정신으로 돌아왔
다.

오늘따라 집까지 가는 골목이 평소 때와는 달리 너무 멀게만 느
껴졌다. 식은땀이 나고 다리가 점점 후들거렸다. 그만 주저앉고
싶었다. 모든 게 귀찮다는 생각이 들었다. 이대로 멀리 사라져버
리고 싶은 마음뿐이었다.

아파트의 경비 아저씨는 졸고 있었다. 나는 조심스럽게 동정을
살폈다. 경비실에는 경비 아저씨뿐이었다. 나는 아저씨를 깨워
물었다. 혹시 이상한 사람들이 찾아오지 않았느냐고. 아저씨는
보지 못했다고 대답했다. 아직 나까지는 괜찮을지도 모른다는 생
각이 들었다. 잽싸게 엘리베이터를 타고 팔 층에서 내렸다. 좌우
로 살펴봤으나 아무런 이상 기미를 발견할 수가 없었다.

아파트 문 앞에 서서 열쇠를 찾았다. 주머니 속에서 열쇠 꾸러
미는 쉽게 손에 잡히지 않았다. 떨리는 손으로 겨우 열쇠를 찾아
서 구멍에 꽂고 돌렸다. 평소에는 잘 열리던 것이 쉽게 열리지 않
았다. 몇 번을 반복해서 돌렸다.

"장한성 씨."

낯을 알 수 없는 건장한 두 사내가 어느새 다가와 양쪽에 서 있
었다. 안개가 낀 것 같은 부윰한 복도등에 비친 그들은 나를 연행
하려고 온 사람들이란 것쯤은 직감적으로 느낄 수 있었다.

"……"

"잠시 가주셔야 되겠습니다."

"당신들 누구요?"

"잔말 말고 따라와."

그들은 양쪽에서 나의 팔을 꼼짝 못하게 붙잡았다.

"도대체 당신들 어디서 나왔습니까?"

"따라가 보면 알아. 웬 말이 많아."

"당신들 구속영장 있소?"

"임의동행도 몰라."

그들은 엘리베이터 문이 열리자 나를 무자비하게 밀어넣었다. 일 층에서 내려 경비실 앞을 지날 때 경비아저씨는 밖에 나와 서 있었다.

"장선생님, 죄송해요. 어쩔 수 없었어요."

경비아저씨의 기어들어가는 목소리가 등 뒤에서 들렸다.

그들은 주차장에 세워 둔 승용차 문을 열고 나를 뒷좌석에 아무렇게나 쑤셔 박았다. 그리고 양쪽에서 그들이 타자 골목길을 빠져나가기 시작했다.

"고개 숙여."

새된 목소리와 동시에 내 뒤통수를 짓눌렀다. 이건 사람으로 취급되어지고 있는 게 아니었다.

"이형, 정치 판도가 뒤바뀌니까 이런 빨갱이 놈들만 활개 치는 세상이 되는 것 아니야?"

"박형도 아무려면 우리가 있는데 그렇게까지야 되겠어?"

차는 신호등의 지시에 따라 가다서다를 반복하면서 달렸다. 차 안에는 무거운 침묵만이 감돌았다. 그러나 그 침묵은 오래 가지 않았다.

"이기사, 뉴스 시간이야. 라디오 좀 틀어 봐."

'이형' 이라 불리는 사내가 운전기사에게 명령조로 지시했다. 라디오를 켜자 잠시 후 시보가 나오고 뉴스가 시작되었다. 나는 그런 정황에도 뉴스에 귀를 기울였다. 혹시 아버지에 관한 멘트가 있을까 해서였다. 하지만 주식 폭락과 기업 구조조정에 관한 숨 가쁜 뉴스뿐이었다.

차라리 끌려가게 되자 마음이 오히려 차분해졌다. 불안과 초조감이 이상하리 만큼 가라앉으면서 이제 마음만이라도 편히 쉬고 싶다는 생각이 들었다.

나는 엉뚱하게도 특집기사를 어떻게 꾸밀 것인가를 구상하기 시작했다. 기사 내용은? 그리고 제목은?

제목부터 먼저 떠올랐다. 거주이전의 선택권을 주자, 이산 1세대에게. 어딘가 좀 고루하다는 생각이 들었다. 하지만 이제 기사가 한달음에 써질 것 같았다.

라디오에서는 내일은 날씨가 맑고 수은주가 올라가 오랜만에 한강이 풀리겠다는 일기예보를 전하고 있었다.

차는 도심을 벗어났는지 속도가 빨라지면서 엔진소리만 점점 높아져 갔다.

1996.

나들목

나들목

서둘러 출발한다고 했지만 열 시가 다 되어서였다.

이번 여행은 애초부터 마음이 무거웠다. 차를 몰고 장거리를 가야 한다는 부담스러움도 있었지만, 아내의 등쌀에 떠밀려 가는 것도 한 원인이었다. 오늘이 식목일이고 내일은 일요일인 데다가 한식날이 겹치는 연휴였다. 한식날 성묘와 곁들여 사토를 하자는 게 아내의 제안이었다. 봉분이 조금씩 허물어져 가는 조상들 묘를 그대로 놔두어서는 안 된다는 아내의 성화에 못 이겨, 고향에 내려가기로 작정한 것은 불과 일주일 전이었다. 더군다나 동네 뒷산이어서 임자 없는 묘처럼 보이면 내 체면이 말이 아니라는 것이 아내의 거듭된 주장이었다. 나는 아내의 말에 선뜻 공감하지 못했다.

기실 내 생각은 다른 데에 있었다. 음력 윤달이 들면 그 달에 여기저기 흩어져 있는 조상들 묘를 우리 산으로 모셔 가족묘지를 만드느냐, 그렇지 않으면 아내의 주장처럼 화장을 해서 서울 근교에 가족납골묘를 만들어 모시느냐 하는 고민에서 아직 결론을 못

내린 상태였다. 그 기간이 길어야 이삼 년밖에 안 걸릴 것이고 그 동안 봉분이 조금 허물어진다 해도 손을 대고 싶지 않아서였다. 나이 든 어른들이 입버릇처럼 되뇌는, 괜히 묘 잘못 손댔다가 동 티나네 하는 소리를 그 동안 여러 차례 들어왔기 때문이기도 했 다.

아니 언제는 자손이 살고 있는 가까운 곳에 납골묘를 만들자고 주장하면서 사토는 무슨 사토야. 나는 아내 들으라고 부러 볼멘 소리를 했다. 그러나 그 말이 끝나기도 전에 아내는 나를 향해 쏘 아붙였다. 당신이 언제 묘사(墓事)를 할지 모르는데 그러면 그때 까지 그대로 놔둘 참이에요? 나는 날을 세운 아내의 성깔이 언짢 았지만, 다툴 것 같아서 말을 접고 말았다.

아내는 작년 겨울부터 줄기차게 졸라댔다. 고향에 살고 있는 작 은처남이 누나에게 우선 사토라도 해야 한다고 귀띔을 한 모양이 었다. 나는 하는 수 없이 그렇게 하자고 대답해 버렸다.

겨우 나들이 준비가 끝나 시흥대로에 들어섰을 때만 해도, 차는 그런대로 잘 빠졌다. 하지만 고속도로 진입로 입구부터 막히기 시작했다. 연휴라 차가 막힐 게 뻔해서 어젯밤에 내려갈까도 생 각해 봤지만, 대 명절도 아니라서 낮 시간에 내려간다 해도 평일 보다 한두 시간 더 걸리겠거니 속단한 게 잘못이었다.

늘어선 차들의 맨끝에 붙어 섰지만 좀처럼 앞으로 나아가질 못 했다. 한참만에야 차량 행렬은 허리뼈가 어긋난 길짐승들처럼 서 서히 진입로를 기어오르기 시작했다. 걸어가는 것보다 더 느린 속도였다. 명절 때 열두 시간 걸려서 고향에 갔다는 보도나 고생 담을 들어 본 일은 있었지만, 나는 그런 경험이 없어서 몇 시간이 걸릴지 짐작조차 하기 어려웠다. 연휴가 겹치거나 행락철 그리고 명절에는 차를 직접 운전하고 장거리 여행을 한 일이 없었다.

나는 새삼 오늘 같은 날 꼭 가자고 하는 아내가 원망스러웠다. 아무 말도 없는 아내가 궁금해 룸미러를 통해 바라다보았다. 항상 조수석이 아닌 뒷자리가 편하다는 아내는 오늘도 그 자리에 앉아 몸을 깊숙이 낮추고 잠에 빠져 있었다. 어젯밤, 늦게까지 제물 준비를 한다고 하더니 피곤한 모양이었다.

시야를 멀리하자, 도로 가에는 쭉쭉 늘어진 가지에 노오란 개나리꽃이 흐드러지게 피어서 밝은 햇빛에 눈이 부셨다. 산자락으로는 새로 피어나는 나뭇잎들이 바람결에 연두색 물결로 일렁이고 있었다.

"여보. 어제 나주아재한테서 전화가 왔었는데 이번 조카 내려오면 꼭 한 번 만나야 되겠다고 전해 달라고 했어요."

아내는 언제 잠이 깼는지, 어제 일이 이제야 생각났다는 듯 한마디 했다.

"무슨 일로?"

"난들 알아요. 자세한 이야기는 하지 않더라고요. 아마 산을 팔라는 이야기를 하려는 거겠지요."

"또, 산. 산은 안 돼."

나도 모르게 볼멘소리가 되었다.

"당신도 참. 왜 그렇게 답답해요. 임자 있을 때 팔아버리고 그 돈으로 서울 근교에 납골묘를 만들고 돈이 남으면 당신 사업에 보태 쓰면 되지."

나는 아내로부터 그 말만 들으면 울화가 치밀고 속이 뒤집혔다.

"그건 절대 안 돼."

나는 애써 끓어오르는 분을 억제하고 말했다.

"당신이 정 싫으면 내가 팔아서, 알아서 할게요."

"무엇이 어째."

나는 마침내 화를 내고야 말았다.

"……."

나주아재. 퍽 오랜만에 들어 보는 이름이었다. 나는 고향에 내려가도 찾아보거나 이웃에게 물어보지도 않았다. 의도적으로 피할 마음은 없었지만 일부러 찾고 싶지는 않았다. 동네 골목에서라도 마주치면 무어라 인사를 해야 할지 그 생각만 하면 난감할 뿐이었다. 아직도 수십 호가 살고 있어서 고향에 가도 좀처럼 골목에서 만나는 일은 없었다.

어릴 때 할머니는 우리 집안과 나주아재네 집안이 얽히게 된 이야기를 들려주었다.

아재의 선친인 금촌대부가 사는 형편이 어려워 우리집에서 머슴살이를 했다. 그때 부모님이 돌아가시자, 너무 가난해서 자기 선친의 시신을 안장할 만한 산마저도 없었다. 그런 곡절로 우리 산자락에 그분들을 안장하게 되었다. 그 후 그 대부가 다른 집에서 머슴살이를 할 때도 명절 때가 되면 조기 두름이나 사들고 찾아와서 고맙다고 인사를 하고 가곤 했다. 그러다가 그 대부네가 동네에서 쫓겨나면서 그 일도 끝이 났다. 할머니는 그 대부네가 동네에서 쫓겨난 이야기는 하지 않았다. 그 후로도 몇 번 물었지만 그 일에 대해서는 입을 떼지 않았다.

좀 더 세월이 지난 후, 내가 군대 제대하고 할 일 없이 동네 유산각에서 낮잠으로 한여름을 보내고 있을 때, 동네 노인들이 하는 나주아재의 험담에서 그 선친의 이야기까지 들을 수 있었다.

그 해는 못자리를 끝내고 나서부터 가물기 시작했다. 수리시설이 변변찮은 논이 전부인 들판엔 모내기까지는 그런 대로 마쳤으나 논바닥이 갈라지고 벼가 타들어가기 시작했다. 가뭄이 계속되자 동네 사람들은 기우제도 지내보고 아낙들까지 나서서 뒷산의 밀장으로 평장한 무덤까지 파헤쳐보았으나 아무런 효험이 없었다. 밭작물 역시 말이 아니어서 보리는 반 쭉정이인 채 겨우 수확이라고 했지만, 후 작물은 심어볼 엄두도 내지 못했다. 먹을 물마저도 귀해서 사람들은 동네 가운데 하나밖에 없는 샘에서 쫄쫄 나오는 물을 밤새 줄을 서서 바가지로 퍼 담아야 했다. 가뭄이 계속되자 머슴살이 들어갔던 사람들도 다 쫓겨나올 수밖에 없었다. 가을까지 기다려 보아야 새경을 못 받을 게 뻔하므로 스스로 알아서들 나오는 형편이었다.

너나 할 것 없이 먹을 식량이 걱정이었다. 장리 벼나, 보리는 곱을 준다 해도 얻을 수가 없었다. 고래실을 가진 사람들이면 모를까 보리 수확도 시원찮은 데다가 묵은 곡식이 있다 해도 일년 버티기가 힘든 형편이었다. 곡물 값은 오일장마다 다락같이 올랐다. 없는 사람들은 하루가 다르게 부황이 들어서 누렇게 떠갔다. 기껏해야 쑥이나 돼지감자, 송계피로 하루하루를 이어가고 먹을 수 있는 풀뿌리를 찾아 헤맸다. 나주아재네 집이라고 다를 게 없었다. 더구나 금촌할매가 다섯째를 사산하고 산후처리가 안 좋아 한약방 신세를 지고 있었다.

그때, 고래실을 가진 동네 제일 부잣집 소가 없어졌다. 해뜰 무렵 산에 매어 놓았는데 해질녘에 가 보았더니, 소가 온데간데없어져 버렸다. 혹시 고삐 끝에 말뚝이 빠져서 달아났나 인근 산을 뒤졌으나 헛일이었다. 그러나 포기하지 않았다. 근동의 우시장에 사람들을 놓아 수소문하다가 열흘 만에 서천장에서 소를 팔려던 금촌대부를 잡아왔다. 소를 훔쳐서 깊은 계곡에 매어 놓았다가 동네가 좀 잠잠해지자 팔러 갔던 모양이었다.

그 일로 온 동네가 발칵 뒤집혔다. 금촌대부를 주재소에 넘기느냐, 마느냐로 자가일촌의 촌계장 주재 하에 갑론을박 격론이 벌어졌다. 젊은 층의 반대에도 불구하고 결론은 멍석말이로 끝났다. 젊은 사람들은 금촌할매가 울면서 사정해도 주재소로 넘기지 못한 울분을 몽둥이로 풀었다. 금촌할매의 치맛귀에 매달려온 그 아이들도 아버지가 매 맞는 광경을 보고 말았다. 그때 나주아재의 나이 여덟 살이었다. 학교 갈 나이였지만 학교는 엄두도 못 내고 논밭에서 어른들 일이나 거들곤 할 때였다. 열댓 살 되면 남의 집살이 하면서 소 꼴이라도 잘 베어 날라야 밥이라도 배불리 먹을 판이었다.

금촌대부네는 대부의 장독이 풀리자 짐을 싸서 동네를 떠났다.

소식이 끊긴 지 삼십여 년. 나주아재가 마을 앞에 있는 정미소를 은밀히 사들이고 홀연히 나타나 자리를 잡았다. 그 일로 마을 사람들 사이에 약간의 술렁거림이 있었지만 어쩔 수 없는 일이었다. 나주아재는 자기 아버지를 매타작했던 집안 어른들과 골목길에서라도 마주치게 되면 오래 오래 사세요, 라고 복장 지르는 인사를 하면서 허리를 90도로 꺾어 절을 했다. 그러니 인사 받는 사람들은 뭐라 말할 수도 없고 그야말로 벌레 씹은 심정이었다. 그 사람들은 골목어귀에 나주아재만 나타나면 길을 나섰다가도 마주치지 않으려고 남의 집으로라도 피신해 버렸다.

나주아재는 정미소를 하면서, 새로 나온 농기계는 이자가 싼 영농자금을 얻어 죄 사서 남의 논밭을 돈 받고 갈아주고, 한우도 여러 마리 키워서 시세 맞춰 파는 등, 치부에 열을 올려 땅 마지기나 마련하게 되었다. 그러자 어느덧 동네 유지로 이름이 나고 면사무소 출입이 잦아졌다.

나주아재네 집 형편이 달라진 반면, 우리집은 어른들의 대를 이은 요절로 가세가 차츰 기울었다. 나마저 어린 나이에 서울에서 유통업에 겁 없이 뛰어들었다가 땅 마지기나 없애버리게 되었다. 그것도 한 번도 아니고 두어 번 반복하다 결국 구치소까지 가서 집행유예로 풀려나다 보니까 남은 것이라고는 산과 구옥(舊屋)밖에 남지 않았다.

나는 객지를 전전하게 되었고 그동안 고향에 신경을 쓸 여유도 없었다. 산을 제외하고는 고향에 아무 근거도 없었기에 당연히 소홀해질 수밖에 없는 일이었다.

그러니까 수 년 만에 성묘를 하고 와서 한 오 년쯤 지났을까, 정만이한테서 전화가 걸려 왔었다.

"성. 뜬금없이 전화해서 미안헌디, 혹시 말이여. 성님네 산을 울 아부지한테 팔았능가?"

"그게 무슨 소리야?"

"그렇께 성도 몰르고 있는 일인 갑네이. 지금, 아부지가 성네 산을 이참에 내감춘 헐라고 난리랑께."

"아니, 그게 무슨 소리야. 좀 더 자세히 이야기해봐."

정만이의 이야기는 그랬다. 특별조치법으로 미정리된 토지들을 보증인 2명만 세우면 이전이 된다는 것이다. 아버지가 성님네 산을 이전하기 위해 인우보증 설 사람을 찾고 다닌다는 이야기를 동네 다른 사람한테서 들었다고 했다. 빨리 안집으로 전화를 해서 아버지가 엉뚱한 짓을 못하게 하라는 말이었다. 나주아재는 정미소를 정만이에게 맡겨놓고 안집에서 기거하는 모양이었다.

나는 정만이의 말을 듣고 내 귀를 의심했다. 사업이 어려워서 한동안 고향을 멀리했다고 멀쩡하게 임자 있는 산을 자기 앞으로 이전하려 하다니. 나는 그날 밤으로 나주아재에게 전화를 걸어서 따져 묻고 포악을 퍼부었다. 만일 나 몰래 이전만 하면 보증 선 사람들까지 다 토지사기단으로 집어넣어 버리겠다고.

나주아재의 변명은, 자네 소식을 몰라 사전에 연락을 취하지 못해 미안하다고 하면서 서운치 않게 시세를 쳐주겠다는 말로 얼버무렸다. 헛소리 하지 말고 당장 당신 조상묘나 파내라고 악을 쓰고 끊어버렸다.

그 일만 떠올리면 지금도 분통이 터진다. 내가 잘 되어서 권력기관에라도 있었다면 감히 그런 허섭스레기 같은 인간이 그럴 수 있었겠느냐 하는 생각이 앞서기 때문이다.

차는 여전히 가다 서다를 반복했다. 교통방송을 들어 보아야겠다는 생각이 떠올랐다. 라디오를 켜자, 대중가요가 한 곡 끝나고 나서 교통정보가 흘러 나왔다. 막히지 않는 고속도로가 없었다. 서울 근교는 국도까지도 다 막히고 있었다. 서해안고속도로도 금천에서부터 서평택까지 52킬로 구간이 가다 서다를 반복하는 답답한 흐름을 보이고 있다고 했다. 진즉 라디오를 켰더라면 도중에 안산 쪽으로라도 빠져나갈 수 있었을 텐데 하는 후회가 앞섰다. 아니 그보다는 일직진입로로 들어서지 않고 천안으로 빠졌다면 지금쯤 논산까지 갔을지도 모를 일이었다. 그만 고향 가는 걸 포기하고 서울로 올라가고 싶었다. 그러나 그럴 수도 없었다. 이미 시골에서도 작은 처남이 사토에 대한 모든 준비를 하고 기다리고 있었고 일을 하기 위해 놉도 두 사람이나 사 놓은 형편이었다. 포기해버릴 수 있는 상황이 아니었다.

차는 갈수록 더 막히는 것 같았다. 어찌 해야 한다, 쉽게 판단이 서지 않았다. 그때, 좌측으로 멀리 국도가 보이고 차들이 잘 빠지는 게 보였다. 그쪽으로 방향을 돌렸다. 42번 국도로 접어들 수 있었다. 길이 훤히 뚫려 있었다. 빠져나오기를 잘했다는 생각이 들었다. 나는 심호흡을 하고 액셀러레이터를 깊이 밟았다.

세상살이도 꽉 막혀서 풀리지 않다가 이렇게 술술 풀린다면 얼마나 좋을까. 안내표지판을 따라 수원 쪽으로 달려가다가 사거리에 맞닥뜨렸다. 차를 길가에 세우고 지도를 꺼내 보았다. 거기에서부터 발안 쪽의 39번 국도를 택했다. 그 도로 역시 차는 막히지 않았다.

이 속도라면 그렇게 늦지 않고 시골에 도착하리라. 가면서 라디오를 듣고 계속 길을 수정해가며 달릴 생각이었다. 지금 계획으로는 서평택톨게이트쯤에서 진입해야 될 것 같았다. 아산만방조제로 해서 삽교천방조제를 타고 당진인터체인지로 들어간다면 너무 돌아가게 되므로 서평택으로 진입해 서행하는 게 고생이 좀 덜 할 것 같아서였다.

아내의 휴대전화 벨이 울렸다. 점심 준비해 놓고 기다린다고, 어디쯤 오고 있느냐고 묻는 말소리가 옆으로 새어나와 내게까지 들렸다. 목포에 살고 있는 처형으로 짐작이 되었다. 아내는 차가 막혀서 오밤중에나 도착하면 다행이라고 너무 기다리지 말라고 하면서 전화를 끊었다.

가다 서다를 반복하면서 작은처남 집에 도착하기까지 열 시간 가까이 걸렸다. 차에서 내리자 오금이 굳어서 발걸음이 잘 떼어지지를 않았다. 어깻죽지도 꿈쩍 못할 만큼 아팠다. 빨리 더운 물에 목욕을 하고 눕고만 싶었다. 작은처남은 원래 저쪽 들판 건너에 살았으나, 우리 집이 빈집으로 남아 있게 되자, 들어와 살겠다고 해서 그렇게 하라고 했었다. 작은처남네는 농사도 지으면서 오일장에서 어린 가축을 사다 키워 되파는 등 시골생활에 이력이 나 있었다.

돈이 좀 모였던지, 2년 전에 집도 대대적인 수리를 하고 입식부엌도 만들고 했다. 한겨울에도 서울 아파트처럼 보일러를 설치해서 방안이 펄펄 끓었다. 그런데 하필 얼마 전 보일러가 고장이 났단다. 보일러공을 불러도 일이 바쁘다고 금방 오지 않아 아직도 그대로라고 했다. 그러니 더운 물을 쓸 수가 없었다. 읍내 있는 목욕탕으로 갈까도 생각해 보았으나 너무 피곤해서 한 발짝도 움직이기가 싫었다. 작은처남이 나서서 사랑채 솥에 물을 퍼다 붓고 군불을 지폈다. 나는 거실 바닥에 비스듬히 팔베개를 하고 누워 가물가물 잠 속으로 빠져들고 있었다.

물이 다 끓었다고 깨우는 처남 목소리를 듣고서야 잠에서 깨어났다. 피곤하긴 했지만 한숨 눈을 붙여서 그런지 머릿속은 개운했다. 밖으로 나가서 대충 세수를 하고 손발만 씻었다.

방안으로 들어서자 저녁상이 준비돼 있었다. 너무 피로한 데다 대천에서 늦게야 가락국수를 먹어서인지 저녁밥 생각도 없었다. 옆에서 많이 드시라고 권하는 처남 부부의 성의를 저버릴 수 없어 두어 잔의 반주에다 저녁을 뜨는 시늉만 했다. 저녁을 먹고 나자 여독에다 식곤증까지 겹쳐 슬슬 졸음이 왔다. 아내와 처남댁이 나누는 이야기를 흘려들으면서 꾸벅꾸벅 졸고 있는데 나를 찾는 전화가 왔다며 작은처남이 수화기를 바꾸어 주었다.

초등학교 동창 병현이었다. 객지로 나가지 않고 고향에서 농협엘 다니고 있는 친구였다. 그는 부모님 잘 모시고 알뜰하다고 소문이 나 있었다. 미안하지만 내일 보자는 내 말에 무슨 소리냐, 당장 만나자는 바람에 거절하지 못했다. 하는 수 없이 옷을 걸치고 마을 어귀로 어슬렁거리며 나갔다. 병현이는 종석이와 같이 나와 있었다. 지금 고향에 초등학교 동창이라고는 이 두 사람뿐이었다. 동네가 크다 보니까 초등학교 동창들은 열 명이 넘었는데 남자들은 살길 찾아 도시로 가거나 외국으로 떠났고, 여자들은 결혼해서들 뿔뿔이 흩어졌다.

나는 그들과 악수를 하고 멋쩍게 웃었다. 너무 오랜만에 찾아본 고향의 얼굴들이 낯설어서였다.

그래도 어릴 때 그 모습들이 물결처럼 흔들려 보였다.

"잘 있었냐? 그때는 너무 고마웠고, 요즘 바쁘지는 않냐?"

"농번기에는 오짐싸고 뭣 내례다 볼 틈도 없이 허벌나게 바쁘지만 지금은 괜찮해야."

종석이의 대답이었다.

"아따, 오래간만에 만났는디, 한 잔 허로 가야제. 우덜도 안 보고 잠만 자면 쓰겠냐?"

병현이의 제안이었다.

"그래. 미안하다. 운전을 열 시간 넘게 했더니 피곤하기도 하고 너무 늦은 시간에 너희들을 불러내는 것도 도리가 아닌 것 같아서…. 오늘은 내가 한 잔 사지. 그때 감사했단 이야기도 할 겸."

나는 고향 친구들에게 한잔 사고 싶었다. 그래야만 그들에게 진 내 마음의 빚이 조금이나마 덜어질 것 같았다.

"누가 사면 어쩐대야. 그것이사 먼 상관이여. 일단 가보드라고."

종석이도 한마디 거들었다.

"동네 앞에 술 마실 곳이나 있냐?"

나는 옛날처럼 동네 앞에 주막이 있으면 그 집에서 한잔 할 생각이었다. 피로하기도 했지만 내일도 할 일이 많아서 멀리 가고 싶지는 않았다.

"그래도 서울 손님이 왔는디, 그렇게 시릿물에 서답허대끼 헐 수야 없제이."

병현이가 앞장서고 우리들은 동네 앞 도로변으로 나갔다. 지나가는 택시를 보고 병현이 손을 흔들자 택시는 우리가 서 있는 곳을 지나쳐 삑 소리를 내면서 급정거를 했다. 운전기사가 병현이를 아는지 '성님 밤늦게 웬일이라우?' 하고 알은체를 했다.

읍내 거리도 옛날 같지 않고 간판들이 휘황했다. 그들이 이끄는 대로 들어간 집은 활어회를 파는 식당이었다. 순박하게 생긴 시골 아낙네가 우리를 반갑게 맞이했다. 그 집 여주인이었다.

병현이와 종석이는 여주인과 인사를 주고받았다.

"상수야. 여그, 이 집이 누구네 집인 중 아냐?"

병현이가 피곤해서 쓰러질 듯이 의자에 기대고 앉아 있는 내게 물었다.

"글쎄?"

"여그가 정만이네 집이여야. 니가 고향에 얼마나 무심했으면 친동생맨키로 애끼는 정만이네 집도 몰를끄나이."

병현이의 말이 백 번 옳았다. 나는 대답할 말을 찾지 못했다. 그렇지 않아도 이번에는 정만이에 대해 자세히 알아보고 병문안이라도 하고 갈 판이었다. 또 지난번에 진 빚도 갚고.

나주아재의 큰아들 정만이. 무녀리여서 그런지, 아니면 아버지의 그 우격다짐이 강박으로 작용했는지 유난히 소심한 아이였다.

나주아재는 공부도 운동도 잘하지 못하는 큰아들 정만이를 별로
로 생각했다. 그래서 그런지 읍내에 있는 농고를 졸업하고 아버
지 일이나 거들었다. 동생 정우는 중학교부터 도청소재지로 가서
고등학교까지 마치고 대학은 서울로 갔었다.

나주아재는 항상 작은아들 자랑만 했지, 정만이에 대해서는
'지에미를 탁해 가지고 멍청하기 짝이 없어' 하는 게 입버릇이었
다.

정만이가 소심하고 늘 불안해했던 것은 초등학교 때의 그 일이
원인인지도 모른다.

언제부턴가 우리 동네 아이들은 정만이와 같이 놀지를 않았다.
누구의 입으로부터 전해졌는지 몰라도 정만이 아버지가 도둑놈
이라는 소문이 우리들의 의식 세계를 지배하고 있을 때였다. 초
여름 십리나 되는 학교를 갔다 오다가 고개를 넘을 때면 고개 아
래서 여럿이 모여 같이 넘던 시절이었다. 고개 위 보리밭에 용천
뱅이가 숨어 있다가, 우리들을 잡아다 간을 빼먹는다는 터무니없
는 말을 우리들은 교장선생님 말씀처럼 믿고 있었다. 집에서 친
구들 이야기를 좋알대던 내 입에서 정만이만 그 고개를 혼자 넘어
다닌다는 말이 나도 모르게 튀어 나왔다. 그 일로 할머니에게 치
도곤을 치렀다.

할머니는 우선 정만이 아버지가 도둑이 아니라는 것을 나에게
누누이 강조했다. 그리고 정만이가 집안 동생이고 일년 후배니까
꼭 데리고 다니라는 것이었다. 그리고 매일 학교 갔다 올 때, 집으
로 같이 오라고 했다. 그런 날이면 할머니는 시원한 꿀물을 타서
한 그릇씩 주기도 하고, 텃밭에서 갓 캐어낸 무쇠솥에 잘 쪄져 껍
질이 거북이 등처럼 갈라진 감자를 주기도 했다. 그 감자는 몹시

도 뜨거워서 호호 불면서 소금에다 찍어 먹는 맛이란 그만이었다. 나는 정만이를 어쩔 수 없이 친동생처럼 데리고 다녔다. 그러자 도둑놈의 새끼라고 나도 아이들로부터 돌팔매질을 당했으나, 시간이 지나면서 아이들은 하나 둘 시들해지기 시작했다. 나와 정만이, 둘이서만 넘던 고개를 오래지 않아 동네 아이들과 같이 넘어 다녔다. 오래 전에 성묘를 왔다가 돌아가는 길에 동네 고샅에서 오랜만에 그를 만난 일이 있었다.

"성님. 저, 우리집 가서 술 한 잔 허고 가시지라우."

결혼까지 해서 분가해 따로 살고 있다면서 자기 집에 들렀다 가라고 했으나, 옛날 같지 않고 너무 긴 시간이 흘러서인지 좀 서먹하게 느껴졌다. 그리고 그 날 곧바로 올라와야만 이튿날 출근하는 데 지장이 없을 터였다. 나는 다음에나 보자는 밀로 얼버무리고 돌아섰었다.

"성님. 그러면 잘 가시고라우. 담에 내려오시면 꼭 한번 들려라우. 우리 안사람도 한번 보고라우."

나는 그러마고 하는 말을 남기고 돌아섰다. 골목을 꺾어지려는 순간 돌아보았더니 정만이는 아직도 그 자리에 서 있었다. 나는 나도 모르게 어서 들어가라고 손짓을 했다. 그는 다시 한 번 허리를 깊숙이 굽혀 인사를 했다. 뭔가 아쉬운 듯 처연한 모습으로 서 있던 그의 모습이 지금까지도 내 머릿속에 선명히 각인되어 있다.

그 후 내가 정만이를 만나게 된 것은 몇 년 전 좋지 않은 장소에서였다.

유통업을 하는 나는 아이엠에프가 터지자 돌아오는 당좌수표를 막지 못해 기어이 부도가 나버렸다.

아내는 나보고 피신해 있으라고 했으나, 그럴 수가 없었다. 채권자들을 일일이 찾아다니면서 시간여유를 달라고 설득했다. 그러나 현실은 비정했다. 어떤 채권자의 신고로 결국, 경제사범이 되어 영등포구치소 신세를 질 수밖에 없었다.

그때 고향친구 병현이와 종석이가 면회를 오는 편에 정만이도 같이 묻어 왔었다. 면회가 끝나고 내려가면서 그들이 다소의 돈을 영치해 놓고 갔다. 나는 그것만 알고 있었다. 그런데 정만이가 영치금 외에 아내에게 적잖은 돈을 옥바라지하라고 주고 갔던 모양인데 아내는 그 말을 나에게 하지 않았다. 보나마나 내가 화를 낼 것 같아서 말하지 않았다고 했다. 그 이야기는 병현이가 금년 1월 달에 정만이 교통사고를 전화로 알려 왔을 때야 알게 되었다. 그 일로 나는 아내에게 몹시 화를 내고 말았다.

"받을 돈이 없어서 그런 나주아재네 돈까지 받았어? 사람이 체면이 있어야지. 돈이라면 사족을 못쓰니…."

"당신 무슨 말을 그렇게 하는 거예요? 면회 한 번씩 가면 돈이 얼마씩 깨지는데 그 돈이 어때서요. 그건 당신하고의 정을 생각해서 정만이 시아재가 주는 돈이지 않아요."

"그만둡시다."

나는 더 이상 말하고 싶지 않았다.

그런데 어찌된 일로 읍내까지 와서 횟집을 하는지 궁금했지만, 나는 묻지 않았다. 친구들과 이야기를 하다 보면 차차 알게 되리라고 믿었다. 나주아재 이야기는 듣고 싶지 않았지만 정만이 이야기는 궁금했다. 나중에 들은 바로는 정만이가 정미소를 맡은 뒤로 별 이익이 없자, 나주아재가 나서서 팔아 버렸단다. 그 원인은 좀 괜찮게 사는 사람들은 소형 정미기를 사들여 각자 집에서 정미를 하다 보니 방앗감이 현저히 줄어들기도 했고, 정만이가 나주아재처럼 술수를 부리지 않기 때문에 별 이익이 없었다.

"여그 우리 산낙지 한 접시 우선 주고라우. 이것 먹고 나면 설핏 디쳐서 한 접시 더 주시오이. 잎새주 허고라우."

주문하는 것은 병현이가 도맡아 했다.

"야. 너 서울서 여그 수란개 뻘바탕 낙지 생각 안 나디야? 나는 말이어. 유명허다는 관광지를 다 가서 먹어 봐도 여그 낙지가 질이드라."

그건 나도 그랬다. 어릴 때 이른 아침에 수란개에서 갓 파 올린 산낙지와 조개 그리고 죽방이나 독살 또는 그물에서 건져 올린 펄펄 뛰는 생선을 사라고 외치면 그 날 아침식탁의 풍성함이란, 어찌 그 맛을 잊을 수가 있겠는가!

우리는 우선 산낙지에다 소주잔을 기울였다. 나는 첫 잔을 들기 전에 몇 년 전 구치소에 있을 때 면회 온 이들에게 그 때 감사했다는 말을 다시 한 번 했다. 두 친구는 뭐 쑥스럽게 그 이야기를 또 하느냐고 하면서 계면쩍어했다. 술이 몇 잔 돌자 찌뿌드드하던 몸이 마취가 되는지 조금 멍멍해졌다.

"나는 돌대그빡이라 공부를 못했응께 헐 말이 없지만 말이어, 니가 최소한도로 은행원이나 학교 선생님이 될 줄 알았는디. 엉뚱허게 무슨 노무 유통업이냐? 유통업이…."

종석이가 느닷없이 내 아픈 곳을 찌르고 나왔다. 순간, 나는 당황했고 대답할 말을 얼른 찾지 못했다. 나는 빙그레 웃어 보였지만, 상대방에게 웃는 얼굴로 비칠지는 의문이었다. 그가 알 리 없었다. 기울어진 가세를 일으켜야 한다는 무거운 짐이 지금도 내 양어깨를 짓누르고 있어서 마음 편할 날이 없다는 것을.

"뭐. 새삼시럽게 그런 야그를 꺼내고 난리냐? 술맛 떨어져 불겄다. 야도 첨에는 잘 나갔제. 그 회사가 거덜나분께 어쩔 수 없었닥 안 허디야."

병현이가 핀잔을 주었다. 잘 나갈 것도 없었다. 처음 들어간 유통회사에서 여자 대리의 유혹에 빠져 허우적대다가 어느 날 쫓겨나게 된 것이 전부였다. 그러나 그 일로 유통업이 직업이 될 줄이야. 그때는 전혀 예상을 하지 못했다.

"아냐. 내가 상수 복장 지를라고 허능 것이 아니고, 이 짜식이 우리덜 희망이었지 않냐? 우리 동창 중에 야보다 공부도 지지리 못했던 애들도 요즘 다 내로라하는 놈들이 얼마나 많냐."

종석이는 지지 않고 한마디 더했다.

"야 임마. 요즘은 고등학교 나온 놈덜이 장관도 허고 대통령도 해부는 시상이야. 다 지가 타고난 팔자대로 사는 거시여. 야도 이제 사업이 제 궤도에 올라 선 모양인디. 그런 술맛 떨어지는 이약은 허덜 말고 다른 이약이나 허자."

병현이가 말의 물꼬를 다른 곳으로 돌렸다. 나는 농사를 지어도 생산비도 건지기 어렵지만 지키고 살 수밖에 없다는 그들의 이야기를 들어야 했다. 다시 화제는 여자 동창들로부터 고향을 떠난 남자 동창들까지 지금은 어디서 살고 누구는 아주 잘됐고, 누구는 안 됐다는 그렇고 그런 이야기들이었다. 그들이 재단하는 잣대는 주로 돈을 얼마나 벌었느냐 하는 것이었다.

해산물로 된 안주가 계속 나오고 이야기는 꼬리를 물고 유년의 깊은 우물물을 길어 올렸다.

정만이 처가 서비스라고 갓 삶은 소라를 한 접시 가지고 와선 병현이에게 물었다.

"저. 아재는 누구시라우?"

"아따. 아직 한 번도 못 봤는갑소이. 그렁깨 정만이한테는 집안 성님 되시는 서울 사는 상수라고 못들어 봤소?"

병현이는 나를 쳐다보면서 정만이 처에게 간단히 설명했다.

"오매. 그래라우. 많이 들어 봤제라우. 글안해도 한번 보고 싶었는디. 친성님이나 다름없다고 맨날 말했제라우. 참말로 반갑구만이라우. 애기 아빠가 성했으면 얼마나 좋아했을 것인디."

나는 정만이 처와 처음 인사를 나누었다. 정만이 처는 반갑게 인사를 건넸으나 나는 왠지 겸연쩍게만 느껴졌다. 고향을 얼마나 멀리했으면 집안 계수씨인 정만이 처도 모른단 말인가. 좀 민망했다.

정만이 처가 인사를 끝내고 주방으로 돌아가자 나는 병현이를 향해 물었다.

"지금 정만이 상태는 어때?"

"지난번 전화할 때만 해도 꼭 죽는 줄 알았는디, 다행히 죽음은 민한 것 같어. 그런디 말이시 아직언 식물인간이나 다름없어. 뭐시냐? 그렇게 아직도 사람을 알아보덜 못헌당께."

"지난번 전화로 대충 이야기는 들었지만 어쩌다가 그렇게 된 거야?"

나주아재가 금년 신정이 지나고 며칠 되지 않아 느닷없이 송정리에서 만날 사람이 있다고 기차 타고 그 곳으로 갔다는 것이다. 사람을 만나고 해질 무렵 집에 돌아온다고 역전으로 걸어오다가 빙판에 넘어지고 말았다. 손을 짚고 일어나려 했으나 오른쪽 팔목이 골절이었다. 다행히 지나가던 사람이 신고를 해서 119 구급차에 실려가 병원에서 응급치료를 받을 수 있었다. 그곳에서는 도움을 받을 만한 사람도 없었고 수중에 그만한 돈도 없었던 나주아재는 집으로 연락을 했다. 그래서 정만이가 치료비를 가지고 가서 병원비를 지불하고 나주아재를 싣고 돌아오게 되었다. 그날 밤 눈보라가 얼마나 치던지 1번국도 으름재를 넘어오던 중 반대편에서 생선을 싣고 서울로 가던 15톤 트럭이 미끄러지면서 충돌했다. 운전석이 부서지면서 정만이가 많이 다쳐 식물인간이 되었고 뒤에 탄 나주아재는 찰과상만 조금 입었다는 것이다.

"그런데 나주아재가 도대체 누구를 만나러 갔을까?"

나는 그게 꼭 궁금한 것도 아니었지만 혼잣말처럼 중얼거렸다. 그러나 대답은 의외였다.

"그 양반 망녕들었어. 아직도 그 광양댁을 못 잊어 허는갑드라고."

"광산영감님은 죽었다고 하던가?"

"아니여, 나주아재보다 십여 살이나 아랜디. 아직도 눈이 시퍼렇게 살아있제."

나주아재네 아랫집에 광산 양반이라고 살았다. 우리 마을로 이사 온 지가 한 오 년이나 되었을까, 남편이 그 지겨운 가난을 벗기 위해 사우디아라비아에 노무자로 갔다. 그러자 나주아재가 그 집을 솔래솔래 들락거렸다. 2년 기한이 지나자 남편이 돌아오고 아내의 부정을 눈치채기 시작했다. 우선 돈이 일부 축나 있었고, 아내의 태도가 아무래도 이상했던 모양이다. 날마다 쥐어짜는 남편의 등쌀에 견디다 못한 광양댁은 농약을 먹고 자살을 시도했다. 다행히 일찍 발견돼 목숨은 잃지 않았다. 그 과정에서 나주아재는 시치미만 떼고 있었다. 그뿐이 아니었다.

"어떤 놈이던지 나만 건드리기만 허먼 칼로 배알테기를 확 쑤셔

버릴거여.”

적반하장도 유분수라더니, 정말 가관이었다. 괜히 큰소리를 뺑뺑 치고 다녔다. 그 일을 동네 개까지도 다 아는 화젯거리였으나, 누구도 감히 그 앞에는 그를 탓하는 말 한마디도 하지 못했다.

그 일로 광산양반네는 창피했던지 식솔들을 데리고 마치 빚쟁이에 시달리는 사람처럼 야반도주하듯 동네를 떠나 송정리로 이사가버렸다.

“정만이 동생 정우도 군대 가서 총기사고로 죽었다는 이야기를 옛날에 들은 일이 있는데?”

나는 정우가 대학을 다니다가 군대 가서 죽었다는 소문을 언젠가 들은 일이 있었다. 나주아재가 작은아들 일로 퍽 상심했을 게 뻔했다.

“그랬제. 나주양반이 아들만 둘인디 다 불운해져 부렀제.”

“천운을 타고 났응께 그랬제 하마트먼 정만이는 현장에서 직사할 뻔했당께.”

“쪼끔만 늦었드라도 아마 그랬을 거여. 경찰차가 지나가다가 보고 즉시 읍내 병원으로 싣고 갔는디, 더 큰 병원으로 가라고 형께 광주 대학병원으로 실려가서 다행히 목숨은 건졌제. 멧달 됐는디. 아직도 의식이 안 돌아 왔당께.”

병현이와 종석이가 번갈아 설명을 했다.

“지금은 어디 있는데?”

“지금? 읍내병원으로 다시 왔제. 그래갖고 간병인이 돌보고 있어부러. 여그 아짐은 벌려 논 장사 땜새 이러지도 더러지도 못허고. 병원 치료비도 만만치 않고…”

“참 안됐네? 그러면 정만이 애들은 몇이나 된다는가?”

"머시매허고 가시네허고 남매 뒀제."

나는 술이 확 깨는 것 같았다. 그때 정만이의 그 애절하던 눈빛. 그 눈빛이 잊혀지지 않았다.

나주아재가 심성만큼이나 말년이 좋지 않구나 하는 생각이 들었다. 동네에는 나주아재를 불량하다고 하는 사람들이 많았다. 겨울에 장리 벼를 내다가 논을 사고는 이듬해 가을 쭉정이까지 섞인 벼로 갚았다. 그러니 받는 사람들이 좋게 말할 리 없었다. 또 정미소를 하면서 쌀을 빼돌린다고 사람들은 불만이 많았다. 그래서 어떤 집에서 이웃 동네 정미소에 부탁을 했다가 곤욕을 치른 일이 있었다. 방앗감을 실러 왔던 이웃 동네 정미소 머슴을 나주아재가 나서서 안 죽을 만큼 패버렸고 그 후로는 누구도 다른 동네에다 감히 방앗감을 맡기지 못했다.

그 일로 고소를 당하자, 자기가 더 많이 맞았다고 진단서를 떼다가 맞고소를 해서 민사로 흐지부지 끝나고 말았다. 그때 옆에서 지켜본 사람들은 나주아재가 더 맞았다는 소리는 말도 아니라고 했다. 나주아재는 그런 고소 사건의 경험이 많아서 그 일에는 아주 훤했다. 동네 고소 사건은 거의 다 나주아재와 관련이 있었다. 남의 송사에까지 끼어들어서 좌지우지했다.

그뿐이 아니었다. 나주아재네 논과 이웃한 논 임자들은 골치를 앓았다. 나주아재가 자기 논을 쟁기질할 때 쟁기 보습을 윗 논둑 밑에 엇질러 박아서 밀고 나가면 벼 한 포기 심을 요량의 땅이 넓혀지는 것이었다. 그러고는 한다는 말이 여기다 한 줄만 더 심어도 소출이 반 가마는 더 나온다고 큰소리를 치지만 그 성정이 승냥이 같아서 윗 논 임자들은 뭐라고 말도 못 꺼냈다. 그러다 장마라도 질라치면 윗 논둑이 무너져서 내리고, 논 임자는 비를 철철

맞으면서 방천말뚝을 새로 만들어다가 때려 박고 논둑 쌓기에 바빴다. 그러면 나주아재는 가만히 있지를 않았다. 논둑이 허물어져 자기 논농사를 망쳤다고 얼마라도 보상금을 받아냈다. 남들이 보기에는 참으로 어처구니없는 일이었다.

사람들은 나주아재를 될 수 있으면 멀리하려고 했다. 자기를 멀리하는 사람은 또 무슨 트집을 잡아서라도 괴롭혔다. 그러니 멀리할 수도 가까이할 수도 없는 뜨거운 감자였다.

우리는 새벽 2시에야 자리를 털고 일어났다. 나는 나오면서 한사코 사양하는 정만이 처에게 돈 봉투를 억지로 떠안기다시피 했다. 형편이 닿으면 좀 더 주고 싶었지만 내가 옥살이할 때 정만이에게 신세졌던 만큼이었다.

나는 정만이를 한시라도 빨리 보고 싶었으나 밤이 깊어서 내일 보기로 하고 택시를 불러 탔다.

동네 어귀에 이르러서 두 친구에게 작별 인사를 했다.

"오늘 고맙다. 내일 일 끝나고 한잔 하자."

"그래 낼 보자. 야. 상수야 잘 자그라이. 우리도 낼 헐 일도 없고 느그 산에나 올라가야 쓰겄다."

병현이가 한마디 했다. 나는 그들과 악수를 나누고 헤어졌다. 집에 들어오자, 아내는 자다 말고 투덜거렸다.

"왜 이렇게 늦었어요?"

"친구들 만나서 그런 저런 이야기하다 보니까 그렇게 된 거지. 잠이나 자."

"나주아재가 와서 조금 전까지 기다리다가 갔어요."

"왜?"

"몰라서 물어요? 산 때문이지요. 임자 있을 때 아예 산을 넘겨

버립시다.”

“…….”

나는 더 말하고 싶지 않아서 응대하지 않고 잠자리에 들었다. 쉽게 잠이 오지 않았다. 몇 년 전 골목에서 만났을 때의 정만이 얼굴과 식물인간이나 다름없다는 정만이 얼굴이 자꾸만 어른거렸다.

아주 멀리서 매형, 여보, 부르는 소리가 들렸다. 겨우 잠이 들었던 것 같은데 벌써 아침이었다. 무거운 잠귀를 털자, 아내와 처남이 나를 깨우고 있었다.

“한 시간만 더 자고 나가자.”

나는 돌아누웠다.

“매양. 요즘 한낮 되먼 더워요. 지금 올라가서 일찌감치 해 놓고 수란개로 가서 해수찜도 허고 회라도 먹고 오게라우.”

나는 그 말에도 일어나지를 못했다. 아내의 채근까지 듣고서야 겨우 일어났다. 머릿속이 멍하고 속이 메스꺼웠다. 마당에서 시원한 샘물로 소리 나게 세수를 하고 방으로 들어왔으나, 밥이고 뭐고 눕고만 싶었다. 밥상을 마주하자, 다행히 처남댁이 술 먹었다고 시원한 된장국을 끓여 놓았다. 국만 한 그릇 비우고 일어섰다. 이것저것 필요한 농기구를 챙겨 차에 싣고 산으로 향했다. 농로가 산 밑까지 뚫려 있어서 차를 산 바로 밑에 세울 수 있었다. 그 바람에 차에 싣고 온 짐들도 별 어려움 없이 묘지까지 옮겼다. 짐을 들고 가면서 어젯밤 정만이에 대해 들은 이야기를 했더니, 처남이 하는 말이 정만이는 즈그 아버지하고는 백팔십도 다르다고 했다. 제것 아끼지 않고, 남을 도울 줄 알고 동네의 궂은일엔 솔선해서 나서고, 아무튼 동네 사람들이 제 아버지하고는 달라도 너무 다르다고 칭찬한다는 말도 덧붙였다. 우리가 올라가자 이미 산에 와 있던 두 사람의 놉들도 짐 옮기는 것을 거들었다.

짐을 다 옮기고 나서 바위에 걸터앉아 산을 휘 둘러보았다. 모든 나무들엔 파릇파릇 새잎이 돋아나고 있었다. 큰 나무 밑에 일년생의 십자화과 풀들도 꽃을 피우고 수정하기에 바빴다. 큰 나무가 잎을 피워 그늘이 지기 전에, 결실을 보기 위해 열심인 이름모를 잡초들을 보면서 자연의 신비로움에 경외스럽기까지 했다. 몇 년 전만 해도 채란꾼들로 멸종위기라고 했던 자생란들이 지천으로 깔려 꽃을 피우고 있었다. 건너편 산들도 연초록의 바탕색에 흰색 꽃이 드문드문 피었는가 하면 진달래의 연분홍색까지 어우러져 장관이었다. 아래 내려다보이는 밭에는 유채꽃이 노랗게 피어나고 울타리의 개나리도 아직 한창이었다. 멀리 보이는 들판은 자운영을 심어서 눈이 시원한 온통 초록빛이었다. 들판을 가로지르는 하천 제방에도 군데군데 정자를 짓고 그 옆에 나무들을 심어서 아름답게 보였다.

"매양. 뜨겁기 전에 얼릉 해부릅시다."

나는 처남의 재촉을 받고서야 삽을 들고 일어섰다.

당초 잔디를 한 차쯤 사려고 했으나 처남이 만류했었다. 산 한쪽에 잔디가 잘 자라 떼를 뜰 수 있다고 했다. 처남 말대로였다. 떼를 뜨자, 인부들이 묘 옆으로 옮겨다 놓는 동안, 병현이도 종석이와 함께 올라왔다. 처남댁과 나란히 올라온 아내가 새로운 이야기를 전해 주었다.

"여보. 조금 전에 나주아재가 또 다녀가셨어요."

나는 아무런 말도 하지 않았다.

우선 간단히 제를 올리고 허물어진 곳을 깎아내고 떼를 붙이기 시작했다. 병현이와 종석이도 윗옷을 벗어붙이고 일을 도왔다.

이리저리 떼를 맞추어 붙이고 있을 때 나주아재가 올라왔다. 못 본 척하고 일을 계속하는데 다가와서, 인사를 할 수밖에 없었다.

"야, 이 사람들아. 그렇게 떼를 붙이먼 그게 살겄능가. 이리 도로 들어들 내소."

우리가 하고 있는 꼴이 하도 가당치 않게 보였던지 나주아재가 팔을 걷어붙이고 달려들었다. 나는 물끄러미 나주아재를 바라다보았다. 검은 머리칼 한 올 없는 흰머리에 온 얼굴은 주름투성이었다. 얼굴과 걷어붙인 팔에는 검버섯이 군데군데 피어서 보기 흉했다. 그래도 농사일로 단련된 나주아재는 아직도 정정했다. 젊은 시절 오기로 가득차보이던 얼굴은 이제 많이 부드러워져 보였다.

나주아재는 허물어진 곳을 더 깊이 파냈다. 그리고 떠다 놓은 잔디를 좁다랗게 두 조각으로 갈랐다. 마치 토담을 치듯이 잔디를 한층 놓고 흙을 파 올리고 또 잔디를 놓는 식의 작업을 반복해 위로 쌓아 올라갔다. 다 쌓아 올린 다음에 봉분에도 흙을 덧씌우고 삽으로 힘껏 두드려 다졌다. 또 다른 묘들도 똑같은 방법으로 해 나갔다. 일은 생각보다 시간이 많이 걸려서 끝이 났다.

일이 끝나자 다시 제를 지냈다. 음복을 하기 위해 일했던 모든 사람들이 소나무 그늘 밑에 죽 둘러앉았다.

먼저 술을 따라 나주아재에게 권했다.

"아재. 잔 받으시지요. 건강은 좋으시지요? 지금도 술은 한잔씩 하시고요.?"

나주아재는 술잔을 사양하지 않았다.

"지낼 만허네. 조카, 아직도 소주 한 병 마실 힘은 있능갑네."

어젯밤 친구들이 헤어지면서 산에 온다고 귀띔을 해주었기에 술은 충분히 가지고 왔다. 가까운 밭에 일하러 나와 있는 동네 사람들까지 불러 음식과 술을 나누어 먹었다. 술이 들어가자 그런저런 이야기로 꽃을 피웠다. 나는 그들의 이야기를 다 알아들을 수가 없었다. 농사 준비에다 농약 이야기도 그랬고 농기계에 대해서도 처음 들어 보는 이름들이 많아 그들과의 대화 코드가 맞지 않았다.

해는 중천에 떠올랐고 바람이 살랑거리는 소나무 그늘은 술맛을 돋우었다. 사람들의 이야기와 웃음소리는 술이 바닥날 때까지 계속되었다. 술이 떨어지자 사람들은 아쉬운 듯 내려가서 한잔 더 하자고 일어섰다. 나도 따라 일어섰다. 쓰레기와 돗자리를 챙기고 앉았던 자리를 깨끗이 정리했다.

그때였다.

"어이. 자네들 먼저 내려가소이. 나는 우리 조카허고 헐 이야기가 좀 있응게."

"아재. 처남네 집으로 내려가시지요. 가셔서 술도 한잔 더 하시고…."

"내려가먼 번다해서 여그서 이야기를 쪼까 허고 내래가세."

나는 하는 수 없이 차 키를 처남에게 주면서 먼저 끌고 내려가라고 했다. 산에 왔던 사람들이 다 내려가자 산은 적막했다. 술도 한잔 해서 그런지 열이 후끈 달았다. 나주아재를 보는 순간부터 꾹꾹 눌러 왔던 울화가 다시 치밀고 올라왔다. 나는 참아야 한다고 주술처럼 반복해서 속으로 뇌었다.

나주아재는 쉽게 입을 열지 않았다. 산 아래를 굽어보면서 할 말을 가다듬는 것 같았다. 나도 그 옆에 쭈그리고 앉았다.

“조카. 면목이 읍네.”

“…….”

나는 할 말을 찾지 못했다. 치밀어 오르는 울화를 억제하기가 힘들었다.

“내가 살면 얼마나 살겠능가. 그때는 내가 죽을라고 광갱이 뒤집혔던 것 같네. 이제 자식놈도 저 모양이고. 내 죽기 전에 묘사를 끝내고 상이라도 하나씩 놔 드려야 자식된 도리를 안 허겠능가!”

“아재가 원하시는 게 무엇인데요?”

나도 모르게 목소리가 커졌다. 격한 감정을 드러내고 싶었으나 참았다. 옛날에 전화로 포악을 떨었던 게 미안해서였는지도 모른다.

“조카 말도 안 듣고 내가 묘역으로 50평을 분할 측량을 해부렀네. 너무 노와허지 말소. 전부 다 팔면 더욱 좋고, 돈은 달라는 대로 줄 탱께, 나한테 팔소. 나한테 냉겨도 자네 조상들 묘는 그대로 잘 돌봐 주탱께 믿어불소.”

나도 분할되었다는 것을 작년부터 알고 있었다. 종합토지세 고지서를 받고 보니 50평이 별도 분할되어 있었다. 나주아재의 소행으로 짐작은 하고 있었다.

“아재네 묵밭으로 옮기면 되지, 꼭 그 자리를 지키려고 하시는 저의가 도대체 뭐예요?”

“조카. 내가 솔직허니 말험세. 지관들이 그 자리가 갈마음수(渴馬飮水) 자리라고, 그 자리 땜세 밥 묵고 산다고 허는디, 어떻게 옮길 수가 있겠능가? 조카 나를 용서허소.”

나주아재의 얼굴 위로 골목길에 서 있었던 정만이의 그 서글픈 얼굴이 덧씌워 보였다. 그래 정만이를 보아서라도 50평만 양도

하자, 나는 닫혔던 마음을 열었다.

"네. 알았어요. 그러면 50평만 분할해 드리지요. 서류 올려 보내세요."

나주아재는 그때야 덥석 내 손을 잡았다.

"조카. 고맙네. 정말 고맙네이."

나는 이 정도도 어디까지나 정만이를 생각해서 할애해 드린다는 말을 하려다 그만두었다.

나주아재는 점퍼 안 주머니에서 뭔가를 꺼냈다.

"서류는 여그 가지고 왔네. 올라가면 인감증명 첨부허고 인감 찍어서 내려 보내주먼 된단마시. 정말 고맙네이."

나주아재는 마치 큰절이라도 할 기세였으나, 나는 왠지 씁쓸했다.

그때, 내려간 줄 알았던 아내가 갑자기 등 뒤에서 나타났다. 내려가지 않고 소나무 뒤에 숨어 앉아서 엿들었던 모양이었다.

"아재. 다 사세요. 우리는 서울에다 납골묘 할 자리 잡아 놓았어요."

아내는 산을 팔기 위해 거짓말을 하고 있었다. 납골묘 할 자리는 아직 물색해 보지도 않았다.

"이 사람이 내려가라니까, 내려가지도 않고 이게 무슨 짓이야."

나는 어떻게 해서든 산을 팔아 버리고자 하는 아내가 얄미웠다. 그래도 고향에 마지막 뿌리로 산이라도 한 떼기 남겨 놓고자 하는 내 마음을 아내는 이해하지 못했다.

"아재. 이번 기회에 아주 사세요. 사업자금도 더 필요하고요."

"어이, 조카. 질부 말대로 이번에 달라는 대로 줄 탱깨, 아예 산을 몽창 냉게불소."

나주아재는 다시 끈질기게 나왔다.

"이 여편네가 어디, 아재하고 이야기하는 데 끼어들어 가지고, 이 무슨 배워먹지 못한 버릇이야."

"당신도 참, 맨날 사업확장 노래를 부르면서 왜 그래요. 당신 좋으라고 하는 일인데. 아재 서울 올라가서 내가 전화 드릴 테니, 저하고 흥정해요."

"그만두지 못해. 이 여편네가 죽을라고 환장을 했어?"

"조카들, 날 봐서라도 서로 참소이. 괜히 나 땜세 부부쌈 나겄네. 알았응께 내려들 가세."

나주아재가 점잖게 한마디 했다. 우리는 그 말을 끝으로 일어섰다.

"하는 일이 맨날 그러니, 이 모양 이 꼴이지."

아내는 일어서면서까지 기어이 오장을 긁었다.

"정말 조용히 못해!"

나는 면전에 대고 쐐기를 박았다. 내 목소리가 의외로 커져 있었다. 아내는 입을 다물었으나 입술은 댓자나 튀어나와 있었다.

산에서 내려와 정만이를 만나러 갔다. 친구들도 앞장서서 같이 가겠다고 했다.

나는 친구들을 앞세워 정만이가 누워있다는 병원을 찾았다. 그는 좁은 병실에 미라처럼 누워 있었다. 눈을 뜨고는 있었으나 몸을 움직이지도 말을 하지도 못했다. 나는 병상 옆에 앉아 그의 손을 가만히 잡아 보았다. 손은 의외로 따뜻했다. 그가 나를 알아보는지, 어쩐지는 알 길이 없었다. 언젠가 동네 고샅에 서서 나에게 애절한 눈빛을 보내던 마음 여린 그가 영원히 깨어나지 못할지도 모른다는 생각이 들자 가슴속으로부터 뭉클한 게 밀고 올라왔다.

참, 세상은 알다가도 모를 일이었다. 어떻게 그런 아버지 속에서 이런 아들이 나왔는지? 이토록 마음씨 착한 그가 왜 이런 고통을 겪어야 하는지 안타까운 일이었다.

한참 만에 나는 일어서서 병실을 나오다가 다시 한 번 뒤돌아보자 그의 눈에서 눈물이 주르륵 흘러내렸다. 나는 병실을 나서지 못하고 병상으로 다가가 손수건을 꺼내 그의 눈물을 닦아주었다. 그리고 다시 그의 손을 잡고 한참을 더 앉았다 일어섰다.

"정만아. 꼭 회복해서 형이랑 또 만나자."

병실 문을 닫고 복도로 나서자 미리 나와 있는 친구들이 부옇게 보였다. 친구들과 동네로 돌아오면서 내내 마음이 무거웠다. 그들도 그런 내 마음을 아는지 아무 말도 걸지 않았다.

나주아재도 이제 삶의 관성을 접고 나들목을 빠져나와야 할 시간이 얼마 남지 않은 것 같았다. 어쩌면 정만이가 먼저 빠져나갈지도 모를 일이었다. 선하디 선한 정만이의 눈빛이 자꾸만 어른거려 가슴이 아팠다. 선량한 그가 나주아재의 악업을 대속하는 것이나 아닌지 하는 생각을 끝내 지울 수 없었다.

2003.

신음하는 땅

신음하는 땅

안개 때문인지 아침인데도 개들조차 짖지 않았다. 안개가 어찌나 많이 내리는지 대여섯 발 앞이 잘 보이지 않을 정도였다. 마을 어귀에 버티듯 자리잡은 병천이네 3층 건물도, 뒷산 적송 밭 초입에 서 있는 큰 소나무도 보이지 않았다.

윤호는 마을 어귀를 빠져나와 밭둑 길로 들어섰다. 고무신 속으로 스며드는 이슬이 차가웠다. 길섶에 자란 풀을 헤치고 나갈수록 바짓가랑이가 젖어들어 종아리에 척척 달라붙었다. 지정거리며 나아가는데 안개 속에서 누군가 불쑥 나타났다. 윤호는 흠칫 놀라 멈칫했다. 한마을에 사는 고창양반이었다.

"아이고 깜짝 놀래부렀네요이. 꼭두새벽부터 어디 다녀오시오이?"

고창양반도 당황한 표정이 역력했다.

"저짝 밭에 쪼까….".

고창양반은 말끝을 흐리곤 황급히 지나쳐 갔다. 안개는 금세 고창양반을 흔적도 없이 삼켜버렸다.

188

'밭이 이쪽인디. 어째 저 어른이…, 무장어르신과 너무 친하시 더니 그 냥반 돌아가시고 낭께 정신이 오락가락 허는 갑네이.'

고개를 갸웃거린 윤호는 다시 산을 향해 발걸음을 떼었다.

'가을 안개는 밥 안개라고 헌다는디, 그래도 그렇지. 무슨 놈의 안개가 이렇게 날마다 끼어 쌀까이.'

윤호는 중얼거리며 밭둑 길을 벗어나 자드락 길로 들어섰다. 뒷 산에 다다르기도 전에 옷이 후줄근하게 젖어버렸다. 풀숲에서는 날이 밝았는데도 안개 때문인지 풀벌레들이 구슬프게 울어댔다.

윤호는 찬바람이 부는 가을이 되자 매일 이른 아침 산오름을 하 고 들일을 나가는 것이 일과가 되었다. 끝없이 펼쳐진 적송밭에 윤호는 쭈그려 앉아 혹시나 하는 기대로 수북이 쌓인 솔잎을 두 손으로 조심스럽게 헤쳐 유심히 살펴보곤 했다. 그러나 아무런 변화도 보이지 않아 무척 실망하곤 했다.

3년 전 늦가을, 강원도 양양까지 가서 송이 채취가 끝난 산에서 흙을 퍼다가 이곳에 깔았지만 송이는 끝내 돋아나지 않았다. 작 년 가을에는 강철이와 같이 그곳에 찾아가 송이버섯이 돋아난 땅 을 그대로 옮겨와 심기까지 했다. 그런데도 송이가 돋아날 기미 가 보이지 않았다.

'어르신. 저승에서라도 제발 좀 도와주시요이. 어르신도 평소 송이에 대해 관심이 많으셨지라우. 꼭 송이가 돋아나도록 나 좀 도와주시요이. 팔푼이는 마을 사람들과 잘 돌볼텡께라우.'

윤호가 거의 매일 아침 산에 올라 송이가 솟아오르나 살펴보고 무장양반 묘 앞에서 외는 주문이었다.

큰 소나무 근처에 이르렀을 때 윤호는 귀를 곤추세웠다. 어디선 가 깜깜한 밤에나 운다는 능구렁이의 울음 같은 소리가 들려왔기 때문이었다. 윤호는 온몸에 소름이 돋고 머리칼이 쭈뼛 솟아올랐다. 발걸음을 멈추고 귀를 기울였다. 분명히 사람 울음소리였다. 이 이른 아침에 더구나 산 속에서 울고 있다니. 도대체 누굴까? 날씨가 좋지 않은 날이면 온 마을을 휘젓고 다니는 이웃마을 미친 여자가 떠올랐다. 윤호는 주먹만한 돌멩이를 주워 오른손에 꼭 쥐고 엉거주춤한 방어자세로 울음소리가 나는 곳으로 조심스럽게 다가갔다. 틀림없이 묵정밭 끝의 아름드리 큰 소나무 아래서 들려오는 소리였다. 울음소리만 들렸지 사람은 보이지 않았다. 더구나 소나무 밑에 잡초가 우거지고 안개까지 자욱해서 사람이 있다해도 보일 리가 없었다. 아름드리 큰 소나무를 향해 안개 속을 한 발 한 발 다가가는데도 식은땀이 나고 소름이 돋았다.

"거그 누구야?"

윤호는 자기도 모르게 벽력같이 소리를 내질렀다. 울음소리만 잦아들 뿐 아무런 반응이 없었다. 윤호가 억새와 칡덩굴로 뒤덮인 조붓한 길을 따라 가까이 다가가자 한 달여 전에 무장양반이 묻힌 묘 앞에 누군가 배를 움켜쥐고 나동그라져 몸부림치고 있었다. 윤호는 깜짝 놀라 한 걸음 뒤로 물러섰다. 긴 머리는 풀어져 헝클어진 데다 온몸은 이슬과 흙으로 뒤범벅이 되어서 누군지 알아볼 수도 없었다. 이건 사람 형상이 아니었다. 마치 사냥총에 설맞은 한 마리 산짐승같이 발악을 하고 있었다. 놀란 가슴을 가까스로 진정하고 자세히 살펴보았다. 무장양반의 외손녀 팔푼이였다.

"팔푼아, 어디가 아프냐?"

"배, 배가…. 아파…."

그녀는 겨우 그 말만 했다. 윤호는 그녀를 일으켜 세우려 했으나 계속 몸부림을 쳐서 혼자 감당하기엔 힘에 부쳤다. 그는 핸드폰을 꺼내 버튼을 빠르게 눌렀다.

"강철이냐? 나다. 지금 큰일 나부렀다. 너 당장 큰 소나무 밑에 무장어르신 묘 있는 곳으로 쏜살같이 와야쓰겄다. 그래 오늘 아침에도 산에 올라 왔는디 팔푼이가 여기서 다 죽어 가고 있당께. 그건 나도 몰라야. 약을 먹었는지 어쨌는지 몰라도 숨이 다 넘어가고 있어부러. 그렁께 느그 안식구랑 빨리 올라와야 쓰겄어야. 일일구에 연락했냐고? 아직. 그럴 정신이 어딨냐. 지금 전활 헐텡께 빨리 올라와야이."

윤호는 전화를 걸어 119에 응급환자 이송을 요청했다. 구급대가 오기 전에 팔푼이의 숨이 멎지나 않을까 불안하고 초조했다. 오래지 않아 강철이와 그의 처가 가쁜 숨을 몰아쉬며 달려왔다. 강철이 처가 몸부림치는 팔푼이를 부둥켜안고 일으켜 세우려 했지만 역부족이었다. 윤호가 대신 등을 디밀었으나 옷만 버리고 말았다.

마을 어귀 쪽에서 구급차의 경적 소리가 들려오더니 산 밑에 와서 멎었다. 이어서 구급 대원들이 올라오며 소리쳤다.

"어디요오?"

"여그요. 여그. 큰 소나무 아래라우."

강철이 큰소리로 대답하자 이내 그들이 다가왔다. 그들은 능숙한 솜씨로 팔푼이를 들것에 들어올려 묶은 다음 앞뒤에서 들고 산을 내려갔다. 보호자로 우선 강철이 처가 따라가기로 했다.

"너무 걱정하지 마시요이. 병원에 도착해서 위세척을 해불면 괜찮을 거시요이."

구급대원이 그 말을 남기고 팔푼이와 강철이 처를 차에 싣고 횡

하니 사라지자, 둘은 서로 쳐다보며 궁금한 표정만 지었다.

"그런디 말이어. 팔푼이 배가 왜 그렇게 부서 올랐을까이?"

윤호가 꺼낸 말이었다.

"그놈의 가시내. 날마다 처먹고 잠만 장께, 돼지처럼 살만 쪄서 그러제. 그나저나 그건 그렇고. 너, 오늘 무슨 정보화시범마을 견학 간다고 안 했냐?"

문득 생각이 난 듯 강철이는 견학 가는 이야기를 꺼냈다.

"그래. 오늘 송산정보화시범마을 견학 가는 날이라 꼭 가봐야 허는디. 팔푼이가 저래서 어쩐대야."

윤호의 말에 강철이 정색을 하고 말했다.

"아침 먹고 내가 읍내 병원에 가 볼텡께 너는 잔말 말고 정보화시범마을에 갔다 온나이. 가서 잘 보고 와야 정보화시스템을 구축할 것 아니어. 우리 마을 장래가 걸린 문젠디 이장이 빠져 불면 쓰것냐."

이제 농촌도 인터넷이 아니면 농산품을 팔기도 힘든 세상이 되어 버렸다. 윤호는 강철의 말에 더는 고집을 부리지 못했다.

"그러먼 나는 갔다 올텡께 그리 알고 병원에 갈 때 우리집에서 돈이라도 좀 갖고 가그라이."

"우선 내꺼 쓰고 보지 뭐. 그나저나 저 모지리 가시네가 맹장이 아닐란가 몰것다이?"

"글쎄, 그렇기만 허먼 다행인디. 배가 부슨 것 같던디, 몹쓸 병에 걸린 것은 아닌지 걱정이다야."

"그런디. 왜 팔푼이가 해필 즈그 할아버지 묘 있는디 가서 몸부림을 치고 있었을까이."

강철이는 이해할 수 없다는 듯이 고개를 갸웃거렸다. 둘이 마을 고샅으로 접어들자 앰뷸런스의 경적 소리에 놀라 대문 밖에 나와 있던 사람들이 무슨 일이냐고 물었다. 강철이가 나서서 팔푼이가 맹장염인 것 같다고 하자 그들은 싱겁다는 듯 별 말 없이 집안으로 사라졌다.

윤호는 서둘렀다. 면사무소 앞에서 모이기로 한 시간이 지나가고 있었기 때문이었다. 아침을 먹고 나가라는 어머니의 말을 뒤로 한 채 오토바이에 올랐다. 면사무소 앞 공터에 도착했을 때는 정보화마을 견학 가는 선발대 차들이 이미 떠난 후였다. 다행히 마지막 차는 기다리고 있었다. 윤호는 오토바이를 공터 한 쪽에 내동댕이치듯 세우고 급히 차에 올랐다.

"아이고, 이거 너무 늦어부러서 면목이 없소이."

윤호는 한마디하고 빈자리를 찾아 앉았다. 사람들은 그 후로도 네댓 명이 더 왔다. 인원점검을 마치자 차가 공터를 빠져나갔다. 국도를 벗어나 서해안고속도로로 진입하더니 서울 쪽으로 달리기 시작했다. 차 안에는 벌써부터 부족한 새벽잠을 채우느라 눈을 감고 있는 사람들이 있었다. 윤호는 잠이 오지 않았다. 새벽에 보았던 팔푼이의 그 두억시니 같은 모습이 자꾸만 떠올라서였다. 강철이가 지금쯤 병원에 갔을까 궁금했다. 어떻게 됐느냐고 묻고 싶었으나 강철이를 독촉하는 것 같아서 그만두었다.

마을에 어려운 일이 있을 때마다 자기 일처럼 발 벗고 나서서 협조해 주는 강철이가 있어서 윤호는 이장 일을 보는데도 마음이 든든했다. 윤호도 기회가 있으면 강철이 일을 돕고자 했다.

올봄, 비닐하우스로 강철이를 보러 갔을 때였다. 큰 키에 떡 벌어진 어깨하고 까무숙숙한 얼굴의 강철이가 그 체구에 어울리지 않게 토마토 선별작업을 재빠르게 하는 모습을 보고 윤호는 쿡쿡 웃었다. 초등학교 동창들 거개가 대처로 나가버리고 지금은 두 사람만 남아 메뚜기 이마같이 삭막해져버린 마을을 지킬 뿐이었다.

"야. 강철아. 좀 쉬었다 해라이. 나도 일 쪼끔 거들어 줄라고 왔다이."

윤호는 선별작업에 정신이 없는 강철을 불러 세웠다. 그 말에 허리를 편 강철이 손을 툭툭 털었다.

"웬일이데야? 오늘 너 볼일 다 봤냐? 먹을 것도 없는 잔치가 손발만 바쁘다고, 오늘은 허벌나게 바쁘다야. 포장할 빡스도 염병허고 이제야 도착해서 미치고 환장허겠다야. 그래, 별일 없으면 좀 도와주라이."

공동작목반은 비닐하우스에 딸기와 토마토를 재배하여 한창 수확기였다. 윤호는 오토바이에 달고 온 꾸러미를 강철이에게 내밀었다. 그 속에는 작업하는 사람들이 먹을 과자와 음료수 그리고 캔맥주가 들어 있었다. 일하던 사람들은 잠시 일손을 멈추고 한쪽으로 모여 앉고 윤호와 강철이는 따로 앉았다.

"야. 그러나 저러나 무장 어르신네 집이 곧 쓰러지게 생겼던디, 어떻게 해야헐지 모르겠다이. 뭐, 좋은 수가 없을끄나이?"

윤호는 가장 큰 고민거리인 무장양반네 일을 화제로 꺼냈다.

무장양반네는 생활보호대상자였다. 아들이 서울에 있었지만 서류상으로는 행불자로 되어 있었다. 그래도 식구는 네 사람이나 되었다. 열일곱 살이나 먹은 외손녀와 네 살 된 손자와 여섯 살 된 손녀를 데리고 있었다. 초등학교를 다니다 만 외손녀는 제 이름도 변변히 쓰지 못하는 정박아에 가까웠다. 그 애 때문에 딸은 이혼을 당했고 지금은 어디 있는지조차 누구도 알지 못했다. 아들

내외는 서울에서 살지만 생활이 각박해 부부가 노동판에서 맞벌이를 하는 모양이었다. 그래서 애들이 큰 짐이 되었던지 초등학교 갈 때까지만 맡아 길러 달라고 해서 홀로 된 무장양반에게 내려와 있는 형편이었다.

"글쎄, 무장어르신 병세도 점점 안 좋아지시는 것이 사실 날이 이제 얼마 안 남은 것 같던디."

파라티온 같은 맹독성 농약을 많이 쓰던 시절, 무장양반은 삯을 받기 위해 방독마스크도 쓰지 않은 채 수동식 농약통을 메고 남의 논 농약살포를 많이 했었다. 하긴 오뉴월에는 너무 더워서 방독마스크를 쓸 수도 없었다. 삯 욕심으로 쉬는 시간도 없이 농약살포 작업을 하다가 급성 농약중독으로 논바닥에 쓰러진 적도 있었다. 그런 그가 지금은 폐암 말기 선고를 받아놓은 상태였다.

"글쎄 소리만 허지 말고 묘안이 없는지 생각 좀 해 바라이."

만일 무장양반네 집이 밤에라도 무너져서 네 식구가 변이라도 당한다면, 윤호로서는 상상하기도 싫은 끔찍한 일이었다. 이장회의 때도 몇 차례 이야기가 오갔으나 별다른 대책이 서지 않았다. 작년 가을에 집이 뒤틀리고 기울어져 강철이와 마을 노인들이 나서서 잭으로 밀어 올려 어느 정도 바로잡아 놓았으나 해빙기가 지나면서 또 틀어지기 시작했다. 원체 오래된 한옥인데다 기와를 걷어내고 슬레이트나 가벼운 것으로 바꾸려고 해도 팔작지붕이어서 고치기가 어려웠다.

"존 수가 있어야."

강철이는 손뼉까지 치면서 너스레를 떨었다. 윤호는 영문을 몰라 어리둥절한 표정이었다.

"비가 말이어 억수같이 쏟아지는 날 너허고 나허고 가서 밧줄 걸어 각고 잡어 땡게 불면 안되겄냐? 그러고 비 피해로 저절로 쓰러져 부렀다고 신고해 불면 되제. 뭘 그런 걸 각고 걱정허고 말고 허냐이."

그 말에 한참 동안 생각하던 윤호가 고개를 가로젓자 대수롭지 않게 이야기했던 강철이 무르춤해졌다.

"내가 면사무소 사회계 알아봉께 집 수리비는 사십 퍼센트까지 보조해 줄 수 있고 최고 팔십만원까지만 가능허다고 그러드라고. 팔십만원 그걸 어디다가 붙이겄어이?"

강철이와 머리를 맞대고 짜내 봐도 당장은 뾰쪽한 수가 없었다.

"이번 장마철에 팍 씨러져 불면 좋을 텐디."

강철이가 하도 답답해서인지 한마디 더했다.

"그러다가 사람 다치면 큰일나게. 거동도 불편허신 무장어르신에다, 애덜허고 그 팔푼이까지."

강철이는 미안했던지 느닷없는 말을 꺼냈다.

"윤호야, 너도 들었어? 읍내 병천이가 마을 어귀에다 구멍가게를 짓는다는 거. 병신새끼 군의회의원 자리나 잘 지키지. 병신 육갑 떨고 자빠졌어야."

윤호로선 처음 듣는 소리였다. 병천이는 초등학교 때부터 강철이에게 곧잘 얻어맞고 다녔다. 덩치에서 밀리는 병천이가 강철이에게 당하고 집에 들어가는 날이면, 병천이 어머니가 강철이네 집에 찾아와서 역성을 들었다. 강철이 아버지는 병천이네 농사일이나 허드렛일을 하고 품삯을 받는 처지이고 보니 민망한 일이었다. 강철이 아버지는 병천이 엄마 보기가 면구스러워서 몽둥이를 들고 설쳐대면 강철이는 온 마을 고샅으로 도망 다니면서 병천이에 대한 울분을 키웠다.

강철이에게 당하기만 하던 선병질적이고 소심한 병천이가 장가를 가더니 부모 재산을 등에 업고 읍내로 나가 슈퍼마켓을 크게 했다. 그러는가 했는데 남들이 거들떠보지도 않는 군의회의원에 출마해서 보아란 듯이 당선이 되었다. 그 후 그는 마치 국회의원이라도 된 양 목에 힘을 주고 다녔다.

강철이와 병천이는 그때의 감정이 여태 남아 있어서인지 지금도 사이가 좋은 편은 아니었다.

"그렇지 않아도 새마을 부녀회에서 생필품을 팔다가 없어져부러서 아쉽더니 잘 되얏네. 물건만 싸다면야 꼭 읍내 농협까지 갈 필요가 없지 뭐."

강철이는 윤호의 말에 객쩍어서인지 입을 다물었다. 담배 한 갑만 사려고 해도 읍내까지 가야만 했다. 젊은 사람들이 다 떠난 마을은 부녀회도 없어진 지 오래였다. 농사 고민도 두 사람의 몫이었다. 벼농사를 애써서 지어봤자 정부에서 하는 추곡수매도 점점 물량이 줄어들고, 그렇다고 땅을 그냥 놀리고 휴경답 보상비를 타먹자니 농사꾼으로서 가슴을 도려내는 일이었다. 면사무소에서 시키는 대로 콩을 심는다 해도 소출이 너무 낮아 채산성이 맞지 않았다. 그래도 온 마을이 한 가닥 희망을 가지고 미질이 좋다는 동진 2호를 택했다. 지난해처럼 마을이 공동으로 서울에 있는 고향사람들을 상대로 팔아볼 작정이었다. 또 올해부터 오리를 벼논에 놓아 기르는 오리농법을 시행해 무공해 쌀을 생산하기로 했다. 마을 앞의 고래실부터 시도하기로 했지만 그 가운데 병천이네 논이 있었다. 윤호가 병천이에게 그 사실을 알리고 협조를 요청하자 농사짓는 것까지 간섭한다고 병천이는 투덜거렸다. 마을회의에서 제초제 그라목손도 금년부터 쓰지 않기로 했다고 해도 말을 듣지 않았다. 그라목손은 너무 독해서 미꾸라지는 물론 물뱀까지 다 죽어 나자빠졌다. 윤호가 논둑 풀을 예초기로 베어 주겠다고 해도 그는 막무가내로 빙퉁그러졌다. 그럴 때면 윤호도 속이 상해서 다른 사람들처럼 도시로 나가서 마음 편하게 막노동이라도 했으면 할 때가 있었다. 그러나 젊어서부터 후더침으로 고생하다가 연세가 많아지자 보행도 불편해진 어머니를 놔두고 떠날 수가 없었다. 그래도 강철이가 고향으로 내려오고부터는 그런 마음이 덜했다.

병천이네 논둑은 미우나 고우나 윤호가 말없이 처음 약속대로 베어주었다.

고속도로는 평일이어서인지 한가했다. 창밖으로는 드문드문 보이는 마을들이 휙휙 스쳐 지나갔다. 집들이 반듯반듯해 보였다.

무장양반네 집을 허물 때만 해도 여름 장마로 비가 날마다 내렸다. 그날은 바람이 몹시 불고 큰비가 올 것 같았다. 뉴스시간에 전해주는 일기예보도 게릴라성 폭우에 대비하라고 했다. 윤호와 강철이는 무장양반네 마당 한구석에 아침부터 비닐하우스를 만들었다. 땅바닥에는 두꺼운 스티로폼을 깔고 그 위에 비닐장판을 덮었다. 거기에 집안에 쓸만한 가재도구와 옷가지들을 다 들어내다 쌓았다. 어둠이 설핏 내려앉기 시작했다. 잔뜩 먹구름이 낀 하늘은 금세 비가 쏟아질 것만 같았다.

윤호는 집 뒤편 오른쪽 귀퉁이 기둥나무 아랫부분에 쇠줄을 걸고 그 끝을 트랙터에 묶었다. 왼편 끝은 강철이의 경운기에 묶곤 양쪽 다 시동을 걸었다. 구경하는 사람들은 집 주위에서 저만큼 비켜섰다. 윤호는 '땡겨라' 하는 구호를 내지르면서 트랙터를 앞으로 내몰았다. 그때 경운기도 땅을 박차고 앞으로 나갔다. 그러자 그 끝에 매달린 기둥들이 뿌지직 소리를 내면서 뽑혀 나오고 집은 뒤편으로 와지끈 무너졌다. 집이 무너지면서 흙먼지가 하늘로 치솟았다가 사람들 머리 위로 내려앉았다. 집안에 있던 쥐들도 찍찍거리면서 도망가기에 바빴다. 마을 사람들은 서로 함구하기로 하고 공범자가 되었다. 윤호는 모인 사람들에게 다시 한 번 입을 다물도록 신신당부했다. 만일 이 일이 새어나가 소문이 난다면 수해복구 보상금을 탈 수가 없는 것은 말할 나위 없고 일을 저지른 사람은 위법행위로 구속될 수도 있다는 것을 강조했다. 사람들은 다 시어빠진 김치에 막걸리를 한 두 사발씩 기울이곤 입을 굳게 다물고 헤어져 돌아갔다.

윤호는 다음날 면사무소에 찾아가서 피해 보고를 하고 보상금을 신청할 계획이었다. 그리고 면사무소 사회계장과 담당자에게 점심이라도 한 끼 사야 되겠다고 마음먹었다. 그렇게 된 데는 무장양반네 집 때문에 담당직원을 만나서 걱정을 했더니, 수리비 타다가 수리하라는 말만 되풀이해서 하는 수 없이 사회계장을 붙들고 통사정을 할 수밖에 없었다.

"성님. 뭐 존 수 좀 없겄오이?"

윤호에게는 사회계장이 선배이기도 했지만 바로 이웃 마을에 살고 있었다. 그래서 사회계장을 만나면 늘 허물없이 대했다. 한 달 전이었다. 사회계장은 동생 얘기 좀 허세, 그러면서 자판기에서 커피를 뽑아 윤호에게 먼저 주고 자기도 한 잔을 들고 앞장서서 면사무소 뒤뜰로 가더니 간이의자에 앉아 입을 뗐다.

"어이 이장. 그 무장어르신네 집 말이어. 새로 한 채 지어불세."

"……?"

“지금이 장마철 아닌가이. 비가 많이 오는 날 택해서 씨레뜨래 불소.”

“성님, 그렁깨 일부러 자빨체 부르라고라우?”

“그래 비가 억수같이 쏟아질 때 콱 뿌세부르랑께. 뭘 그런 것 갖고 맨날 걱정만 허고 있는가이.”

윤호는 그제야 사회계장이 무슨 말을 하는지 깨달았다. 사회계장은 내가 말했다는 사실은 절대 비밀로 해야 한다고 두세 번 다짐을 두었다. 그날 윤호는 마음을 굳혔다.

이튿날 새벽, 윤호가 잠 속에서 헤매고 있을 때 무장양반이 찾아왔다. 아직 박명이 창문에 드리워져 있었다.

“어이, 윤호 있는가?”

윤호는 어머니의 재촉을 받고서야 겨우 일어날 수 있었다. 무장양반은 이제 눈에 띄게 보행도 불편한 데다 목소리마저 잦아들고 있었다.

“이른 아침에 뭔 일이시요이? 밤 사이에 무슨 일이…?”

“고것이 아니고. 비가 안와 불고 날씨가 멀쩡해 분디 어째야 쓸 일이당가?”

윤호는 잠이 확 달아났다. 어젯밤만 해도 비가 곧 쏟아질 것 같았던 하늘은 말짱 개어있었다. 도둑맞으려면 개새끼도 안 짖는다더니, 날마다 내리던 비가 어젯밤에는 건너뛰고 말았다. 밤중에만 해도 곧 내려앉을 듯이 하늘에 잔뜩 끼어 있던 구름은 온데간데없이 사라져 버렸다.

“어르신, 어젯밤에는 비가 곧 쏟아질 것 같등만. 이럴 수가….”

윤호는 뭐라고 위로의 말이라도 해야 할 판이었다.

“긍께, 말이시 큰 걱정이네.”

"어르신. 너머 걱정 마시오이. 내가 면사무소 가서 담당자허고 잘 타읍해 볼랑께 안심허시요이."

비는 이틀 후에야 내렸지만 집이 무너질 만큼 많이 오지도 않았다. 윤호는 비가 온 다음날 비로소 면사무소에 무장양반네 집이 지난밤 비로 무너졌다고 신고를 했다. 사회계장도 걱정이 되었는지 담당직원을 불러 어젯밤 비가 많이 오지 않았기 때문에 경위서를 잘 쓰라고 지시했다. 윤호는 담당자와 같이 한나절 동안 끙끙대면서 서류를 만들어 제출했다. 윤호는 큰 고민거리가 해결되어 모처럼 홀가분해졌다.

그렇게 해서 저지른 일은 계획대로 잘 되었으나 엉뚱한 데서 예상치 못한 일이 터졌다.

마을 어귀에다 병천이가 짓고 있는 건물이 화근이었다. 건물이 준공되었다고 술을 한잔하러 오라고 해서 윤호도 마을 사람들과 같이 갔었다. 준공식은 거창하게 치러지고 있었다. 윤호는 짓고 있을 때도 하루하루 달라지는 3층 건물의 외형을 보면서 시골에 왜 저런 건물이 필요할까 의문이었는데 그날 내부를 들여다보았을 때 더더욱 놀랐다. 이건 단순한 구멍가게가 목적이 아니었다. 더 두고 보아야지 알 수가 없었다.

군청에서 화환을 앞세워 군수영감이 다녀갔고, 경찰서장이네, 군청 무슨 무슨 과장, 어디 어디 면장, 농협 조합장까지 줄줄이 다녀갔다. 윤호는 그들을 보면서 왠지 못 볼 것을 본 것 같아 마음이 영 개운치 않았다. 건물 뒤편 산자락 밑에도 여러 채의 방갈로가 지어져 있었다. 윤호는 그게 궁금해서 병천이에게 물었다.

"이런 방들이 다 뭣 허는 방들이데야? 너 첨에 여기다 구멍가게 짓는다고 안 했냐?"

　"이렇게 돈 많이 퍼드레 각고 겨우 구멍가게나 내겄냐이. 요즘은 보양식이 최고니께 그것 좀 해 볼라고. 그래서 서울에서 음식 맛 끝내주는 일류 주방장을 데려와 부렀다. 한 달에 오백씩 주기로 하고. 한 일년만 있으면 우리 집 사람이 눈썰미가 왔다니까 다 배워 불면 그때는 내쫓아 불란다. 너도 면사무소나 농협직원들 대접헐라면 우리 집 좀 이용해 주라이."

　"……"

　"남자들은 말이어, 뭐니 뭐니 해도 가운데 다릿심이 최고여야. 고것이 비실비실해불면, 예펜네도 바람나서 고것심 좋은 놈 따라가불제. 너도 간혹 와서 몸보신 좀 해라이."

　"너도 알다시피 나는 도망갈 여자도 없는디 정력만 길르면 뭣허겄냐. 홀애비 좆치리허는 것이나 같제."

　윤호는 병천이의 하는 짓이 못내 마땅치 않았다. 요즘은 자가용족이 많다 보니 도시 근교의 농촌에 식당들을 차린다는 뉴스가 이따금 흘러나오더니 결국 여기까지 온 모양이었다. 더구나 이 집을 지은 땅은 원래 병천이 선친으로부터 물려받은 땅이라 누가 시비할 수도 없었다. 절대농지가 아닌 이상 자기 땅에 허가를 내서 집을 지어 장사를 하겠다는데 아무도 말릴 수 없었다.

　준공식에 갔다온 지 일주일도 되지 않아서 간판이 내걸렸다. 직접 기른 닭으로 만든 삼계탕과 오리탕, 똥개만을 취급하는 영양탕이 볼썽사납게 그려진 간판이었다. 그리고 2층에는 노래방, 3층에는 카페라는 간판까지 걸렸다. 노래방까지는 몰라도 이런 농촌에서 3층 카페는 무엇 하자는 속셈인지 알 길이 없었다.

　병천이네가 영업을 시작한 지 한 달여가 지나 마을 정기회의 때였다.

첫 안건은 마을 작목반에서 하고 있는 비닐하우스 재배와 메주 만들어 팔기, 청국장 만들어 팔기 등을 좀더 활성화하자는 방안이 검토되었다. 마을에 젊은 층은 없지만 노령 일손은 상당히 있는 편이어서 작목반을 편성해 지금까지는 그런대로 성과를 거두고 있었다. 큰 이익을 남기지는 못했지만 인건비 정도는 나왔다. 게다가 새로 시작하는 청국장 식음료화 사업에 거는 기대가 컸다. 이미 농업기술센터에서 연구개발한 아이템을 받아서 시제품을 만들어 보았다. 즙으로 만들어서 비닐봉지에 담는 재래식 방법이지만 시음 결과는 괜찮았다. 특히 역겨운 냄새가 제거되고 첨가된 향료는 마시기에 괜찮았다. 다행히 청국장에 대한 인식이 새로워지고 있어서 시판 시기를 언제로 잡고 홍보를 어떻게 하느냐만 문제였다. 잘만 되면 장차 캔음료까지도 계획하고 있지만, 초기 설비 비용이 너무 많이 드는 일이어서 지금으로서는 엄두가 나지 않았다.

또 하나 문제는 콩을 어떻게 확보하느냐 하는 것이었다. 중국산 콩을 반만 섞어 쓰자는 의견도 있었으나 그 의견은 무시되었다. 소비자의 신뢰를 잃지 않기 위해 취해진 조치였다. 지금은 마을 유휴지로 남아도는 밭을 임대료 없이 빌려서 콩을 재배하고 있지만 좀더 사업을 확장하기 위해 산 너머 잡초만 무성하게 자란 묵정밭을 임대하자는 의견도 나왔다. 옛날에 고구마만 심던 심부자네 밭인데 지금은 그 자손들이 다 도회지로 나가 살고 있어서 마냥 묵히고 있었다. 그 밭 장기임대만 된다면 콩 생산량을 어느 정도 확보할 수 있을 것 같았다. 그 안건은 작목반장인 강철이가 땅주인과 연락을 취하기로 했다. 그리고 작목반 할머니들이 메주를 만들 때와 청국장을 띄울 때, 단골 고객들을 초청해서 같이 참여

하는 방식으로 그 과정을 보여주자는 안건도 채택되었다.

그 다음 안건은 마을 어귀에 턱하니 자리 잡은 병천이네 식당 문제였다. 마을 노인들은 개를 도살하기 위해 두드려 패는 끔찍한 소리가 끊이지 않고 털 그슬리는 냄새가 온 마을을 가득 메운다고 아우성이었다. 그뿐만이 아니었다. 새벽까지 노랫소리가 시끄럽고 그곳에 종사하는 아가씨들도 옷을 입었는지 벗었는지 모를 정도로 볼썽사납다는 것이었다. 수십여 대를 세울 수 있는 주차장은 읍내뿐 아니고 대처에서 온 승용차들로 항상 꽉 차 있고 새벽에 떠나는 차들이 내지르는 시동 소리로 새벽잠을 깨우기 일쑤라는 거였다.

들리는 소문에는 아가씨를 고용해 집 뒤 방갈로에 손님이 들어서면 원 스톱 서비스로 그짓까지 하게 한다는 말도 있었다. 노인들은 마을 명예가 실추된다고 도저히 보고만 있을 수 없는 일이라고 열을 올렸다. 윤호는 정기회의 때 병천이에게 참석하라고 통보했으나 아무런 소식이 없었다. 총회에서 합의된 결의안은 병천이네가 마을에서 떠나가 달라는 것이었다. 그러나 상대는 마을에서 어린 시절을 보냈고 지금은 읍내 살지만, 군의회의원까지 된 마당에 이 좋은 돈벌이를 포기할 리가 없었다. 윤호로선 해결 방법이 보이지 않는 고민거리였다. 머리를 싸매고 궁리를 해봐도 대안이 떠오르지 않았다.

이튿날 윤호는 총회장과 같이 병천이를 만나러 갔다. 병천이는 다행히 식당에 있었다.

"너, 어젯밤에 마을 회의에 참석해 달라고 했는디 연락 못 받았냐이?"

"연락은 받았는디 의회 회의가 있어서…. 너도 알다시피 국사

일이 좀 바뻐야지."

병천이는 작은 키에 뽈록 튀어나온 아랫배를 내밀며 호도깝스럽게 말했다. 총회장이 마을 회의에서 합의된 결의안을 알려주었다.

"아, 그래라우. 어르신 그런 중대한 회의가 있었으면 꼭 참석했을 텐디. 의회 회의를 마치고 국회의원이 저녁을 산다고 해서 같이들 허느라고 그만…. 다음 번에는 꼭 참석허께라우. 그렇지 않아도 요즘 장사도 잘 안되고 때려치울까 허는 판인데. 잘 되얏네요이. 혹시 이 집 살 사람이나 있는지 좀 알아봐 주시오이."

그는 엉뚱한 대답을 능갈맞게 늘어놓았다. 윤호는 병천이의 잠방이에 대님 매는 소리를 믿지 않았다. 많은 돈을 들여서 식당을 차려 놓고 그만둔다는 건 말이 아니었다. 그런데 병천이는 눈 하나 깜짝하지 않고 그러마고 총회장한테 깍듯이 약속을 했다.

마을 사람들은 한 달쯤 기다렸다. 그러나 병천이네 가게는 전혀 변함이 없었다. 조용한 마을의 물을 흐린다고 노인들은 병천이네를 매일 성토했으나 제재할 마땅한 방법이 없었다. 다시 총회가 열리고 병천이네를 그대로 가만 놔두고 볼 수만은 없다는 결론에 이르렀다. 회의가 끝난 시각은 밤 열 시가 조금 넘어서였다. 참석했던 모든 사람들이 병천이네 식당으로 몰려갔다. 마침 식당에 있던 병천이는 지난 번처럼 느물느물하게 나왔다.

성질이 급한 강철이가 참지 못하고 한마디 하고 나섰다.

"야. 빙천아. 너 군의회의원이라고 이렇게 법을 마구 어겨도 돼?"

"야. 내가 무슨 법을 어겼다고 그래. 임마."

"뭐? 비린내 나는 고삐리들 대례다 매춘시키는 거 적법이야?

야, 이 째끼야. 그래도 법을 안 어겼어? 그러니까 거시기 말이여 정말 너 오리발 내미는 거, 미치고 환장 허겄다이."

강철이는 기어이 참지 못하고 병천이에게 툽상스런 소리를 내지르고 달려들어 멱살을 틀어 쥐었다.

"니가 확인해 봤어? 누가 매춘을 했다고 덮어씌우고 난리야."

"이런 씨팔, 거짓말까지 허고 지랄이어. 너, 디질라고 환장했어? 이 쌍노무 째끼를 그냥."

가만 놔두면 큰일이 벌어질 것 같아 윤호는 두 사람 사이에 끼어들어 뜯어말렸다.

두 사람 다 분을 삭이지 못해 씩씩거렸다.

"너, 이 째끼 가만두는가 두고 봐."

"이 씨팔놈아. 할 테면 해봐. 너를 미성년자 매매춘으로 고발해 불텡께. 잘 사는 째끼가 어린 계집애들 데래다가, 화대까지 떼어 처먹고 그래. 차라리 당창쟁이 콧구멍에서 마늘씨를 빼 처먹어라. 이 천하에 던적시런 째끼야."

강철이는 그래도 분이 풀리지 않는지 식당 의자를 들어서 식탁을 사정없이 내리쳐버렸다. 식탁과 의자가 와지끈 부서졌다. 소란이 계속되자 식당과 뒤안 방갈로에서 술 마시던 사람들이 서둘러 자리를 떠나갔다. 그 일이 있고 난 뒤 병천이네 식당은 '내부 수리중' 팻말을 문 앞에 걸어 놓고 장사를 하지 않았다.

그로부터 일주일, 경광등을 단 승용차를 몰고 온 형사 두 사람이 와서 강철이를 연행해 갔다. 윤호는 하던 일을 제쳐두고 강철이 처와 읍내 경찰서로 가서 연행된 사유를 알아보았지만 엉뚱하게도 죄명은 '위계에 의한 공무집행방해' 였다. 그 내용은 무장양반네 집을 멀쩡한 날 허물어 버리고 폭우에 쓰러졌다고 거짓으로 보상금을 타냈다는 내용이었다. 윤호는 그런 일이라면 일을 주도한 이장인 자기를 당연히 연행해야 할 터인데 왜 하필 강철이인지 이해가 되지 않았다. 강철이의 부인 말처럼 아무래도 병천이가 그 사실을 익명으로 밀고한 게 아닌가 하는 의심이 갔다. 윤호는 긴급히 마을 총회를 소집하고 경찰서에 진정을 하기로 결의했다. 강철이가 풀려나려면 병천이의 서명도 꼭 받아야만 한다는 게 마을 어른들의 주장이었다. 총회에 모인 사람들은 연명으로 된 진정서에 서명 날인을 했다. 과연 병천이가 고분고분 서명을 할까 걱정스러웠다. 날이 밝기를 기다려 총회장과 움직임도 불편한 무장양반 그리고 마을 어른 네 분을 모시고 읍내 병천이네 집으로 찾아갔다. 병천이는 아직 잠자리에 있었다. 예상했던 대로 병천이는 서명하지 않겠다고 버텼다. 무장양반이 사정을 해도 완강한 그의 고집을 꺾을 수가 없었다. 자기는 알지도 못하는 일이라고 펄쩍 뛰면서 내가 왜 서명을 해야 하느냐고 따져 물었다.

윤호는 어쩔 수 없이 마지막 카드를 내밀었다.

"좋아. 병천이 너를 미성년자 매매춘으로 마을 사람들 연명으로 정식 고발할 테니까 너 알아서 해."

병천이가 아가씨들 꽃값까지 반은 아람치 한다는 소문이 마을에 쫙하게 퍼져 있었다.

"야, 윤호 너, 쌩사람 때래 잡지 마. 너도 걸리는 수가 있어. 증거가 있으면 고발해봐."

"증거, 증거 좋아하지마. 모든 증거는 다 확보해 놓았응게. 그래, 밀고해서 나도 처넣어 봐. 너 같은 것은 이제 친구도 아냐. 어디 그런 일로 강철이를 밀고할 수 있어? 이제 보니 너 정말 더런 놈이구나."

윤호는 평소와 달리 강력하게 밀어붙였다.

"언제 내가 강철이를 밀고했다고 난리야. 그리고 우리 집에서 일했던 애들은 미성년자가 아니야."

"야 임마, 너 아니면 누가 밀고했겠어. 차라리 떳떳하게 기물파손에 상해치상 혐의로 고소를 해. 익명으로 뒤통수에다 대고 추잡한 짓 하지 말고."

같이 간 총회장을 비롯한 어른들의 만류로 윤호는 더 이상 막말은 참았다.

그때 무장양반이 종주먹을 쥐고 병천이를 윽박질렀다.

"자네가 정 그렇코 허면 이것은 순전히 이녁 일인께 강철이가 교도소에 가는 것을 어떻코 보고만 있겠는가? 나는 차라리 자네 집에서 죽어 나갈랑께 그리알소이."

몸도 가누기 힘든 무장양반은 병천이네 거실 바닥에 누워 버렸다.

"어르신은 왜, 생사람을 때래 잡을라고 그러요이."

병천이는 그 말을 남기고 휭하니 밖으로 나가고 말았다. 담배 한 대거리가 지나자 다시 방으로 들어 온 병천이는 조금 누그러져 있었다. 결국 병천이의 요구 조건은 장사를 그대로 하게 해 달라는 조건이었다. 지루한 줄다리기 끝에 장사는 하되 아가씨들은 두지 않기로 합의가 되어 서명을 받았다. 병천이는 자기가 밀고해서 서명에 응하지 않은 게 아니라고 극구 변명했다. 결국 마을 사람들 모두가 비가 오는 날 무장양반네 집이 무너졌다고 경찰서에 진정을 하고 강철이도 혐의를 완강히 부인했다. 면사무소 사회계장 역시 소환되어 조사를 받는 중에 강철에게 유리한 증언을 한 후에야 겨우 무혐의로 풀려났다. 윤호는 마을 몇몇 어르신들

208

과 같이 강철이를 마중하여 두부를 먹이고 읍내 시장통 식당으로 데리고 갔다. 강철이는 밥을 먹다가 울분을 참지 못하고 느닷없이 주방에 들어가서 회칼을 들고 밖으로 뛰쳐나가려고 했다.

"이 씹째끼가 디질라고 환장을 했제. 이 빙신같은 째끼가 나를 씹어."

당장에 무슨 일을 저지를 것만 같아 윤호는 마을 어른들과 합세하여 강철을 어르고 달랬다. 그래도 강철이의 분노는 쉽게 가라앉지 않았다. 병천이네 집으로 쫓아가겠다고 고집을 부렸다.

"한번 걸리기만 허먼 칼로 그 머저리 빙신째끼 배때기를 확 쑤셔버릴거여. 오매, 환장허겄네, 그런 피라미 새끼한테 좆을 물리고."

그 일이 있은 지 한 달을 채 넘기지 못하고 무상양반은 돌아가셨다. 그날 밤 조문을 온 병천이가 강철이에게 자기가 한 일이 아니라고 극구 변명을 했으나 강철이의 분노만 더 촉발 시켰다. 그런데도 주변 사람들의 만류로 별 일은 없었다. 무장양반은 그나마 새 집에서 돌아가시게 되어 다행이었다. 하지만 아들을 돕기 위해 얻어 쓰고 갚지 못한 영농자금의 이자가 적잖이 불어나 있었다. 게다가 초상을 치르러 서울에서 내려온 아들 내외가 어린 남매는 데려가기로 했지만 팔푼이가 문제였다. 아들 내외는 새로 지은 집은 마을 사람들이 지어준 거나 마찬가지니까 팔지 않고 팔푼이가 혼자 살 수 있도록 양보하겠다고 했다. 그는 마을 사람들에게 팔푼이를 신신 당부하고, 영농자금도 조금씩이라도 갚아 나가겠다고 약속하고 올라갔다. 팔푼이 어미인 누나가 혹시 연락이 오면 꼭 내려보내겠다는 말도 잊지 않았다. 팔푼이는 생활보호대상자로 자기 몫의 보조금을 받아서 살 수밖에 없었다. 강철이

처를 비롯해 이웃 사람들이 팔푼이를 교대로 돌봐 주기로 약속을 했다. 그래도 다행인 것은 팔푼이가 깨끗하게는 못하지만 저 먹을 밥은 지어먹을 수 있다는 것이었다.

차는 서해안고속도로가 다 끝나가는 지점의 화성휴게소로 들어섰다. 차가 멈추자 사람들이 내렸지만 윤호는 내리고 싶은 마음이 없었다. 마성리 이장이 커피라도 한잔 하고 오자고 잡아끄는 통에 윤호는 마지못해 따라 일어섰다. 화장실에 들러 볼일을 보곤 강철이에게 전화를 걸어 보았다. 강철이는 팔푼이가 자살기도를 한 것이 아니었고 식중독이라고 했다. 그리고 내려오면 자세한 이야기를 들려주겠다는 말로 전화를 끊었다. 윤호는 팔푼이가 칠칠치 못하여 상한 음식을 잘못 먹고 배까지 부어오른 식중독에 걸렸으리라 짐작했다. 윤호는 마성리 이장과 함께 커피를 뽑아 들고 차에 올랐다. 다른 사람들도 먹을거리를 사들고 와서 왁자하게 떠들어대며 먹고 마셨다. 버스는 한참 만에 탑승인원을 확인하고 다시 출발했다.

"그때, 우리덜이 이 길로 와서 한—칠레 자유무역협정 반대 전국농민 시위를 하고 갔었제. 아마, 유월 달이었제. 그때 국회의원 놈들도 간담이 서늘했을 것이어이."

옆에 앉은 마성리 이장이 무용담처럼 그때 일을 꺼냈다.

"그놈들이 놀래기나 했겠어요? 미친개야 짖어라 했겠제."

윤호는 아무 말도 하기 싫었으나 마지못해 한마디 거들었다.

"허기사, 농민들 알기를 즈그덜 발사태 때만도 못 여기겄제. 그래도 나는 그날 속이 다 후룬허드라고. 어디서 갖고 왔는지, 경운기에다가 석유를 한 통 쫙 찌크러 가지고 불을 팍 싸질러서 부르릉하고 국회의사당 쪽으로 불덩어리가 궁글어 가는 걸 봉께 십년

210

묵은 체중이 싹 내래가는 것 같드랑께.”

　그날 시위에서 누군가 경운기의 시동을 걸어 핸들을 고정한 다음 석유를 끼얹고 불을 질러 국회의사당을 향해 돌진시켜버렸다. 불은 즉시 전경들의 소화기로 진화되었다. 전경 중에 농촌 출신인지 잽싸게 달리는 경운기에 올라타서 시동을 꺼버렸기에 망정이지 하마터면 인명 피해가 날 뻔했다. 그걸 바라보는 농민들과 전경들이 다같이 놀랐다.

　“그러고 이제는 말이어, 힘들게 서울까지 갈 것도 없드라고. 요즘 부안 사람들 방폐장 반대허대끼 고속도로고 철도고 점령해 불면 되겠드라고. 혼자라도 가서 플래카드만 걸어 놓고 말이어이.”

　차는 영동고속도로로 접어들었다. 막힘 없이 빠지는 차는 오래지 않아 중앙고속도로 하행선으로 들어서더니 십여 분 달렸을까, 신림나들목을 통과해 나갔다. 영월 쪽으로 가다가 터널을 지나고 5분 정도를 달린 끝에 이윽고 송산정보화시범마을 앞에 섰다. 그야말로 첩첩산중이었다.

　마을에는 컴퓨터 보급과 초고속인터넷서비스가 제공되고 현장민원실에 마을정보센터가 설치되어 있었다. 오지마을에서 인터넷마을로 탈바꿈한 것이었다. 컴퓨터를 열심히 배운 주민들은 집과 마을정보센터에서 인터넷을 통해 신문도 읽고 농산물가격은 물론 각종 생활정보를 얻고 있었다. 게다가 각 농가가 재배한 청정 농특산물을 마을포털정보시스템 홈페이지에 가격과 품질정보를 게재하여 생산자와 소비자가 인터넷으로 직거래할 수 있는 공간이 마련되어 있기도 했다. 소득증대에 많은 도움이 되고 있다고 마을 이장이 나와 설명했다. 마을 사람들끼리는 물론 멀리 떨어져 있는 자녀들과 얼굴을 보면서 화상통화를 할 수도 있었다.

어느 정도 상상은 했지만 이 정도인 줄은 몰랐다. 마을 공동의 컴퓨터 몇 대가 고작일 것으로 짐작했던 윤호의 상상이 뒤집혀지고 말았다.

윤호는 차에 오르면서 마성리 이장에게 물었다.

"성님. 보신 소감이 어쩝디어?"

"앞으로는 콤피타 모르면 밥도 못 먹고살겄데 그러이."

서둘러 돌아오는 길에 소낙비가 한바탕 기세 좋게 훑고 지나갔다. 차창 밖으로 멀리 촌락들은 빗속에서 어른어른한 불빛을 내쏘고 있었다. 차가 서해안고속도로로 접어들자 맑은 하늘이 보였다. 차는 밤 열한 시가 넘어서야 겨우 고속도로를 빠져나와 면사무소 쪽으로 향했다. 윤호는 면사무소 앞에서 내려 아침에 세워둔 오토바이를 타고 병원으로 향했다. 병원에는 강철이가 아직 기다리고 있었다.

"고상했다이."

"아하, 이거 애기 아빠가 왔는갑네이."

"이 사람, 그게 뭔 소리여?"

윤호는 정색을 하고 물었다.

"팔푼이가 애기를 나 부렀당께."

"아니, 애기를 낳다니? 그게 뭔 자다가 봉창 떫는 소리여. 아까는 식중독이라고 허더니만."

"그것은 신경 쓰지 말라고 헌 소리고, 분명히 장군깜 아들을 나 부렀당께."

팔푼이는 열일곱이지만 스무 살이 넘은 아이들보다 몸이 성숙했다. 요 몇 달 사이에 몸피가 무척 불어서 어른 티가 났지만 크려고 그러는 줄만 알았다. 도대체 임신을 했다면 왜 그동안 아무도 몰랐을까? 무장양반이 살아 계실 때 만삭에 가까웠던 게 분명했다. 팔푼이가 배를 꽉 묶고 다녔던 모양이었다. 윤호는 아침에 보았던 팔푼이의 배가 부은 게 아니라는 걸 새삼 알았다. 그건 그렇다 치고, 애기 아빠는 도대체 누구란 말인가? 아직 나이도 열일곱밖에 안 되고, 제 몸에서 나오는 달거리도 제대로 처리하지 못하는 그 팔푼이가 낳은 아기를 어떻게 키운단 말인가? 윤호는 뭐가 뭔지 암담하게만 느껴졌다.

"팔푼이랑, 애기랑 다 괜찮어?"

"다 건강해. 그런데 큰일이랑께. 저 팔푼이가 애기를 어떻게 키운단 말이어이."

"그래. 암튼 둘다 건강하니까 다행인디. 애기 아빠는 누구라고 해?"

"클쎄. 아무리 어르고 달래도 이녁은 모른다고 오리발이어. 송편으로 콱 목 찔러 죽을 노릇이랑께. 언제 만났냐고 해도 막무가내로 모른데야. 깜깜한 밤중에 꼭 한 번 그래서 모른데야."

"정말로 누군지 몰라서 그럴랑가도 모르제이."

"혹시, 그때 그 고창양반이 아닐까?"

"무슨 자다가 장모 다리 긁는 소리여? 그 어르신이 춘추가 얼만디?"

그러니까 작년 늦가을이었다. 벼 베기에 쫓겨 밤에까지 작업을 하고 들어오던 윤호는 비닐하우스가 있는 농로로 트럭이 들어가는 것을 보았다. 순간 불길한 생각이 스치고 지나갔다. 지난해에도 밤중에 건축 폐자재를 싣고 와 길 옆에 버리고 달아났으나 잡지 못했다. 윤호는 노파심에서 트럭을 뒤쫓아가 보았다. 비닐하우스 앞에는 트럭이 약속시간 보다 2시간이나 늦게 도착했다고 강철이가 투덜대고 있었다. 윤호는 포장된 토마토를 상차하는데 같이 거들었다. 차를 보내고 윤호와 강철이는 마을로 접어들어서 골목을 지날 무렵 팔푼이네 집에서 후닥닥 튀어나와 도망가는 검은 그림자를 목격했다. 두 사람은 그 검은 그림자를 뒤밟아 따라가 봤다. 그 그림자는 고창양반네 집으로 들어갔고 이어 집안에 불이 훤히 켜졌다. 두 사람은 발길을 돌렸다. 고창양반이 야심한 밤에 팔푼이 집에를 왜 들렀을까? 그때 윤호의 머릿속에 불길한 생각이 스쳐 지나갔다. 혹시, 팔푼이에게 무슨 몹쓸 짓을 저지른 것이나 아닌지 의구심이 일었다. 재작년 겨울 고창댁이 돌아가시기 전만 해도 열흘에 한 번 정도는 품자리를 조른다고 미친 노인네라고 마을에 소문이 파다했다. 윤호는 고개를 가로저었다. 아무려면 그럴 리가, 친구 손녀인데. 두 사람은 그 길로 팔푼이네 집 앞으로 가 보았다. 집안에서는 아무 소리도 들리지 않았다. 엊그제 무장양반이 아이 둘을 데리고 서울에 다녀오겠다고 기차역으로 나가면서 윤호에게 일주일만 팔푼이를 보살펴 달라고 부탁했었다. 무슨 일로 가시느냐고 윤호가 묻자, 무장양반은 서울에 있는 아들이 큰 병원에서 진찰을 한번 해보자고 올라오라고 해서 간다고 했다. 무장양반이 친구인 고창양반에게도 팔푼이를 부탁하고 간 것으로 미뤄 짐작했었다. 그래서 고창양반이 팔푼이네 집에서 나온 것을 전혀 의심치 않았다.

"저 애기를 어떻게 해사쓰까이?"

"글쎄. 방법을 찾아 봐야제. 홀트아동복지회로 보내던지."

"하도 답답해서 낮에 의사허고 타협을 해 봤는디, 산모가 동의허지 안허먼 절대 안 된다고 하던디."

"팔푼이는 뭐래?"

214

"애기를 뺏어 가면 죽어버리겠다는 거여. 그럴 때는 팔푼이가 아니라 구푼이도 더 되는 것 같드라고. 또랑새우도 오래 살먼 거웃 난다덩만 내 참 어이가 없어서."

"그래, 내가 원장 좀 만나서 알아볼 텡게 원장실이 어디여?"

"지금 없어. 무슨 세미난가 지랄인가 있다고 점심 먹고는 휑하니 나가 부렀는디, 만날라먼 내일이나 돼얄거야."

"그러먼 팔푼이나 디레다보고 가지 뭐."

윤호는 팔푼이를 보기 위해서 일어섰다.

"야, 윤호야. 그나저나 오늘 견학 간 곳은 어쩌디?"

"그건 조금 있다가 이야기허자고."

윤호는 병실 문을 열고 들어가 보았다. 팔푼이는 침대에 누워서 누가 사다 주었는지 바나나를 아귀아귀 먹고 있었다.

"괜찮냐?"

"녜, 아자씨."

윤호는 더할 말이 없었다. 조리 잘해라 하는 말을 남기고 나오면서 들여다본 아기는 얼굴이 훤하고 손발이 흐벅졌다.

"강철아. 나가자. 술이나 한잔허게."

"아냐. 니가 고생했응게 내가 한잔 사께. 그런디 쫌만 앉아 있어라이. 슈퍼 문 닫기 전에 집사람이 장봐 오라는 것 좀 사와야 돼겄다야."

"알았다. 그러먼 나는 너무 피곤해서 여기 의자에 기대고 십분만 졸란다."

강철은 잠깐 나갔다 온다고 밖으로 나갔다. 윤호는 열이 오르는데다 잠을 설쳐서 그런지 머릿속에 벌떼가 든 것같이 윙윙거려 눈을 감고 대기실 의자에 기댔다. 그리곤 깜박 졸았다.

온 마을은 인터넷 망이 깔리고 집집마다 최신형 컴퓨터가 설치되었다. 군수까지 참석해서 화려한 준공식을 치렀다. 설치하는 날 윤호가 시험 삼아 신붓감을 구한다고 올린 홈페이지에는 전국에서 신부감이 십여 명이나 자원하고 나섰다. 누구를 골라야 할지 행복한 고민에 빠졌다. 또 송이버섯에 대한 어려움도 올렸는데 일본에서 기술제공을 해주고 생산되는 전량을 수입해 가겠다고 답신이 와 있었다. 어려운 일들의 실마리가 착착 풀려 나갔다. 윤호는 언제나처럼 안개 자욱한 새벽, 적송 밭으로 올라갔다. 솔잎을 젖혔다. 땅속으로부터 하얀 구슬들이 돋아나고 있었다. 손으로 쓸어 보았다. 분명 송이였다. 앞으로 앉은걸음을 쳐가면서 계속 더듬어 보았다. 송이버섯이 하얗게 밭을 이루고 있었다. '우와, 송이다.' 윤호는 너무도 기뻤다. 마을을 향해 내리 뛰었다. '송이다, 송이.' 온 마을이 다 들리게 소리를 질렀다. 이 집 저집에서 모두 고샅으로 뛰어나왔다. 삽시간에 고샅은 마을 사람들로 꽉 찼다. 그리고 모두 얼싸안고 춤을 추었다.

"윤호야, 윤호야. 정신차례야. 무슨노무 송이는 송이야. 너는 또 그 노무 송이타령이냐. 송이타령. 난 속에서 불이 활활 타분다. 에이 금년 토정비결에 구시월을 잘 넹계야 헌다고 허더니만."

윤호는 송이를 더듬던 잠에서 덜 깬 눈으로 강철이를 바라다보았다. 한데 그 탐스런 송이들이 눈앞에서 내내 사라지지 않았다. 그래도 한소끔 자고 나서 그런지 머릿속이 맑아진 것 같았다.

윤호는 강철이와 같이 병원을 나와 시외버스터미널 골목의 식당으로 들어가서 술을 청했다.

"그래 가봉께 어쩌디?"

강철이는 궁금해서 앉자마자 물었다.

"더 말할 것 없고 내가 유인물 갖고 왔응께 읽어봐. 한마디로 천지가 개벽했더랑께. 그런 첩첩산중이 말이어 딴 세계가 되얏드라고. 우리 마을도 서둘러야 쓰겄드라."

윤호는 보고 온 내용을 자세히 이야기하고 마을 회의에 부쳐 농협에서 융자를 얻어서라도 컴퓨터를 빨리 설치하자고 안을 냈다. 윤호는 도농간 거리와 소득 격차를 줄일 수 있는 길은 오직 정보화밖에 없다고 강변했다. 그리고 마을의 고민을 서로 이야기하던 중 강철이는 기어코 애 아빠를 찾아내고 말겠다고 기염을 토했다. 마을 게시판에 아기 아빠는 나서라고, 그렇지 않으면 경찰에 수사의뢰 하겠다는 방을 써 붙이겠다고 큰소리쳤다. 윤호는 부질없는 일이라고 그만두라는 말을 끝으로 한잔 더 하자는 강철이를 만류하여 집으로 향했다.

팔푼이가 퇴원하는 날, 윤호는 하는 수 없이 강철이 처와 같이 가서 입원비를 지불하고 데리고 나왔다. 원장은 산모의 동의 없이는 입양기관에 보낼 수 없다는 말만 되풀이했다. 윤호는 차를 몰고 오면서 아기를 어떻게 해야 할지 아무리 생각해 보아도 도저히 묘안이 떠오르지 않았다. 강철이의 말처럼 마을 할머니 한 분을 선정해서 부탁할 수밖에 딴 도리가 없을 것 같았다. 어제 보니 마을게시판에 강철이가 취중에 말했던 애기 아빠를 찾는다는 방이 나붙어 있었다. 안 나타나면 경찰에 수사의뢰 하겠다는 엄포도 들어 있었다. 한가닥 기대는 해 보지만 가능성이 희박해 보였다.

안개가 어찌나 많이 내리는지 십 미터 앞에 가는 차의 후미등이 가뭇없이 보였다. 내리는 게 는개인지 안개인지 구분이 가지 않았다. 윤호는 차를 서행으로 몰았다. 차가 마을 어귀에 들어서자,

구급 앰뷸런스가 경적을 울리며 마을을 쏜살같이 빠져나갔다.

"오빠."

강철이 처가 갑자기 앰뷸런스를 향해 소리쳤다. 윤호는 의아해서 강철이 처를 힐끔 쳐다보곤 물었다.

"어째 그러요이?"

"우리 강철이 오빠가 앰뷸런스 옆 좌석에 탔단 말이요이."

윤호는 마을 어귀에 차를 세웠다. 그리고 강철이에게 전화를 걸었다.

"무슨 일이야? 뭐! 고창양반이 농약을 마세불고 씨러졌다고. 상태는 어때? 아직 몰른다고."

전화하는 동안에도 뒷자리에 앉은 팔푼이는 강철이 처가 안고 있는 아기를 어르고 있었다.

"까꿍. 까꿍. 울 애기. 아나 웃어라."

윤호는 어이가 없어 허공을 향해 웃음도 울음도 아닌 표정을 지었다.

'가을 안개는 밥 안개라고 허등만은 그래도 그렇지 징상시럽게 많이 쪄부렀네이.'

윤호는 혼자 중얼거렸다. 마을 어귀에도 안개는 댓 발 앞이 보이지 않을 만큼 자욱이 끼어 있었다.

2004.

빛의 그늘

어슴푸레한 불빛에 비친 시계는 시침과 분침이 일직선에서 상당히 비껴나 있었다. 아직도 역사 안은 시끄러웠다. 지방에서 오는 야간열차에서 내린 손님들이 떠들고 지나가기도 했다. 남자는 쓰린 속을 오른손으로 문지르면서 돌아누웠다.

사람이 죽는다. 사람이 죽어. 느닷없이 미친 여자의 날카로운 금속성이 역사 안을 뒤흔들었다. 미친 여자는 손뼉을 치며 소리를 질러댔다. 남자는 미친 여자의 외침 소리가 있기 전 남정네들의 싸우는 거친 소리에 이미 잠에서 깨어있었다. 옆에서 자고 있는 여자도 잠에서 깼는지 부스럭댔다. 남자는 일어나는 게 귀찮아서 고개를 돌려 소리 나는 쪽을 바라볼 뿐, 그대로 누워있었다. 셔터가 내려진 양쪽에 즐비하게 누워 있는 사람들도 겨울잠에 들어간 동물들처럼 꿈쩍도 하지 않았다.

사람이 죽었다. 사람이 죽었어. 미친 여자의 말은 죽는다에서 금방 죽었다로 바뀌었다. 후문 쪽 구석에 앉아 소주병으로 나발을 불던 사람이 일어나 미친 여자 옆으로 비틀거리며 다가갔다.

안 죽었어. 자고 있어. 거 봐 잠들었잖아. 사람이 죽었다. 사람이 죽었어. 미친 여자의 새된 외침 소리는 역사 안을 쩌렁쩌렁 울렸다. 야, 이 미친년아. 안 죽었어. 잠자고 있단 말이야. 잠자고 있어. 소주병으로 나발을 불던 사람이 맞고함을 질렀다.

뭐 이 새끼가 내 돈을 왜 가져가. 오백원 내놔. 아냐. 백 원짜리야 백 원짜리가 여기 떨어져 있기에 내가 주웠어. 야, 이 개새끼야. 왜 거짓말을 해. 오늘 아침 쏘주 사먹을 돈이야. 아참, 미치겠네. 백 원이었다니까. 백 원 여기 있어. 가져가. 뭐 이런 새끼가 다 있어. 남의 돈을 훔치고 오리발 내밀고 지랄이야. 이런 개새끼가. 그 말이 떨어지기가 무섭게 퍽 하는 둔탁한 소리가 들렸다. 어이쿠, 너 사람을 발로 찼어. 오늘은 백 원짜리 한 닢 때문에 싸우고 있었다. 고성이 오가더니 이윽고 두 사람이 서로 드잡이를 했다. 둘러선 사람들은 보고 있을 뿐 누구도 말리지 않았다. 백 원이라고 주장하던 사내가 상대를 발길로 내지르자, 오백원을 내 놓으라고 하던 사내는 맥없이 나가떨어지면서 뒤통수를 콘크리트 바닥에 짓찧었다. 떨어지는 순간 쿵 하는 소리가 나더니 한번 튕겨져 오르고 머리를 바닥에 다시 찧고 말았다. 뒤로 넘어진 사내는 손발을 부들부들 떨었다. 상대의 가슴을 발로 찼던 사내는 씩씩대더니 겁이 나는지 슬그머니 꽁무니를 빼곤 어디론가 사라져 버렸다.

남자는 속이 쓰려 잠을 못 자고 뒤채고 있던 터라 그 광경을 처음부터 다 보았다.

미친 여자가 자고 있는 사람들을 발로 툭툭 차면서 사람이 죽었다고 다시 소리를 질러 댔다. 사람들이 부스스 털고 일어나 쓰러진 사람 곁으로 모여들었다. 남자도 일어나 그쪽으로 가 보았다.

이곳으로 옮겨와서는 처음 보는 광경이었다. 본 역에 있을 때는 자고 일어나면 자궁 속의 태아처럼 웅크린 채 죽어있는 사람을 본 적이 있기는 했다.

바닥에 쓰러진 사람은 온몸을 떨고 숨을 가쁘게 몰아쉬었다. 숨이 꺽꺽 막히는 게 금방 숨을 거둘 것만 같더니 마침내 멎고 말았다. 사람들은 빙 둘러서서 보고만 있을 뿐이었다. 반식경이 지난 후에야 누가 연락을 했는지 경찰이 119 구급대와 같이 들이닥쳤다. 주위에 서 있던 노숙자들은 자리를 비켜 이리저리 흩어졌다. 민증이 없는 사람은 경찰 가까이 가려 하지 않고 슬슬 피했다. 거의 다 민증이 없는 사람들이었으나 있다 해도 쉼터로 잡혀가 강제로 수용되게 돼있었고, 이를 원하는 사람은 없었다. 우선 사람들은 통제된 생활방식을 싫어했다. 그곳의 좁은 방은 대여섯 사람이 생활하기에는 너무 비좁았다. 속이 뒤집힐 것 같은 고약한 냄새 하며 코고는 소리로 잠은 설치고 먹는 것도 조악했다. 들어갔다 하면 사람들은 어떻게든 뛰쳐나오고 말았다. 정말 움직일 수 없는 사람이거나 모든 걸 포기한 사람들이나 자리를 지켰다.

미친여자는 계속해서 나는 봤어, 나는 봤어 하고 중얼거렸다. 경찰이 그 여자를 잡고 이것저것 물어보았으나 나는 봤다만 반복할 뿐이었다. 마침내 경찰이 소리를 질렀다. 봤으니까 누가 죽였냐고? 그러나 미친여자는 그 말에 대답하지 않았다.

안 죽었어. 자고 있어. 미친년. 지랄 발광하고 있네. 멀쩡한 사람 보고 무슨 개지랄이야. 술 취한 사람이 다시 횡설수설했다. 저리 가지 못해. 경찰이 술 취한 사람을 향해 빽 소리를 질렀다. 경찰이면 다야. 어디다 반말하고 그래. 그는 경찰에게 대들었다. 경찰은 어이가 없는지, 그래 알았으니까 저리 가요. 뭐가 어째. 왜?

가라마라 해. 죄 없는 사람에게 그렇게 큰 소리를 쳐도 돼? 당신 저리 가지 못해. 계속 그러면 공무집행방해로 연행할 거야. 그 말이 떨어지자 술 취한 사람은 겁을 먹었는지 입을 다물었다.

사람들은 저 여자가 처음 이곳에 왔을 때는 미치지 않았다고 했다. 정말 정신이 멀쩡한 여자였다. 어느 날 집단성폭행을 당한 후 병원으로 실려가더니 다른 사람이 되어 돌아왔다. 아무나 보고 히죽히죽 웃었다. 그녀는 완전히 과거를 잃어버리고 미래도 잃어버린 사람이 되고 말았다.

경찰도 여자가 미쳤다는 것을 감지했는지 다른 목격자를 찾았다. 사람들은 경찰과 일정한 간격을 유지하다가 경찰이 한 발 다가오면 한 발 물러섰다.

잠 좀 잡시다. 누군가 저쪽에서 불쑥 한마디 했다. 누구야? 경찰이 화풀이하듯 소릴 질렀다. 그러나 응답은 없었다. 저 사람이에요. 미친 여자가 손가락으로 가리켰다. 그리고 그 앞으로 가더니 이 사람이요. 이 사람이 그랬어요. 미친 여자를 따라간 경찰이 그 남자를 일으켜 세웠다. 봤지요? 아니요. 못 봤어요. 어디 주민등록증 좀 내봐요. 저 민증 없어요. 그럼 주민등록번호 대봐요. 몰라요. 왜 몰라? 잊어버렸어요. 좋게 말할 때 협조해요. 뭘 알아야 협조를 하지요. 당신 연행되고 싶어. 그래요. 제발 연행해 주세요. 들어가서 편안히 하루 세 끼 굶지 않고 밥이라도 얻어먹고 싶어요. 좋게 말할 때 협조 해봐. 경찰은 목소리를 낮추었다. 뭣 때문에 그래요? 그 사람도 언성을 낮추었다. 이 사람 죽는 거 봤냐 말이요? 사람이 한두 번 죽었어야지 관심이라도 갖지요. 허 참, 이 사람이. 범인이 누구냐고? 가해자가 있을 것 아냐? 가해자가 있기는, 혼자 술 먹고 발광하다가 넘어져 죽었어요. 아니다. 아니다. 다른 사람이 죽였다. 나는 봤다. 똑똑히 봤다. 주먹으로 마구 쳤다, 그리고 가슴을 발로 뻥 찼다. 사람이 죽으려고 하자 도망가 버렸다. 미친 여자는 발로 차는 시늉까지 해보였다.

어이, 때렸다고 하지 않아. 협조 좀 해봐. 나는 못 봤어요. 정말 그럴 거야. 못 봤으니까 못 봤다고 하지 않아요. 그 여자한테 물어보세요. 미친 여자 아니야. 저 여자한테 뭘 물어보란 말이야. 아무튼 나는 몰라요. 사내는 완강히 거부했다.

경찰은 결국 다른 목격자를 찾기 시작했다. 이 사람 저 사람 붙잡고 물었으나 다 못 보았다고 시치미를 뗐다. 경찰의 하는 양이 안타까웠는지 새벽 첫 버스를 타려던 학생이 목격했다고 자진해서 나섰다. 경찰은 그 학생으로부터 참고인 진술을 받아내고 이들이 싸웠는지를 물었다. 경찰은 사건 경위를 자세히 적고 그 학생의 인적사항까지 기록한 다음 그 학생에게 고맙다고 했다. 그 말이 끝나기가 바쁘게 그 학생은 아직 첫 버스가 다닐 시간이 아닌데도 뒤돌아보면서 역사 정문 쪽으로 뛰어가 버렸다. 119 대원들은 경찰의 지시가 떨어지기 무섭게 시체를 옮겨갔다. 경찰은 계속 어깃장을 놓았던 남자를 동행 형식으로 끌고 가버렸다. 경찰까지 떠나가자 사람들은 다시 그 자리에 모여 떠들기 시작했다. 그것도 잠시 더 할 이야기가 없어서인지 한 두 사람씩 흩어져 갔다. 한 생명체가 마지막 체온을 뿌리고 간 자리는 이제 아무 흔적도 없었다. 무심한 사람들의 발걸음만 새로운 아침을 바쁘게 누비며 지나쳐갔다. 남자는 본역에 있을 때 몇 번 죽어 나가는 사람을 보아서인지 담담했다.

본역은 새벽부터 사람들로 붐볐다. 남자는 대합실 한쪽에 마련된 인터넷에서 15분 만에 삼키는 5백원으로 경제 뉴스를 보는 게 유일한 문명의 접촉이었다. 경제 전문지로부터 시작해서 이 신문 저 신문 경제난을 훑고 다녔다. 혹시 자기 사업을 기사회생시킬 수 있는 실낱같은 꼬투리라도 찾기 위해서였다. 15분이 금방 지나가자 다시 투입구에 동전을 집어넣었다. 옆자리에서는 여자가 게임을 계속하고 있었다. 먼발치에서 자주 보던 여자였다. 여자는 10분마다 동전투입구에 줄을 한 번 잡아당겼다 놓았다를 계속했다. 5백원짜리 동전에 구멍을 뚫고 낚싯줄을 달아 동전 투입구에 넣고 게임을 즐기고 있었다. 그리고 끝나면 줄을 잡아당겨 동전을 회수해버리는 모양이었다. 그녀는 계속 공짜 게임을 즐기고 있었다. 궁금해진 남자는 그녀를 향해 물었다. 아줌마, 어디 가면 그걸 만들 수 있어요? 여자는 남자를 흘끔 한 번 쳐다볼 뿐 대답하지 않았다. 아무 말이 없자, 남자는 돌아섰다. 그리고 빈 의자를 찾아 기대앉았다. 모자를 눈 밑까지 푹 눌러쓰고 눈을 감았다.

누군가 남자의 신발을 툭툭 찼다. 남자는 눌러 쓴 모자의 챙을 올리고 눈을 가늘게 떠보았다. 게임을 하던 여자였다. 왜 그래요? 그녀는 눈앞에서 낚싯줄에 매단 동전을 흔들어 보였다. 이거 알려줄 테니까 술 한잔 사요. 남자는 고개를 좌우로 흔들었다. 필요 없어요. 그녀는 의외라는 듯 그럼 이걸 사가세요. 오천원만 내요. 남자는 역시 고개를 좌우로 흔들었다. 그럼 삼천원만. 역시 남자는 고개를 좌우로 흔들었다. 그럼 단돈 천원. 필요 없어요. 남자는 귀찮다는 듯 사그라져가는 목소리로 한마디 했다. 아저씨 바닷가가 고향이에요? 아니오. 그런데 왜 그렇게 짜요? 남자는 대답 대신 모자를 깊이 눌러 썼다. 아저씨, 이거 가져요. 남자는 이제 그마저도 시들해졌는지 거들떠보지도 않고 손사래를 쳤다. 그녀는 그 동전을 남자의 손에 쥐어 주었다. 남자는 못이긴 척 받았다. 여자가 사라지자 남자는 모자를 올리고 그녀의 뒷모습을 바라보았다.

그녀를 가까이에서 다시 보게 된 것은 점심시간이었다. 그날은 비가 부슬부슬 내리고 있었다. 역 광장 무료급식소에서 식판에 밥을 타 들고 계단 옆 벽을 등지고 앉았다. 우산을 펼쳐 어깻죽지에 걸치고 머리만 비를 피했다. 남자는 아침을 굶은 속을 향해 허겁지겁 밥을 퍼 넣었다. 순식간에 밥을 먹어치운 남자는 급식소를 다시 쳐다보았지만 음식이 동이 났는지 이미 줄 서 있는 사람은 없었다. 항상 한 숟갈만 더 먹었으면 하는 아쉬움을 떨쳐버리기가 쉽지 않았다. 먹는 것에 대해 초연해지려고 해도 쉬운 일이 아니었다.

아저씨, 밥 더 드실래요? 밥을 마지막으로 타 가지고 온 사람은 바로 그녀였다. 모자를 푹 눌러 써서 쉽게 알아볼 수 없었지만 분명 그녀였다. 남자는 그녀를 보면 나이를 가늠하기가 어려웠다. 아, 아니오. 괜찮습니다. 사양하지 말고 더 드세요. 밥 퍼주는 아주머니가 마지막이라고 밥통을 박박 긁어서 한 덩이를 더 주었어요. 남자는 엉거주춤 자리 잡은 그녀 옆에 쭈그리고 앉았다. 그녀는 반나마 퍼서 남자에게 넘겨주었다. 반찬은 여기서 그냥 같이 먹어요. 남자는 못이긴 척 받고 말았다. 참 오랜만에 배를 든든히 채웠다. 밥 먹기가 끝나자 식판을 반납하고 그녀에게 고맙다는 말을 남기고 돌아섰다.

남자의 발길을 다시 붙잡은 것은 그녀였다. 아저씨, 우리 커피 한잔 해요. 남자는 주머니를 뒤졌지만 백 원짜리 백동전은 네 닢밖에 없었다. 그녀는 눈치 빠르게 한마디 했다. 저한테 동전이 있어요. 남자는 멋쩍은 표정으로 뒤를 따랐다. 여섯 닢의 동전은 뜨거운 두 잔의 커피를 쏟아냈다. 그녀는 커피 한 잔을 건네주고 자기도 한 잔을 들고 앉을 자리를 골랐다. 아저씨 지난 번 그 동전으로 게임 좀 했어요? 조금…. 남자는 말끝을 흐렸다. 그리고 그녀를 물끄러미 쳐다보았다. 아저씨는 왜 다른 사람들과 같이 안 어울리고 늘 한쪽 구석에 외톨이로 있어요? 그녀는 남자를 그동안 눈여겨 보아온 모양이었다. 내 취미가 아니라서요. 남자는 역시 풀이 죽은 목소리로 힘없이 대답했다. 아저씨, 삶이 고달프죠? 별거 아니에요. 삶은? 계란이래요. 남자는 그녀에 대해 궁금했지만 묻고 싶지 않았다. 물어 보아야 감당할 수 없는 이야기들만 듣게 될 게 뻔했다. 아저씨, 난 아저씨가 날마다 뭐 하는지 알고 있어요. 뭘 하긴 날마다 시간만 죽이지. 단돈 천 원만 생기면 소주를 사다가 돌려 앉아서 홀짝거리는 사람들과는 달라 보였어요. 그녀는 카드를 많이 써서 남편에게 쫓겨났다고 묻지도 않는 말을 남겼다.

남자는 자기의 속내를 내비치지 못했는데 그녀는 아무렇지 않게 남의 이야기하듯 말했다.

남자는 눋지 않는 신소재 코팅으로 되어 있는 프라이팬을 미국에 수출했다. 그러나 사업에 재미를 좀 볼 무렵 미국 하원의원들이 나서서 한국산 식기수입을 하지 말자고 식기를 내던지는 캠페인을 벌이더니 수출 물량이 점점 줄고 말았다. 작년 초부터는 재고가 많이 쌓이고 끝내는 덤핑처리도 안돼 하는 수 없이 땡처리에 맡기고 문을 닫았다.

사업 실패에서 찾아오는 스트레스와 장래에 대한 불확실성 때문인지 이제 겨우 사십을 바라보는 나이에 성기능장애가 왔다. 낮일만 무능한 게 아니라 밤일까지 무능해졌다. 스트레스는 젊은 시절 '정력의 화신'을 성무능력자로 만드는 주범이라고 하더니 마침내 남자도 그런 지경에 이르고 말았다. 남자는 아내와 소통할 언어가 없어졌다. 오밤중에 들어왔다 새벽에 나가는 사람에게 언어가 필요할 리 없었다. 남자는 자고 있는 아내와 아이들을 볼 낯도 없었다. 아내와 무언의 언어인 섹스도 잃어버리고 말았다. 오직 공장을 되살리는 데 온 신경을 썼다. 그 순간에는 아내와 아이들을 잊고 살았다. 잊고 싶어서가 아니라, 부부의 육체적 언어인 성생활도 누릴 정신적 여유가 없었다. 말로 하는 대화마저도 끊긴 지 오래였다. 아내는 남자를 이해하지 못했다.

두 언어가 다 고갈돼버린 부부. 연소물질이 증발해버린 고사목이었다. 남자는 성의 적당한 접촉은 일상생활에 활력소가 된다는 것을 알고는 있었지만 마음대로 되지를 않았다. 아내는 어느 날 메모 한 장 없이 아침이슬처럼 사라져 버렸다. 아내는 계절이 바뀌어도 돌아오지 않았다. 이리저리 알아보아도 어디에도 없었다. 문자메시지 한 번 남기지 않았다. 정말 독한 여자였다. 남자는 아이들을 돌보기에는 너무나 벅찼다. 자기 몸도 추스르기 어려웠다. 하는 수 없이 아이들을 보육시설에 맡기고 돌아설 수밖에 다른 뾰쪽수가 없었다. 눈앞이 부옇게 흐려왔다.

그동안 꺼풀만 남은 공장과 빈티나는 작은 아파트는 빚쟁이들의 무자비한 먹이가 되었다. 남자는 부도수표 남발의 경제사범 리스트에 올라 지명수배 대상이 되었다. 잠수를 탈 수밖에 없었다. 이리저리 떠돌이 신세도 지겨워졌을 무렵 잡혀갈 것을 각오하고 역 근방에 쪽방을 얻었다. 일당 잡역부로부터 시작했다. 그런데 경기가 나빠지면서 일감이 줄어들고 비례해서 수입도 줄었다. 남자는 쪽방을 나와 한달에 15만원 하는 독서실로 옮겼다. 그

228

것마저도 감당하기 어려워지자 만화방을 거쳐 PC방으로 자리를 옮겼다. 불볕더위가 기승을 부릴 무렵 남자는 하는 수 없이 역 대합실로 나앉았다.

여기에도 불문율은 있었다. 밤이 되자 대합실의 좋은 자리는 이미 선참자들이 다 차지해 버렸다. 남자는 서부역사 1층 화장실 들어가는 구석에 겨우 자리를 깔고 누워 잠을 청했다. 그래도 여름은 지낼만했다. 아무 곳이나 누우면 잠을 잘 수 있었다. 모기가 극성이었으나 모기향을 머리맡에 피워 놓고 있으면 앵앵거리는 소리도 저만큼에서 들렸다. 재기를 포기하고 잠수를 타는 처지에 덜미를 잡히지 않으면 다행이었다. 오히려 마음은 편안해졌다.

저녁을 거르고 수돗물로 배를 채우고 잠을 청했으나 잠은 오지 않았다. 아이들이 눈앞에 어른거렸다. 이 무더위에 땀띠나 나지 않았는지, 밥이나 굶지 않는지, 손에 쥔 것이 있어야 찾아볼 텐데 아이들 생각만 하면 암전이었다.

밤중에 고막을 찢는 천둥과 함께 빗줄기가 요란한 소리를 내며 땅으로 내리 꽂혔다. 간신히 부여잡았던 실낱같은 잠 줄기는 무참히 잘려나가고 말았다. 잠을 자야 할 때 잠을 잘 수 없는 괴로움은 그 이튿날까지 이어지게 마련이었다. 깊은 숙면을 취하면 머리가 맑지만 그렇지 않은 날은 하루 종일 졸음의 그늘을 벗어날 수 없었다. 남자는 잠을 자기 위해 얼마 전 문방구에서 구입한 귀마개를 하고 옆으로 누워 다시 잠을 청했다. 그래도 천둥소리까지는 막을 수가 없었다. 시간이 흐르자 천둥소리가 점점 멀어져 갔다. 남자는 어렴풋이 잠의 미로로 빠져들었다.

아내와 아이들이 개울 건너에서 남자를 애타게 부르고 있었다. 억수같이 쏟아지는 비에 개울물이 점점 많아지고 건너가려고 해도 건널 수가 없었다. 아이들은 목이 터져라 아버지를 불렀다. 남자는 어찌해야 할지를 몰랐다. 건너다보고 있는 사이 강물은 점점 불어서 강폭이 넓어져 갔다. 아이들 옆에 비를 맞고 서 있는 아내는 아무말도 하지 않았다.

남자는 뭔가 무거운 것이 가슴에 떨어져 그만 꿈에서 깨어나고 말았다. 웬 가방이 가슴에 떨어져 있었다. 그녀의 가방이었다. 남자는 잠자리에서 벌떡 일어나 어둠 속을 살펴보았다. 그녀의 배 위에 누군가 엎어져서 낑낑대고 있었다. 남자가 귀마개를 빼자 여자의 신음 소리가 확연히 들렸다. 소리 지르면 죽여 버리겠어. 어둠 속에서 들리는 거친 목소리는 누구인지 알 수 없었다. 남자는 긴장했다.

그녀는 주위가 불안했는지 잠을 잘 때는 항상 남자 주변에 자리를 잡았다. 오늘도 초저녁에 두어 발짝 떨어진 곳에 자리를 잡고 눕는 것을 남자는 보았다. 그녀는 주변에 집적대는 사람들을 멀리하기 위해 좀 안전하게 보이는 남자의 주위를 위성처럼 맴돌았다.

합기도 유단자인 남자는 민첩하게 일어나 그 놈을 걷어찼다. 여자의 배 위에서 굴러 떨어진 놈은 잽싸게 아랫도리를 추슬렀다. 본역 노숙자들 사이에서는 악명 높기로 유명한 천가놈이었다. 이 개새끼, 일분만 있었으면 끝나는데. 그 말을 마치기도 전에 구부린 자세의 천가놈이 뭔가를 휘둘렀다. 허벅지에 따끔한 통증이 왔다. 남자의 허벅지를 가르고 지나간 것은 칼이었다. 남자는 천가의 사타구니를 향해 오른발을 내질렀다. 천가는 어이쿠, 하는 비명을 지르면서 저만큼 나가떨어졌다. 그리고 손에 들렸던 칼이 시멘트 바닥에 구르며 날카로운 쇳소리를 냈다. 천가는 신음소리를 내면서도 다시 일어나지 못했다. 후미진 곳이라 보는 사람은 없었다. 주변에 서너 사람이 더 있었으나 그들은 모른 척 일어나지 않았다.

그녀는 옷도 추슬러 입지 못한 채 어둠 속에서 흐느끼고 있었다. 그것도 목 안으로 억누른 울음이었다. 옷 입어요. 남자의 투박한 한마디를 들었을 텐데 계속 흐느끼기만 했다. 너 이 새끼, 이 바닥에서 살아남나 두고 봐? 감히 나를 건드려. 그년이 네꺼야? 너 이 개새끼. 두고 봐. 남자는 대답하지 않았다. 그건 천가의 터무니없는 위협이었다. 너 천가 이 새끼, 너를 강간죄로 고소하도록 하겠어. 남자는 발길을 한 번 더 내지르려다 그만두고 말았다.

남자는 허벅지가 쓰라려옴을 느꼈다. 어둠 속에서도 끈적끈적한 피가 옷에 배어 나오는 게 보였다. 남자는 메리야스셔츠 아랫단을 찢어 다리를 동여맸다. 남자는 그녀에게 단호하게 말했다. 빨리 짐을 쌉시다. 여기 남아있다가는 천가놈에게 아줌마나 나나 무사치 못할 테니까 빨리 일어서요. 여자는 울먹이면서 아저씨도 무서워요, 다 무서워요, 하는 말을 했다.

남자는 그녀를 억지로 끌고 본 역사를 빠져나왔다. 마땅히 갈 곳이 있을 리 없었다. 그래도 밤이슬이라도 가려주는 이곳 역사로 옮겨왔다. 아저씨, 저 때문에 다쳐서…. 빨리 저랑 같이 병원에 가요. 그러나 남자는 갈 수 없었다. 돈도 없었지만 신분이 드러나는 것이 두려웠다. 갈 수 없다고 하자 그녀는 알아차린 듯 더는 재촉하지 않았다. 역 앞 약국 문이 열리자 그녀는 소독약을 사가지고 왔다. 상처 난 곳을 풀고 소독을 하고 약을 발랐다. 소독할 때의 쓰라림을 남자는 이를 악물고 참았다.

그러기에 뭐하러 간여했어요. 모른척하고 있지. 자고 있는 사람

가슴팍에 자기 가방을 던질 때는 언제고, 알 수 없는 여자였다. 어떻게 사람이 그걸 보고 가만히 있을 수 있어요? 미안해요. 나 때문에. 별말을 다 하네요. 여자는 하루 내내 역사 귀퉁이 물품보관대 있는 곳에 쭈그리고 앉아 있었다. 다른 때 같으면 점심은 거르지 않았을 텐데 그 시간에도 꿈쩍하지 않았다. 남자는 보다 못해 역사 내에 있는 세븐일레븐 편의점에서 비상금을 쪼개 우유와 빵을 사와 여자 앞에 내밀었다. 여자는 그걸 받아 들고 눈물이 번진 눈으로 남자를 쳐다보았다. 눈물이 다시 주르륵 볼을 타고 흘렀다. 그걸 무릎 아래 내려놓았다. 지켜보고 서 있던 남자는 빵 봉지를 터서 여자 입에 가져다 대주었다. 그때야 여자는 마지못해 빵을 받아 쥐고 씹기 시작했다. 남자는 팩에 든 우유도 먹기 좋게 열어주었다. 여자는 빵을 먹으면서도 눈물을 줄줄 흘렸다. 다 잊어버려요. 삶은 계란이라면서요. 남자는 한마디 하고 돌아섰다. 여자는 울다 말고 피식 웃었다.

　주변에 있던 노숙자들이 그녀를 계속 주시하고 있었다. 그들 중 한 사내가 그녀 앞에 앉아 뭐라고 말을 걸었다. 여자는 아프리카 초원의 임팔라였고 그녀를 노리는 남자 노숙자들은 으르렁거리는 사자였다. 어디에도 사자가 임팔라를 사냥하는 것을 막아줄 방패막이는 없었다. 그녀는 말없이 우유팩을 들고 일어나 남자의 뒤를 따랐다. 아저씨. 남자는 돌아보았다. 아저씨, 저하고 술 한잔 해요. 저한테 돈 있어요. 무슨 아침부터 술. 그녀가 앞장서서 역사 후문 쪽으로 걸어갔다. 3층인 대합실 앞에서 여자는 상가 건물들을 훑어보았다. 아저씨, 이 앞에 바이더웨이 2층에 특미회관이라고 있네요. 거기 가서 솥뚜껑 삼겹살에 소주 한잔 해요. 남자는 여자를 쳐다보았다. 삼겹살에 소주라니, 얼마 만에 들어보는 말인가. 두 사람은 역사를 빠져나왔다. 남자는 여자가 술 먹고 싶어하는 심정을 이해하고도 남았다. 그러지 말고 소주를 사 가지고 공원으로 가지요. 안돼요. 오늘은 제가 하자는 대로 하루만 보내주세요. 그래도 여기 이 집은 너무 비쌀 것 같아요. 저쪽으로 가보지요. 두 사람은 구부러진 골목을 돌아 한 허름한 국밥집에 자리를 잡고 앉았다.

술이 나오자 말없이 서로 몇 잔씩을 목 안으로 털어넣었다. 알싸한 소주가 목 안을 따끔거리게 하면서 내려가자 열이 나고 힘이 솟는 것 같았다.

아저씨, 전 이제 어떻게 해요? 잊어버려요. 아저씨도, 그게 쉽게 잊어질 일이에요? 하기야. 남자는 말은 안 했지만 숫처녀도 아닌 아줌마가 그렇게까지 절망하는 이유를 알 수 없었다. 다음에 아저씨를 만나도 알은체하지 않으면 되지 않아요. 아저씨, 나 아직 결혼 안 했어요. 네에? 남자는 짐짓 놀랐다. 그럼 어떻게 아가씨가 여길. 살다 보니 그렇게 됐어요. 그래도 무슨 사연이? 지난번에는 가계수표를 많이 써서 경제사범이 되었다면서요. 그건 거짓말이었어요. 아저씨, 저는 살인미수 지명수배자예요. 어쩌다가? 대학 졸업하고 백여 군데 넘게 이력서를 냈어요. 그래도 오라는 곳이 없었어요. 개자식들이 나처럼 못생긴 얼굴은 발을 못 붙이게 했어요. 하는 수 없이 남동생 뒷바라지하기 위해 어려움을 겪는 엄마에게 손을 벌릴 수 없어 주유소에서 고졸이라 속이고 알바를 했어요. 그런데 그 늙다리 대머리꼰대 사장이 친절하게 대하면서 눈빛이 이상해지기 시작했어요. 그래도 나를 측은하게 생각해서 그런 줄로만 알았어요. 시간당 주는 돈이 다른 곳보다 많아서 그 자리를 버리기도 아까웠고요.

하루는 같이 일하는 김군을 초저녁에 심부름을 보내버리고 알바 시간이 끝났는데 추가로 돈을 더 주겠다고 늦게까지 영업을 한 다음 문을 닫았어요. 하루 결산이 끝나자 십만 원권 수표 한 장을 손에 쥐어 주기가 바쁘게 젊었을 때 다 이런 과정을 거치는 거라면서 소파에 나를 쓰러뜨리고 덮쳤어요. 나는 나도 모르게 반항하다가 그만 탁자에 놓여 있는 유리 재떨이로 늙은 대머리의 뒤통수를 내리쳤어요. 주인은 바닥에 피를 흘리고 쓰러졌고 나는 도망쳤어요. 그리고 밖으로 나와서 계속 뛰었어요. 그래도 나중에는 정신을 수습하곤 일일구에 신고했어요. 왜? 경찰에 신고하지 않고. 무서웠어요. 그리고 집엘 못 들어갔어요. 친한 친구네 집으로 가서 숨었어요. 경찰이 곧 나를 잡으러 올 것 같아서요. 그리고 날마다 주유소 건너편에 가서 살펴보았어요. 자수하려고. 아니오. 주인이 죽었는지 살았는지 궁금해서요. 삼일째 되는 날 어머니한테서 핸드폰으로 전화가 왔어요. 빨리 자수하라고. 살인강도로 지명수배 되었다고요. 내가 하루 판매액 수백만 원을 탈취하려다 안 되니까 강도로 돌변해서 주인의 머리통을 박살내고 살인을 하고 돈을 빼앗았다고요. 그래서? 자수하려고도 했지만 결과는 보나마나 뻔하지 않아요. 유전무죄 무전유죄인 세상이란 건 나도 알아요. 내가 무슨 돈이 있어서 그놈을 강간미수로 처넣겠어요. 결국 친구집에서도 나와버렸어요. 그걸 눈치 챈 친구가 싫어하는 것 같아서요.

그 다음날 주유소 건너편에서 봤더니 그 주인 놈이 죽지는 않았더라고요. 훤한 이마에 손바닥만한 반창고를 붙이고 기름을 팔고 있었어요. 죽지는 않았다는 걸 확인하고 그 후에는 가지 않았어요. 그때부터 남들이 얼굴을 몰라보도록 세수도 하지 않고 모자를 푹 눌러쓰고 다녔어요. 길거리에서 누가 자세히 쳐다보면 가슴이 철렁 내려앉았어요. 그런데 여긴 어떻게? 우연히 떠돌다 와 봤는데 여기 있는 여자들에게는 사람들의 관심이 없었어요. 그래서 여기가 잡혀가지 않을 제일 안전한 곳인 것 같아서요. 꼭 안전하다고만 할 수는 없어. 여자들을 노리는 노숙자도 있고, 이곳도 간혹 형사들이 찾아오기도 하고. 자, 한 잔. 건배해요. 남자는 그녀의 잔에 술잔을 부딪쳤다.

아저씨, 저 그 짜식을 기어이 찾아서 죽여버릴 거예요. 잊어버려요. 재수가 없어서 액땜했다고 생각하고. 도저히 그대로 넘길 수 없어요. 글쎄 잠이 설핏 들었는데 이마가 서늘했어요. 눈을 떠 보니 칼을 이마에 대고 있었어요. 소리 지르면 죽인다고요. 그리고 칼로 하의를 찢어 버렸어요. 소리 지르려 했지만 목소리가 나오지를 않았어요. 그녀는 울먹였다. 아저씨, 정말 죽고 싶어요. 그나저나 아저씨 못 본 척 안 하시고 저를 구해주셨는데 어떻게 해요. 칼까지 맞고요. 지금 쓰라리지 않으세요? 응 술이 들어가서 그런지 쌈박거리던 것이 멎은 것 같아. 아저씨 동생처럼 생각하시고 저 좀 지켜주세요. 오늘부터 오빠라고 부르겠어요. 내가 오빠 노릇을 할 능력이 있어야지. 다른 것은 필요 없고요. 엉겨 붙는 거머리 새끼들만 떼어내 주세요.

그녀는 못 생겼다. 광대뼈가 툭 튀어나온 데다가 주걱턱은 그녀를 강성으로 보이게 했다. 그러나 키도 크고 도드라져 보이는 가슴은 주변의 사내들 눈길을 끌기에 충분했다.

남자는 사내들이 여자에게 말을 걸어오는 것을 몇 번 본 적이 있었다.

밤이 이슥해지자 상가 셔터가 내려졌다. 대합실도 마찬가지였다. 열차가 도착하는 대합실만 열려 있었다. 사람들은 이 눈치 저 눈치 보다가 상가 셔터가 내려진 쪽에 머리를 두고 통로 쪽으로 발을 뻗은 다음 잠자리를 잡았다. 어림해도 역사 안에 한 200여 명은 되는 것 같았다. 약간 빈 곳이 있어서 남자는 그 곳에 자리를 잡았다. 그녀도 그 옆에 자리를 잡고 누웠다. 남자의 다리가 덧나려는지 다시 욱신거렸다. 칼날에 깊이 찔리지는 않았지만 상처가 쉽게 아물지 않을 것 같았다. 남자가 막 잠을 청하는 찰나, 누가 발치께를 툭툭 찼다. 어이 어디서 왔어? 저 본역에서 왔는데. 왔으면 신고식을 해야지. 일어나 봐. 남자는 마지못해 일어나 앉았다. 같이 고생하는 처지에 무슨 신고식을 하라고 그래? 어쭈 이거 제법이네. 어디서 배워먹던 버릇이야. 배워먹던 버릇이라니? 분위기가 심상치 않았다. 다른 치들은 남자가 당하는 걸 빙글거리면서 즐기고 있었다. 누구도 말릴 생각은 없는 듯했다. 사내와 패거리들이 팔짱을 끼고 남자를 노려보기도 하고 실실거리며 웃기도 했다. 사람들은 사내를 심가라고 불렀다. 남자는 심가의 기세에 꺾이지 말아야 한다고 속으로 다짐했다. 야, 너 어디서 굴러먹던 개뼉다귀 같은 놈이야. 너 큰집 가서 신고식 안 해봤어? 어디 사람이 새로 왔으면 어른들한테 인사를 해야지. 버릇없이 말이야. 뭐 버릇이 없어? 다 같이 어려운 처지에 뭐 말라비틀어진 신고식은 신고식이야. 이 자식 봐라. 이거 말로는 안 되겠구먼. 따끔한 맛을 한번 봐야지. 일촉즉발이었다.

남자는 오후에 있었던 일이 떠올랐다. 어이 형씨. 이리 와서 소주 한 고뿌 하소. 심가와 그 패거리가 둘러앉아 술을 마시고 있다가 그 앞을 지나가는 남자를 불렀다. 그러나 남자는 고개만 설레설레 젓고 지나가버렸다. 심가는 남자 들으라고 등 뒤에 대고 한마디 했다. 야, 잘난 척하지 마. 인생 죽어버리면 암껏도 아니야. 살았을 때 먹을 것 먹고 즐겁게 살아야 돼. 남자는 속으로 코웃음을 쳤다. 깡소주 한 모금 마신다고 해서 먹을 것 먹고 산다니. 더구나 즐겁게 살어. 참 한심한 작자였다. 낮에 소주잔을 거절한 보복을 하는 모양이었다.

그때 자는 척하고 누워있던 그녀가 일어나서 끼어들었다. 아저씨, 왜 이러세요. 신고식을 하라니까 않겠다잖아. 어떻게 하는 건데요? 쐬주나 한 열 병 사면 이 형씨 덕에 나팔이나 한번 불지 뭐. 남자가 그 말을 듣고 한마디 했다. 쐬주 열 병? 지금 쥐약 사먹고 죽자 해도 돈이 없어서 못 죽는다. 그 돈 있으면 약 사먹고 당장 편히 가겠다. 그 말을 들은 심가의 표정이 묘하게 일그러지면서 맞받아쳤다. 뭐 이런 씹쌔끼가 다 있어. 우리 다 같이 화목히게 지내자는데. 남자와 비슷한 연배인 것 같은데 심가는 막무가내로 나왔다. 그녀가 다시 두 사람 사이를 가로막고 나섰다. 아저씨, 여기 딱 오천 원이 있어요. 이걸로 술 사다 드릴 테니까 싸우지 마세요. 심가의 성질이 한풀 꺾였다. 그녀는 오천 원을 보여주면서 술을 사다주겠다고 돌아섰다. 이리 줘. 심가의 날카로운 말이 떨어짐과 동시에 재빨리 그녀의 손에 들린 오천원권 지폐를 낚아채면서 한마디 덧붙였다. 형씨 우리 잘 지내봅시다. 그런데 아가씨는 뉘시오? 우리 오빠예요. 아닌 것 같은데. 암튼 좋소. 형씨 서로 딱딱하게 굴지 말고 저쪽으로 가서 한잔 합시다. 됐소. 피곤해서 잘 거요. 형씨 또 알아요. 내가 매제가 될지. 그는 느끼한 웃음을 흘리면서 돌아섰다. 심가의 등 뒤에 서있던 자들도 며칠을 굶은 행려병자가 밥그릇을 쳐다보듯 그녀를 위 아래로 훑어보는 눈빛이 예사롭지가 않았다. 이런, 죽일 새끼들. 남자는 주먹을 쥐고 부르르 떨었다. 여자가 잽싸게 남자의 팔을 부여잡았다. 오빠 제발 참아요.

노숙자들에게 계절은 아무런 감흥을 주지 못했다. 어느덧 가로수인 은행잎이 노랗게 물들고 단풍철이라고 단풍놀이 가는 사람들로 역 대합실이 붐볐지만 남자는 다가오는 추위가 걱정이었다.

남자는 그녀 때문에 사내들과 자주 다투었다. 그녀가 말하는 거머리를 떼어내주기 위해. 그러나 저쪽 본역에서처럼 그렇게는 싸우지는 않았다. 그때 칼 맞은 자리가 덧나서 고생하기도 했지만 가능하면 자중하려고 애썼다. 어떤 관계냐 하는 말에는 얼버무리고 말았다. 남자는 그녀가 부담스럽지만 하는 수 없이 보호자가 될 수밖에 없었다. 그녀 역시 울타리로 남자를 철저히 이용했다. 그녀는 의식적으로 마치 오누이처럼 굴었다.

상대가 되지 않을 치들이 시비를 걸고 큰소리치는 것을 보고 참고 있자니 남자는 속이 부글부글 끓을 때가 한두 번이 아니었다. 이 세계에도 계급은 있었다. 오래 전부터 진치고 있는 치들 중에는 저세상으로 간 사람들도 있었지만 아직도 건재해서 고참 행세를 하는 치들도 있었다. 심가도 그중 한 사람이었다. 동료 등을 치거나 앵벌이로 돈을 쥐면 소주잔 기울이기에 바빴다.

아무튼 참아야 한다고 남자는 몇 번인가 다짐을 했다. 이 지옥에서 살아남기 위해서는 참을 수밖에 달리 방법이 없었다. 괜히 그치들과 다투어서 역전파출소에라도 끌려가는 날이면 경제사범으로 구속될지도 모른다. 밤은 늘 남자를 잠 못 들게 하고 뒤채이게 만들었다. 돌파구가 보이지 않았다.

오빠, 오늘 낮에 천가 패거리를 봤어요? 응 봤어. 뭣하러 우리를 쫓아왔을까요? 글쎄, 걱정하지 마. 그리고 그들이 심가 패와 어울리는 것도 이상해요. 별일 없을 테니까 염려하지 마. 남자는 이미 천가 패거리들을 보았었다. 그러나 여자가 불안해할까봐 말하지 않았었다. 천가 패거리들은 날마다 술을 마시고 이쪽 패거리들과 싸웠다. 그리고 힘없는 노숙자들을 등쳐서 몇 푼 숨겨놓은 돈을 빼앗기도 했다. 남자는 그들을 무시해버렸다. 그들도 남자의 존재를 모른체했다. 서로 지나가다 마주쳐도 고개를 돌려버렸다. 천가 패거리들은 오늘밤에도 심가 패거리와 같이 어울려 세븐일레븐 24시편의점 앞에 자리 잡고 술을 마시고 있었다.

남자는 잠을 이룰 수가 없었다. 죽어 간 사람의 일이 남의 일만 같지 않아서였다. 시체는 실어갔지만 이 생각 저 생각에 쉽사리 잠이 오질 않았다. 곧 날이 샐 텐데 잠은 자꾸 멀리 달아나고 있었다. 아이들의 얼굴이 둥두렷하게 떠올랐다. 남자는 아이들 일만 생각하면 가슴이 아팠다. 어서 돈을 마련해야 아이들을 데려다 같이 살 수가 있을 텐데 길이 보이지 않았다. 아무 연락이 없다고 혹시 홀트아동복지로나 보내지 않았는지. 겨울은 점점 다가오고 걱정이 앞섰다.

잠이 쉽사리 오지 않았다. 낮에 설핏 눈을 붙인 게 탈이었다. 몽롱해진 머릿속은 누군가 뇌수를 온통 휘저어 놓은 것 같았다. 오늘도 사람들은 내려진 셔터 쪽으로 머리를 두고 누워서들 잤다. 오빠, 잠이 안 와요. 아까 죽은 사람 너무 불쌍해요. 여자도 잠을 못 이루고 있었다. 오빠도 싸우지 마세요. 그래, 나도 너를 집적대는 놈만 없으면 주먹을 쓸 일도 없어. 이쪽으로 와서는 각별히 조심하고 있어. 그래요. 남자 왼편에서 자고 있던 여자는 남자 옆으로 바투 다가와 귀밑에서 속삭였다. 이제 역사 대합실은 셔터도 다 내려지고 술 먹는 패거리들만의 혀 꼬부라진 소리가 간혹 들릴

뿐이었다. 아까 술에 취해 죽은 사람보고 잠들었다고 경찰에게 우기던 사람은 여전히 한 손에 소주병을 든 채 비틀거리고 다녔다. 미친 새끼들, 잠든 사람을 싣고 가버려. 그 새끼들 멀쩡한 사람을 어디 대학병원에다 팔아먹을 거야. 산 사람을 갖다 팔아먹어. 나쁜 새끼들. 그러면 부속은 다 뜯어내고 새시만 남어. 아마 그 사람 걸레가 될 거야. 동네 어귀에서 고물 라디오나 고쳤던 아저씨인 듯했다. 사람을 마치 라디오 기판처럼 생각하는 모양이었다. 부속이 없을 때 고장난 라디오의 부품을 빼내 다른 고장난 라디오를 고치던 시절이 생각난 듯했다.

주위가 잠잠해졌다. 미친 여자는 어디에서 꼬꾸라져 자고 있는지 보이지 않았다.

그때였다. 역사 정문 쪽에서부터 가죽점퍼와 대머리가 사람들 얼굴을 플래시로 비춰 가며 일일이 점검하고 있었다. 형사가 다시 나와 살인사건의 재조사를 하는 모양인지 알 수 없었다. 남자는 무슨 일인가 궁금해하며 허리를 반나마 펴고 그쪽을 보았다. 오빠. 왜 그래? 응, 저쪽에 불심검문이야. 도망가야 할 것 같아. 여자가 고개를 돌리더니 소스라치게 놀랐다. 오빠 나 도망가야 돼. 저 자식이 그 대머리 주유소 주인새끼야. 여자는 침낭을 미처 개키지도 못한 채 살며시 빠져서 후문 쪽으로 잽싸게 달아났다. 남자도 일어나서 자리를 개다 말고 불심검문 하는 쪽으로 다가가 보았다. 여자를 찾는지 확인해보고 싶어서였다. 형사인 듯한 가죽점퍼는 누워있는 여자들을 플래시로 비춰보고 들고 온 사진과 대조했다. 그리고 아니면 들고 온 사진을 눈앞에 들이대면서 이 여자 본 일 있느냐고 물었다. 형사가 들고 있는 사진은 분명 여자의 앳된 모습이었다. 남자는 가재걸음으로 되돌아와 두 사람의

240

자리를 주섬주섬 챙겼다. 후문 쪽 계단을 내려와서 이리저리 둘러보았으나 여자는 보이지 않았다.

남자는 공원 쪽으로 향했다. 그러면서도 혹시 어느 건물 담벼락에 붙어 서 있지 않나 살펴보았다. 그러나 어느 곳에서도 여자를 발견할 수 없었다. 남자는 공원 입구로 들어섰다. 공원 안에는 아무도 보이지 않았다. 산책길을 따라 걸어가면서 주위를 살폈으나 사람이라곤 없었다.

그때 소나무 그늘 속에서 세 사람이 불쑥 튀어 나왔다. 분명 천가 패거리였다. 세븐일레븐 앞에서 술판을 벌리고 있더니 불심검문을 피해 공원에 숨었다가 돌아가는 모양이었다. 그러나 그들이 떠드는 소리를 듣고 남자는 소스라치게 놀랐다.

아따, 그년 고것 하나는 끝내 주네. 정말 기가 막혀. 얼굴은 못생겼어도. 야, 짜식아 돼지를 얼굴 보고 잡아먹니. 구멍만 좋으면 됐지. 순간, 남자의 뇌리 속으로 불길한 예감이 스치고 지나갔다. 남자는 그들이 나온 소나무 그늘로 달려갔다. 여자의 흐느낌 소리가 들렸다. 남자는 어둠 속에서도 무슨 일이 일어났는지 보지 않아도 상황이 그려졌다.

천가 패거리는 여자가 불심검문을 피해 달아나자 미행했던 모양이었다. 여자가 역사를 빠져나가자 칼로 협박해서 역사 뒤쪽에 위치한 공원의 구석진 곳으로 끌고 갔을 것이다. 여자는 죽을힘을 다해 반항했지만 놈들은 여자를 무자비하게 패기 시작했고, 비명을 지르는 그녀의 입을 틀어막았고, 다시 숨을 쉬지 못할 만큼 누군가 그녀의 명치를 향해 주먹을 내질러 여자를 쓰러뜨렸고 그리고 놈들은 개떼처럼 달려들어 여자를 범했을 게 뻔했다. 남자는 여자를 바로 따라나오지 못한 게 후회스러웠다. 여자에게 큰 죄를 저지른 것 같았다.

　여자는 소나무 아래 널브러져 있었다. 옷은 태풍이 지나간 돛폭처럼 발기발기 찢겨 있었고 하체에서는 피가 흐르고 있었다. 다행히 죽음은 면한 듯했다. 남자는 서둘러 점퍼를 벗어 여자의 아랫도리부터 덮어 주었다. 괜찮아? 여자를 흔들었다. 여자는 한참만에야 입을 열었다. 오빠, 그 놈들 다 갔어요. 그 개 같은 놈들 말이에요. 여자는 울먹이기 시작했다. 응. 갔어. 개 같은 소리들을 하면서 갔어. 뭐라고요. 자세히 듣지 못해서 알 수가 없었어. 남자는 얼버무리고 말았다. 오빠, 더러워도 나 좀 안아 주세요. 내가 미안해. 즉시 따라나와야 했는데. 남자는 풀밭에 앉아서 여자를 반나마 일으켜 세워 가슴에 안았다. 오빠, 나 이 모양이 되어서 이제 어떻게 해요? 이렇게 더럽게 망가져서. 나 그 놈들을 기어이 찾아내서 한 놈씩 한 놈씩 기어코 죽일 거예요. 남자는 휴지를 꺼내 여자의 눈물을 닦아주었다. 오빠. 나 죽고 싶어. 이렇게 어떻게 살아. 이제 오빠도 나를 싫어할 텐데. 아니야. 아무 말도 하지 말고 가만히 있어. 다 내 잘못이야. 잠깐만 누워있어. 여기다 자리를 깔 테니까. 남자는 침낭을 깔고 여자를 옮겨 뉘었다. 여자는 다 찢겨진 하의를 다른 옷으로 갈아입었다. 그리고 자리에 누웠다. 남자도 그 옆에 누웠다. 남자는 오랜만에 땀에 절은 퀴퀴한 냄새 속에서 여자의 냄새를 맡았다. 여자는 아무 말도 하지 않았다. 소나무 가지 사이로 별들이 보였다. 남자는 살며시 손을 더듬어 여자의 손을 잡았다. 여자는 손을 뿌리치지 않았다. 자자. 남자는 그녀에게 말했다. 오빠. 잠이 올 것 같지 않아요.

　오빠. 나는 어제까지만 해도 오빠와 같이 사는 엉뚱한 꿈에 젖어 있었어요. 우선 골목에서 재활용품을 주워 모으고 출근 시간

242

에 순환선 전철을 타고 요즘 아침에 나눠주는 공짜신문으로 몸살
을 앓는데 그걸 매일 주워모아 팔아서 언젠가 쪽방이라도 하나 얻
겠다는 꿈. 그 꿈에 젖어 있었어요. 그리고 하고 싶은 말, 하루 내
참았던 말, 하루 내내 못다 한 말, 그 말들을 밤 늦게까지 피곤해
잠들려는 오빠를 간지럼을 태워 가면서 억지로라도 듣게 하고 싶
었어요. 이제 이런 몸으로 어떻게 오빠와 살겠다고 하겠어요. 개
새끼들. 여자는 다시 울기 시작했다.

　남자는 여자를 살며시 끌어안았다. 여자는 품안에서도 울었다.
내일 비상금으로 둘이 잘 수 있는 침낭을 사자. 그리고 공원 동쪽
건너편 위브아파트 앞에 잘 수 있는 곳을 엊그제 봐두었어. 그 곳
에서 동거를 하는 거야. 그리고 파지도 주워 모으고 해서 둘이 누
울 수 있는 쪽방을 얻어 이사를 가는 거야. 그리고 돈을 모아 네
사람이 잘 수 있는 방을 마련하는 거야.

　어느새 울음을 그친 여자는 아무 말도 하지 않았다. 밤은 이제
엷어지고 있었다. 남자는 아랫도리에서 평소 느끼지 못하던 힘이
솟아옴을 느꼈다. 소나무 가지 사이로 하늘을 쳐다보았다. 하늘
이 맑고 별들이 초롱하게 떠 있었다. 새벽바람이 차갑게 불어왔
다. 바람은 다가올 겨울의 혹독한 추위를 예견케 해주었다. 그런
대로 이 겨울이 춥지만은 않을 것 같았다.

2004.

좀비, 그리고 좀비족

좀비, 그리고 좀비족

금년 겨울은 유난히 춥다.

며칠씩 강추위가 계속되는가 하면 폭설로 교통이 두절되고 산간지방의 민가가 눈 속에 묻히는 등 매스컴에서는 몇 십 년 만의 사태라고 연일 보도했다. 산짐승이 굶어 죽을까봐 산 속에 눈을 헤치고 먹이를 놓아주는 모습도 간혹 지면이나 화면에 보여 주었다. 사람들은 러시아워의 버스를 믿을 수 없기 때문인지 전철로만 몰려들었다.

아무래도 좀 편하게 출근하려면 아침 일찍 집에서 출발하지 않으면 안 되었다. 승강장에서 전철을 기다리고 있으면 전동차는 앞부분에 고드름이 사자 수염같이 매달려서 마치 포효를 지르고 달려오는 맹수 같았다. 전철에 들어서면 숨을 쉴 수 없을 만큼 승객들이 많았다.

전철에서 내려 걸어오면서 금년도 오늘이 마지막이구나, 하는 생각을 하자 발걸음이 무겁고 착잡했다. 내가 사무실에 도착했을 때는 아무도 없었다. 간혹 아침 일찍 출근하면 청소부만이 청소

를 하고 있기 일쑤지만 오늘 아침에는 그도 보이지 않았다. 사무
실은 몹시 추워서 서지도 앉지도 못하는 엉거주춤한 자세로 발을
구르고 서 있어야만 했다. 발끝으로부터 냉기가 스밀 때쯤에야
구식 라디에이터에서 따악따악 금속 부딪치는 기분 나쁜 소리가
들려오고 한쪽에서부터 피시식 하는 불규칙한 음향을 신호로 스
팀이 들어오기 시작했다.

나는 라디에이터가 따뜻해지기를 기다리며 그 앞에 서서 무연
히 밖을 내다보고 있었다. 건너편 고상역에 전철이 도착하자 사
람들은 자루가 터져 검정콩이 쏟아지듯 밀려나왔다. 여덟 시가
지나면서 직원들이 하나 둘 출근하기 시작하면, 정적에 싸였던
사무실은 그제야 다시 호흡을 시작하고 꾸물꾸물 잠에서 깨어났
다. 신발 터는 소리, 인사하는 소리, 전화 받는 소리, 웃음소리까
지 가세하기 시작하면 사무실은 신진대사가 원활해진 기관처럼
정상을 되찾아갔다. 일일결산을 끝내고 그날의 주요한 문제점들
을 체크하기 시작하면 팽팽한 활시위처럼 긴장 속에서 하루의 일
과가 시작되었다.

"김과장. 한창식이는 어떻게 됐어요?"

부장은 일일결산 석상에서 물었다. 일일결산회의는 매일 아홉
시가 되기 전에 시작되었다.

"아직 아무 소식이 없는데요."

나는 담담하게 대답했으나 부장은 하고 싶지 않은 이야기를 하
는 표정이었다. 처음부터 한을 좋게 보지 않았기 때문인지도 모
른다.

'김과장. 거 봐, 아무리 김과장이 두둔하고 잘 봐주려고 해도 그
런 놈은 안 되는 거야.'

부장의 속엣말이 들리는 듯했다. 나는 자리에 돌아와서도 기분이 언짢았다. 부장의 태도가 마음에 켕겨서였다.

그가 돌아와야 할 텐데, 그가 돌아오지 않는다면 어떻게 해야 하나, 하는 걱정이 앞섰다.

지난 연말, 그날도 일일결산 후 대충 정리를 하고 책상에 도착한 우편물을 개봉하다가 등기 한 통이 섞여있는 것을 발견했다. 수취인 끝에 친전이라고 되어 있었으나 발신인은 내가 알 수 없는 사람이었다.

과장님. 조직은 인간을 서서히 마멸시켜가고 섬광처럼 번득이는 예지를 썩고 무디게 해서… 저는 이 조직에서 전혀 불필요한 존재임을 새삼 깨달았습니다. 그동안 저를 구제해 주시려고 무척 애쓰신 과장님께 실망을 안겨드려 대단히 죄송합니다. 이제 저는 더 이상 타성에 젖어서 쓸모없는 인간이 되기 전에 이 조직을 떠나야할 시기가 온 것 같아서 여기 사직서를….

한의 사직서가 동봉된 편지였다. 편지를 읽고 난 나는 그가 지금 어디서 무엇을 할까하는 걱정보다는 심한 배신감을 느꼈다. 또 한편으로는 귀한 무언가를 무참히 앗겨버린 것 같은 허탈감에 빠졌다.

며칠 전 한이 공사현장을 무단히 떠나버린 후, 소식이 없었다. 직원을 시켜 집에 연락해 봤더니 부인의 말로는 시골에 급한 볼일이 생겨서 내려갔다고 했다. 뻔한 거짓말인 줄 알면서도 며칠 휴가처리를 하고 기다리기로 했다.

한이 이유 없이 공사현장의 감독관실을 떠날 리가 없었다. 그는 그런 사람이 아니었다. 누구보다 책임감이 강한 사람이었다. 더구나 나에게 전화 한 통화 없이 떠날 사람은 더더구나 아니었다.

편지의 일부인은 속초우체국 소인이 찍혀 있었다. 아마 동해안이나 설악산 쪽에 있는 것 같았다.

그는 산을 퍽 좋아했다. 어느 깊은 산장에서 여장을 풀고 한 길 이상 쌓인 눈을 창틀 너머로 멀거니 바라보거나 천불동 계곡에서 빙벽을 타고 있을지도 모를 일이었다. 그의 집으로 몇 번 전화를 걸어 봤으나 아무도 받지 않았다. 나는 부인이 한 번쯤 전화를 걸어오리라고 믿었는데, 너무 미안해서인지 전화마저 걸어오지 않았다.

내가 시설공사 파트 과장으로 발령 받고 부임해서 얼마 되지 않았을 때 한의 부인이 나를 찾아온 적이 있었다.

점심을 먹고 식곤증으로 내리 감기는 눈꺼풀과 씨름하고 있을 때였다. 수화기에서 약간 앳된 목소리가 울려나왔다. 한창식의 부인이라면서 그녀는 잠시 시간을 내달라고 담담하게 말했다.

나는 걸어 나가면서 '또 골치 아픈 일이 한 가지 더 느는구나' 하고 생각했다. 오랜 직장 생활에서 얻어진, 직원 부인이 찾아오면 좋은 일보다는 뭔가 좋지 않은 일이 생기기 마련이라는 선입감 때문이었다. 돈, 여자, 도박, 여러 가지를 상상해 봤으나 감을 잡을 수가 없었다.

카페에는 체격은 아담하지만 아직 앳되게 보이는, 예쁘장한 얼굴의 여자가 기다리고 있었다. 언뜻 일별해 본 여자는 화장기 없는 얼굴에 우수가 서려 있었다. 생머리를 뒤로 질끈 동여맨 그녀는 더욱 단정하게 보였다. 수인사가 끝나고 퍽 빈곤한 화제 앞에 나는 쑥스러워 하고 있었다. 그리고 내심 약간 불안하기도 했다.

나는 카페 안을 휘둘러보았다. 요즘, 신정부 들어서 사정기관의

사찰이 스트레스를 받을 만큼 자주 있었다. 손님 중에 누가 또 그런 기관에서 나와 있는지 알 수 없는 노릇이었다. 마주 앉아 있는 모습이 직원들 눈에 띄어 화제에 오르기라도 한다면 무어라 변명을 해야 할지 그 점도 난감한 일이었다.

아직은 늦은 봄인데도 창문 밖에서 불어오는 바람은 무더움을 실어왔다. 나뭇잎들이 점점 푸르러 오고, 오동나무 높은 가지 위에 연보랏빛 꽃들이 푸른 하늘과 잘 조화되어 돋보였다. 넓은 오동나무 잎사귀에 빛 부신 햇살이 잔잔한 바람에 일렁이고 있었다.

이 카페는 이층이어서 항상 조망이 좋았다. 더구나 창문턱까지 뻗은 오동나무 가지는 운치를 더해 주었다.

"과장님, 우리 애기 아빠 회사에서 어때요?"

나는 부인이 퍽 맑은 눈을 가졌다고 생각했다. 부인의 눈을 가만히 응시해 보았다. 마치 깊은 산속의 맑다 못해 검푸른 용소 같았다. 나는 부인의 물기 어린 눈을 똑바로 쳐다 볼 수가 없었다.

"무엇을 알고 싶으신지…?"

나는 말끝을 흐렸다.

"우리 애기 아빠가 다른 직원들같이 직장에서 일에 대한 의욕도 있고, 직장 동료들 간에도 친절하고, 신뢰받는 사람인지해서요?"

나는 한에 대해서는 너무도 모르고 있었다. 구조조정이란 태풍이 불어가고 원로들이 쓸쓸히 회사를 떠나면서 대대적인 인사이동이 있었다. 이쪽 부서로 발령 받아 온 지가 오래지 않아 아직 업무 파악도 제대로 못하고 있는 형편이었다. 지금까지 내가 알고 있는 한은 별로 말이 없고 누구하고도 잘 어울리지 않는 그런 친구였다. 그리고 동료 박과는 간혹 다툼을 벌이는 정도밖에 모르고 있었다.

"네. 잘하고 있습니다."

나는 부인에게 실망을 주고 싶지 않아 적당히 둘러댔다. 잠시 침묵이 흘렀다. 부인은 다음 말을 쉽게 꺼내지 않았다. 나는 어색함을 메우기 위해 무슨 말인가 해야 한다고 생각했으나 나 역시 적당한 말이 떠오르지 않았다.

"차 드시지요."

멋쩍은 말로 대화를 트고자 했다.

감미로운 음악이 실내의 분위기를 차분히 가라앉히고 있었다. 카페 아가씨가 장난스레 눈을 찡긋하면서 약지를 세워 보였다. 손님맞이로 출입이 잦은 나에게 애인이냐고 묻는 모양인지 놀리는지 알 수 없었다. 나는 미소를 보내고 고개를 약간 갸웃해 보였다.

부인은 한참 만에야 다시 입을 열었다.

"과장님. 우리 애기 아빠 좀 어떻게 안 될까요?"

부인의 표정은 진지했다.

"무슨 말씀이신지 좀 자세히 이야기해 주시지요."

해야 할 말들을 마음속으로 차근차근 정리하고 있는지 잠시 말이 끊겼다.

부인이 이윽고 입을 뗐다.

"결혼했을 당시는 그이가 직장일을 비롯해 매사에 의욕적이었고 패기에 차 있었는데 한 삼년 전부터인가 자포자기하는 것 같았어요. 또 일과 후에는 거의 날마다 술이나 마시고 들어와서는 직장을 비관해 오더니 요즈음은 세상 모든 것을 비관해 버려요. 왜 그러느냐고 물어도 알 것 없다고 하면서 말도 못 붙이게 하고 마

치 자폐증 환자같이 굴었는데 간혹 과장님 이야기를 할 때가 있어
요. 제가 확실히는 알 수는 없지만 우리 애기 아빠가 과장님께 어
떤 기대 같은 걸 갖고 있는지도 모르겠어요. 새로 오신 과장님이
라면 우리 애기 아빠를 옛날처럼 직장에 충실하고 좀 더 의욕적인
사람이 되도록 자극을 주고 또, 그렇게 하실 수 있지 않을까 해서
요.”

　부인은 슬픔을 잘근잘근 씹어 삼키고 있는 듯했다.

　인간 개조.

　그 얼마나 어렵고 지난한 일이었던가! 나는 지방 소장으로 근무
하면서 끊임없이 그런 문제에 부닥쳤었다. 어느 조직이든 한두
사람은 아예 골치 아픈 사람이라고 해서 내팽개쳐버린 경우도 있
었다. 그렇다고 팽개쳐진 사람이라고 해서 가만히 죽어지내지도
않았다. 일을 회피하고 말썽을 부리기도 했다. 그런 사람일수록
공직에 있는 한 누가 마음대로 쫓아내지는 못할 것이라는 윗선의
거물급 이름을 들먹이는 안전판을 앞세우기도 했다. 그런 경우,
상급자는 할 일을 맡기지도 않았고 관심을 가져주지도 않았다.
직원들도 그런 사람은 거들떠보려고도 하지 않고 모른척하기 일
쑤였다. 팽개쳐진 사람도 자기 자신을 스스로 포기하고 있었다.
또 열심히 타이르면 듣는 척하다가도 엉뚱한 일을 저질러버리는
사람을 보아온 터였다. 마치 어린애가 어른들의 관심을 끌기 위
해 저지르는 퇴행현상 같았다. 조직은 구태여 그런 말썽꾼을 끌
고 갈 필요까지를 느끼지 않았다. 마치 폐기 비용을 아끼려고 창
고에 방치해둔 낡은 사무집기와 같았다. 언제든 기회 봐서 태워
버리기 위해.

　그렇다고 부인의 이야기를 저버릴 수도 없었다. 나는 부인의 이

252

야기를 새로운 고민거리로 받아들이고 있었다.

사무실로 돌아온 나는 한의 인사기록카드를 자세히 살펴보았다. 세 번의 직무교육이 모두 우등이었고 해당분야 국가기술1급 자격증도 따 놓고 있었다. 사장표창은 해당 직급에서 한 번 있었지만 장관표창은 아직 없었다. 우리가 전담하는 시설공사 파트에서는 하위직급에도 간혹 장관표창이 주어졌었다. 그는 징계 받은 사실도, 이리저리 전임 된 일도 없었다. 인사기록카드만 봐서는 지극히 무사안일하고 평범한 인성을 가진 직원으로 비쳐졌다. 그러다 보니 5급 직원으로 8년이 경과한 셈이었다.

나는 차석인 남 대리를 통해서 그를 좀더 자세히 알고자 했다.

"예. 한창식 씨는 머리는 우수한데 누구하고도 잘 안 어울리는 성격입니다. 거 뭐랄까 엘리트의식이라고나 할까, 머리가 우수한 사람들이 마음속으로 남을 경멸하거나 멀리하는 그런 타입이지요."

"그리고 또 다른 사항은 없습니까?"

"자기에게 맡겨진 일은 어떤 어려움이 있어도 책임지고 처리해 놓습니다. 물품감사가 있었는데 수량이 완벽하게 맞았습니다. 예년 같으면 감사를 대비해서 직원들이 일요일을 반납하고 나와서 물품 계수 맞추기 작업을 공동으로 했었는데, 한이 창고에서 먹고 자고 하면서 일주일 만에 계수를 정확하게 맞추고 정리정돈을 끝내 버렸습니다."

직장마다 엘리트라고 불리는 사람들이 있겠지만 우리 조직에도 마찬가지였다. 일에 대한 프로 성향이 강한 사람들을 주변에서는 그렇게 불렀다. 프로페셔널한 사람들은 자만에 차 있고 그래서 주위를 크게 의식하지 않았다. 주변의 생쥐 같은 무리들은 항상 기회가 있을 때마다 프로를 긁기도 하고 음해하기도 했다. 그들은 생존방법에는 이골이 나서 선물보따리를 싸들고 높은 사람 문전을 문턱이 닳도록 찾아다니며 연명해 나갔다. 한이 프로라면 무수한 공격을 받았을 것이 뻔했다.

한에게서 하위직급 시절 나를 읽고 있었다. 일을 잘해 보려고 하면 면전에서는 부추겨 주는 척했지만, 그런 사람일수록 뒤돌아서면 갖은 모략을 하기도 했다. 지금도 그때 일을 생각하면 아픈 기억으로 떠올랐다. 학연, 지연, 혈연따라 끼리끼리 파당을 짓고 거기에 예속되지 않은 사람은 가차 없이 매도되었던 시절. 그것은 차라리 악몽이었다. 그래도 운이라는 게 정말 있어서인지 나를 알아주는 사람, 지금은 경쟁회사로 옮겨가서 이사로 있는 양국장을 만나고부터 판도가 달라졌다. 다행히 그분의 도움으로 동기생들보다는 늦었지만 이만한 자리라도 차지하고 아직 이 조직에 남아 있게 되었다. 양국장은 나에게 세상사는 요령, 즉 굽힐 줄 아는 게 이기는 거라는 이야기를 누누이 해주었던 분이었다. 아마 나는 그 분을 통해 조직사회의 인간관계를 새롭게 배웠던 것 같다.

"저…."

남대리는 뭔가 말하기를 주저했다.

"괜찮으니까, 이야기해 보세요. 나만 알고 참고할 테니까."

그래도 망설이다가 남대리는 어렵게 말을 꺼냈다.

"그게 말을 해야 좋을지. 그러니까 한은 저…. 박용국이 하고 사이가 좋지 않습니다."

"박용국이라면 본부 인사국장인 박국장 아들? 그건 또 왜요?"

이 부서로 발령을 받았을 때 부장이 잘 봐 주라고 귀띔해 준 인물이 있었다. 본부 인사국장의 아들이라고 했다. 사실 공직사회에서 자기보다 높은 상급자의 자녀를 부하직원으로 두는 것은 또 하나의 상전을 두는 거와 마찬가지였다. 말이 잘 봐달라는 것이지 실은 조심하라는 의미였다. 잘못 보이면 날려버릴 수도 있다는 엄포였다. 이런 경우 심히 불편하지만 어쩔 수 없는 일이었다. 바람이 있다면 그 친구가 심성이나마 좋았으면 하는 거였다.

상급자들은 그런 자녀를 맡았을 때, 고민하는 사람이 있는가 하면 오히려 좋은 기회로 이용하고자 하는 사람도 있었다. 자기의 출세 길을 얻기 위해 그 직원을 자기 상전같이 떠받드는 경우도 있었다. 아예 그 집안의 패밀리가 되어버린 것을 자랑으로 여기기도 했다.

박에 대해서는 전임 과장이 떠나면서 남겨준 정보가 도움이 될 듯했다. 박에 대한 좋지 않은 평과 아울러 사소한 일에도 부장이 박의 역성을 든다고 마땅치 않게 이야기했다. 또 박이 인사 관계 브로커 노릇도 한다는 말을 덧붙였다.

그 동안 무슨 일을 시켰느냐고 묻는 내 질문에 그저 간혹 준공검사 출장이나 보내면 됩니다, 였다. 준공검사를 할 정도의 기술적인 능력이 있느냐고 묻자, 그러니까 준공검사자의 보조로 보내면 된다는 이야기를 하면서 씁쓰레하게 웃었다. 그렇다면 괜히 출장비만 낭비하고 보낼 필요가 무에 있느냐고 반문하자 가만히 있으면 부장이 출장 보내라고 압력을 넣는다는 것이었다. 한마디로 말해서 출장비나 축내고 있는 한심한 작태였다.

"아마, 피해의식 같은 거겠지요. 육급 평사원에서 몇 년 걸려서 오급 평사원이 됐는데, 박은 아버지 덕택에 오급으로 특채되었습니다."

"아니 어떻게 그럴 수가?"

"그게 아주 절묘한 케이스인데요. 우리 조직에 채용공고를 내도 장래성이 없고 진급도 안 된다고 해서 항상 결원이 생기는 기계직으로 특채한 후 인기 있는 전자직으로 환직 시키는 마술을 부렸습니다."

참 교묘한 방법으로 자식을 입사시킨 경우였다.

"그리고 자기 부친인 박국장 자랑을 너무 하니까요. 또 다른 이유는 조사부의 직원을 자기 아버지에게 부탁해서 진급시킨 일이 있었는데, 그게 소문에는 수백만 원을 박을 통해 건넸다는 소문이 파다하게 퍼졌습니다. 그 후로 다른 부서 직원들 중에서도 박을 따르는 직원이 많아졌지요. 박은 더욱 우쭐대고, 한은 그게 퍽 아니꼽게 보였던 모양입니다."

"아니, 그게 박을 꼭 미워할 이유라고 할 수만은 없을 것 같은데."

"박과의 관계는 그 이상은 모르겠습니다. 그리고 좀 곤란한 일이 있었는데 한이 미스 홍이라는 기능직 여직원과 말다툼한 일이 있었습니다. 미스 홍이 하도 대드니까 슬쩍 떠민 게 그만 넘어진 일이 있었지요. 그 사건이 생긴 이후 높은 분들로부터 요주의인물로 찍히게 되었고, 아마 그때부터 직장에 환멸을 느꼈을 겁니다. 그리고 심리적으로 높은 분들의 자제가 우리 직장에 공채가 아닌 적당한 방법으로 들어온 경우에 대한 거부감이 있지 않았나 생각됩니다. 미스 홍이라는 애도 그런 케이스로 들어 왔고요."

남대리는 가능하면 소상하게 이야기하려고 애썼다.

"미스 홍은 왜?"

"아. 그건 미스 홍이 서울지사 영업부의 홍부장님 있지 않아요.

그 부장님 따님이었는데 컴퓨터도 서툴 뿐만 아니라, 연계된 담당업무도 게으름 피우고 또 그렇다고 고분고분하지도 않아서, 그러다 보니까 평소 좋지 않은 감정이 쌓였던 모양입니다.”

남대리로부터 그런 이야기를 듣는 동안 후텁지근한 날씨가 더 무덥게 느껴졌다.

본격적인 여름이 언뜻언뜻 흩뿌리는 빗방울 사이로 시작되고 있었다. 아침에 출근하자 직원들이 약간 술렁이고 있는 감을 느꼈다. 저희끼리 수군대다가 내가 들어오자 입들을 다물어버렸다. 직감적으로 뭔가 이상한 분위기에 잠겨 있음을 알 수 있었다. 나는 남대리에게 무슨 일이냐고 물으려다 그만두었다. 곧 일일결산 회의가 시작될 시간이었다.

하루의 일과는 판에 박은 듯 이어져갔다. 회의를 끝내고 부장은 국장실로 가고, 나는 내 자리로 돌아와서 앉았다. 출근시간이 지났는데도 한과 박이 보이지 않았다. 내가 묻기 전에 남대리가 한은 휴가신청을 하고 박은 숙직실에 누워있다고 보고했다.

나는 남대리에게 본의 아니게 화를 내고 말았다. 한 사람은 연가를 내고, 또 한 사람은 숙직실에 누워있다니 도대체 이게 무엇 하는 짓들이냐고.

남대리는 휴게실에 가서야 지난밤 이야기를 자세히 들려주었다. 직원들은 퇴근길에 자연스럽게 어울렸다. 맥주를 시원하게 몇 잔 하고 게임방을 거쳐 노래방으로 다시 술집으로. 그들은 어울리면 늘 그랬다. 그런데 평소 잘 안 어울리던 한도 같이 어울리게 되었다. 술이 어느 정도 되자 그런 저런 이야기들이 더욱 분위기를 어수선하게 했다.

그때, 취흥이 도도해진 박의 주사가 시작되었다. 박은 어릴 때부터 부유하게 성장했고, 어떤 면에서는 버릇없이 자라서 그런지 몰라도 안하무인 같은 행동을 할 때가 간혹 있었다. 하급직원들의 어려움이나 애환을 그는 몰랐다. 그러다 보면 도가 지나치고 특히 술이 취하면 아버지인 박국장을 '우리 영감님, 우리 영감님' 하면서 자랑이 대단했다. 그래서 직원들은 박이 영감님 자랑을 시작하면 '취했구나' 라고 생각했고, 그냥 묵묵히 들어주었다. 박에게 밉게 보여 이득될 게 없다는 간특한 계산이 깔려있는지도 모를 일이었다. 사람들은 직장생활을 오래 할수록 눈치가 빠르고 지극히 피동적으로 순치되어갔다. 그들이 멍청하게 보일지 몰라도 똬리를 틀고 있는 분노를 그들은 잘 삭히고 위장할 줄 알았다. 공직에 오래 있다 보면 더 자기 감추기에 능란해 그 표정을 읽을 수가 없었다.

또, 직원들은 어차피 진급하려면 사업본부의 인사국장인 박국장 손을 한 번쯤 거쳐야 하고 그러자면 박에게 평소 잘 보여 두는 것이 좋지 않을까, 하는 생각들에 사로잡혀 있는 것 같았다. 타부서 직원들까지 박에게 점심을 사거나, 저녁 약속을 하는 것을 간혹 봐 왔었다. 그리고 부장이나 과장들조차 그에게 눈에 띄게 잘하는 사람이 있었다. 우리 부장도 진급할 때 박국장에게 신세를 톡톡히 졌다고 소문이 파다하게 나있었다. 누구는 다 진급 되도록 되어 있었으나 박이 아버지를 통해 재를 뿌려서 최종단계에서 탈락했다는 소문도 있었다.

박은 특히 인사에 관한 정보가 빨랐다. 내가 전임 발령이 나자 박은 내 인사기록카드를 복사해서 주머니에 넣고 다니면서 짓까불었다는 말을 들은 일이 있었다.

그가 사업본부인 상급부서에 있지 않은 것은 부자가 한 관서에 체면상 같이 있을 수 없기 때문이라는 이야기도 들렸다. 나는 항상 그에게 신경이 쓰였다. 항간에 떠도는 말은 장관이 박국장의 처가 쪽으로 가깝다고 했다. 작년 구조조정 때도 잘릴 것이라는 소문이 무성했었다. 그러나 잘리기는커녕 오히려 본부 인사국장으로 영전되었다.

그날 밤에도 박이 지나치게 나오자 한이 발끈하고 화를 내고 말았다. 한은 죽은 듯이 박의 말을 들어주고 있는 직원들의 태도에 더욱 화가 치밀었는지도 모를 일이었다. 취중이었지만 한은 꼭 해야할 옳은 말로 공격을 했기 때문에 박은 반론을 제기하지 못했다. 그런데 분위기가 평소와 좀 달랐다. 직원들은 말리려고 하지도 않았고 또 이를 지켜보는 직원들의 표정은 마치 무더운 여름날 한줄기 소나기를 맞는 것처럼 시원해하는 분위기였다.

그는 전화기 옆으로 가더니 이쪽까지 들리도록 큰 소리로 형님을 찾으면서 전화를 했다. 그가 평소 버릇처럼 부장한테 전화하리라고 짐작들은 했었다. 그는 간혹 직원들과의 사석에서 부장을 형님이라고 부르면서 위세를 부렸다. 호가호위하려는 수작이었다. 부장은 인근에 살고 있었고 평소에 전화 한 통화면 부장을 불러낼 수 있다고 큰소리쳤었다. 그러나 박이 전화를 했을 때만 하더라도 밤 깊은 이 시각에 부장이 나오리라고는 아무도 생각하지 않았다.

"야, 웃기지 마. 지금이 몇 신데 부장이 잠 안자고 나오겠어?"

한은 노골적으로 빈정댔다. 그러나 일은 묘하게 뒤틀리고 말았다. 부장이 잠이 덜 깬 부스스한 얼굴에 점퍼 차림으로 술집 문을 밀고 들어섰다.

"이제 그만들 마시지."

그래도 부장이라고 점잖게 한마디 했다. 박은 의기양양해져서 부장과 같이 추종세력을 몰고 삼차를 하자고 떠났다. 몇 남은 사람들은 한과 화풀이 술로 날을 샜다.

그 시간에 무엇 하러 나왔는지. 주책없이 박을 편애하는 부장이 새삼 푼수 없는 사람으로 느껴졌다.

하루가 지루하고 답답하게 지나갔다. 직원들을 먼저 퇴근하도록 하고 혼자 앉아서 곰곰이 생각해 보았다. 아무래도 오래 머무를 곳이 못된다는 느낌이 왔다.

퇴근 후에 집에 돌아왔으나 아직도 일이 끝나지 않았다는 사실을 알았다. 한이 집 앞 카페에서 기다리고 있었다.

"과장님, 저는 요즈음 직장에 환멸을 느끼고 있습니다. 도저히 견딜 수가 없을 것 같습니다."

"그래서."

나는 그의 첫마디에서 기분이 언짢았다. 오늘 말없이 휴가를 낸 것에 대한 불만이 나의 어투에 나타나고 있었다.

"사표를 낼까 생각합니다."

나는 그의 얼굴을 빤히 쳐다보았다. 실내가 흐릿해서 표정을 정확히 읽을 수는 없지만 꼭 그가 사표를 내고 싶은 생각은 아니라는 판단이 왔다. 본론을 은폐한 전주곡이 아닐까.

"그래서? 그럼, 내일이라도 출근해서 사표를 내지. 자네가 없어도 이 조직은 까딱도 안 할 테니까."

한은 그 말 한마디에 당황해하는 눈치였다. 순간, 그는 나를 섬뜩하리만큼 살기 어린 눈으로 쏘아보았다. 아마 사표를 내지 말라고 할 줄 알았는데 뜻밖인 모양이었다. 나는 이런 경우 그를 만류하면 오히려 역효과가 난다는 사실을 알고 있었다. 적지 않은 공직생활이 가져다 준 사악한 노하우였다.

나는 그즈음 그를 세심하게 관찰하고 있었다. 부인이 나를 찾아왔다 간 지 얼마 되지 않았기 때문이기도 했지만 그를 잘 다듬는다면 한 사람의 프로페셔널이 될 것 같아서였다.

"과장님, 공무원이 이런 것인 줄 알았으면 그 어려운 시험을 치러서 들어오지 않았을 것입니다. 차라리 공장에나 들어갔으면 열심히 노동을 하고 늦게 퇴근할 때, 이렇게 시원한 맥주나 한 잔 마시고 쓰러져서 자고 하는 단순한 생활이 얼마나 편할까 하는 생각마저 듭니다. 처음 들어올 때는 공무원이라는 데 대단한 기대를 했었습니다. 그런데, 지극히 보수적이고 전근대적인 고참들의 견고한 요새를 깨부수기에는 나는 너무도 역부족이었습니다. 십년이 다 되어가는 데두 진급도 못하고 여러 가지로 답답할 뿐입니다. 저는 근무평정 때문에 항상 어려움을 겪고 있습니다."

한이 공무원으로 들어올 때는 국가기관이었으나 지금은 조직체계가 바뀌어서 국영기업체가 되어 있었다. 그러나 분위기나 체질은 전혀 변한 게 없었다. 오히려 어떤 면에서는 더 경직되어 있었다.

"근무평정이 어때서?"

"요 몇 년 동안 만점을 받아본 일이 없습니다. 근무평정 항목을 보면 별 웃기는 항목이 다 있습니다. 과장님은 그게 개개인의 심성을 정확히 파악해서 자연인을 무쪽 베듯이 몇 점 몇 점으로 평가할 수 있다고 생각하십니까?"

"그거야 현재로서는 다른 묘안이 없기 때문이야. 그건 근무평정권자의 재량이지만 통상 지금까지는 고참 순위로 했지 않은가? 물론 지극히 객관적이고 타당하게 해야겠지만 사람이기 때문에

저울처럼 정확히는 할 수 없는 것 아니겠는가. 한이 앞으로 근무
평정권자가 된다 하더라도 그 점은 마찬가지일 거야."

"과장님. 지금까지 근무하면서 느낀 점은 일을 잘한 사람보다
는 높은사람 집을 자주 찾아다닌다고 소문이 난 사람들이 근무평
정도 잘 받았고 진급도 더 빨리 하는 것을 보아 왔습니다."

그는 불만으로 가득 찬 표정이었다.

"그럴 수도 있겠지. 그러나 모든 걸 그렇게 일방적으로 볼 수만
은 없지 않은가. 자격 여건이 갖추어졌으니까 근무평정을 만점
받을 수 있었고 그 결과 진급을 할 수 있었겠지."

나라고 그걸 모를 리 없다. 돌 때 얻어먹은 백설기까지 다 게워
내고 싶은 역겨움을 꾹꾹 참고 지금까지 견디어온 나도 있다는 말
이 곧 입 밖으로 튀어나올 것 같았다. 나는 그에게 경의와 아부의
한계, 일의 추진 능력, 자기 피아르 등 여러 가지 이야기를 했다.
지극히 거부적인 그의 안목을 차제에 개안시키고 싶어서였다.

"과장님. 그리고 진급 심사할 때 그 오배수라는 게 가장 합리적
인 방법 같지만, 제가 볼 때는 힘없는 사람에게는 더 불리할 뿐입
니다."

"그것도 그래 다섯 사람 중에서 여러 가지를 고려해 제일 우수
한 사람을 골라 진급시킬 수 있는 방법 중의 하나지만, 항상 모든
것은 양면성을 지니고 있기 때문에 제도를 집행하는 집행권자의
양식에 관한 문제겠지."

그가 지방에서 근무할 때인데 진급권자가 자기의 조카를 진급
시키기 위해 이상한 짓을 하더란 말을 했다. 결원이 한 사람 생겼
는데도 진급을 시키지 않고 있다가 두 사람의 결원이 생기자 서열
1위와 10위인 자기 조카를 포함해서 진급을 시키더라고 했다.

262

"과장님. 요즘 세상에 거저 되는 일이 있다고 생각하십니까?"

"되는 일도 있지. 사람은 매사를 부정적으로만 보지 말고 긍정적으로 볼 줄도 알아야 해."

나는 약간 화를 내고 있었다. 한의 생각이 너무 많이 비뚤어져 있기 때문이었다. 왠지 모를 피로감이 몰려왔다.

"저는 이 조직에서 이해할 수 없는 게 너무 많습니다. 예를 들자면 일을 잘하는 사람이 표창을 받고, 근무평정도 잘 받고, 진급도 해야 하는 게 원칙 아닙니까? 그런데 그렇지 않았습니다. 세 가지 다 하기에는 너무 벅차서 그런지 일 잘하는 사람 따로, 표창 받는 사람 또 진급하는 사람 따로였습니다."

그는 현실에 대한 심한 패러독스를 쏟아냈다. 그런 역설의 독소가 나중에 자기를 중독 시켜 파멸해 갈지 모른다는 사실을 한은 느끼지 못하고 있었다.

"그것도 오해야! 꼭 그렇지만은 않아."

그와의 대화에서 한의 내면세계가 조금씩 드러나 보이기 시작했다. 나는 한의 면모를 서서히 읽어가기 시작했다.

"일만 잘한다고 됩니까? 물론 처음에는 저도 일을 열심히 했고, 하려고 애도 많이 썼지만 주위 환경이 저를 소외시켰습니다. 점점 나태하고 회의에 빠지게 만들었습니다. 마치 창의력이 필요 없는 게으른 노예같이 되고 말았습니다. 그래서 이 거대한 조직이 나를 별 쓸모 없는 존재로 전락하도록 만들어 버렸습니다."

주위의 손님들이 이제 다 가고 저쪽에서 연인으로 보이는 한 쌍만이 소곤거리고 있었다. 나는 그 아가씨의 손길이 수족관에서 보았던 디스커스같이 희고 아름답게 느껴졌다.

나는 술이 점점 취해 왔지만, 그의 언어 구사는 너무도 조리 정연했다.

"그래, 그러면 진작 사표를 내고 더 보람 있는 직장으로 가보지 그랬어."

나는 그의 직장에 대한 강한 불만에 제동을 걸고 싶었다.

"과장님, 그 생각은 수없이 해봤고 지금도 하루에 열두 번씩 사표를 내고 싶습니다. 그렇지만 첫 직장이고 또 다른 사람들이 말하는 것처럼 제일 인기 있는 직장이 아닙니까? 하루 내내 아무것도 않고 노는 직원도, 손톱 소제만 하고 있는 여직원도 봉급 한 푼 깎이지 않고 다 받을 수 있지 않습니까. 그리고 솔직히 말해서 이보다 더 좋은 직장을 얻을 수 없기 때문입니다. 또 기다리고 있으면 언젠가는 나를 알아주는 그런 분을 만나게 될지도 모른다는 막연한 기대 때문입니다. 마치 사막 한가운데 주유소를 먼저 세우고 차가 오기를 기다리기보다 도로가 나기를 먼저 기다려야 하는 멍청이같이 말입니다. 정말 상사로서가 아니라 인간적으로 존경할 수 있는 사람 말입니다. 어쩌면 이 조직을 저만 짝사랑하고 있는지도 모르지요."

그는 잔을 비우고 나에게 또 잔을 건넸다.

"자네는 이 조직이 자네를 발견하게 해야지, 조직에 대한 불만만 토로하면 되겠는가. 그리고 이 조직이 얼마든지 노력하는 사람에게는 좋은 기회를 부여했지 않은가. 사급 시험을 볼 수 있는 유리한 조건도 주어지고. 그런데 그런 제도는 이용하지 않고 불만만 토로하면 되겠는가. 그리고 자네가 열심히 일을 했다면 근무평정도 만점을 주었을 것 아닌가. 어떻게 생각하나?"

나는 그에게 모처럼 반격을 시도해 보았다. 그것은 그의 깊은 우물 속에 남은 마지막 한 방울의 물까지 퍼 올리고 싶어서였다.

"입사해서는 열심히 했는데 내가 어쩌다가 어느 날 무능한 인간으로 전락하고 있는지 자신이 한심했습니다. 돌이켜 생각해 보면 여러 가지 여건이 나를 오늘날과 같이 만들었습니다."

"자네는 미쓰 홍의 이야기를 하고 싶은 게로군!"

"과장님도 그 이야기를 알고 계시는군요!"

"……."

"그건 전혀 우연이었습니다. 나는 평소 여자가 남자만큼 일을 못한다는 편견을 가지고 있지 않습니다. 미스 홍이 연계된 일을 처리해 주어야만 내가 일 처리를 할 수 있기 때문에 어쩔 수 없이 싫은 소리를 했습니다. 그런데도 미스 홍 때문에 늦게 퇴근하는 일이 잦아졌습니다. 그래서 다투다가 그만…. 나는 그 일로 직장이라는 것에 대하여 참 많이 생각하게 됐습니다. 그때 누구도 나를 변호해주는 사람도 없었고, 우리 부장도 총무부장에게 이리저리 죄인처럼 불려 다니고, 미스 홍에게 사과하라고 강요를 받았습니다. 그때부터 직장에 환멸을 느끼고 출근할 때는 마치 도살장에 들어가는 기분이었습니다. 그리고 나에게는 그 후로 요주의인물이라는 딱지가 붙어 다니게 되었습니다."

나는 화제의 방향을 바꾸었다.

"그건 그렇고 또 창안제도라는 것도 있는데 왜 한 번도 시도해 보지 않았는가?"

"그것도 시도해볼 생각입니다. 상을 타기 위한 창안보다도 정말 회사에 유익한 창안을 해볼 생각입니다."

나는 한이 그렇게 달변이고 당당한 것을 처음 보았다. 그에게서 술의 힘만이 아닌 평소부터 여러 방면에 대단한 저력이 있음을 느낄 수 있었다. 이야기를 하면서 유연하지만 자기보호를 위해 강한 패각을 지니고 있는 연체동물이 떠올랐다. 그와 나는 연신 잔을 기울이며 이야기를 계속했다. 그의 발음이 약간 부정확해지는 것 같았다. 카페의 여주인이 시원한 음료수를 가져다주었다. 음료수를 몇 잔 들이켰으나 그와 나는 점점 취해 가고 있었다.

"과장님. 저는 괴롭습니다. 모든 사람들이 쇠 동아줄 같은 빽줄을 타고 높은 곳으로 오르고 있지 않습니까. 그런데 나는 무엇입니까. 맨날 제자리 아닙니까. 도약할 조건이 빈약합니다. 다른 사람들처럼 혈연 지연이 화려하기를 합니까, 지방대를 나왔으니 제대로 인정을 해 주기를 합니까. 이놈의 세상이 사람을 보면 일을 잘하느냐, 못하느냐, 자격증이 있느냐 없느냐가 아니고, 수십 년 전에 나왔더라도 어느 대학을 나왔느냐를 따진다 그 말입니다. 차라리 컴퓨터에다가 이 대갈통을 쑥 들이밀면 아이큐, 심성, 인성, 뭐 전부 좀 나오도록 해서 그것을 가지고 인간 등급을 결정한다면 얼마나 좋겠습니까? 허구한 날 나 같은 사람은 이렇게 빌빌거리다 말 겁니다."

한의 결기마저도 젊은 날의 나였다. 그는 울분을 양파를 벗기듯 한 겹 한겹 들어내고 있었다. 그러나 아직도 이야기는 중심축에 닿지 못하고 있었다.

"어이, 이 사람 그렇게 절망할 필요는 없지 않은가. 지금도 늦지 않았어. 지금부터라도 열심히 해서 대리도 되고 또 대리가 늦었다고 과장까지 늦으란 법은 없지 않은가. 자네는 직무교육도 우등을 했고, 국가가 인정을 해주는 해당분야 일급기사 자격증도 있고, 결코 절망적인 것만은 아니지 않은가. 어때 새로운 마음으로 각오하고 새 출발해서 열심히 해보는 게?"

격려의 말 한마디에 초점을 잃은 그의 몽롱한 눈빛이 갑자기 초롱해졌다.

"과장님. 그게 가능할까요?"

"무슨 소리를 하고 있어. 당연히 가능하지."

나는 약간 언성을 높여 큰소리를 쳤다.

"네. 과장님 의도를 잘 알겠습니다. 입사할 당시의 초발심으로 돌아가서 시작하겠습니다."

그는 뭔가 새로운 각오를 하는 듯했다.

어느덧 가을도 깊어가고 아침 출근길의 한강은 물안개 속에 잠들어 있는 날이 많았다. 거리에는 스산한 바람이 불고 노란 은행 잎들이 이리저리 굴러다녔다. 도심의 한가운데로 가을은 황금빛으로 쏟아져 내렸다.

한은 몰라보게 열심이었다. 나는 그에게서 물품관리 업무를 그만두게 하고 아주 어려운 프로젝트를 맡겼다. 신설국사의 종합통신망에 관한 기본설계를 직영으로 할 계획이 있었다. 인원이 필요할 것 같아서 두 명을 차출하여 팀을 만들어 주었다. 일테면 한은 팀장인 셈이었다.

남대리 등이 주위에서 한이 감당하기 어려울 것 같다고 말렸으나 나는 그가 능히 해낼 수 있다고 믿었다. 그에 대해서 다른 과장들도 관심을 가지고 물었다. 도대체 어떻게 했기에 하루아침에 저렇게 사람이 달라질 수 있느냐고. 나는 그가 철이 들었기 때문에 본연으로 돌아갔다고 간단히 대답했다.

한은 늘 늦게 남아 일을 했다. 내가 일직인 일요일에도 사무실에 나와서 일을 했다. 퇴근할 때 그 팀에게 술을 사주면서 격려를 안겨 주었다. 사람들은 자기가 하는 일에 대해 상급자가 깊은 관심을 갖고 있다는 의식을 가지면 일의 능률에 큰 변화를 일으키기도 했다. 또 자기의 실력을 인정받기만 하면 큰 만족을 느끼고 실제 이익에는 그렇게 집착하지 않는다는 것도 나의 오랜 경험이었다. 사람이란 아무리 뛰어난 능력의 소유자라 해도 낮은 자리에 있으면 그 자리에 맞는 능력밖에 발휘할 수가 없기 마련이었다.

한이 맡았던 기본설계는 3개월에 걸쳐서 완성되었다. 검토 결과 기본설계로는 큰 결격사유 없게 만들어진 편이었다. 조금만 보완을 하면 문제가 없을 듯싶었다. 그 설계가 끝나자 한을 다시 공사감독으로 임명해서 현장으로 내려보냈다. 연말까지 준공시켜야할 바쁜 공사였다. 한은 그런 바쁜 속에서도 남대리와 공동으로 직무창안을 해놓고 있었다. 전송로 상의 장애를 미리 예방하는 프로그램이었다. 중간 심사를 무난히 통과해서 본사 심의부에 접수시켰다. 아마 금년 말에나 최종 심사가 있을 듯했다. 중간심사를 맡았던 분들의 말은 회사에 퍽 유익한 창안이라고 평가했다.

연말이 가까워 오자 몹시 바빠졌다. 외부인이 보면 일년 내내 놀다가 그때야 일을 좀 하는 척한다고 하겠지만, 연내 벌여놓은 많은 공사와 각종 산적한 일들도 마무리 지어야 하기 때문이었다. 또 부하직원들을 평가하는 근무평정도 해야 했다. 나는 한에게 만점을 주었다. 고과평정은 경력평정 40점, 근무평정 40점, 그리고 직무교육 성적이 20점을 합하여 100점 만점으로 평가하고 있었다. 그중 경력점수는 시간이 해결을 해주는 사항이고 교육점수는 자기의 실력이었다. 단지, 근무평정만은 상급자의 손에 달려 있었다. 그래서 진급서열이 다가오면 갖은 수를 다할 수밖에 없는 게 공직사회의 아주 오래된 병폐이기도 했다. 상급자에게 일을 잘해서 인정을 받는 사람도 있지만, 그 때만 되면 누구는 상급자를 뇌물로 매수했다는 악성루머가 떠돌기도 했다. 더러 사정기관에 투서가 들어가고 사실로 밝혀진 일도 있었다.

내가 만점을 줄 수 있는 인원은 2명이었다. 그러나 또 한사람은 박에게 줄 수밖에 없었다. 내 의도와 다르게 주위에서 압력을 가해 왔기 때문이었다. 우선 부장부터 발벗고 나섰다. 거부하기에는 여러 가지 여건이 나로 하여금 역부족임을 자인하게 만들었다. 내가 만점을 주었다고 해서 그대로 끝나는 것은 아니었다. 또 부장이 제대로 점수를 주어야만 했다. 부장이 과연 한에게 만점을 줄지 의심스러웠다. 나는 부장에게 간곡히 한을 부탁했다. 그러나 부장은 못내 탐탁지 않은 표정이었다.

나는 항상 근무평정을 하면서 인간을 점수로 평가한다는 게 퍽 불합리하다는 생각을 떨쳐 버리지 못했다. 그러나 그렇더라도 평가하는 사람이 가장 객관 타당하게 해야만 부작용을 최소화할 수 있다는 게 평소 나의 지론이었다. 이런 문제에 맞닥뜨릴 때마다 너무도 어려운 일이라는 생각에는 변함이 없었다.

공직사회는 끊임없는 어려운 일들의 연속이었다. 며칠 전부터 본사에서 창안 심사가 있다고 하더니 한과 남대리가 제안한 창안은 2급으로 채택되고 말았다. 1급 채택이 되면 두 사람은 한 직급씩 특진이 될 수 있었는데 퍽 아쉬운 일이었다. 어쩔 수 없는 일이긴 했지만 무척 안타까웠다. 1급보다 경제적인 측면에서 뒤진다는 것이었다. 항상 창안 심사는 치열했다. 심사 후에는 1급이 되기 위해 돈을 얼마 썼느니 무슨 배경을 동원했느니 하는 이야기가 공공연히 나돌았다. 채택만 됐지 실용화되지 못하는 창안도 많았다. 오류가 발견 되었을 때는 이미 포상으로 진급할 사람은 다 하고 상을 받을 사람은 받은 후이기 때문에 취소시킬 수도 또 그렇게 된 일도 없었다. 경쟁 회사 중에는 시제품을 제작하여 1년간 사용해본 후 평가하는 데도 있었다.

아무튼 실무진에서는 한과 남대리가 창안한 제안을 훨씬 높게 평가했으나 소용없는 일이었다. 남대리와 그는 창안하느라고 인쇄비다, 뭐다, 상당 비용이 들기도 하여 몹시 허탈해하는 것 같았다. 나는 두 사람을 특별히 위로하고 또 다른 창안을 해 보라고 일렀다. 그러나 창안 결과가 회보로 내려오고 그 세부사항을 알았을 때 나는 분을 삭일 수가 없었다. 외국에서 이미 시행 중인 '전자장비에 있어 전원자동제어 및 감시 방식' 이라는 프로그램을 모방해서 제출한 제안이 1등이라니, 참으로 어이없는 일이었다. 이미 학술지에 소개된 바도 있었다.

연말이 가까워질수록 점점 더 바빠졌다. 현장에서 전화가 빗발치고 모든 공사가 연말 준공을 앞두고 허둥거렸다. 거리에는 크리스마스라고 징글벨이 울려 퍼지고 구세군의 자선냄비도 여전히 등장했다. 언제나 이맘때가 되면 너나 할 것 없이 들떠 있었다. 금년에도 예외는 아니었다.

퇴근시간이 다 되어서 누군가가 나에게 말했다.

"과장님. 진급이 터졌다는데요."

지난번 근무평정을 하고도 연말에 진급이 있다는 것을 깜박 잊고 있었다. 나는 우선 사내 전산망에 들어가 보았다. 진급자 명단에 박은 있었으나 한의 이름은 없었다. 나는 가슴이 갑자기 답답하게 느껴졌다. 내가 마치 진급에 떨어진 것같이 실망스러웠다. 한에게 무어라 위로해야 한담. 난감하기 그지없는 일이었다.

한은 현장감독으로 내려가 있었고 박은 외출 중이었다. 다음날 박은 희색이 만면해서 아침부터 분주히 인사를 다녔다. 특히 박보다 상위직급 직원들이 박에게 찾아와서 아부성 인사를 하는 것을 보고 나는 역겨움을 느꼈다. 한을 위로하려고 현장에 전화를 걸었으나 그는 현장 감독관실에 출근해 있지 않았다. 자기가 진급을 못한 것보다 박의 진급으로 충격이 더 컸을 것이다. 또 세상에 대한 어떤 비애가 증폭되어서 견디기 힘들 것은 뻔한 일이었다.

사무실의 화제는 자연히 박의 진급으로 꽃을 피웠다. '빽이 쎄기는 쎄다' 는 둥, 특히 여직원들이 더했다.

"과장님. 우리 영감님 말씀이 잠시만 지방에 내려가 있으랍니다."

박은 그 말을 남기고 임지로 떠났다. 반갑지 않은 얼굴을 한 3년은 안 볼 수 있게 되어서 이띤 면에서는 속이 후련했다. 일단 진급을 하면 지방의 빈자리로 가서 3년 정도는 근무해야만 내려간 순서에 따라 상경하는 게 관례였다.

전화벨이 울었다. 잠결이었다. 벨은 계속 울고 나는 미로를 헤매다가 겨우 정신을 차리고 수화기를 들었다.

"여보세요."

'여보세요' 를 몇 번 반복했으나 상대방은 아무 말도 하지 않았다. 한참 만에 딸깍하고 수화기 놓는 소리가 들렸다. 불을 켜고 시계를 봤다. 새벽 2시였다. 누가 전화를 걸고 말을 하지 않았을까. 혹시 한이 아닐까. 이 밤중에 전화를 걸어서 말을 하지 않을 사람은 한이라고 나는 단정 지었다. 그가 새벽 2시에도 잠을 못 이루고 괴로워하고 있는 게 보이는 듯했다. 왠지 그가 꼭 돌아올 것 같은 예감이 들었다.

잠을 설친 나는 새해 첫 출근을 서둘렀다. 시무식이 시작되고 연초의 사업계획으로 사무실은 매우 바빴다. 연말까지 준공된 공사의 정산보고서 검토와 결산서류의 점검도 필요했다. 나는 책상에 앉아서 일을 하고 있었지만 한의 생각으로 일이 손에 잡히지 않았다.

그때 갑자기 사무실 입구가 소란스러웠다. 웬일인가 했더니 박이 들어서고 있었다.

"아니, 이거 박대리 아니야, 아직 안 내려갔어?"

"과장님. 안녕하십니까? 저, 서울로 왔습니다."

순간 나는 뒤통수를 둔기로 얻어맞은 것 같은 현기증을 느꼈다. 엊그제 지방으로 발령이 났지 않은가.

"아니, 어떻게…?"

"정식 발령이 아니고 본사로 우선 삼개월간 파견 왔습니다."

나는 새삼 놀랐다. '아, 그런 방법도 있었구나.' 아마 결원이 생기면 발령을 낼 모양이었다. 차라도 한잔 하고 가라고 했으나 박대리는 바쁘다고 하면서 그냥 나갔다. 나는 사무실 앞까지 그를 배웅했다.

그는 나가다 말고 돌아서서 물었다.

"과장님. 한창식이 안 나온다면서요."

"그래, 아직 출근하지 않고 있어."

박이 한을 걱정하다니. 의외라는 생각이 들었다. 그의 표정을 살펴봤다. 그의 눈은 승리자의 이글거리는 눈빛이었다.

"그 짜아식, 좀비 같은 자식."

그는 몹시 쓴 것을 내뱉듯이 한마디 하고 총총히 사라졌다. '좀비, 그래 네 말이 맞아. 이 조직에서는 너나 나나 우리 모두가 좀비족인지도 몰라.’ 사무실은 평상시와 전혀 다름이 없었다. 전화 벨 소리, 키보드 두드리는 소리, 프린터에서 종이 뱉어내는 소리, 왔다 갔다 하는 발소리, 누구 하나 있거나 말거나, 이 거대한 조직은 엔진 일부가 고장난 기관차처럼 서서히 움직여가고 있을 뿐이었다.

나는 착잡했다. 이럴 때 그래도 하소연할 사람은 양이사밖에 없었다. 나는 전화를 걸었다. 다행히 그는 자리에 있었다. 한참 동안 그런 저런 이야기를 하고 나니 그래도 좀 마음이 가라앉았다.

“남대리.”

나는 남대리를 불렀다. 남대리는 무슨 일인가 해서 의아한 눈빛으로 내 눈치를 살폈다.

“나 오늘 양이사와 저녁식사 약속이 있어서 나갈 테니까, 부장이 찾거든 일이 있어서 먼저 갔다고 전해주어요.”

“과장님. 혹시 양이사님께 한창식이 부탁하러 가시는 것 아니세요?”

남대리는 내 바로 가까운 자리에 좌석이 배치되어 있기 때문에 양이사와 조용히 통화를 했지만 어느 정도 감을 잡은 모양이었다.

“글쎄. 아직은 누가 어떻게 될지 알 수는 없고….”

나는 말끝을 맥없이 흐리고 말았다.

바깥 날씨는 석양이어서 그런지 귀가 찡 아프도록 추웠다. 발을 옮길 때마다 길바닥에 얼음 깨지는 소리가 버석버석 들렸다.

1990.

설맹 雪盲

설 맹

　나는 밝은 대낮에 길을 잃고 헤매고 있었다. 분명히 1004 번지라고 했는데, 물어보는 사람마다 그런 번지는 없다고 고개를 갸웃거리며 지나가 버렸다.
　길은 그 동안 내린 눈이 녹기 시작해서 발을 옮길 때마다 질퍽거렸다. 하늘에는 구름이 백지같이 엷어지긴 했지만 간간이 눈송이가 휘날렸다. 길가의 노점에는 한 할머니가 얼마 되지 않은 푸성귀 나부랭이, 잡곡 등을 조그마한 비닐봉지에 담아서 좌판에 올망졸망 진열해 놓고 사러 올 사람들을 기다리고 있었다. 또 그 옆 아주머니의 좌판에도 꽁꽁 얼어 있는 손바닥만한 병어나 조기 새끼들을 가지런히 늘어놓고 있는 것이 여느 골목시장이나 다름없었다. 연탄 화덕에 둘러앉은 할머니와 아주머니의 차림새는 두꺼운 옷으로 감싸고 있어서 마치 에스키모를 연상케 했다. 그들은 수건으로 머리와 양쪽 귀를 덮어 턱밑에 묶고 모자까지 썼지만 양 볼은 녹슨 청동항아리 빛으로 퍼렇게 얼어 있었다.
　"아주머니. 여기 천사번지가 어디쯤이에요?"

설빔 장을 보러 나온 듯한 중년 아주머니에게 물었다.

"혹시 점 보러 가세요?"

"아닌데요."

"이 동네는 번지가 없어요. 무허가건물 번호를 알아야 찾을 수 있어요."

번지가 없는 동네. 그런 곳이 이 땅에 있었단 말인가. 내가 있는 고시원에서 고개 하나를 넘으면 있는 동네였다. 번지가 없는 동네라니….

"그러면 어떻게 찾지요?"

"저쪽 골목 끝에 파출소가 있어요. 거기 가서 물어보세요."

그러나 파출소를 찾아 갈 수는 없었다. 그곳에 근무하는 동기생 이순경을 만나면 무슨 일로 왔느냐고 의아한 표정으로 꼬치꼬치 물을 게 뻔하고, 대답할 말도 적당치 않았다.

나는 올라가다보면 찾을 수 있겠거니 하는 막연한 기대로 골목 안으로 접어들었다. 어귀를 꺾어 돌자 부동산중개소 간판이 보였다. 그러나 가까이 다가가 보니 문설주에 자물통이 걸려 있었다.

전화를 걸기 위해 주머니에서 핸드폰을 찾았으나 없었다. 어젯밤 충전기에 꽂아 둔 채 깜박하고 말았다. 다행히 담벼락에 붙은 녹색 공중전화기가 눈에 띄었다.

"아침에 전화했던 사람인데요. 여기 종점에 내렸는데, 어디서 기다릴까요?"

"아, 그래요. 거기 유신교회 보이세요?"

"안 보이는데요."

"바로 그 부근에 있는 교회가 안 보인다고요. 물어서 유신교회 골목으로 꺾어 들어서 현슈퍼, 은혜슈퍼 지나서 삼성슈퍼 앞에서

좌측 골목, 그러니까 이백 번지와 삼백 번지 사잇길로 곧장 올라
오시면 끝에 주황색 깃발이 세워진 집이 보여요. 바로 그 집이에
요.”

전화를 하면, 거기 가까운 다방에서 기다리세요, 하는 말을 기
대했던 나는 여자의 대답에 기분이 언짢았다.

“너무 복잡해서 못 찾겠어요. 그냥 가겠습니다.”

“정말 미안해요. 제가 마중 나갈 형편이 못돼 놔서요. 기다리고
있을 게요.”

나는 돌아가 버리고 싶었지만 선뜻 그럴 수가 없었다. 우선 반
장의 우거지상이 발길을 잡았다.

자세히 살펴보았더니, 유신교회는 바로 머리 위로 보였다. 이
동네에는 어울리지 않게 턱없이 큰 건물이 어귀의 둔덕에 위압적
으로 서 있었다. 골목으로 접어들자 겨우 리어카가 지나갈 정도
의 좁은 골목이 가파르게 이어졌다. 또 가게들이 내 놓은 입간판,
가판대, 쓰레기더미로 골목은 더욱 비좁은 데다 올라갈수록 점점
가팔라지기까지 했다. 세 곳의 슈퍼는, 슈퍼란 간판이 붙어 있기
는 했으나 음료수나 라면, 과자 같은 간단한 생필품을 파는 아주
작은 구멍가게였다. 삼성슈퍼 앞에 이르러서 다시 방향을 잃고
말았다. 여자가 알려준 골목이 보였으나 사람이 다니기에는 너무
비좁았다. 다시 확인을 해야 될 것 같아서 공중전화를 찾았지만
어느 곳에도 보이지 않았다. 날씨가 워낙 추워서인지 지나가는
사람도 없었다. 되돌아가 버릴까 망설이고 있는데 마침 골목 위
에서 집배원이 우편낭을 메고 조심조심 내려오는 것이 보였다.

집배원에게 물었지만 그는 고개를 갸웃하고 모르겠다는 표정
이었다.

"여기에는 천사번지가 없어요. 누가 장난을 친 거겠지요."

"그러면 이백 몇 번지와 삼백 몇 번지 사잇길은 어디 있습니까."

"아, 바로 이 위에 있는 골목입니다. 이곳의 정식 주소는 신림동 구십칠번지 일대지요. 이백, 삼백은 이곳 무허가 건물 번지고요. 각 집마다 아크릴 번호표가 붙어 있습니다. 그 입구는 사공사사의 일에서부터 시작되는 일련번호를 매겨 놓았지요."

집배원은 아주 자세히 알려 주고 미끄러운 길을 가재걸음으로 발을 옮겨 돌아섰다. 나는 고맙다는 말을 등 뒤로 보내고, 하늘을 쳐다보았다. 구름덩이는 더 엷어져 있었지만 간혹 눈발이 흩날리기는 마찬가지였다.

"아참. 이봐요?"

집배원이 뒤에서 나를 불렀다. 나는 좁은 골목으로 꺾어들려다가 무슨 일인가 해서 뒤돌아보았다.

"그 천사번지가 생각났어요."

"……."

"그 골목 맨 끝에 주황색 깃발을 단 집이 있어요. 그 집에 선녀보살이라고 있는데, 자기를 서양식으로 말하면 천사보살이라고 그래요. 일종의 자기 피아르지요. 그래서 아마 그렇게 말했을 거예요. 혹시 그 집 가시는 것 아닙니까?"

나는 멋쩍게 웃고 말았다.

"그 여자 점쟁이지만, 대학 나온 유식한 여자예요. 잘 맞춘다는 소문도 있고요. 무료로 수지침도 놔주고 이 지역의 보기 드문 천사지요. 잘 보고 가세요."

집배원의 얼굴엔 젊은 사람이 점 보러 가는 걸 보니, 별 수 없군,

하는 표정이 역력했다. 나는 집배원에게 손을 흔들어 보이고 좁은 골목으로 들어섰다. 눈앞에 펼쳐진 골목은 어깨가 넓은 사람은 지나갈 수 없을 만큼 비좁았다. 골목 위로는 전깃줄과 전화선이 어지럽게 얽혀 있었다. 초입에서 바라본 골목은 계단이 한없이 이어져 있을 뿐 끝이 보이지 않았다. 마치 다른 이상한 세계로 진입하는 계단 같기도 했다. 그 끝에 보인다는 주황색 깃발도 아직은 볼 수 없었다.

집들은 경사면을 따라 다닥다닥 잇대어 숨 가쁘게 지어져 있었다. 그 비좁은 골목길에 프로판가스 통들이 한 집 건너 두서너 집은 어김없이 놓여 있었다. 어떤 집의 대문 앞에는 두 개가 설치되어 있기도 했다. 그게 놓여 있지 않은 집 앞에는 갈색 다라이나 빈 나무상자에 십구공탄 재들이 넘쳐 나고, 그래서 길은 더욱 비좁았다. 지붕에 쌓인 눈이 녹아 내리면서 생긴 고드름이 땅에 닿을 듯 자라 있었다. 계단은 번들번들 얼어서 조심하지 않으면 엉덩방아라도 짓찧을 판이었다. 나는 한 발 한발 조심해서 발을 옮겨 디뎠다. 골목길을 깊이 들어갈수록 매캐한 연탄가스 냄새가 숨을 막히게 하고 목 안과 가슴 언저리까지 따끔따끔 아파왔다.

나는 담배 한 개비를 꺼내 물고 불을 붙이려다 퍼뜩 놀라 도로 집어넣고 말았다. 가스통들이 폭발하는 뉴스 장면이 떠올랐기 때문이었다. 베니어 합판으로 덧댄 대문들마저 너덜거리고 있었다. 그래도 카키색 알루미늄새시로 개수한 대문은 아직 형체가 멀쩡했으나, 철대문은 연탄가스 때문인지 벌겋게 녹이 슬고 다 삭아서 푸석푸석 떨어져나가 있었다. 마당이라곤 없는 집들은 대문이 곧 현관문이거나 부엌문이었다. 건물 따라 대문도 낮아서 고개를 숙이고 들어가야 할 것 같이 보였다.

　갑자기 앞집의 대문이 벌컥 열리더니 잠옷 차림의 여자가 집게 끝에 연탄재를 끼워 들고 나왔다. 나는 놀라서 한 걸음 뒤로 주춤 물러섰다. 여자는 아랑곳하지 않고 연탄재를 질퍽한 길에 아무렇게나 버리곤 집게로 대충 부숴뜨리더니 바로 옆의 화장실 문을 열고 허리를 굽히면서 들어가 버렸다. 나는 여자가 나왔던 열린 문 안을 들여다보았다. 그 집 역시 현관문이 곧 부엌문이었다. 오랜 빗물에 베니어판이 얼룩지고 떨어져 너덜거리기는 다른 집과 마찬가지였다. 고개를 숙여야 할 만큼 낮은 천장에는 빨래가 어지럽게 널려 있어 마치 명태를 말리는 덕장같이 보였다. 바닥에는 비축해놓은 연탄, 미처 치우지 못한 쓰레기, 빨랫감이 가득 찬 세숫대야, 그리고 그만그만한 작은 그릇들로 발 디딜 틈조차 없었다. 남의 치부를 들여다보는 것 같아서 얼른 고개를 돌리고 말았다.

　날이 추워서인지, 방금 그 여자가 화장실로 들어가는 것을 보았기 때문인지, 갑자기 소변이 마려웠다. 각 집마다 밖에 화장실이 딸려 있었지만 열쇠로 굳게 잠겨 있었다. 더 올라가다가 마침 열쇠가 풀린 화장실이 눈에 띄어 문을 열었다. 그러나 천장이 문 높이와 비슷하게 낮고 비좁아 도저히 서서는 들어 갈 수가 없어 볼일을 포기하는 수밖에 없었다. 여름에는 메탄가스가 피어올라 눈물이 날 것 같고, 수십 마리의 구더기가 경주라도 하듯 벽을 타고 기어오를 것 같아 상상만 해도 온몸에 소름이 돋았다.

　나는 계단을 오르면서 마치 내 삶의 길과 같다는 생각에 빠졌다. 동기생들 중에는 이미 지방검찰청이나 법원에서 한자리하고 있는 사람이 많았다. 그들을 만날 때마다 점점 왜소해져 가는 자신을 추스르기가 힘들었다. 하루하루가 산소가 희박한 높은 산을

허우적거리며 넘는 고달픈 알피니스트라는 생각이 나를 더 초조
하게 만들었다.

　오늘 아침도 책상에 엎드린 채 늦은 아침을 맞았다. 사법고시의
산을 네 번이나 넘으려다 실패한 패배자. 그 마(魔)의 형소법을 금
년에는 기어이 넘어야지. 늘 각오는 대단하지만 주변 여건과 체
력이 따라주지를 않았다. 오늘도 새벽 세 시에야 잠깐 눈을 붙이
겠다고 의자를 뒤로 젖히고 누워 있다가 그만 깊은 잠에 빠지고
말았다.

　사위는 태풍 전야처럼 고요했다. 큰길에서 한 블록 떨어진 후방
도로에 위치해 있기도 했지만 고시원이 밀집된 지역이라 최근에
건축하면서 다른 곳보다 시설이 잘되어 있었다. 물론 방음효과도
뛰어났다. 첨단 건축술은 간혹 무서운 생각이 들만큼 주변을 철
저히 단절시켜 버렸다. 옆방에서 일어나는 일을 전혀 알 수 없었
다. 양쪽 방에는 누에고치 속의 번데기처럼 은거하고 책벌레 노
릇만 하는 고시생들이 있겠지만, 공기의 흐름마저 멈춰버린 듯
조용하기가 깊은 산사 같았다.

　방은 불을 켜지 않으면 항상 어두컴컴했다. 그 방에 있으면 부
신 햇살 한 줌이 아쉬웠다. 나는 이따금 교도소에 갇혀 있는 자신
을 보았다. 책상과 책뿐인 작은 방. 마치 교도소의 징벌방 같다는
착각에 빠질 때가 있었다. 이 지역에는 고시에 매달려 십여 년을
독방에서 공부에만 전념하는 장기수라 불리는 고시생들이 많았
다. 나는 그래도 아직은 장기수 말을 들을 정도는 아니었다.

　대학 등록금은 아르바이트와 장학금으로 감당했지만, 고시 대
비 비용은 기댈 곳이 없었다. 나는 순경 채용시험에서 그 해결책
을 얻고자 했다. 그러나 그것은 한참 빗나간 착각이었다. 우선 생

각만큼 그런 시간적 여유가 주어지는 직업이 아니었다. 헤쳐 나가기 힘든 많은 업무와 계속되는 비상근무. 어느 것 하나 수월한 것이 없었다. 출퇴근 시간은 규정에만 있을 뿐, 지킬 수도 지켜지지도 않았다. 더구나 월급으로 생활비를 충당하면서 고시 준비를 한다는 것은 이상일 뿐, 무리였다.

새벽에야 겨우 돌아오면 책상에 앉아 있기는 해도 쏟아지는 잠을 도저히 감당할 수 없었다. 하루에도 몇 번씩 훌훌 털어 버리고 일어나고 싶지만 그럴 수가 없었다. 박차고 나가도 될만한 대안이 있는 것이 아니었다. 사표를 몇 번씩 써서 담고 다니다가 찢고 말았다. 지금은 애오라지 순경 월급에 목줄을 대고 있을 수밖에 없었다. 바람이 있다면 이곳 고시원 존(zone) 만이라도 벗어나고 싶었다. 뽕 맞은 것 같은 퀭한 눈의 고시생들을 학원 주위에서 마주치면 마치 악성 전염병 환자를 만났을 때처럼 도망가고 싶었다.

오늘 아침, 출근을 하지 않고 잠이나 잤으면 하는 미련은 개켜 둔 채 겨우 털고 일어나 반장으로부터 받았던 운전면허증과 명함을 꺼내 번호를 확인하고 전화를 걸어 보았다. 전해 오는 목소리는 본인이 아닌 여자의 목소리였다. 여자는 출근하는 남편으로부터 운전면허증을 가지고 누가 찾아 올 거라는 말을 전해 들었다고 했다. 그 여자가 알려준 곳은 난곡이었다. 나는 처음 내 귀를 의심했다. 큰 대문이 즐비한 부자촌이거나 분수를 모르고 껑충대는 벤처기업 오너쯤으로 예상했었다. 벤츠 320 이면 몰라도 500 정도는 좀 괜찮은 오너드라이버가 많았다. 그런데 난곡이라니, 의외의 지역이었다. 메르세데스벤츠 에스 500과 난곡, 어딘가 어울리지가 않았다. 부인에게 그 일을 일임했다는 것과 난곡이라는 연결이 약간 어긋나 보여 마음을 켕기게 했다.

"김순경. 마지막에 걸린 벤츠 있지. 내일은 한숨 자고 그것 좀 처리해 가지고 나와."

말이 처리지 수금을 해오라는 오더였다. 나는 내가 무슨 수금사원이냐고 한마디 쏘아주고 싶었으나, 차마 반장 면전에서 그럴 수는 없었다. 불 같은 성깔의 반장이 그 말을 들었다면 무엇이 어째, 하고 내 정강이라도 걷어찼을 것이다. 그래도 분이 풀리지 않는다면 쓰레기통이라도 걷어차면서 요즘 젊은 새끼들은 싸가지가 없어, 라고 소리치며 씩씩댔을 것이다. 반장은 아직도 지난 날 버젓이 패트롤카를 몰고 가서 수금해 오던 시절의 향수를 떨쳐버리지 못하고 있었다.

나는 수금하러 가서 그 사람들을 만나면, 한 번도 상대를 똑바로 쳐다보지 못했다. 돈을 약속한 금액보다 적게 주려고 흥정하는 것은 참을 수가 있었으나, 그 조소 어린 눈빛만은 똑바로 바라볼 수가 없었다. 이럴 때마다 옷을 벗고 떠나고 싶은 마음밖에 없었다.

현관을 나서다가 청소를 하고 있는 경비아저씨와 맞닥뜨리고 말았다. 피할 수만 있다면 아저씨를 만나고 싶지 않았다.

"김순경. 내년에는 인원도 많이 뽑는다는데 그 뭐시냐 직장 다 때려치우고 한번 열심히 해보지 그랴. 그리고 지난 번에도 나이 많은, 거 직업이 뭐였더라. 그 사람도 되었다고 테레비에도 나오고 그러등만 그랴."

경비아저씨는 나를 마치 막내아들 대하듯 했다. 단순히 늦게 들어올 때 과일이나 음료수를 몇 번 사다준 때문만은 아닌 듯싶었다. 나는 아저씨에게서 시골 아버지를 보고 있었다. 깡마른 체구,

284

구부정한 어깨, 갈퀴같이 거친 손, 일에 찌들린 아버지와 너무도 흡사했다. 아저씨는 오히려 아버지보다 자상했다. 밥은 먹었느냐? 어디 아프지는 않으냐? 귀찮을 정도로 챙겼다.

경비아저씨의 말이 영 마음에 걸려 발걸음이 무거웠다. 그래도 평소 피곤에 지쳐 퇴근했을 때, 입구에서 아저씨만 보면 마치 고향집에 온 것 같은 편안함을 느꼈다.

어머니의 울먹이는 목소리를 전화로 들어본 지도 오래되었다. 계단식 천수답 구백여 평에 목줄을 대고, 메뚜기 이마 같은 화전답 육백 평에 청춘을 다 묻어버린 아버지. 장날이면 술을 거나하게 걸치고 한가락 하는 아버지. 장구소리나 북소리만 들리면 어깨춤을 추고 자력에 끌리듯 그곳을 찾아가는 몽유병 환자였다. 아버지는 설장구에 관한 한 달인의 경지에 이르고 있었디. 징구를 비스듬히 둘러메고 양손에 궁채와 열채를 갈라 쥐면 아버지는 벌써 신명에 빠져들었다. 중중모리에서 자진모리로 바뀌면서 빠르게 앞으로 나아가고, 돌고 하는 것을 바라보고 있자면 신들림이 아니고는 그럴 수가 없었다. 그때 아버지의 손놀림은 보는 사람마저 어지러울 지경이었다. 어머니는 그런 일로 젊었을 때 아버지와 늘 싸웠다. 그러나 어머니는 이제 지칠 대로 지쳐서 포기한 상태였다. 아버지는 나이 들면서 점점 술과 어깨춤에 빠지는 날이 많아졌다. 물론 건강도 그에 반비례해 갔다.

자식의 학자금도 마련하지 못하고 입에 풀칠을 하기 위해 남의 논을 부치면서 근근이 살아가는 두 분이 눈앞에 어른거렸다. 손님이 오지 않으면 고기 한 칼 사다 먹을 수 없는 가난. 손님이나 오면 돼지고기에 애호박이나 양파를 잔뜩 썰어 넣고 물을 한 동이쯤 부어서 손님치레를 하던 어머니. 자식이 사법고시 합격하면

잡겠다고 벼르는 어린 돼지가 벌써 몇 마리째 성돈이 되어 팔려갔
는지 모른다.

　주황색 깃발은 골목이 다 끝나가는 데까지 올라가 약간 구부러
진 지점에서 보였다. 그래도 그 집 대문은 번듯한 알루미늄새시
였다. 대문에는 절 가슴만자(卍)가 붉은 글씨로 표시되어 있었고
그 밑에 선녀보살이라고 씌어있었다.

　나는 곧바로 초인종을 누르지 않고 올라온 골목길을 되돌아보
았다. 그래도 넘어지지 않은 게 다행이었다. 눈을 들어 저 건너편
까지 바라보았다. 다닥다닥 붙어 있는 지붕 위로 흰 눈이 쌓여 마
치 넓은 벌판 같았다. 등 뒤로 이어지는 산자락에 서있는 소나무
들도 쌓인 눈으로 가지가 휘늘어져 있었다.

　나는 숨을 고르고 문을 가볍게 두드렸다. 안에서 '들어 오세요'
하는 여자의 목소리가 들렸다. 문을 잡아당기자 스르르 열렸다.
내부는 원룸이었다. 방안에서는 쑥이 타는 듯한 독한 향내가 가
득 넘쳐나고 있었다. 여자는 앉은 채 나를 향해 가벼운 목례를 보
냈다.

　"제가 내려가 봐야 하는데 형편이 이래놔서. 올라오세요."

　그러고 보니 방 한 쪽에서 수지침을 맞는 할머니가 있었다. 쑥
냄새는 거기에서 나는 냄새였다. 나는 말 없이 방안으로 들어가
한쪽에 앉았다.

　"곧 끝나니까 잠깐만 앉아 기다려 주세요."

　여자는 미안한 표정으로 그 말을 하면서 수지침 놓는 일을 계속
했다. 여자는 퍽 다부지게 보이는 얼굴이었다. 머리칼을 검은머
리 그대로 뒤에서 질끈 묶었을 뿐, 아무 것도 바르지 않은 듯 투명
해 보이는 갸름한 얼굴이 전형적인 시골 누님 같았다. 나이는 삼

십 중반 고개를 넘긴 듯한, 이제 머지않아 사십을 바라보아야 하는 내리막길에 선 나이. 내가 느낀 그 여인에 대한 첫인상이었다.

그런데 이상했다. 어딘가에서 본 듯한 얼굴이었다. 나는 그녀와 조우했던 기억을 찾기 위해 머릿속을 아무리 더듬어 보아도 쉽게 실마리를 찾지 못했다.

방안은 여느 무당 집과는 사뭇 다르게 보였다. 대개 북쪽 벽에는 엄한 신장의 모습을 그린 탱화가 걸려 있고, 그 밑에 받쳐진 상 위에는 간단한 진설과 함께 향로에서는 향이 실같이 연기를 풀어 내고 있는 게 평소 내가 상상하는 무당집이었다. 그런데 방안에는 선비 탁자 위에 마이상법, 수상보감 그리고 박재완의 명리사전, 그 옆의 보조 탁자 위에 폐기처분해야 할 구닥다리 컴퓨터 한 대가 덩그마니 놓여 있을 뿐이었다.

여자는 할머니가 수지침을 다 맞고 돌아가자 서둘러 녹차를 내왔다. 차를 한 모금 마시자, 녹차의 떨떠름하면서도 은근한 향기가 혀끝에 아련히 묻어났다.

“경찰 아저씨, 우리는 이렇게 살아요. 이해하세요.”

그녀가 한 말이 어떤 의미를 지니는지 나는 헤아리지 못했다. 차를 다 마시자 다시 차를 따라 주었다.

“조금 전 저 아래서 집배원 아저씨를 만났는데, 무당이라고 해서 그런 줄 알았는데, 무당이 아니시네요.”

“예. 취미로 기초적인 생활역학을 배웠는데 그게 생활수단이 되었네요. 그 집배원 아저씨는 들어와서 차라도 한 잔하고 가시라면 교횔 다닌다고 들어오지 않아요. 내가 마치 마귀로 보이는 모양이에요. 하는 수 없죠 뭐.”

나도 임시방편의 수단으로 산다는 말을 하려다가 그만두었다.

"그래도 퍽 좋게 이야기하던데요. 여기까지 올라와 보니까 좋아 보이네요. 이 동네엔 처음이지만."

나는 여자의 기분을 상하지 않게 한마디 했다.

"좋은 동네예요. 철거 계획이 확정된 후에 좋은 동네가 되었죠. 서로 위로하고 이웃 아낄 줄 알고. 자기네 먹을 것도 없으면서 누가 어려우면 십시일반으로 돕고. 처음 내가 이곳에 왔을 때는 날마다 이웃 간에 싸움이 그치지 않았죠. 매일 밤 어느 골목에선가는 여자들이 머리채를 잡고 험한 욕을 하면서 죽기 살기로 싸우고 그랬죠. 서로 훔치기도 하고, 그야말로 아수라장이었지요."

나는 적당히 응대할 말이 떠오르지 않았다. 어서 돈이나 주면 털고 일어날 속셈이었다.

"수입은 좀 있습니까?"

나는 어디에서 본 듯하다는 말을 하려다가 엉뚱한 말을 꺼냈다. 그녀는 그냥 빙그레 웃었다. 그리고는 한참 있다가 말을 이었다.

"돈 있는 사람이 여기 찾아올 리 없고, 그냥 동네 사람들이 답답해할 때, 한마디 조언을 하는 것이지요. 영리 목적이 아니라 이걸로는 입에 풀칠도 못해요."

"어떻게 여기에 정착하시게 되었는지 궁금하네요?"

나는 그게 궁금해서가 아니라 할 말이 없어서 물어보았다.

"이곳 무허가건물 철거에 대한 저항운동을 시작할 때, 선배들과 함께 한 발 들여놓게 되었어요. 그 바람에 집에서는 아예 쫓겨나고. 우선 흐트러진 지역 민심을 한데 모으고 조직적인 저항운동을 시작했지요. 연행, 훈방의 악순환을 거쳐 드디어 무허가건물의 양성화가 이루어졌죠. 아직도 투쟁은 끝나지 않았어요. 이곳 주민들의 재개발사업이 완전히 이루어지고 그들이 행복하게 정착할 때를 보고 떠날 생각이에요.”

그녀는 아직은 젊은 세대의 영역 안에 있었다. 사회로부터도 집으로부터도 외면당하고, 고시원을 은신처로, 피보다 더 아끼는 책들을 팔아서 연명하고, 자기의 의사와 상관없이 궂은 역사의 수레바퀴에 짓이겨져 신음했던 상처투성이의 선배 세대. 이제 신화의 주인공으로 존재하는 그녀에게 뭐라 위로할 말을 찾지 못했다. 더구나 그녀를 괴롭히러 온 나는 뭐라 할 말도 없었다.

나는 버릇처럼 손목시계를 들여다보았다.

“바쁘신 모양이지요?”

“예, 좀…”

“경찰 아저씨. 어렵겠지만, 좀 봐주세요.”

그녀는 망설이듯 말을 꺼내고 수표 한 장을 내 놓았다. 오십만 원 정액 자기앞수표였다.

“오늘 아침에 이리저리 친지에게 사정해서 겨우 변통했네요. 백만 원을 약속했다고 그 친구가 말했는데, 우리에게는 너무 큰 돈이라 쉽게 구할 수가 없었어요. 그리고 현금으로 준비하려고 했는데 빌려주는 집에서 수표밖에 없어서. 그 점도 미안하고요.”

그녀는 무슨 연유인지 남편을 그 친구라고 호칭했다.

“저는 잘 모릅니다. 여기에다 전화를 하면 백만 원을 줄 거라고 해서 왔을 뿐입니다. 그러면 저만 난처해지는데요. 그런데 부군은 무엇 하시는 분입니까?”

나는 말을 하면서 얼굴이 화끈거림을 느꼈다. 요즈음 악랄한 사람을 만나면 되걸려서 사정을 해야 하는 판국이었다. 대개 강남이나 내로라하는 지역에서 간혹 그런 일로 곤욕을 치렀다는 이야기가 나돌았다.

"그 친구 돈 많은 사장의 운전기사지만, 그 의리 때문에 망하는 친구죠. 어제는 아끼던 후배가 사업 실패로 자살했대요. 젊은 사람이 너무 불쌍해서, 그 상가댁에 가서 권해오는 술을 사양하지 못하고 마시게 됐고, 아침에 또 일찍 차를 끌고 나가야 하기 때문에 어쩔 수 없이 차를 몰고 오다가 그렇게 됐대요. 경찰 아저씨가 젊으시니까 딱한 사정을 한 번만 봐줘요."

그녀는 오래 전부터 친한 사람인 양 말했다. 거부한다 해도 밀고하거나 그럴 사람 같지는 않았다. 처음 만났어도 오래 사귀어 온 사람 같거나 한 직장에 오래 같이 다녔던 것 같은 사람을 간혹 만날 때가 있다. 나는 이 여자가 바로 그런 사람 같다는 생각을 떨쳐버릴 수 없었다. 어떻게 해야만 할까. 심한 갈등에 빠지고 말았다. 나는 천장을 올려다보았다.

오십만 원을 받아 가지고 가면 반장이 뭐라고 할까. 반장의 험상궂게 일그러진 얼굴이 떠올랐다. 그는 기회가 있을 때마다 돈을 챙기는 데는 물불을 가리지 않았다. 반장은 모든 세상사를 돈과 결부시켜 생각했다. 자기 진급을 위해서도 오로지 돈으로 다리를 놓으려고 했다. 그는 이따금 이번 진급에서 누락되면 모든 게 끝장이라고 입버릇처럼 되뇌이고는 했다. 반장은 동기생 중에는 고참이었다. 계급정년이 눈앞에 다가와 있기도 했다. 기회는 이번뿐이었다. 원래 가난한 가정에서 태어나서 그런지 돈에 대한 집착이 강하다 못해 병적이었다. 반장은 음주단속 나갈 때마다 한 건 올리지 못하면 초조해하는 모습을 여실히 드러냈다. 그런 날은 새벽 한 시가 넘도록 진 치고 있을 때도 있었다.

나는 어떻게 해야 할지 막막했다. 그렇다고 더 쥐어짜야 나올 것 같지도 않았다. 내 주머니에 돈이 있으면 죄다 주어버리고 싶은 심정이었다.

나는 망설이다가 겨우 한마디 했다.

"어떻게 좀…."

겨우 그 말을 하고 여자가 나를 파렴치하게 볼까봐 엉뚱한 곳으로 고개를 돌렸다.

"아저씨. 안 되면 나도 어쩔 수 없어요. 그 친구, 별이 두 개나 돼요. 운전면허 취소되면 또 깡패나 하다가 빵깐에 가서 별이나 하나 더 달고 나오겠지요."

여자의 말씨는 뜻밖에도 거칠었다. 처음 이곳에 왔을 때는 그렇지 않았으리라. 주변이 이 여자를 자꾸만 거칠어지게 했으리라는 생각이 들었다. 긴 침묵이 흘렀다.

"……."

나는 말없이 수표를 집어서 주머니에 넣고 운전면허증을 건네주었다.

"바깥분은 왜 하필 운전을 하십니까?"

"별이 두 개나 되니 뭘 하겠어요. 그거라도 해야지요."

더 물을 수가 없었다. 슬프고 괴로운 사연을 들어봐야 같이 아파해줄 수도 없었다. 마음이 무거웠지만 어쩔 수 없이 일어섰다.

"저 괜찮으시면 우리집에서 점심 먹고 가세요."

겉치레 인사말만은 아닌 듯했다. 오랜만에 풋풋하고 인정 어린 말을 들어보는 것 같았다. 나는 그녀에게 조금 전에 식사를 했다고 둘러댔다.

"바깥분과는 어떻게…."

"결혼이 궁금하세요? 세 살 연하인 그는 이 동네 의리 있고 심성 괜찮은 주먹이었지요. 우리 일에 적극적으로 도와주기도 했지만, 그대로 놔두면 한 사람 버리겠기에…."

"그래도 쉽지 않았을 텐데요?"

"다 타고난 업이지요. 누군가를 위해 나를 태우라는 타고난 업
원 말입니다. 아버지 몫의 악업까지를 내가 도맡아 태우는 것 같
습니다."

그녀는 나오는 내 발목을 잡아 주저앉히고 운세를 봐 주었다.

"경찰 아저씨는 어쩌다가 경찰이 되셨어요? 가야 할 길이 아니
신 것 같은데. 금년 말까지만 고생하시면 목적을 달성하실 수가
있겠네요. 그런데 이 일을 어쩌나. 곧바로 관재수가 들어 있어서
가만있자. 피해 갈 수 있는 길이 혹시 있나 볼게요. 피해 가시기가
퍽 어렵겠네요. 그런데 한 길이 있기는 있네요. 진인을 만나 정진
하시면 모든 사람이 우러러보는 대인이 되시겠네요. 이미 진인의
기운이 뻗쳐 있습니다. 너무 염려하시지 않아도 되겠네요."

나는 미끄러운 골목길을 조심조심 내려오면서 조금 전에 있었
던 일에 자꾸만 신경이 쓰였다. 그녀가 풀어준 운세 때문이었다.
그런 이야기는 언젠가 고시원 근방의 역술원에서도 들은 적이 있
었다.

진인의 기운이 이미 뻗어있다. 누구를 말함일까. 나는 종교도
또 특별한 후원자도 없는 처지였다. 그렇다면 누굴까? 한참을 내
려와서야 나는 친구 하승현을 퍼뜩 떠올렸다. 혹시 그가 진인일
까. 지금은 지리산 어떤 암자에 있지만, 재학시절 고시에 합격, 남
해안의 작은 도시에서 검사 생활 삼 년 만에 어느 날 사표를 내고
홀연히 사라졌던 가장 절친한 클래스메이트였다. 나는 그때 괴로
움의 사슬에서 풀려나지를 못했다. 너무도 쓰라린 고통을 체험하
게 했던 친구였다. 같이 공부를 하다가 합격해서 나가는 친구의,

292

어떤 위로의 말도 위안이 되지 못했다. 그러나 임지에 도착한 후, 이따금 전화로나마 연락을 끊지 않고 조언도 하고 격려를 해주는 게 위로라면 위로였다. 더욱 고마운 것은 취직 전에 경제적으로 퍽 어려웠을 때 얼마간의 용돈을 보내주기도 했다. 그러던 그가 아무 연락도 없이 소식을 끊어버리고 말았다. 궁금했지만 찾을 수 있는 길이 없었다. 근무처로 연락을 해보았으나 그들도 행방을 모르고 있었다.

기억이 희미하게 퇴색할 무렵 등기편지가 왔다. 저금통장과 도장이 들어있었다. 저금통장 속에는 '몇 푼 안 되지만 필요할 때 써' 하는 내용과 아울러 자기의 심경을 피력하고 있었다.

나는 임관되어서도 마음은 딴 곳에 있었다. 그리고 자꾸만 내가 사회 조직의 부속품이 되어 간다는 생각에서 벗어나기가 힘들었다. 세속의 온갖 번민, 욕망, 집착을 풀고 싶었다. 그 해답을 법주 강진거사의 책 '영원한 자유를 찾아서' 에서 한 가닥 길을 찾게 되었다. 나는 그때야 공무원으로 출세하는 것보다 불법 수행을 통해 나와 다른 이들에게 보답하는 것만이 훨씬 가치 있다는 사실을 깨달았다. 지식은 하나의 장신구에 불과하고, 학벌, 고시는 인생의 한 과정일 뿐이다. 출가는 일생의 중요하지 않은 곁가지를 쳐내고, 가장 중요한 부분을 키우려는 적극적인 도전의 과정이었다. 삶의 근원적인 문제를 찾기 위해 떠날 수밖에 없었다는 것이 승현이의 편지 내용이었다. 그는 입산해서 본격적으로 법문을 익히면서 가슴 속 깊이 맺힌 응어리가 서서히 풀렸다고도 했다.

그는 재학 때 불교 동아리인 선우회에 속해있었다.

저 통장을 어떻게 한다. 마땅한 대안이 떠오르지 않았다. 그 동안도 여러 번 신세를 졌는데 또 신세를 질만큼 나는 몰염치하지 못했다. 이제는 작지만 봉급으로 비용을 충당하고 있는 형편이었다. 아무래도 잘 보관했다가 기회가 있으면 돌려주어야지 하는 생각이 앞섰다.

아래로 내려 갈수록 눈이 녹아 질퍽거려 몇 번인가 미끄러질 뻔했지만 다행히 넘어지지는 않았다. 나는 걸어 내려오다가 아 ― 하고 나도 모르게 소릴 질렀다. 그녀에 대한 기억이 심해의 물고기처럼 서서히 떠올랐다. 나는 데모대의 뒤에서 어정거리다가 가방을 든 대학생이란 이유로 파출소로 끌려간 일이 있었다. 겨우 여자친구에게 연락이 닿았고 그녀가 파출소로 숨가쁘게 달려와서 청와대를 팔았다. 그러나 경찰의 입에서 튀어나온 말은 서릿발이었다. 서울 살면서 세 다리 거쳐 청와대 안 닿는 놈이 어딨어? 여자친구는 다시 어딘가로 전화를 했고, 그게 무슨 요술을 부렸는지 나는 풀려났다. 그리고 그 밤 요술을 부린 주술사를 만났다. 내 여자친구의 선배였다. 바로 조금 전 만난 그 여자였다. 자기 아버지가 엄청난 권력층에 있다는. 그녀가 대뜸 내게 한 첫마디는 나를 화나게 만들었다.

"야. 넌 열심히 공부나 해. 부모님 실망시키지 말고. 넌 관상이 운동권이 못돼. 그 얼굴 그 등치로 무슨 데모냐. 넌 단순한 학골이야. 공부나 열심히 해."

나는 끓는 분노를 억제하기 힘들었지만 참을 수밖에 없었다. 그 일 이후로는 그녀를 만난 적이 없었다. 여자친구와 헤어지고 말았기 때문이었다.

버스 종점에서 사무실로 전화를 걸었다.

갔던 일은 잘 됐어. 글쎄 그게 좀…. 나는 말을 쉽게 잇지 못하고 더듬거렸다. 뭐가 수표로 오십밖에 못 받았다고, 그게 무슨 소리

야? 벤츠 탄 자식이. 손이 발이 되게 빌 때는 언제고. 오십 준다고
했으면 어젯밤에 봐주지도 않았어. 그런 쓰레기 같은 새끼들은
싹 쓸어서 영창에 처넣어 버려야 되는데 말이야. 그게 정말이야?
틀림없어? 반장은 두 번 세 번 묻는 것은 네가 오십은 해먹은 것
아니야 하는 의심으로 들렸다. 나는 다 기어들어가는 목소리로
그럴 수밖에 없었다고 했다. 그런 소리는 들을 필요도 없어. 그러
면 운전면허증은 어떻게 했어. 주고 왔지요. 무슨 소리를 하고 있
어. 그따위 수표는 쓰지도 못해. 갖다 주고 면허증 도로 찾아가지
고 와. 나는 수표를 현금으로 바꾸어 가겠다고 했다. 무슨 뚱딴지
같은 소리야. 누구 죽일 일 있어. 우리가 장사 한두 번 해보는 거
야. 나는 뭐라 변명을 하려고 했으나 반장은 더 들을 필요 없다고
하면서 전화를 탁 끊어버렸다.

　사무실로 돌아 왔을 때, 다른 직원들은 순찰을 나갔는지 반장만
자리에 덩그마니 앉아 있었다. 내가 들어가도 거들떠보지도 않았
다.

　"다녀왔습니다."

　반장은 대답도 없이 나를 쏘아보았다. 불편한 심기를 그대로 드
러냈다.

　"어떻게 된 거야?"

　그 여자의 딱한 이야기를 말해 주었다.

　"자네, 무슨 종교 단체에서 자선사업하러 갔다 왔어?"

　그는 그 말만 던지고 밖으로 휑하니 나가버렸다. 따라 나가서
설명하려 했으나, 그는 뒤도 돌아보지 않고 차고 쪽으로 가버렸
다. 나는 사무실로 들어와서 멍하니 의자에 주저앉았다.

　선녀 보살이 수표를 건네 줄 때의 그 애절한 눈빛이 떠올랐다.

마주 보아서는 안될 그녀의 눈과 마주쳐버린 순간, 내 가슴속에서 단단히 쌓아 놓은 돌담이 무참히 무너지면서 흙탕물이 쓸고 지나갔다. 견딜 수 없는 폐허였다.

우연히 마주쳐 버린 눈빛. 그녀의 눈빛 속에는 사랑, 미움, 희원, 절망 같은 상반된 감정들이 거세게 소용돌이치고 있었다. 그 모든 것을 초월해버린 눈빛 같기도 했다. 나는 나도 모르게 고개가 떨구어졌다.

밀린 문서를 들추다 보니 급한 보고를 해야 할 문건이 있었다. 그러나 그것을 처리할 기분이 아니었다. 나는 고개를 숙인 채 두 손으로 머리를 감싸고 한참 동안 있었다. 도저히 울화가 치밀어서 더 앉아있을 수가 없었다. 그렇게까지 구차하게 자리를 보전하고 싶지도 않았다. 떠나야할 때가 된 것 같았다.

반장은 매번, 그 일을 왜 내게만 시키는지 알 길이 없었다. 그때마다 양심과 비양심의 분계선에서 고민하지 않을 수 없었다. 그것도 참기 어려운 고민이었는데 이제는 의심까지 하다니. 정말 더러워서 못해 먹을 노릇이었다. 분명히 반장은 나를 의심하고 있었다.

나는 백지를 꺼내 놓고 잠시 망설이다가 사직원을 쓰기로 마음을 굳혔다. 갑자기 가슴이 두근거리기 시작했다.

'가사 사정에 의하여 사직코자 하오니 청허하여 주시기 바랍니다.' 손이 떨려서 글씨가 제멋대로였다. 이런 곳도 직장이라고 막상 그만두려고 하니 마음이 착잡했다. 사직서를 반장의 잠긴 책상 서랍 속에 억지로 밀어 넣었다. 나는 쉽게 자리에서 일어나지를 못했다. 거센 물살이 가슴 한가운데를 훑고 지나가자 비로소 마음이 담담해졌다. 마치 무거운 짐을 벗어버린 것처럼 홀가분해졌다. 일어서서 뒤도 돌아보지 않고 밖으로 나와 버렸다.

나는 경찰서 앞에서 잠시 머뭇거렸다. 어디로 갈까. 이럴 때 승현이 서울에 있다면 불러내서 봉사리 할매집에 가서 거꾸러질 때까지 술을 마시고 하소연이라도 하고 싶었다. 이 넓은 서울에 혼자임을 실감했다. 나는 대학 뒷산을 떠올렸다. 대학 때, 답답하면 뒷산에 올라 좁은 가슴에 산을 한아름 품었다. 한참 동안 산 위와 산 아래를 바라보고 있으면, 왁자한 세상 위에 있는 것 같은 착각에 빠져, 가슴이 후련해지곤 했었다. 시골 출신인 나의 유일한 벗은 산이었다.

하늘은 구름이 걷히고 푸르게 맑아 있었다. 겨울 햇살이 따사롭게 느껴졌다. 도로에는 눈이 녹아서 차들이 마구 흙탕물을 튀기면서 지나갔다. 등산로 입구이 주차장 옆에 있는 가게에서 소주를 한 병 사 점퍼 속주머니에 집어넣었다. 나는 제일야영장 쪽으로 가는 등산로를 따라 오르기 시작했다. 등산로는 눈이 많이 쌓여 있어서 생각보다 미끄러웠다. 미끄러지기를 여러 차례, 마치 내 삶의 길 같다는 생각을 해보았다. 한 발 전진하다가 세 발 미끄러지는 삶. 왜 이렇게 일이 잘 안 풀리는 것인지. 남들은 다 수월하게 힘들이지 않고 휘적휘적 저으면서 앞서가는데.

나는 평소보다 훨씬 오랜 시간을 들여 제일야영장까지 올라갔다. 등줄기로 땀이 흐르기 시작했다. 산 아래를 멀거니 내려다보았다. 가슴속으로 한줄기 시원한 바람이 지나가면서 답답함을 삭혀주었다.

목이 타는 듯한 갈증이 왔다. 주머니에서 소주를 꺼내 찬물 마시듯 꿀컥꿀컥 다 마셨다. 차가운 액체가 식도를 타고 흘러 들어가자 목안이 좀 시원해졌다. 나는 빈 병을 나의 분신인 듯 멀리 아래쪽을 향해 던져 버렸다. 순간, 아무 곳에나 부딪쳐 자해해 버리고 싶은 강한 충동을 느꼈다.

심호흡을 몇 번 하고 나서 목이 터져라 소리를 질렀다.

"야, 이, 더러운 자식아."

반장에게까지 들리도록 소리를 지르고 싶었다. 나는 반복해서 소리를 질렀다. 그 소리는 메아리가 되어 점점 멀어져 갔다.

산에서 내려다보는 시내는 온통 하얀 눈으로 덮여 있는 은백색의 세계였다. 아무런 사심도 없는 정갈한 세계가 펼쳐져 있었다. 부서져 내리는 햇빛이 눈에 반사되어 먼 곳이나, 가까운 곳이나 다 잘 보이지 않았다. 눈(雪)에 반사되는 햇빛으로 눈(眼)이 부셨다. 빛이 너무 밝아도 이렇게 안 보이는구나 하는 걸 새삼 느꼈다. 저 속에 겨자씨 같은 슬픔과 기쁨으로 울고 웃는 소우주가 존재하고 있는 것인가.

사람들은 왜 그렇게 미쳐 사는가. 언젠가 신문에 외국에서 조사한 행복지수가 나왔는데 스위스나 미국이 아닌 엉뚱한 방글라데시가 세계에서 최고로 높았다. 그와 같은 등식이 정말 성립될까. 난곡 그녀의 모습이 지워지지를 않았다. 호화로움을 버림으로 해서 오히려 평온한 그녀의 모습에서 신비감 같은 게 느껴졌다.

지금 나는 어디에 서 있는가?

어디로 가고 있는 것인가?

나는 나를 알 수가 없었다. 술 때문인지 의식이 몽롱해졌다. 먼저 합격한 친구들의 말처럼 고시에 합격하면 무엇 하겠는가. 무슨 황홀한 빛에 우리는 홀려있는 것인가. 어떤 빛이 인간을 이토록 괴롭게 하는 것일까. 반장은 진급을 하면 무엇이 될 것인가. 죽을 때까지 돈 긁어모으는 화신으로 살다가 죽을 것이다. 눈을 부시게 하는 빛. 눈을 멀게 하는 빛. 그 파멸의 빛은 어디에서 오는 것인가.

그녀는 그러면 무엇인가. 가진 것을 다 버리고, 가진 욕심을 다 버리고 자기 자신을 버려 주먹을 남편으로 맞이해 인간 개조를 꿈꾸고, 가슴 가득 마음의 풍요를 산호처럼 키우며 살아가지 않는가. 빛이란 그녀에게는 무엇일까. 그녀에게 비치는 빛만은 서기의 빛이었을까. 그렇지는 않았을 것이다. 그녀는 빛을 서기롭게 만들었을 것이다. 서기의 빛. 나는 그 빛을, 그 빛살을 한아름 가슴 터지게 안아보고 싶었다.

이제 해는 벌판 끝 구름산 너머로 기울고 있었다. 반사되는 빛 때문에 온 세상이 고저가 없이 평탄한 지평선으로 보이는 착시 현상이 일었다. 설원 위로 물안개 같은 이내가 낮게 깔리고 있었다.

나는 산 아래를 향해 또 소리를 질러댔다. 가슴에 맺힌 더러운 응어리들이 토해져 나가는 것 같았다. 그 소리는 메아리가 되어 돌아오지 못하고 설원 위로 잔물결이 되어 퍼져 나갔다. 난곡 근방에서는 어느 집에 불이 났는지, 검은 연기가 꾸역꾸역 피어올라 아름다운 낙조를 가리고 있었다.

등줄기로 흘러내렸던 땀이 식어서 그런지 한기가 들어 더 있기가 어려웠다. 나는 올라왔던 길로 도로 하산하기 시작했다. 조심해서 발을 디뎌도 술 때문인지 미끄러지다시피 내려오다가 눈구덩이에 곤두박질쳐지고 말았다. 일어나고 싶지 않았다. 너무도 시원해서였다. 사소한 일에 매달리는 나 자신이 우스워 웃음이 나왔다.

"으ㅎㅎㅎ…."

그것은 웃음도 울음도 아니었다. 짐승이 내지르는 괴성 같은 것이 저 밑바닥 창자로부터 뚫고 올라왔다. 사람들의 얼굴이 하나 둘 떠올랐다. 시골 부모님, 반장, 오늘 낮에 보았던 선녀 보살이 떠올랐다.

나는 산에서 내려 온 후 내리 이틀을 곯아떨어졌다.

내가 눈을 떴을 때는 한낮이었다. 정적을 깬 것은 인사담당자의 전화 때문이었다. P파출소로 좌천 발령된 내용을 알려주기 위해서였다. 누구도 가기 싫어하는 기피지역이었다.

'뒤가 구려 사표 수리도 못하는 좀팽이 같은 자식. 그래도 상관이라고 생각해주는 척 발령은 내주고….'

나는 나도 모르게 욕이 나왔다. 누구나 기피하는 관내 P파출소로 전보 발령하도록 서장에게 쥐새끼처럼 빌붙어서 알랑거렸을 반장의 모습이 훤히 보이는 듯했다.

잠을 푹 자고 나서 그런지 머릿속이 깊은 계곡 물처럼 맑아졌다.

불쑥 승현이가 보고 싶었다. 나도 그의 유유자적하는 모습을 닮고 싶었다. 그를 만나 맺힌 이야기들이나 시원하게 풀고 와서 이번 고시만은 기어이 끝장을 봐야 할 것 같았다.

나는 배낭을 꺼내 이것저것 꾸려 넣었다. 승현이가 보내온 통장과 도장도 챙겨 넣었다.

차창 밖으로 보이는 겨울 산은 낮게 가라앉아 있었다. 열차는 섬진강변의 눈 속을 헤치고 계속 남쪽으로 내닫고 있었다. 나는 자꾸만 김이 서리는 차창을 문질러 대면서 밖을 내다보았다. 끊임없이 고만고만한 산들이 이어져 있었다.

떠나 올 때 그 여자를 찾았다. 수표를 돌려주기 위해서였다. 나는 그곳에 갔다가 깜짝 놀라고 말았다. 그 여자의 집이 있었던 계곡 전체가 삼일 전 불에 타서 재만 남아 있었다. 불을 끄다가 많은 사람들이 다치고 화상을 입었다고 했다. 소방차가 들어올 수 없는 길이다 보니까 피해가 클 수밖에 없었다. 선녀보살에 대해 동네 할아버지가 자세히 알고 있었다. 아, 그 데모대 벌주는 높은 양반 딸 말이에요? 불난 이웃집에서 아이를 구출하다가 심한 화상을 입고 병원으로 실려 갔어요. 쯧쯧 참 안 됐어요. 우리 동네 천산데.

병원을 수소문해서 찾아가 보았다. 그녀는 온몸을 붕대로 감고 중환자실에 누워있었다. 나는 겨우 그녀의 남편만을 만날 수 있었고, 사양하는 그 손에 수표를 놓아주었다. 또 하나의 무거운 짐을 덜어버린 것 같았다.

열차는 십분 후에 구례구역에 도착한다는 안내방송이 나왔다. 나는 선반에서 배낭을 내려 짊어졌다. 배낭은 무게를 느낄 수 없을 정도로 가벼웠다. 역 앞에서 버스를 탔다. 버스는 시내를 거쳐 산 밑에 있는 작은 마을 어귀에 나를 내려놓고 돌아갔다. 동네 고샅을 지나 산 위로 길이 나 있었다. 사람을 만나면 천무동 오르는 길을 묻고자 했으나 사람들이 보이지 않았다.

동네 안 어딘가에서 농악소리가 들렸다. 그 소리를 따라 고샅을 돌아 찾아 들어갔다. 나는 농악 소리에 나도 모르게 어깨를 으쓱대면서 걸었다.

동네 가운데 어느 집에서 세시 마당놀이를 위한 농악연습을 하고 있었다. 한 노인에게 천무동 가는 길을 물었다.

"천무동은 무슨 일로 찾는당가?"

노인은 큰 사발에 막걸리를 따라주면서 물었다.

"친구를 만나러 가는 길인데요."

"천무동을 찾아간 사람은 있어도 나오는 사람은 없다는디. 들어만 가면 신선이 돼야분단 말도 있고…"

노인은 또 술을 따라주고 굽은 허리를 펴고 뒷짐을 진 다음 지리산 쪽을 멀거니 바라보았다. 나는 그 옆에 서서 아무 말도 하지 않았다. 노인들은 술값을 하고 가라고 나를 얼러 댔다. 노래를 하든지 기물을 다루든지 하라는 것이다. 나는 그냥 떨쳐버리고 나오려다가 마음을 고쳐먹었다. 장구를 받아서 들쳐 멨다. 대학시절 사물놀이패 동아리에서 장구를 다루었던 기억을 되살리며 치기 시작했다.

처음 동아리에 들어갔을 때, 선배가 기물을 골라잡으라고 했다. 나는 나도 모르게 장구를 들쳐멨다. 지금도 그때 왜 그랬는지 알 수가 없다.

나는 설장구 가락에 취해 그 신명 속으로 서서히 빨려 들어갔다.

이 순간만은 모든 것을 잊을 수가 있었다. 직장도, 고시도, 고향의 부모도. 그런데 왠지 울고만 싶었다. 시간이 얼마나 지났을까, 온몸이 땀으로 젖고 술도 깨었지만 나는 장구를 벗고 싶지 않았다. 머리는 나도 모르게 장단에 맞추어 흔들리고 손은 점점 빨라졌다.

얼씨구. 잘한다.

내 귀에는 노인들의 추임새도 들리지 않았다.

1999.

늦깎이 작가의 새로운 소설 미학
— 소설가 채문수 작품론

이 명 재 (문학평론가 · 중앙대 명예교수)

일찍이 노벨문학상 수상 작가인 한스 카롯사도 '인생은 만
남'이라고 설파했지만 일상의 따분한 삶 속에서 좋은 작가와
의 값진 만남은 더 없는 기쁨이요 보람이다. 더구나 요즘처럼
문학이 소외되는 소설의 위기 풍조 속에서 채문수처럼 성실한
작가의 참신한 작품을 여러분과 함께 만나게 됨은 대단한 행
운이라고 여겨진다. 특히 작가와 필자는 남달리 가까운 처지
임에도 불구하고 서로 전혀 모르고 지내다가 최근에 이르러서
바로 이 창작집을 통해 만남이 이루어졌다. 뜻 깊은 일이 아닐
수 없다.

신진 작가와의 기쁜 만남

솔직히 말해서 필자는 정작 채문수라는 생소한 작가의 첫 창
작집 평설을 청탁받고 적잖은 부담을 느꼈음이 사실이다. 그야

말로 생면부지였던 이 사람 작품이 특별히 기대할 수준이 아닐 경우, 곤혹스럽기 그지없겠기 때문이었다. 하지만 정작 정성스럽게 묶여진 두툼한 원고 묶음을 며칠 사이에 찬찬히 읽고 난 필자는 오히려 그동안의 걱정거리가 없어진 다행 이상으로 기뻤다. 실제 작품을 통독하면서 얻은 재미뿐 아니라 요즘의 여느 기성작가에 못지않을 만큼 괄목상대할 신진작가의 저력을 확인해서이다. 문학예술의 세계에서는 무엇보다 작품 자체로써 평가할진대 이 작가는 일련의 최근 작품들에서 나름대로 당당한 자기세계를 구축해나가고 있다고 본 것이다. 더욱이 이순의 나이테 가까이에 이르러서야 등단한 신진작가의 글이 이렇게 참신하고 흥미로울 수 있을까싶게 대견스러웠다. 역시 소설문학은 상상을 통한 창조의 예술세계여서일까? 불과 수년 전부터 발표해온 창작 솜씨와 의욕적인 접근이 결코 만만치 않은 수준인 것이다. 낱낱의 작품에는 치밀한 구성이며 탁월한 발상들에 동원된 활자 속에 정성스런 작가의 기가 스며있다싶게 감동을 주었다. 이들 작품에 몰입한 사이에는 은연중에 문득 '蔡文秀' 라는 이름이 30년대의 작가 '채만식'과 조선 중기의 걸출한 암행어사 '박문수'를 떠오르게도 할 정도였음을 밝혀둔다.

하지만 이런 긍정적 관심이 자칫 필자의 선입견에 의한 것인지도 모르므로 보다 객관적인 관찰과 구체적인 분석에 의한 그대로의 엄정한 평가가 바람직하다. 우리는 흔히 지적되는 예의 정실비평이나 주례사적인 해설의 폐단에서 단호하게 벗어나야 마땅한 일이기 때문이다. 따라서 여기에서는 평설 대상인 창작집에 게재된 전 작품을 중심 삼아서 소설의 여러 요소들에 상관된 문학적 특성 위주로 점검해 보기로 한다. 첫 창작집 〈국경선〉은 표제작 중편을 비롯해서 여덟 편의 단편을 합쳐서 아홉 편의 소설로 이루어진 채문수 작가의 실체인 것이다.

다양하고 폭 너른 서사미학

채문수의 이번 창작집을 총괄해 보면, 우선 작품의 소재나 제재면에서 다양하고 너른 폭을 지니고 있다.

먼저 요즘의 첨단 IT 세계에 연결된 가상공간 설정과 엽기적 사건들을 통한 흥미로써 비인간적 문명을 비판하는 단편들이 눈길을 끈다. 아파트 409 호에 사는 미스 코리아(그녀)의 살인 장면으로 시작된 '비밀 없는 도시' 는 미스터리 이상의 스릴과 흡인력을 자아낸다. 형사들과 대응하는 화자(나)의 긴장감 넘치는 대화와 유머는 물론이요, 채팅으로 만난 전문대생 여성과 번섹을 즐기며 몰카 컴퓨터로 비디오를 찍어 인터넷을 통해 비밀 판매 행위를 하는 주인공의 행태 또한 흥미롭다. 그런가 하면 시를 쓰는 산부인과 의사 곽선생(나)이 '정신과 의사는 없소' 에서 새 직장 취업을 모색하는 과정에 겪는 희한한 가상사회는 더 흥미진진하다. 수상한 사나이들에게 차량 속에 앉은 채 납치되어 한나시의 라이플 교주 등과 만나는 내용이 과학공상소설 이상의 실감을 자아낸다. 생명수 등의 의료적 섭생으로 평균 이백세 장수를 구가하며 스와핑적인 난교의 남녀 성행위를 즐기는 별천지인 것이다. 더구나 교주로부터 미녀 시인인 제 부인을 그대로 가지라는 제의까지 받은 곽선생 처지는 어리둥절할 지경이다.

다음은 식민지 시대나 분단시대에 걸친 민족수난의 아픔을, 징용이나 전쟁으로 야기된 이산의 비극과 가족의 비밀을 통해 기행형식으로 재현하여 공감을 자아낸다. '오호츠크해의 돌'에서는 일제강점기에 일본에 끌려가서 혹사당하다가 홋카이도 형무소서 숨진 본남편을 찾아 나선 어머니와 화자(나)를 통해서 식민지 체험의 비극과 가족의 비밀을 캐낸다. 즉 미얀마에 징용 갔다가 해방 후 귀국한 삼촌과 함께 한국전란 때 황해도 연백서 피난 내려와 겨우 문간방을 얻어 기거하다가 어머니와 삼촌의 불륜으로 친아버지 대신 삼촌을 아버지로 섬겨 온 나의 삶에 대한 비밀을 밝혀주는 여인의 진실고백이다. 또한 채문수의 데뷔작 일부를 이룬 중편 '국경선'에서도 한반도 너머 중국 연변지역과 북한 국경을 잇는 이산가족 찾기를 통한 분단비극의 가족사를 보여준다. 김포공항 입국장에서 '나'의 아버지가 연행되는 장면으로부터 시작되는 이 작품은 북한 혜산진에 사는 본처 소생 아들과 극적으로 상봉한 아버지가 끝내 압록강 국경선을 넘어갔던 사실로써 국가보안법 위반죄로 구속된 실마리를 귀납적으로 풀어내고 있다.

　그런가 하면, 작가는 한편으로 요즘의 농촌 현실에도 관심을 두고 농민의 삶 문제에 접근하고 있음을 드러낸다. 단편 '나들목'에서는 시골서 상경하여 유통업에 어려움을 겪어 온 상수(나)가 시골의 산소만은 고수하려는데 대하여 그의 아내와 나주아재는 끈질기게 선산을 정리해서 현금으로 활용하자는 농촌의 문제들을 제기하고 있다. 거기에다 '신음하는 땅'에서는 근래 급속한 시골의 도시화로 인한 농촌 훼손 실태를 환경문제나 풍기문제로까지 제기하여 주목된다. 마을에 퇴폐영업장을 벌이며 득세한 병천이네와 이에 반발하는 윤호 등을 통한 농촌 실정이 설득력 있다. 특히 토박이 맛 짙은 방언과 적절한 전통 어휘의 활용으로 현안의 농촌문제를 다룬 솜씨는 침체한 농민소설의 새로운 방향을 제시함직하다.

　위 농촌소설과 대조적으로 '빛의 그늘'의 경우는 특이하게 도시의 지하철역 귀퉁이에서 숨어 지내는 노숙인 군상의 삶 현장을 통해서 우리 사회의 그늘진 소외층에도 관심을 기울이고 있음을 본다. 사회 일선에서 경제적으로 퇴출된 그들은 가정마저 파괴된 채로 인권에도 무방비 상태로 방치되어 있는 것이다. 추위와 기근에 시달리는 노숙인 층은 더구나 경찰들의 불심검문과 그들 간의 성폭행이나 패거리 폭행 등에 노출되어 있는 현장을 제시하고 있다.

　끝으로, 작가는 스스로 오랜 직장생활에서 체득한 조직사회

의 분위기를 중심으로 한 공직사회의 인사비리나 부조리 행태
와 사기 문제를 풍자적으로 그리고 있어 관심을 모은다. '좀비,
그리고 좀비족'에서 한창식은 오급 직원으로 팔년을 지내는데
본부 인사국장 아들인 박용국만 오급으로 특채된 데 이어 쉽게
대리로 승진하자 사표를 내는 처지가 딱하기 그지없다. 의분에
찬 고발이요 각성을 촉구한 내용이다. 또한 유다르게 의학용어
를 차용해 쓴 '설맹(雪盲)'에서는 고시공부 중 공직에 취업한
김순경(나)의 경우를 들어서 국가 공무원 사회의 비리를 고발
하여 설득력을 얻고 있다. 본디 농민의 아들로서 고학하여 반
독재 데모에도 가담했던 그가 교통위반자의 면허증을 현금과
바꾸어 오라는 교통과 반장의 지시에 사표로 대응한 자초지종
이 수긍되고 남는다.

치밀한 구성의 소설미학

보다 면밀하게 접근해 보면, 창작집 〈국경선〉에서는 작가가
구성면에서 심도 있는 기법을 구현하고 있다.
작품에 등장한 주 인물들은 인물 성격면에서 본디 선의의 인
간들로서 사회에서 소외되거나 본의 아니게 어려운 처지에 처
한 여건 속에서나마 최선을 다 하려는 고뇌의 인물상들이다.
'정신과 의사는 없소' 경우, 영문 모르고 한나시 공간 속에 갇힌
채 농락당하는 곽선생이나 라이플 교주의 아내는 물론이요 '비

밀 없는 도시'에서의 전문대생 L의 번섹 상대인 N도 그렇다. 또한 '국경선'의 부모와 화자인 기자(나)나 그의 이복형제도 마찬가지이다. 뿐만 아니라 '오호츠크해의 돌'의 화자 부모 역시 본의 아니게 불륜스런 가족의 비밀을 숨겨 온 것이다. '빛의 그늘'의 경제사범으로 몰락한 남자나 그녀 및 미친여자 역시 사회의 피해자인 셈이다. 하지만 이들 모두는 '좀비, 그리고 좀비족'의 화자인 김과장(나)이나 침울한 한창식, '설맹'의 김순경(나)처럼 딱한 불운의 피해자로서 나름대로 기존사회의 현실 여건과 버거운 싸움을 계속하는 것이다.

　사건 설정이나 서사의 진행면에서도 작가는 남달리 빼어난 기법을 활용하고 있다. '비밀 없는 도시' '국경선' '정신과 의사는 없소' 등에서는 추리소설에서처럼 서두 강조법을 화두로 삼아 그 의문점을 귀납적으로 풀어나가는 형식을 취해서 긴장감과 흥미를 돋운다. 위 작품들에서는 곧잘 살인과 납치 또는 탈출 같은 극적이고 엽기적인 접근이 주요 모티프로 작용되어 소설미학의 효율을 높이는 것이다. 가령 서두서부터 공항 입국장에서 아버지가 연행되어 나오는 장면으로 독자들의 흥미를 유발시켜 이끌어 가는 '국경선', 한사코 홋카이도 여행을 떠나겠다는 어머니의 의사표시로 의아심을 자아내서 독자들로 하여금 눈치 채게끔 유도해 나가는 '오호츠크해의 돌'의 화술도 뛰어나다. 또한 '빛의 그늘'에서 사람 죽는다고 외치는 미친년 — 꿈속의 아내 — 성폭행 당하는 그녀를 대조적인 상관기법으로 복선을 깔면서 연결시켜 나가는 서사 기교 역시 돋보인다.

　사건의 짜임새 면 또한 여느 작가 못지않게 세심한 배려에 의한 기교가 엿보인다. 작품에서 서두와 결말의 유기적인 상응관계가 인상적인 여운을 남긴다. 경찰의 새벽 사이렌 소리로 시작된 '비밀없는 도시' 의 경우, 드디어는 살인 장면을 녹화했던 젊은이가 바닷가 백사장에서 경찰차에 포위 당하는 마무리 처리 같은 것이다. 이런 보기는 취업을 위해 면접하러 가던 중에 납치 당한 곽선생이 '정신과 의사는 없소' 의 한나시에서 끝내 탈출을 기도하지만 빗발치는 어둠 속에 잠기는 결말도 마찬가지이다. 뿐만 아니라 아버지가 공항에서 연행되는 장면으로 시작된 '국경선' 끝부분에서 기자인 아들마저 "군말 말고 따라와" "고개숙여" 하는 기관원들의 승용차에 처박힌 채 끌려가는 마무리 등이 그것이다. 이들 작품 경우는 아무래도 난곡동 달동네를 찾아다니던 김순경이 '설맹' 에서 사표를 내고 지리산 천무동으로 향하던 길에 그곳 산골 마을 사람들과 농악놀이를 하면서 장구가락에 취하는 결말 처리와는 대조를 이루면서 짜임새의 묘미를 더하고 있다.

　이번 창작집의 배경인 세팅면에서는 앞에서 살핀 바처럼 한나시 같은 과학 만능의 사이버 공간적인 가상현실을 다루어 특장점을 드러낸다. 그런가 하면 현실적으로는 일본의 북해도 탄광현장과 중국 연변을 거쳐서 북한 국경선에 이르는 공간의 확장을 기하고 있다. 뿐더러 시대적으로도 일제강점기와 한국전

310

쟁기에 이르는 역사적 공간과 현대는 물론 미래까지 총괄하는 탄력성을 드러낸다. 또 새로운 농민소설의 모범을 보인 '나들목'과 '신음하는 땅'에서는 농촌현장을, 집 없이 떠도는 노숙인의 실상을 그린 '빛의 그늘'에서는 도시공간을 활용하였다. 그리고 예의 '설맹'이나 '좀비, 그리고 좀비족'에서는 숨 막히는 조직사회의 메커니즘적 문제점을 흔히 일인칭 시점으로 표출해내는 데에 남다른 솜씨를 보이고 있다.

서술적 묘사와 문체의 묘미

사실 언어의 예술인 소설문학에서 일차적인 표현으로서의 문장력은 주제에 앞선 작품의 제일 요건이다. 그런데 작가 채문수는 소설쓰기에서 신진 작가답게 곧잘 참신하고 발랄한 문체를 구사하고 있어 작품이 잘 읽힌다. 물론 아직은 미숙하고 정착되지 않은 채 실험단계에 있는 그의 문체는 독자 시각에 따라 가끔씩 미흡한 표현도 없지 않겠으나 그의 문장 실력은 긍정적이다. 적어도 성실한 각고의 노력을 곁들인 그의 문장은 마치 능숙한 요리사 솜씨처럼 사용 어휘가 대체로 힘차고 맵시 있어 감동을 함께한다. 쉼 없이 이어지는 긴장 속에서도 작가 특유의 유머와 지혜로운 사고를 곁들인 감성의 결을 유연하게 살려내고 있기 때문이다. 따라서 여기서는 실제 보기를 참고하여 작가의 문체적인 특성들을 음미해보기로 한다.

먼저 단편 '비밀 없는 도시' 중에서 한 부분을 살펴보자. 살인사건을 조사하기 위해 찾아든 형사와 L이 대화를 주고받는 장면이다. 간결하고 감정을 실은 대화가 살아 있고 속도감을 준다.

인터폰 울리는 소리가 났다. 에이, 누가 이른 아침부터 벨을 울리고 지랄이야. L은 짜증을 냈다. 현관문 앞으로 걸어가면서 누구세요? 하고 물었다. 그러자 밖에서 잠깐 실례합니다, 하는 기분 나쁘게 잠긴 목소리가 철문 틈으로 새어 들어왔다. 인터폰 화면에는 일그러진 사내의 모습이 보였다. L은 대충 짐작했다. 아래층에 온 형사들 중 한 사람이라는 것을.

누구세요? 경찰인데요. 무슨 일이세요? 몇 가지 물어볼 말이 있어서요. 더 이상 버텨 보았자 이로울 게 없다는 생각이 들었다. L은 잠깐만이요, 하는 소리를 철문 밖으로 던지고 급히 두 대의 컴퓨터를 다 꺼버렸다. 하나는 아래층을 모니터하고 있었고, 또 다른 컴퓨터에서는 검색을 하고 있었다.

다음은 '정신과 의사는 없소'에서 곽선생이 한나시의 교주 부인과 만나 유혹받는 정사장면이다. 특이한 서술적 묘파가 도리어 여느 묘사보다 실감 있고 육감적이다. 그만큼 독자들에게 흡인력으로 작용하는 셈이다.

그녀는 다가오더니 내 몸을 발끝에서부터 문어가 기듯이 혀로 더듬어 나갔다. 나는 그만 낮은 신음 소리를 뱉어냈다. 그녀의 혀 끝은 안마사보다도 예민하게 잠재워진 말초신경 줄을 하나하나 현악기처럼 튕겨나갔다. 그러자 온몸의 긴장이 풀리고 거미줄 같은 열선이 벌겋게 달아올랐다. 그녀와 나는 도저히 더 이상 참지 못하고 한 덩어리가 되었다. 그녀의 몸은 너무도 뜨거웠다.

윗 글에 비해서 '국경선' 의 해당부분은 사뭇 다르다. 분단 이후 떠나온 고향과 처자를 압록강 저편의 바로 눈앞 발치에 두고 있는 아버지 심경을 토로한 대목이다. 한껏 한 서린 정감을 상징화하면서 의식의 여울을 곁들인 언어활용 등으로 원초적인 호흡을 살리고 있다.

평생 동안 아버지의 가슴에 한이 되어 건너지 못했던 강. 이제 그 강을 건너려는 순간이었다. 남쪽에서 사는 동안 아버지의 가슴 한가운데 흐르고 있던 그 깊고 시퍼런 강은 결코 하나만은 아니었을 것이다. 아버지와 나와의 사이에 흐르는 실개천 같은 강, 아버지와 어머니, 아버지와 현실 사이에 흐르는 폭 넓고 깊은 강, 이북내기라고 너도나도 싫어하는 무한의 폭을 가진 강, 끝없는 고달픈 삶의 깊고 푸른 치욕의 강, 고난의 강을 건너고 건너 살아오면서 지쳐 쓰러지기 직전의 아버지. 아버지는 그 모든 강으로부터 떠나가고 있었다.

나는 아버지를 향해 나도 모르게 달려 나갔다. 그러나 안내인의 발에 걸려서 눈밭에 맥없이 나동그라지고 말았다.

"선생, 진정하시라요. 큰일 납네다."

그런가 하면 다음 같은 '좀비, 그리고 좀비족'에서의 한 대문은 좋은 글의 본보기가 될 만하다. 예의 여성스러운 부사, 형용사는 물론이요 남성어적인 관념어를 혼합한 문체가 일품이다. 역시 적절한 비유와 서술적 묘사가 여느 묘사 문장보다 효율적인 문장력을 보이고 있는 것이다. 출근 무렵의 직장풍경이 눈앞에 선연하게 다가드는 듯싶다.

나는 라디에이터가 따뜻해지기를 기다리며 그 앞에 서서 무연히 밖을 내다보고 있었다. 건너편 고상역에 전철이 도착하자 사람들은 자루가 터져 검은콩이 쏟아지듯 밀려나왔다. 여덟 시가 지나면서 직원들이 하나 둘 출근하기 시작하면, 정적에 싸였던 사무실은 그제야 다시 호흡을 시작하고 꾸물꾸물 잠에서 깨어났다. 신발 터는 소리, 인사하는 소리, 전화 받는 소리, 웃음소리까지 가세하기 시작하면 사무실은 신진대사가 원활해진 기관처럼 정상을 되찾아갔다. 일일결산을

끝내고 그날의 주요한 문제점들을 체크하기 시작하면 팽팽
한 활시위처럼 긴장 속에서 하루의 일과가 시작되었다.
　"김과장. 한창식이는 어떻게 됐어요?"
　부장은 일일결산 석상에서 물었다.

　그뿐 아니라 '신음하는 땅' 등에서는 경우에 따라 걸쭉한
육담으로 재미를 배가 시킨다. 지방색 짙은 사투리 맛도 제격
이다.

　"……."
　"남자들은 말이어, 뭐니 뭐니 해도 가운데 다릿심이 최고
여야. 고것이 비실비실 해 불면, 예펜네도 바람나서 고것심
좋은 놈 따라가불제. 너도 간혹 와서 몸보신 좀 해라이."
　"너도 알다시피 나는 도망갈 여자도 없는디 정력만 길르먼
뭣허겠냐. 홀애비 좆치리허는 것이나 같제."

　더욱이 이 작품에서는 토착적인 농촌 냄새 물씬 나는 잊혀져
가는 우리말을 자유자재로 살려내고 있어서 주목되기도 한다.
— '지정거리다' '자드락 길' '조붓한 길' '두억시니' '팔작지
붕' '고래실' '빙퉁그러져' '후더침' '호도깝스럽게' '능갈맞
게' '아람치 하다' 등 — 단박이라도 그냥 수첩에 적어놓고 익
히 써먹고 싶을 만큼 감칠맛 나고 소중한 어휘들이다.

위에서 우리는 새로 선보인 채문수의 첫 창작집 〈국경선〉에 실린 아홉 편의 작품을 통해서 괄목상대할 신진작가의 작품세계를 두루 점검해 보았다. 요컨대, 늦게 출발한 작가는 여느 새내기 못지않게 의욕적으로 탄탄한 기량을 닦아서 긍적적인 창작 행보를 보이고 있어 기대되는 바 적지않다.

실제적인 형식면에서 시공간의 영역확대나 다채로움이 주목된다. 미래 소설적 공간인 가상공간을 통한 문명비판적 실험성, 농촌소설의 방향제시와 소외층에의 관심, 일본과 중국 및 북한에 걸친 식민통치기나 분단시대를 다룬 역사 경영, 조직내의 직장인 사회 등. 여기에 일련의 폭 너른 제재 활용과 현안의 현실에 대응하는 다양한 인물성격 창조며 유머와 풍자성을 곁들인 문장 구사력이 뒷받침되어 든든한 작품 질량을 지니고 있다.

내용적인 테마면에서도 이상의 작품 아홉 편을 관류하는 주제의식은 결국 각박한 현대사회의 일상 속에 시달리면서도 점차 황량해만 가는 자기 찾기로의 원초적 인간회복이거나 올바른 사회로 가꾸어 보려는 노력들로 귀결된다. 예의 '비밀 없는 도시'와 '정신과 의사는 없소'는 첨단기기로 인한 사생활 침해나 생명경시 풍조에 대한 경고요 다가올 인류 사회의 패륜적

행태와 가치전도 성향을 풍자 비판한 경종이다. 또 '오호츠크 해의 돌'이나 '국경선'은 민족수난의 시대에 겪는 가족사적 비극의 눈물겨운 고해성사요, 원초적인 욕구로서의 피나는 뿌리 찾기 행각이다. '나들목' '신음하는 땅' 또한 산소 지키기를 통한 자기 정체성 지키기이며 자꾸만 훼손되어가는 마을의 전통성 지켜내기 위한 고발행위인 셈이다. '빛의 그늘' 역시 무방비로 노출된 노숙인들의 권익옹호를 위한 긴급동의요, 실직자 자신(남자)을 통한 인간 지키기를 드러낸 휴머니즘의 실현이다. '좀비, 그리고 좀비족'은 물론이요, '설맹' 역시 올바른 사회 다지기를 위한 비리고발이요 인간수호와 본연한 자기로의 인간회복을 꿈꾸는 휴머니티의 선교편인 것이다.

이 글에서 필자는 독자 여러분과 더불어 새삼 늦깎이로 데뷔한 채문수 작가의 첫 창작집 출간의 의미를 이 평설로써 격려하며 제대로 평가해본 셈이다. 무엇보다 성실한 글쓰기 자세로써 새로운 소설미학 추구를 꾀한 신진작가로서의 실적과 그 가능성을 높이 사서이다. 요즘처럼 소설문학의 위기에 스스로 벅찬 문학의 길에 나선 작가는 오직 작품으로 승부하는 글판에서 건승을 다짐하며 매진할 일이다. 상상력을 주로하는 문학계는 무한정한 시공간을 넘나드는 창조세계인 만큼 창작생활에 정년이 없는 것이다. 그러므로 앞으로는 수년 동안 쓴 창작집 한 권보다는 배전의 노력을 기울여 본격적이고 치열한 자세로 보다 알찬 창작실력을 발휘하는 데 분발해야할 것이다.

　이미 문학의 길에 들어서서 글판 동지들과 함께한 채문수 작가는 아무쪼록 성실한 마라톤선수로서 좋은 글 꾸준히 써서 대기만성하길 기대한다. 앞으로 20여년 남아있는 기간은 충분한 창작활동을 보장해주고도 남는다. 그런 만큼 한때는 화려한 기록을 자랑하다가 중도에서 기권하거나 낙오한 동년배 일부 유명작가들과는 차별화되게 부디 유종의 미를 거두기 바란다. 비록 우승의 월계관이 아닐지라도 초지일관 달리며 꾸준하게 독자 여러분에게 휴머니즘의 메시지를 전달하는 문학의 전령사로서 최선을 다하는 작가는 자랑스럽기 그지없을 터이다.

유년의 편린들

소년은 늘 혼자였다.

　조선기와로 이어진 오칸겹집의 휑뎅그렁한 큰 집에는 남자라고는 나뿐이었다. 나는 나도 크면 그보다 더 큰 집을 짓겠다는 엉뚱한 바람을 싹틔워갔다. 그때 나이 일곱 살. 귀에 피도 안 마른 게 왜 그런 생각을 했을까? 정말 철없고 불가해한 일이었다.
　아버지는 그 집을 짓기에 온 정성을 다했다. 할머니의 말씀을 빌리자면 목재소도 없었고 교통수단도 불편한 당시에 아버지는 인근 산들을 누비며 좋은 재목을 찾았다고 한다. 재목이 발견되면 산주에게 물어서, 혹시 누가 목 매달아 죽거나 애기주검 꾸러미를 매달지 않았나를 확인한 후 추목이 아닌 좋은 재목만 사들였다. 값이 치러지면 인부들이 달구지를 끌고 가 도끼나 톱으로 벌목을 하고 곁가지를 쳐내고 쓸 길이만큼 토막을 쳐 목도로 인근 달구지길까지 끌어내린 다음 집으로 실어 날랐다. 몇 년이 지나서야 집 지을 재목들이 마당 가득히 쌓였다. 또 서까

래감은 우리산과 이웃동네 산에서 벌목을 해 가져왔다. 그해 초봄 아직 개울에 살얼음이 완전히 풀리기도 전에 집짓는 일은 시작되었다. 먼저 몇 년 전에 지어 놓은 사랑채로 살림을 옮긴 다음 옛집을 헐어냈다. 아버지는 내가 태어난 이듬해에 이미 본채를 지을 요량으로 사랑채부터 지어 놓았다.

집을 헐고 집터 다듬을 준비를 하자, 낯 모르는 사람들이 꼴망태나 륙색에 목수 연장을 챙겨 집으로 모여들었다. 목수들은 마당 한구석에 쌓인 재목을 헐어 내려서는 날마다 먹줄을 튕기고 큰 자귀로 목재를 다듬어 나갔다. 자귀질하는 목수들의 구성진 맞춤소리가 마을 앞 고갯마루까지 들리는 듯했다. 큰 아름드리 나무들을 목수 두 사람이 양쪽에서 마주잡은 큰톱으로 켜내거나 자귀질로 알맞게 다듬어져 나갔다.

도편수는 목수들이 쉬는 시간에도 먹줄을 튕기고 자질을 하곤 했다. 그들이 일할거리를 먼저 마련하느라 늘 바빴다. 도편수는 먹통을 들고 분주하게 왔다갔다 하면서 대 조각으로 만든 납작한 끌 모양의 붓을 먹줄 담가 놓은 먹물에 꾹꾹 찍어서 몇 치 몇 푼은 깎고 다듬으라고 목재의 하얀 살 위에 적어주었다. 그러면 목수들은 도편수의 지시에 따라 열심히 재목을 다듬었다. 도편수는 인근이 아닌 상당히 먼 곳으로부터 왔는데 큰 맞배집의 절간이나 팔작집의 큰 와가를 짓는 대목이었다. 훤칠한 키에 흰 수염을 날리면서 일에 몰입해 있는 것을 보면 보통사람으로 보이지 않았다. 도편수의 자질은 한 푼의 오차도 없이 착착 진행되어갔다. 군말이 없었으나 부리는 목수들이 실수라도 할라치면 불호령이 떨어지곤 했다.

동네 어른들은 펑퍼짐한 한복 차림으로 아무 목재에나 걸터앉아 목수들의 손을 신기한 듯 바라보며 정담들을 나누었다. 부엌에서는 할머니와 어머니, 그리고 작은엄마 친정집에서 데려온 심부름하는 계집애까지 새참 장만하느라 몹시 바빴다. 농한기라 이웃집 아주머니들도 한두 사람 매일 와서 부엌일을 도왔다. 나는 그때, 동네 아주머니들과 어울려서 부엌일을 하는 어머니의 모습이 제일 아름답게 기억되었다.

간혹 동네 아주머니들이 말그내(淸川 : 맑은 내)댁은 좋겠네, 라고 하면 어머니는 박속같은 흰 이를 드러내고 살짝 웃으며 얼굴을 붉혔다. 모두들 바쁘게 돌아갔고, 사랑채에 임시로 만들어 놓은 광에서는 술 익는 달착지근한 향기가 온 집안을 가득 메웠다. 거처하는 사랑채 방은 음식을 장만한다고 계속 불을 지펴 구들장이 달아올라 온방이 설설 끓었다. 그것도 모자라서 부엌 앞에는 허드렛솥을 둘씩이나 걸어놓았다. 주철솥에는 국거리가 끓고 있었으며, 오지솥에도 항상 무언가를 끓이는 김이 솟고 있었다. 목수나 구경꾼들은 참참이 시래기국에다 막걸리를 마시거나 국에 한두 숟갈의 밥을 말아 먹으면서 이야기꽃을 피웠다.

목수 일을 하는 동안 집터 닦는 일이 시작되었다. 집터 중에서 절토한 부분은 그대로였으나 복토한 부분은 인부들이 큰 돌을 여러 개의 줄에 매달아 '어이야 디야' 하며 계속 다져나갔다. 다다진 후에야 주춧돌 묻을 준비를 했다. 읍내 석수공장으로부터 주문한 주춧돌을 달구지로 여러 번 실어왔다. 외곽에는 화강석의 호박주춧돌을 묻고 안에는 사각 주춧돌을 묻었다. 주춧돌은 일단 자리에 앉힌 뒤 도편수가 좌우로 줄을 띄워 거리 간격과 수평을 맞춘 뒤 완전히 묻었다.

아버지는 자전거를 타고 2km 떨어진 읍내에 나가 목수들이 부족하다는 재료나, 할머니가 부엌에서 필요하다고 말하는 찬거리를 사 나르기에 바빴다. 아버지가 읍내 시장 보러 갈 때는 큰머슴이 달구지를 끌고 따라가 가득 짐을 실어 왔다. 나도 모르는 잡동사니들도 많았지만 큰 죽상어나 홍어는 항상 빠지지 않았다. 봄철이라 그런지 배때기가 누런 조기를 뭉청 뭉청 사오기도 했다. 아버지가 짐을 풀어놓고 마당에 들어서면 사람들이 인사를 했다.

"말그내양반. 고상 허네."

그럴 때면 아버지는 껄껄 웃으며 응대했다.

"허허허, 고상은 무슨 고상?"

아버지는 집을 짓고 있는 게 퍽 즐거운 모양이었다. 마당 가득히 일하고 있는 목수들의 모습만 봐도 흐뭇했는지 모른다. 그러나 동네 사람들은 부러움 반, 시기 반이었던 것 같다.

동네에는 기와집이 두 채가 있었으나 이렇게 큰 오칸겹집의 대역사가 이루어지기는 동네가 생기고 처음 이었다. 어른들 말씀을 빌리자면 동네에서는 우리 집이 농사를 제일 많이 지었기 때문에 사람들은 그 전부터 아버지에게 늘 말했었다고 한다.

"말그내양반. 이제 집이나 한 채 멋들어지게 짓제."

부엌 앞 샘가에서는 아버지가 방금 사온 커다란 죽상어를 어머니가 열심히 다듬었다. 살짝 데쳐서 껄끄러운 껍질을 벗겨내고 지느러미를 자르고 배를 가르면 죽상어의 창자와 함께 계란

노른자 같은 상어알들이 줄줄이 쏟아져 나왔다. 작은 방석만한 홍어에서는 칠산홍어에만 있다는 부전이 둘씩이나 나왔다. 홍어의 부전은 빨랫줄에 매달아 말렸다. 그 말린 부전은 몽땅 내 차지였다. 말린 다음 조각을 내어 그 속의 알만 꺼내 먹는 맛은 무어라 형언할 수 없는 나만의 재미였다. 달착지근하면서도 쫀득쫀득 녹아드는 맛은 어릴 적 어머니의 젖 같기도 했지만 무엇에다 비길 수 없는 맛이었다.

사람들은 큰 사발에 막걸리를 가득 따라 두 손으로 잡고 마시거나 아예 술 항아리에 떠 있는 바가지로 퍼 마신 후 수염이나 입가에 묻은 막걸리를 손바닥으로 쓱 문지르고 술국을 마셨다. 술국은 동네 뒤 우리 밭에서 심부름하는 아이가 캐온 어린 보리잎에 상어와 홍어의 내장들을 넣고 걸쭉하게 끓인 것이었다. 평소 끓이는 시래기국보다 맛있다고 목수나 동네사람들은 좋아하면서 두 그릇을 먹는 사람도 있었다. 이럴 때면 마당에서는 여러 가지 이야기가 만발했고 웃음소리가 중천에 둥둥 뜨는 듯했다. 동네사람들 중에는 농한기이고 또 보릿고개이기도 해서 하릴없이 구경하다가 막걸리 몇 사발을 들이켜고 술국밥을 먹으며 해질녘에야 돌아가는 사람도 있었다.

나는 동네 소꿉친구들과 신나게 집안을 쏘다녔다. 자귀질해 쌓아 놓은 피죽 무더기 옆에서 소꿉장난을 하다가 시간 가는 줄 몰랐고 그것도 시시해지면 할머니가 좋아한다고, 아버지가 집안 이곳저곳에 심어 놓은 산목련의 눈부신 꽃들 사이에서 술래잡기를 했다. 그러다가 친구들이 놀러 오지 않는 날은 목수들이 일하는 옆에 쭈그리고 앉아 턱을 괴고 바라보기도 했다. 그럴 때면 동네 할아버지들이 나를 안아다가 무릎에 앉히고 껄끄러운 수염으로 내 얼굴을 문지르면서 한마디 했다.

"요노옴, 이집 맏상주란노옴."

나는 빠져나오려고 발버둥쳤으나 농사일로 다져진 동네 할아버지의 억센 팔을 빠져 나올 수가 없었다. 할아버지는 술국 속에서 상어알을 건져 먹여주기도 하고 막걸리를 한 모금씩 먹여주기도 했다. 달착지근하면서도 맵싸한 막걸리를 처음 들이켜고 사레가 들려서 캑캑거리고 기침을 했으나 그런 일이 자주 있다보니 나중에는 보통이었다. 나는 이 할아버지 저 할아버지들이 억지로 먹이는 술을 한 모금씩 얻어 마시고 얼굴이 빨개져서 돌아다녔다. 그러면 동네 할아버지들과 아저씨들이 박장대소했다.

"야, 이집 맏상주란 놈 술 취했다 술 취했어!"

어떤 날인가는 지금 생각해보면 술이 취했던 것 같다. 발길이 어찔어찔 휘청거렸다. 그 전해에도 어른들 몰래 광에 있는 꿀단지에서 몇 숟갈을 떠먹고 취해 그 옆에 곯아떨어진 적이 있었다. 해가 져도 내가 집안에 보이지 않자 온 집안 식구들과 두 머슴들까지 찾아 나섰다. 결국 광에서 발견됐고 나는 아버지한테 혼쭐이 난 일이 있었다. 그날도 그 생각이 났다. 어디 들어가 눕고 싶었으나 아버지가 무서웠다. 내가 얼굴이 벌게서 돌아다니자 아버지는 나를 돌아보고 빙그레 웃을 뿐이었다. 나는 마당 한쪽에 놓아 둔 평상에 앉았다가 마침내 힘없이 쓰러져 소르르 잠이 들었던 것 같다. 잠결에 나는 하늘로 번쩍 들려진 것을 느꼈다. 아버지가 나를 들어 안아 가지고는 그 큰 키로 성큼성큼 마당을 가로질러 사랑채방에 뉘이고 이불을 덮어준 다음 볼을 한번 쥐어박고 나갔다.

그때 할머니가 부엌에서 내다보고 한마디 하셨다.

"무슨 일이냐?"

"네. 녀석이 평상에서 잠들어부러갖고요."

나는 그런 이야기를 귓전으로 들으며 가물가물 잠의 우물 속으로 빠져들어갔다.

기둥감이 다 다듬어지자 주춧돌 위에 세우고 여러 사람이 붙잡고 지지대로 묶은 다음 주춧돌의 상면에 맞도록 최 하단부에 표시를 했다. 그리고 표시한 부분을 끌로 파내고는 주춧돌 위에 기둥을 하나씩 세워 나갔다. 그런 후 중방, 상중방이 걸리고 또 대들보가 걸리더니 드디어 좋은 날을 가려 상량식을 올렸다. 일곱새 가는 베 자락 양끝에 상량이 묶여지고 제물이 차려진 다음 긴 독축으로부터 상량식은 무르익어갔다. 아버지가 제주(祭主)가 되어 먼저 절을 하고 이어 나도 절을 했다. 그리고 일가들도 절을 했다. 몇 대 독자로 내려오다 보니 근친들은 없었고 한동네 제일 가까운 친척이라고 해야 이미 월촌한 사이였다.

상량식이 끝나자 떡과 돼지머리를 마당에 내어다가 먹기 좋게 썰고 마당 한가운데 막걸리 항아리에서 마당 중간 중간에 옹배기를 놓고 뜨물 같은 막걸리를 가득가득 채워 놓았다. 할머니는 부엌에서 사람들을 적절히 부려 음식들을 계속 장만했다. 장만해 놓은 음식들은 장정들이 마당으로 내가고 사람들은 마치 오뉴월 누에가 뽕잎을 먹듯이 열심히 먹고 마시고 떠들고 웃었다. 오후에는 동네 사람들이 공동풍물을 꺼내다가 마당에서 농

악놀이를 펼치고 밤새도록 먹고 놀았으며 새벽녘까지 화톳불
이 꺼지지 않았다.

그 이튿날부터 작은 집을 지을 때 쓰는 도리기둥 같은 잘 다듬
어진 서까래가 한 쪽에서부터 걸리기 시작했다. 서까래에 이어
겹처마의 부연이 걸렸다. 그런 다음에 동네 사람들이 두레로 흙
올릴 준비를 하기 시작했다. 뒤울안 대밭에서 대를 베어다가 여
러 조각으로 쪼개고 또 한쪽에서는 흙을 이기고 마치 무슨 난장
판 같았다. 노인들은 한쪽에 앉아서 일하는 모습들을 지켜보았
다. 동네 아낙네들도 임시 부엌이나 다름없는 허드렛솥 옆 평상
위에 그릇이며 푸성귀를 잔뜩 쌓아놓고 한두 가지씩 일을 맡아
서 했다. 쌀을 씻는 사람, 국거리를 안치는 사람, 고기를 썰고
푸성귀를 씻는 사람, 집안은 사람들로 가득 찼다.

쪼개진 댓가지들은 무더기 무더기 묶여서 지붕 위로 올려졌
다. 지붕 이쪽저쪽에서부터 엮어 덮여갔다. 한나절쯤 지나 온
지붕이 대발로 덮이고 나자 점심시간에는 모든 사람들이 마당
가득히 멍석을 펴고 죽 늘어앉아 점심식사를 했다.

오후에는 사람들이 마당에 흙을 이겨놓은 곳으로부터 부챗살
처럼 늘어서서 흙을 메주덩어리 같이 만들어 바로 옆 사람에게
전달하면 또 그 사람은 그 옆 사람에게로 전달했다. 그러면 바로
처마 밑에 서있는 사람이 지붕위로 힘껏 던지고 지붕 위에 늘어
선 사람들에 의해 집 네 귀퉁이에서부터 흙의 무게 균형을 맞춰
똑같이 덮여 나갔다. 흙일이 다 끝나자 기와가 지붕 위로 올려지
기 시작하고 기와를 다루는 와수(瓦手)들의 그 날랜 손으로 추녀
쪽에 암막새와 수막새가 놓이고 연이어 암키와와 수키와가 금

방금방 덮여졌다. 와수들이 물총새 부리 같은 망치로 기와를 자유자재로 쪼개고 다듬는 것을 보고 사람들은 경탄했다. 며칠 되지 않아 용마루가 이어지고 양끝에 용머리 모양의 치미가 올려졌다. 마을 앞에서 바라보면 새까만 기와가 오뉴월 햇빛에 더욱 검게 보였다. 누구도 감히 범접할 수 없는 숨결을 가진 무슨 거대한 생명체같이 떠올랐다. 나는 간혹 꿈속에서 소나기가 억수로 퍼붓는 날 용머리 모양의 치미가 온몸을 뒤틀면서 하늘로 날아올라 승천하는 꿈을 꾸곤 했다.

여름이 다가오자, 봄내 시끄러웠던 집안은 좀 조용해졌고 일부 목수들은 집을 떠났다. 그 이튿날부터 토수들이 와서 벽을 바르기 시작했고, 도편수와 한 사람의 목수만이 남아 귀틀마루를 못 하나 지르지 않고 짜 맞추었다. 이어서 세살창문과 덧문을 짜 달았다. 괴목으로 만들어지는 덧문은, 도편수의 뛰어난 솜씨에 의해 그 오밀조밀한 문양과 형상이 퍽 아름다웠다. 한여름이 지나고 가을 문턱에 들어서서야 집 짓는 일은 다 끝났다. 아버지가 읍내에서 택시를 불러와 도편수의 짐과 연장 도구 등을 실어 떠나던 날 집안은 드디어 옛날같이 조용해졌다. 그때부터 두 머슴과 동네에서 날품 팔러 온 인부들이 마당을 치우고 집안 정리를 해갔다. 자귀질로 생긴 피죽 조각들이 작은 초가집 채 만큼 쌓였다. 아마 땔감으로 몇 년은 쓰고도 남을 것 같았다. 목수들이 떠나고 집안 정리가 대충 마무리되자 흙벽이 다 마르기를 기다려 방에는 도배를 하고 바깥벽에는 회를 바르는 등, 이사할 차비가 착착 진행되었다. 그런 작업이 다 끝나자 드디어 본채로 세간을 옮기고 들어가게 되었다.

이사하고 며칠이 지나 우리 동네와 인근 동네 사람들까지 초청해서 큰 잔치를 벌였다. 그 후로는 근동에서 집 구경 오는 사람들이 이따금 있었다. 아버지가 집안에 있는 날은 왔던 사람들을 그냥 보내지는 않았다. 간단한 술상에 막걸리 한 잔씩이라도 대접하면서 이야기를 나누곤 했다.

동네 아이들이 집안일을 돕기 위해 들밭으로 나가고 없을 때도 나는 집안에만 있었다. 나는 무료해져 할머니 몰래 풍뎅이를 잡아 괴롭히거나 흙장난을 하면서 놀았다. 그것도 삼밭에서 가느다란 부추잎을 뜯어다가 마당가 땅강아지 구멍을 찾았다. 땅강아지를 낚아 올리기 위해서였다. 부추잎 끝에 침을 발라 구멍 속에 살그머니 밀어 넣고 조금 있으면 부추잎이 간들간들 흔들렸다. 나는 그때를 놓치지 않고 벼락같이 잡아챘다. 땅강아지는 낚시에 고기가 물리듯이 부추잎 끝에 매달려 딸려 나왔다. 땅강아지는 잡는 재미만 있었지 아무것도 아니었다. 도로 놓아주면 정신없이 구멍을 찾아 들어가곤 했다.

밤이 되면 휑뎅그렁한 집 큰마당에 보리쭉정이를 한 바지게쯤 쌓아놓고 모깃불을 지폈다. 내 옆에 앉은 할머니는 평상에 누워있는 나를 끌어다가 자기 무릎에 뉘이고 자욱한 연기를 부채로 이리저리 부쳐가면서 몰려오는 모기를 쫓아주었다. 그리고 할머니는 견우직녀성에 얽힌 아기자기한 이야기를 들려주기도 했다. 그런 밤, 할머니가 고른 치열처럼 다닥다닥 달라붙은 옥수수를 주름진 손으로 알맹이만 까서 먹여주면 나는 받아먹으며 이야기에 푹 빠져들었다. 할머니 이야기는 견우직녀성 이야기가 끝나면 호수의 전설로 옮아가기 마련이었다. 함평평

야 가운데 있는 대경보라는 호수에는 명주실꾸러미 몇 개쯤 풀
어내려야 한다는 제일 깊은 곳에 귀가 달린 잉어가 살고 있다고
했다. 소나기가 많이 쏟아지는 날은 귀가 달린 잉어가 하늘로
용이 되어 오르려 하고 호수 속에 몇 천 년 묵은 이무기가 용이
오르는 것을 방해한다는 이야기였다. 그런 탓에 하늘이 캄캄하
고 번개가 치는 날이면 나는 용이 오른다고 믿었다. 비가 갠 후
엔 호수 한가운데서부터 영롱한 무지개가 저쪽 산모퉁이까지
홍예다리를 놓았다. 할머니 이야기는 또 이어져갔다. 호숫가에
는 무수한 도깨비들이 산다고 했다. 도깨비는 항상 정의의 편이
며, 불량한 사람을 응징한다는 것이었다.

　그렇게 할머니의 무릎을 베고 누워 바라보는 밤하늘은 신비
스럽도록 아름다웠다. 은하계에 가득 담긴 선녀들의 옥구슬이
와르르하고 쏟아져 내릴 것만 같은 밤이었다. 나는 길게 남쪽으
로 내리깔리는 밤하늘에 명멸해가는 별똥별들을 바라보면서
꿈결 속으로 빠져들어 갔다. 이때쯤이면 삼태성좌가 하늘 중천
까지 쑤욱 올라온 후였다.

　뒤울안 대밭에서 들리는 새들의 지저귀는 소리에 눈을 떠보
면 아침이었고 나는 큰방 모기장 속에 뉘어져 있었다.

　집짓는 일에만 몰두했던 아버지는 일이 끝나자 시름시름 앓
기 시작했다. 아버지는 한약방과 병원을 전전하다가 그해 시월
몸의 부기를 이기지 못하고 기어이 세상을 떠나고 말았다. 집안
은 무겁게 가라앉았다. 그러자 우리 동네에 따로 살림을 차려
살던 작은엄마가 우리 집으로 들어오게 되었다.

　작은엄마의 친정은 완도였는데 증조할아버지 땐가 귀양살이

왔다가 그 섬에 눌러 살았다고 했다. 작은엄마는 남도소리도 잘 했지만 반찬과 바느질도 동네 큰일에 불려다닐 정도였다. 나는 작은엄마와 한방에서 자게 되었다. 작은엄마에게는 불행인지 다행인지 자식이 없었다. 그래서 나에게 더 탁정했는지도 모른다. 내가 태어났을 때 내 탯줄을 잘라 준 사람도 작은엄마였다.

갑자기 내 생활에도 많은 변화가 몰려왔다. 작은엄마는 나를 스파르타식으로 가르치기 시작했다. 신발 벗어 놓는 법이며 반찬은 뒤척이지 말고 겉에서부터 먹어야 한다든지, 밥은 마지막에 물을 말아서 깨끗이 먹어야 한다는 등 이루 헤아릴 수가 없었다. 내가 말을 듣지 않으면 가차없이 종아리를 때렸고, 그러면 할머니와 어머니는 어린것을 주눅 들게 한다고 역성을 들었으나 아랑곳하지 않았다. 그런 밤이면 내가 잠든 후 나를 엎어 뉘이고 종아리에 시원한 물수건을 올려주곤 했다. 가장 많이 맞았던 기억은 지금도 생생하다. 우리 집 사랑채에 한약방이 세들어 있었는데 내가 허약 하다고 작은 엄마가 특별히 부탁해 환약으로 된 보약을 지었다. 나는 쥐 똥같은 그 환약이 처음에는 달착지근해 먹을 만했으나 점점 먹는 것이 지겨워져서 작은엄마 몰래 한 움큼씩 주머니에 넣고 나가 동네 아이들에게 나누어 주어 버렸다. 그 비밀은 오래 가지 못해 작은엄마에게 들키고 말았다. 그날은 종아리가 터지게 맞았다.

어머니는 시앗인 작은엄마에게 늘 관대했다. 막상 드잡이로 싸운다면 어머니는 작은엄마와 게임이 되지 않을 터였다. 키로도 말로도 힘으로도 나이로도 모든 면에서 열세이기 때문이었다. 그러나 어머니는 작은엄마를 측은하게 여겼다. 마치 큰언니 같았다. 아버지가 돌아가신 후로는 늘 불쌍한 년이라고 혼자 되뇌었다.

나는 작은엄마를 통해서 조웅전 옥단춘전 춘향전 장화홍련전 삼국지 등의 이야기를 밤마다 들었다.

어느덧 가을이 가고 겨울이 소리 없이 다가왔다.

동네 앞 들에는 커다란 호수가 있었다. 이른 봄 아침이면 물안개가 자욱이 깔리고 호반에는 줄풀이 무성히 자랐다. 여름에는 수련이 피었고 이름을 알 수 없는 수초들이 물 위를 가득히 뒤덮었다. 호수 한가운데는 항상 하늘이 맑게 담겨 물 속으로 구름이 서서히 흘러가기도 했다. 저쪽 들판 건너 산들이 호수 속에서 가물가물 졸았다. 봄이면 연초록의 산이 여름이면 짙푸른 녹색의 산이 호수를 짙은 녹색으로 변하게 했다. 가을엔 불타는 듯한 단풍이 물에 잠겨 일렁여 보일 때는 호수 속은 환상적인 일러스트의 작품이었다. 이른 새벽, 호수에 나가 보면 새들이 지저귀는 소리가 호수 둔덕에 경쾌하게 울려 퍼졌다. 호수는 끝없이 푸근하고 신비한 나의 요람이었다. 나는 아버지 보고 싶은 그리운 마음이 일어날 때면, 아버지가 낚시하러 갈 때 졸랑졸랑 따라 다녔던 호숫가를 한없이 서성이곤 했다.

여름이면 동네 형을 따라 주낙에 미꾸라지를 미끼로 가물치나 메기를 잡는 것을 보았고, 겨울이면 하얀 고니 떼가 흰 눈이 나비처럼 나부낄 때 호수에서 유유자적하는 것을 보았다. 고니 떼가 무엇에 놀랐는지 끼룩 끼룩 소리를 지르면서 눈이 흩날리는 하늘 속으로 날아가는 모습은 가히 장관이었다. 그러면 호수도 텅 비고 내 가슴도 텅 비워져갔다.

그 이듬해 봄, 나는 국민학교에 입학했다. 학교는 시골길로 한참 걸어가야 하고 길도 험했다. 키가 큰 6학년들의 구박이 여간 아니었다. 책보를 들어 달라는 둥, 찐 고구마나 밤을 가져오라는 둥, 횡포가 갈수록 심해졌다. 나는 학교 다니기가 싫어 땡땡이를 쳤다. 그일로 어머니에게 혼쭐이 나고야 어머니 손에 끌려 소 도살장 가듯이 고개를 푹 숙이고 학교엘 다녔다.

어느 날 전쟁이 터졌다는 소식이 들려오고 남로당에 가입했던 동네 젊은 청년들이 열두 명이나 후퇴하는 경찰들에 의해 넙태잔등에서 총살되어 달구지에 실려 왔다. 동네는 울음바다가 되었고 청상과부가 무더기로 생겨났다. 인민군이 나타나기 전까지 동네는 태풍전야처럼 조용해졌다.

나는 학교에 갈 수 없어 집에서 마냥 놀아야 했다. 그때, 산중에 살던 외삼촌 두 분이 우리 집에 숨어 지내게 되면서 그 삼촌들에게서 공부를 배우기도 했으나 그것도 오래 가지 못 했다. 삼촌들은 더 깊이 숨어 지내야 했기 때문이었다.

우리 집은 인민군리당위원회 사무실로 점거 당했다. 큰방과 대청마루의 살림살이는 사랑채로 다시 옮겨지고 동네 측간목수가 불려와 마루에 올라가기 좋게 집 지을 때 남은 판자와 목재로 토방에서부터 마루까지 계단을 놓았다. 그리고 대청에는 사무실처럼 이리저리 편리하게 꾸며졌다. 어디서 징발했는지 책상 걸상도 가져다 났다. 날마다 '당꼬즈봉'에 일본도를 차고 붉은 완장을 두른 사람들이 신발을 신은 채 들락거리고 이따금 은밀한 곳에 숨어 있다가 잡혀온 사람이 우리 집 마당에서 '반동쎄끼' 말을 들으며 초죽음이 되게 맞기도 했다. 나는 마당에서 놀다가 비명소리에 깜짝 놀라 방안으로 뛰어 들어온 일이 한두 번이 아니었다. 할머니는 나를 치마폭에 꼭 싸안았고 자지러지는 마당의 비명소리는 내 귓속을 후볐다. 그럴 때 나는 양손 검지로 귀를 꼭 막았다.

매일 밤 동네 사람들을 집 앞 공터에 강제로 모아 놓고 붉은 완장을 찬 사람이 불도 켜지 않은 채 연설을 했다. 연설이 끝나면 박수소리로 집이 떠나갈 듯했고, 다음은 군복을 입은 낯 모르는 여자가 나와서 한 구절씩 인민군가를 선창하면 사람들은 그대로 따라 불렀다.

—장백산 줄기줄기 피어린 자욱/ 압록강 굽이굽이 피어린 자욱….

노랫소리는 오래도록 이어졌고 실증이 난 나는 집으로 돌아와 모기장 속에서 그 소리를 들으며 잠이 들곤 했다. 어느 날 그렇게 설쳐대던 그들이 서류를 마당 가득 쌓아 놓고 불을 지르더니 말없이 떠나가 버렸다.

집안은 다시 적막이 감돌았고 어머니는 넋 나간 사람 같았다. 국군이 진주 하자, 어머니의 만류에도 불구하고 죄가 없는데 숨어 지낼 필요가 없다고 집 밖으로 나섰던 외삼촌 형제가 동네 어귀에서 총살당하고 밀았기 때문이었다.

다행히 작은엄마만은 기운을 잃지 않고 당당하게 버티었다.

집안은 할머니가 부젓가락으로 놋화로 두드리는 소리만이 탕탕하고 적막을 깰 뿐이었다. 커다란 집에는 세 과부와 나만이 있었고 봄이 올 때까지 깊이 가라앉아 있었다.

날씨가 따뜻해지자 할머니는 집안을 쓸고 리당위원회라고 들

여놓은 책상, 걸상, 서류들을 마당 한가운데 쌓아놓고 불태우고
정리할 것들을 정리했다. 오랜만에 이웃 사람들을 시켜서 세간
을 다시 옮기고 본채로 이사를 했다. 가끔씩 이웃집 아줌마들이
찾아올 뿐 집안은 여전히 절간 같은 고요가 감돌았다. 온 마을
젊은 사람들은 난리 속에 거의 다 죽고 없었다. 어쩌다 살아남
은 힘꼴이나 쓸만한 사람들은 한밤중에 공비라는 사람들이 나
타나서 쌀이나 보리쌀 그리고 솥단지 이불 등 닥치는 대로 가져
가면서 짐꾼으로 데려가 버렸다. 동네에서는 그들에게 소나 가
축을 빼앗긴 집도 있었다.

책이 없어도, 공책과 연필이 없어도 학교는 시작되었다. 학교
다니는 아이들은 반으로 줄어들어 있었다. 방과후 지나치는 이
웃 마을 사람들은 내가 지나가면 저애가 말그내양반 애라느니
그 집에서 비가 오려고 하면 말그내양반 귀신이 나온다느니 하
며 자기네들끼리 쑥덕거렸다. 그런가 하면 새 집 짓고 삼년을
조심해야 한다는데 참 안됐다고 혀를 끌끌 차는 사람도 있었다.
처음 그런 이야기를 들었을 때는 놀라고 분했으나, 나는 못 들
은 척하고 다녔다.

여름이 되자 온 동네 이집 저집 앓아눕는 사람들이 늘어났다.
사람들은 염병(장티푸스)이 왔다고 했다. 오래 가지 않아 나도
눕고 말았다. 저녁마다 나는 헛소리를 하고 알 수 없는 소복을
입은 사람들이 방안 가득 앉아있는 꿈에 시달렸다. 나는 세 여
인들의 극진한 간호와 치성으로 죽음을 면하고 한 달여 만에 겨
우 죽음을 면했다. 회복이 되었으나 일어서면 현기증이 나고 다
리가 후둘 후둘 떨려 걸을 수가 없었다. 머리칼도 터무니없이

듬성하게 빠진 상태였다. 거울 속에 서면 이상한 아이가 해골처럼 나를 멀거니 바라보고 있었다. 작은엄마가 친정에서 가져온 전복과 쇠고기를 갈아 만든 죽을 먹고 차츰 기운을 회복해갔다. 나는 벽을 짚고 걸음마 연습을 했고 긴 시간이 흐른 뒤에야 걸어다닐 수 있게 되었다. 그 돌림병으로 동네에서 여러 사람이 죽어 나갔다. 날마다 애들이 모이면 그 이야기였고 누구누구는 지금도 앓아누워 있다는 소식뿐이었다.

　나는 새로운 신화를 들으면서 겨자씨만큼씩 자라갔다.

　소년은 그때 짓겠다고 다짐했던 집은 짓지 못하고 엉뚱한 소설을 짓게 됐는지 모를 일이다. 누군가 '소설은 하나의 거울' 이라고 했던가! 여기 이 글은 나의 아주 작은 편린이다.

　이 책을 내는데 많은 도움을 주신 관계기관과 출판사와 선생님들과 내 친하디 친한 문우님들께 깊은 감사를 올린다.

2005년 깊은 겨울

채　문　수

●작가약력

1943년 함평 학다리 출생.
중앙대학교 예술대학원 수학.
정보통신부 13년 근무.
KT(한국통신) 19년 근무.
현 계간문예 주간.
1990 단편소설 〈좀비, 그리고 좀비족〉으로 KT문예 금상 수상.
2002 단편소설 〈루비콘강을 건너다〉로 월간문학 신인상 수상.
2005년 논픽션 〈너무도 추웠던 그해 여름〉으로 新東亞 논픽션 우수상 수상.
E - mail : imcms@korea.com

● ● ●

국경선

초판인쇄   2006년 1월 20일
초판발행   2006년 1월 25일

저   자 채 문 수
회   장 라 대 곤
발 행 인 서 정 환
편 집 인 백 시 종
편 집 장 강 병 석
편   집 윤 수 진
펴 낸 곳 도서출판 계간문예

출판등록   2005년 3월 9일 제300 - 2005 - 34 호
주   소 서울시 종로구 익선동 30 - 6
          운현신화타워 207 호
전   화 (02) 3675 - 5633
팩   스 (02) 3675 - 5635
E - mail   qmyes@naver.com

값 9,000 원

ISBN 89 - 91926 - 06 - 1 03810

파본은 본사나 구입한 서점에서 교환해드립니다.